UM
Encantamento
Delicado

Allison Saft

Um Encantamento Delicado

Tradução
FLÁVIA SOUTO MAIOR

SEGUINTE

Copyright © 2023 by Allison Saft

O selo Seguinte pertence à Editora Schwarcz S.A.

Grafia atualizada segundo o Acordo Ortográfico da Língua Portuguesa de 1990, que entrou em vigor no Brasil em 2009.

TÍTULO ORIGINAL A Fragile Enchantment
CAPA E ILUSTRAÇÃO DE CAPA Elsa Roman/ Bragelonne 2024
PREPARAÇÃO Mariana Oliveira e Renata Leite
REVISÃO Natália Mori e Paula Queiroz

Dados Internacionais de Catalogação na Publicação (CIP)
(Câmara Brasileira do Livro, SP, Brasil)

Saft, Allison
    Um encantamento delicado / Allison Saft ; tradução Flávia Souto Maior. — 1ª ed. — São Paulo : Seguinte, 2024.

    Título original: A Fragile Enchantment.
    ISBN 978-85-5534-346-9

    1. Ficção de fantasia 2. Ficção norte-americana I. Título.

24-211764   CDD-813.5

Índice para catálogo sistemático:
1. Ficção de fantasia : Literatura norte-americana 813.5

Cibele Maria Dias – Bibliotecária – CRB-8/9427

Todos os direitos desta edição reservados à
EDITORA SCHWARCZ S.A.
Rua Bandeira Paulista, 702, cj. 32
04532-002 — São Paulo — SP
Telefone: (11) 3707-3500
www.seguinte.com.br
contato@seguinte.com.br

Para todos que vivem um dia após o outro

1

Quando Niamh se debruçou sobre a grade do convés do navio, foi tomada pela sensação de ter esquecido alguma coisa.

Ela havia envolvido todas as suas melhores peças em um delicado papel creme, embalado suas bobinas e tesouras para tecido e, o mais importante, guardado o convite em segurança dentro de sua bolsinha de mão. Era tudo. *Certamente* era tudo. Mas ela não conseguia ter certeza. Manter um registro das coisas nunca foi bem o seu forte. Por mais que odiasse admitir (e embora estivesse convencida de que sua bolsinha de mão de fato continha um portal para um mundo estranho, preenchido apenas por lápis quebrados e trocados avulsos), não havia como discutir com a verdade: tudo o que para ela era mais especial, desde suas tesouras preferidas até os anos preciosos de sua vida, dava um jeito de escapar por entre seus dedos.

Não custava nada conferir mais uma vez se o convite estava lá.

Niamh vasculhou a bolsinha e suspirou aliviada quando encontrou a carta. As bordas se curvaram com o ar marítimo severo, e embora o pergaminho parecesse amarelado pelo tempo, na verdade apenas tinha sido vítima de pelo menos cinco incidentes envolvendo derramamento de chá. A essa altura, já havia memorizado todos os centímetros dele, do lacre de cera da família real intacto, que seus dedos inquietos deixaram liso e lustroso, até a tinta borrada das letras escritas nele.

Cara Niamh Ó Conchobhair,

Gostaríamos de recebê-la, cordialmente, como convidada de honra da família real, para servir como alfaiate para o casamento de Sua Alteza Real, o Príncipe Christopher, Duque de Clearwater, e Sua Alteza Real Rosa de Todos los Santos de Carrillo, Infanta de Castilia...

Niamh ainda mal conseguia processar o convite. *Ela*, uma garota machlesa de um fim de mundo como Caterlow, seria a alfaiate do casamento real. Finalmente, seu esforço acabaria compensado.

Dois anos antes, uma das garotas de sua terra, Caoimhe Ó Flaithbertaigh, havia viajado a Avaland para visitar um parente distante. E vestida para um baile com um dos modelos criados por Niamh — um adorável vestido de seda amarela, bordado com fios metálicos e encantado com lembranças de um início de primavera —, ela enlaçou o solteiro mais cobiçado da Temporada, o jovem duque de Aspendale. Desde então, clientes avaleses vieram aos montes, todos ávidos para ter um pouquinho da magia que transformou uma humilde machlesa em duquesa. Niamh tinha feito vestidos para nobres desesperados por tornar irresistíveis suas filhas sem poder, para jovens mulheres nobres que desejavam se casar com um aristocrata, para matronas agarradas à sua beleza desbotada. Graças às ambições deles, a família dela não tinha passado necessidade nos últimos dois anos, e por pouco. Afinal, poucas pessoas em toda Machland ainda tinham condições de comprar vestidos encantados pela magia de Ó Conchobhair.

Mas ela não precisava mais se preocupar com a mãe, com suas articulações inchadas e sua perda de visão, nem com a avó, que ficava mais frágil e mais amargurada a cada dia, ou com o telhado que precisava de reparo, e a janela rachada, cortesia do filho do vizinho, Cillian, e sua cabra. Por algum milagre, seu trabalho havia chamado a atenção do príncipe regente de Avaland.

Costurar as roupas do casamento real lhe daria o prestígio para abrir sua própria loja no coração da capital avalesa — e dinheiro suficiente para tirar a avó e a mãe de Machland e arranjar uma casa confortável para as duas. Elas não teriam que trabalhar ou sofrer pelo resto da vida. Era uma oportunidade única.

Niamh só desejava não se sentir tão egoísta por aceitar.

Quando Niamh contou à avó que estava partindo, ela olhou para a neta como se não a reconhecesse. *Seu avô morreu lutando contra os avaleses para garantir que você tivesse uma vida aqui em Machland. Você e sua magia são o que aqueles monstros tentaram destruir, e não conseguiram. E agora você quer usar sua arte para fazer roupas para eles? Eu nunca vou me recuperar dessa vergonha.*

Envergonhar a família era a última coisa que Niamh queria. Não havia um dia em que não era lembrada de como era sortuda por viver com liberdade nas terras machlesas, do quanto devia isso a pessoas como seu avô. Uma neta boa e obediente teria rasgado o convite em pedacinhos assim que o recebeu. Uma neta boa e obediente teria proposto se casar com alguém que pudesse lhe dar estabilidade, e filhos que herdariam a mesma magia que fluía por suas veias. Talvez não encontrasse felicidade, mas pelo menos sua cultura sobreviveria por mais uma geração.

Mas naquele momento, com uma carta do príncipe regente nas mãos, Niamh não conseguia se contentar apenas com a obediência. Ainda que sua avó não aprovasse, ainda que fosse uma traição a seus ancestrais, ela precisava cuidar da família da única forma que podia.

Ela tinha que pagar o que devia a eles.

Niamh guardou a carta e virou o rosto na direção do vento salgado. Bem na frente dela, o mar Machlês ondulava como um tecido cinza, com a espuma costurada como um painel de renda em sua superfície. Cintilando sob a luz que antecede a aurora, toda aquela água parecia infinita, como um horizonte de possibilidades.

— Atracando em Sootham em dez minutos! — gritou um marujo. — Dez minutos para Sootham!

Ela se assustou, batendo o quadril na grade.

— Ai...

A dor desapareceu rapidamente quando ela fixou o olhar na cidade que surgia do mar. A névoa se espalhava pela costa, branca e translúcida como um véu de noiva, e um fiapo de sol iluminava o horizonte recortado. Niamh enrolou os dedos ao redor da grade, praticamente vibrando de expectativa. Era tudo o que podia fazer para se conter e não sair nadando dali até a costa.

Quando o navio finalmente parou e os estivadores o amarraram ao cais, ela pegou suas coisas e se dirigiu à prancha. Os outros passageiros surgiram à sua volta, empurrando e gritando. Mais pessoas do que ela jamais havia visto na vida se amontoavam no convés. Algumas seguravam bebês aos berros no colo. Crianças que eram só pele e osso se agarravam às saias das mães. E garotas quase da sua idade olhavam através dela, com sujeira sob as unhas e olhos duros como ferro. Todos cheiravam a desespero e esperança. Todos sem dúvida tinham deixado seus lares e famílias para procurar trabalho ali em Sootham. Pela primeira vez, Niamh temeu que sua avó estivesse certa. Talvez ela realmente nunca tivesse aprendido que o mundo era cruel.

Niamh fez o que pôde para seguir o fluxo, esmagada como estava entre ombros e malas de viagem. Em um determinado ponto, seus pés se levantaram totalmente do chão. O fedor forte e pungente dos corpos era quase insuportável, e quando ela cambaleou sobre o cais, suas pernas tremeram como se ainda estivesse no mar.

Ela seguiu em frente hesitante, com os dedos enterrados nas cordas úmidas e desgastadas que os encurralavam. Apesar de sua desorientação, ela conseguiu passar sobre os ratos que corriam pelo cais e, por algum milagre, resistiu ao impulso de se desculpar com eles. Por fim, seus pés tocaram o chão. Ela levantou os olhos... e considerou a possibilidade de ter embarcado no barco errado em Machland.

A Sootham que a esperava no fim do cais não era nada como ela imaginava. Onde estava o glamour? Os parques amplos e as ruas movimentadas? Os prédios se escoravam uns nos outros, como se mal conseguissem se manter em pé. O cheiro de esgoto e água salobra tomou conta dela.

Não, esta *tinha* que ser Sootham. Mas se ela não conseguisse encontrar o caminho para o palácio, não tinha para onde ir. Não tinha dinheiro para voltar para casa, e essa nem era uma opção. Ela não suportaria ver a mãe passar outra noite em claro trabalhando, sem magia, mas costurando com determinação sob o brilho amarelado da lamparina da loja, ou ver o que até o mais simples dos encantamentos custava a sua avó. O sustento delas estava sobre os ombros de Niamh. Ela era forte o suficiente para suportá-lo.

Niamh respirou fundo para voltar aos eixos e estreitou os olhos em meio à escuridão. A uma curta distância, avistou uma carruagem sob a luz fraca de um poste. Era discreta, mas adorável, pintada de um elegante preto laqueado que reluzia mesmo por detrás da névoa. Gravada na lateral, em vermelho-rubi e dourado brilhante, estava a insígnia real: uma rosa, suas pétalas salpicadas com gotas douradas. Ela podia quase acreditar que a carruagem tinha saído de um conto de fadas, que assim que ela desviasse os olhos, o encantamento acabaria, e aquilo se transformaria de volta em uma abóbora pela cruel luz do dia.

Quando ela se aproximou, um lacaio saiu da parte de trás. Ele parecia uma estátua, era sério e austero e altíssimo em suas finas vestimentas. Niamh estremeceu. Parado diante da carruagem sob a fraca luz do poste, o lacaio procurava pelo mundo todo como um dos Justos, pronto para levá-la para o Outro Mundo. Ele lançou um olhar de superioridade para ela, com seus frios olhos azuis e, por fim, com o maior desdém, perguntou:

— Srta. Niamh O'Connor?

Era óbvio que ele estava esperando alguém diferente. Niamh fez um enorme esforço para não ajeitar os cabelos ou as saias em um gesto automático. Sabia que ter passado quatro dias no mar não lhe havia feito maravilhas. Ela lhe ofereceu seu melhor sorriso.

— Sou eu.

Ele pegou a mala de viagem dela, segurando-a como seguraria um gatinho rebelde pela nuca.

— Bem, então acredito que seja melhor você me acompanhar.

O exterior do palácio real era todo de pedra branca resplandecente, com fileiras de janelas e enormes colunas dispostas como soldados sob um pórtico. Parecia algo do mundo antigo, claro, preciso e extremamente imponente. Só de olhar para aquilo, ela perdeu o fôlego. Era magnífico, mas, na verdade, doía um pouco os olhos. Tudo refletia a luz implacável do sol.

— Uau — ela sussurrou, pressionando o rosto no vidro frio da janela.

Como era possível existir tanta riqueza na mesma cidade em que ela havia desembarcado? Não conseguia acreditar que *aquela* seria sua casa durante a Temporada. Talvez, se tivesse sorte, poderia encontrar algum conhecido do lugar de onde veio. Até onde sabia, sua amiga Erin Ó Cinnéide seria transferida para o palácio. Que maravilhoso seria vê-la novamente depois de tantos meses.

Toda família nobre contratava uma enorme equipe de funcionários para a Temporada, e a maioria deles vinha de Machland. Pelo que ela havia entendido lendo cartas de amigos, era um trabalho brutal, mas pelo menos era trabalho. Machland tinha sua independência, mas não tinha muito mais a oferecer. A terra ainda estava se recuperando da Calamidade e as pessoas, de suas perdas. Quase todo mundo que havia crescido com Niamh tinha abandonado Caterlow para correr atrás do sonho de ter uma vida melhor do outro lado do mar Machlês.

A carruagem desacelerou e parou em frente ao palácio, e Niamh avistou uma mulher, que ela presumiu ser a governanta, observando perto das portas com os braços cruzados atrás das costas de modo cerimonioso. Usando um pesado vestido preto, ela era como um hematoma no meio de todo aquele branco ofuscante.

O lacaio desceu da carruagem e abriu a porta para ela. Outro, que aguardava na entrada, recolheu seus pertences. Toda sua bagagem foi transportada antes que ela pudesse abrir a boca para agradecê-lo. Assim que desceu da carruagem, Niamh sentiu-se atordoada. Sem a mala, ela não tinha absolutamente nada para fazer com as mãos. Naquele completo estado de desorientação, de certa forma era a única coisa com que ela podia se preocupar. Niamh subiu as escadas até a varanda, fazendo o possível para não ficar boquiaberta diante dos esplêndidos jardins ou das estátuas engenhosamente desgastadas pelo tempo no pátio. Mas quando a governanta voltou toda a força de seu olhar para ela, Niamh parou de repente.

A governanta era uma mulher formidável, não mais velha que sua avó, mas com o físico de um cavalo de tração. Tinha os cabelos severamente presos para não caírem em seu rosto ainda mais severo. Sua atenção parecia uma faca apontada para o pescoço de Niamh. Ela não tinha ideia do que fazer. Erin trabalhava em uma casa grandiosa, e, embora suas cartas trouxessem volumes e mais volumes de fofocas da corte e confusões entre os nobres, Niamh nunca havia prestado muita atenção nelas. Mas começava a suspeitar de que devia ter prestado.

Niamh fez uma reverência.

— É um prazer conhecê-la. Niamh Ó Conchobhair.

Não houve resposta. Quando Niamh finalmente ousou levantar os olhos de novo, a governanta estava franzindo a testa para ela com uma expressão de recriminação.

— Pode fazer alguma coisa para melhorar esse sotaque?

Por um momento, Niamh ficou surpresa demais para falar. Sua avó havia alertado que os avaleses guardavam tanto ressentimento quanto os machleses. Ela não esperava, no entanto, que o desprezo deles fosse tão escancarado.

— Acredito que não, senhora. Peço desculpas.

— É uma pena. — Ela estalou a língua. — Você pode me chamar de sra. Knight. Sua Alteza Real, o príncipe regente, pediu para vê-la. Ele deseja discutir algumas coisas sobre a sua contratação.

As costas dela ficaram retas como uma vareta. O príncipe regente de Avaland queria vê-la? A respeito de sua *contratação*? Com certeza a sra. Knight poderia informá-la sobre qualquer coisa relativa à sua estadia ali.

— Eu? Tem certeza?

— Tenho — respondeu a sra. Knight, impassível. — Sua Alteza gosta de participar da administração da casa. Ele é um homem diferente.

Agora Niamh estava entendendo. Por diferente, ela queria dizer intrometido. Se ele achava adequado se preocupar com uma costureira machlesa, ela nem podia imaginar como ele governava todo o país.

Ela sabia pouco sobre a família real. Apenas que, oito anos antes, a saúde do rei piorou de repente e ele nunca retornou à vida pública. Sua esposa morreu em um trágico acidente havia quatro anos. O filho mais velho, o príncipe John, foi indicado pelo Parlamento para governar como regente até o pai se recuperar ou, deuses o livrem, morrer. Quanto ao irmão mais novo, Christopher, Niamh não sabia nada a respeito, apenas que se casaria em um mês.

Mas se o príncipe regente era um homem diferente, ela não poderia encontrá-lo naquela condição. Depois de ter passado quatro dias em um navio, ela cheirava *mal*, para usar uma palavra gentil. Só os deuses sabiam como estavam seus cabelos. Eram mais nós do que tranças àquela altura.

— Acho que não estou em condições de encontrá-lo.

— Isso dá para ver. No entanto, quando ele cisma com uma coisa, Sua Alteza Real não gosta que o deixem esperando. Venha comigo.

Sem esperar uma resposta, a sra. Knight desapareceu dentro da casa. Niamh a seguiu — e então parou de repente na porta. Do outro lado havia um mundo completamente diferente, tão cintilante e estranho quanto o reino dos Justos, Domhan Síoraí.

Niamh suspirou.

— Oh.

O palácio superava suas fantasias mais loucas. Tudo era elegante e opulento, do lambri entalhado com adornos até o tecido reluzente do estofamento e das cortinas. Cada peça de mobília brilhava: um revestimento em uma almofada aqui, o pé de uma cadeira coberto com uma cabeça de leão de metal ali. E o piso de jacarandá em zigue-zague... Ele merecia um pedido de desculpas por suportar as solas de suas botas de viagem imundas.

— Não há tempo para ficar boquiaberta — disse a sra. Knight.

— Desculpe.

A sra. Knight virou em um corredor. Minha nossa, a mulher sabia mesmo andar rápido. Niamh quase tropeçou ao tentar acompanhar o ritmo dela. Quando elas passavam, criados abriam caminho e ficavam em posição de sentido. Alguns até se curvavam, como se a sra. Knight fosse o próprio príncipe regente. Outros, no entanto, olhavam feio para ela, mal disfarçando o ressentimento. Niamh se assustou, fixando o olhar nos ombros duros da sra. Knight. Ela supôs que nenhum chefe podia ser amado por todos, sem exceção.

Finalmente, a sra. Knight parou em frente a uma porta que tinha o dobro da altura de Niamh. Acima dela, havia uma estátua de ouro de um falcão, com as garras estendidas na direção delas. Parecia um tanto exagerado, mas o presságio não passou despercebido por ela.

— Sua Alteza vai recebê-la aqui — disse a sra. Knight. — Você vai se dirigir a ele dessa forma, e depois como *senhor*. Entendeu?

Niamh fez que sim com a cabeça. Toda aquela condescendência nunca foi tão bem-vinda. Ela sentiu um nó se formar no estômago e sua garganta parecia estar totalmente seca. Ela esperava não vomitar no belo tapete. Com certeza seria enviada de volta para Caterlow se fizesse isso — ou direto para a prisão dos devedores.

Vai com calma, disse a si mesma, repetindo o que sua avó havia lhe dito mil vezes. *Se você for com calma, vai cometer menos erros.* Ela alternou o peso entre os pés e sacudiu as mãos para dispersar a energia nervosa. Então, respirou fundo e entrou na sala de visitas.

Niamh abriu a boca para se anunciar... e tropeçou em uma dobra no tapete. Ela engoliu um som de surpresa e se recompôs antes que caísse de cabeça dentro de uma urna cheia de plantas.

— Você está bem? — perguntou seu anfitrião, Sua Alteza Real, o *príncipe regente de Avaland*, em tom de leve alarme.

As bochechas dela queimavam furiosamente com a humilhação.

— Sim, Vossa Alteza. Obrigada.

Quando ela reuniu coragem para erguer o olhar de novo, ele havia se levantado. Ela imaginou que ele não tivesse mais do que trinta anos, mas seu comportamento cansado e sisudo pertencia a um homem vinte anos mais velho. Seus cabelos castanho-escuros estavam penteados de forma impecável, totalmente domados, com nenhuma mecha fora do lugar. Vestia um casaco preto simples, costurado em perfeitas linhas retas. Até sua aliança de casamento, um simples anel dourado, não tinha nenhuma imperfeição. Tudo nele, das sobrancelhas até as maçãs do rosto angulosas, gritava *ordem*. Parecia um homem esculpido em mármore, perfeitamente em casa em um palácio de uma época remota.

Mas era do jovem parado ao lado dele que Niamh não conseguia tirar os olhos. Ele não tinha mais do que os mesmos dezoito anos dela. Em plena luz da manhã, seus olhos dourados queimavam com uma intensidade mais do que hostil. E quando seu olhar encontrou o dela, Niamh jurou que seu coração parou. Ela se escorou no encosto de uma poltrona.

Os traços do jovem eram finos, quase tão afiados e duros quanto uma lâmina... Bem, ela o chamaria de perigoso, mas na verdade ele tinha o físico de uma agulha de costura. Ela poderia quebrá-lo no meio se estivesse determinada a isso. Ele vestia um casaco preto com recortes peculiares na lapela, um colete de seda grafite e uma gravata preta com um nó simples no pescoço. Ela nunca gostou muito de uma paleta monocromática — estava bastante fora de moda para usar durante o dia, sem falar que era *sem graça* —, mas as roupas dele eram costuradas com tanto primor que ela praticamente não se importou. Seus cabelos, quase pretos, cor de terra molhada, estavam presos em um coque na altura da nuca.

Era o homem mais bonito que ela já tinha visto.

Mas assim que abriu a boca, o encanto que ele havia lançado sobre ela se quebrou.

Com uma arrogância glacial, ele perguntou:

— Quem é *você*?

2

Com certeza, Niamh não tinha escutado direito.

Ou talvez ele estivesse brincando. Sim, devia ser isso. Ninguém, principalmente um nobre, podia ser tão grosso sem o menor motivo para isso.

Mas quando ela se forçou a rir, o clima não suavizou. O jovem ficou lá com os braços cruzados e seus olhos penetrantes fixos nela. Sustentar aquele olhar era um desafio, e também uma óbvia armadilha.

Só um tolo morderia aquela isca.

— Niamh Ó Conchobhair. — Ela fez uma mesura, abaixando-se o máximo que podia, esperando que aquilo fosse o que deveria fazer. Ah, por que não havia *escutado* quando Erin tagarelou sem parar sobre todos os detalhes complicados da alta sociedade avalesa e suas formalidades absurdas? — É uma honra conhecê-los.

Ficou evidente que isso não respondeu à pergunta dele. Se serviu para alguma coisa, foi apenas para desagradá-lo ainda mais.

— Tenho certeza disso — disse ele, ácido, então virou-se para o príncipe regente. — Por que eu estou aqui?

— Esta — começou o príncipe regente, mal contendo a irritação — é sua alfaiate, Kit.

Sua alfaiate. Todo o sangue se esvaiu do rosto dela quando a realidade da situação a atingiu em cheio. Aquele homem horrível e grosseiro era o irmão do príncipe regente. O segundo filho do rei de Avaland. Príncipe Christopher, duque de Clearwater. O *noivo*.

Kit não se dignou a olhar para ela.

— Ah, então isso é uma emboscada.

— Eu não percebi que uma apresentação seria algo tão importuno para você. — O príncipe regente baixou a voz. — Perdoe-me por achar que você gostaria de falar com ela antes que eu a mandasse tirar suas medidas.

— Por que você pensaria diferente? — Ficou evidente no rosto de Kit que ele não tinha a mínima vontade de colaborar e cada sílaba dele estava repleta de rancor. — Estou sob seu comando.

Foi quando Niamh ouviu, de repente, uma cerâmica se estilhaçar, e um estrondo frágil quando o objeto caiu no chão. Ela se virou na direção do som e quase morreu de susto. O azevinho no canto da sala tinha começado a se agitar, e as veias de suas folhas brilhavam em dourado, com magia. Suas raízes forçavam caminho pela rachadura do contêiner. Novas plantas surgiram e se organizaram em perfeitas topiarias em camadas. A raiva do príncipe regente, ao que parecia, era polida e meticulosa como tudo nele.

Niamh se recuperou do choque o suficiente para rezar para que sua boca permanecesse fechada. A cada nova geração, a magia desaparecia um pouco mais do mundo. Era raro, de fato, encontrar uma magia tão potente naqueles dias.

Ela havia crescido ouvindo histórias de terror sobre o poder da família real avalesa. Como aquele poder tinha causado a Calamidade ao esgotar o solo. Como durante a Guerra de Independência Machlesa, galhos com espinhos haviam surgido da terra e empalado homens como baionetas vivas. Niamh sempre havia suspeitado de que essas lendas eram exageradas. Agora, ela não tinha certeza do que os Carmine eram capazes de fazer.

Como o pai do príncipe regente pôde ter exercido tal poder de forma tão cruel? Se ele não tivesse feito isso, talvez a família dela não tivesse passado tantas dificuldades. Talvez menos indivíduos de seu povo teriam sido obrigados a embarcar naquele navio. Talvez ela não tivesse tido que deixar para trás tudo o que conhecia para assim poder cuidar daqueles que amava. A raiva ganhou vida dentro de Niamh, de forma tão repentina que ela ficou chocada.

No entanto, o príncipe regente parecia preocupado demais com o irmão para prestar atenção nela. Ele suspirou por entre os dentes. As faíscas douradas se aquietaram em seus olhos e, mais uma vez, ele se tornou um exemplo de compostura. Como se tivesse sido conjurado, um lacaio saiu das sombras e tirou uma tesoura de poda do bolso da camisa. Começou a podar o azevinho para que ele voltasse a ter um tamanho manejável, e o constante *clipe, clipe, clipe* das lâminas rompeu o silêncio. Outro criado apareceu para varrer os cacos quebrados do vaso, entrou e saiu em questão de segundos.

— Vamos terminar essa discussão agora mesmo. Em particular. — O príncipe regente, claramente nem perto de terminar com Kit, virou-se para Niamh. Sua expressão era exageradamente zelosa, como se ele estivesse falando com uma dama nobre e delicada, e não com uma garota machlesa. Depois de lidar com os próprios pensamentos negativos e ser tratada com desprezo pela governanta do príncipe, isso a desestabilizou.

— Eu sinto muito, srta. O'Connor. Meu irmão perdeu a cabeça.

Kit fez um som que não era bem uma risada.

— Seja lá o que quer me dizer, pode dizer aqui.

A indignação cresceu dentro de Niamh. Ela era uma *pessoa*, não uma peça de mobília ou um peão em meio à ridícula guerra por procuração dos dois. Talvez Kit devesse pensar duas vezes antes de tratar o irmão, ninguém menos que o governante do reino, com um desrespeito tão grande na frente de uma estranha. Antes de parar e pensar melhor, disse:

— Imagino que não tenha interesse em moda, então?

O ar estava carregado de tensão. Ambos os príncipes a olharam com surpresa, e Niamh fez o possível para não se encolher diante de toda aquela atenção dirigida a ela.

Ó, deuses. O que ela havia feito?

A carranca de Kit estava de volta.

— Não. Eu acho uma perda de tempo.

Sua breve rejeição a surpreendeu. Ele simplesmente insultou o trabalho da vida dela, sem nem se preocupar em ser minimamente educado. Com o máximo de alegria que conseguiu reunir, ela disse:

— Eu sou apaixonada por isso.

— É mesmo? — Para sua surpresa, ele pareceu curioso, o que a deixou satisfeita por ter sido de fato ouvida.

Ela poderia responder àquela pergunta de muitas formas. Porque costurar era a única coisa na qual era boa. Porque era a única em duas gerações que pôde ao menos ter um vislumbre da arte quase extinta de sua família, e coube a ela preservá-la. Porque, apesar de toda pressão, todas as longas horas, todas as lágrimas, pouca coisa no mundo a deixava mais feliz do que fazer outras pessoas felizes. No fim, ela optou por algo seguro, mas verdadeiro.

— Eu gosto de coisas bonitas, e gosto de criar coisas que fazem as pessoas se sentirem bonitas.

— Que bobagem — ele disse com um desdém tão pungente e repentino que era como se tivesse posto o dedo em uma ferida. — Não vale a pena dedicar a vida à beleza. Isso só serve para bajuladores e tolos exibidos.

Niamh recuou. Ele não era apenas grosso, era *cruel*. E sem uma gota de bom senso, francamente. Era *ele* que ia se casar. Era *ele* que usava sapatos que custavam mais do que ela ganhava em um mês. Era *ele* que vestia um colete de seda que praticamente suplicava para sair em uma revista de moda. Seda! E no verão, ainda por cima. Ela torcia para que ele suasse nele. Ela torcia para que ele...

— Tenha um pouco de respeito com nossa convidada, Christopher — repreendeu o príncipe regente. — Ela é plebeia, mas tem sangue divino.

Niamh nunca tinha ouvido ninguém dizer *sangue divino* antes, mas era óbvio o que significava: um ceird, a arte, *magia*. Se os avaleses acreditavam que a magia deles era também divina, talvez os mitos avaleses e machleses não fossem tão diferentes como a tinham feito acreditar.

Há muito tempo, assim contavam as histórias, centenas de deuses velejaram para Machland e a tornaram seu lar. Antes de se esconderem atrás do véu de Domhan Síoraí, alguns tiveram amantes mortais e passaram sua magia para os filhos. Cada pessoa com um ceird alegava que era possível traçar sua ancestralidade até um dos Justos. Havia Luchta, que fazia espadas e escudos que mudavam o rumo da batalha; Dian Cecht, cujos remédios podiam curar qualquer ferimento; Goibnu, cujos banquetes podiam manter um homem satisfeito por décadas; Bres, capaz de encerrar qualquer disputa com sua língua de prata; Delbaeth, que cuspia fogo como um dragão; e, é claro, aquela cujo nome ela recebeu, Niamh. Ela sempre tinha achado uma ironia cruel ter sido nomeada em homenagem à rainha da Terra da Juventude Eterna.

— Como desejar, Jack. — Kit a rodeou. — Vamos ver, então.

Ela entendeu sua ameaça velada: *Me dê uma razão para não te colocar de volta naquele navio*. Ele não se achava superior a ela; ele sabia que era. Desde que recebera o convite do príncipe regente, Niamh sabia que aquilo não era uma recompensa pelo que ela havia conquistado, mas o início de um novo teste. Ali, como plebeia, como machlesa, ela teria que trabalhar o dobro para ganhar seu sustento. A determinação incinerou todo o seu medo, e tudo o que restou, ardendo dentro dela, foi a necessidade de provar não só seu valor, mas também que Kit estava *errado*.

— Com prazer — respondeu, com muito mais fogo e veneno do que pretendia. — Mas vou precisar que tragam minhas coisas.

O príncipe regente, Jack, mal levantou um dedo antes que um lacaio saísse da sala.

— Imediatamente. Por favor, sente-se e fique à vontade.

Ela se sentou cuidadosamente na beirada de uma poltrona.

— Obrigada, Vossa Alteza.

Depois de apenas um minuto, o lacaio voltou com a mala de Niamh. Ela vasculhou seus escassos bens mundanos, com plena consciência de como sua vida devia parecer rudimentar para eles, até encontrar seu bastidor de bordar, um carretel de linha e uma almofadinha de alfinetes. Ela mediu e cortou um comprimento de linha. Quando ousou levantar os olhos, Kit a encarava com uma intensidade que quase a fez perder a coragem.

Não, lembrou a si mesma. *Ele nunca terá visto nada como você.*

A magia dela estava longe de ser a mais chamativa do mundo. Uma vez, em um tempo irrecuperável, talvez um manto feito por um Ó Conchobhair possa ter subjugado exércitos inteiros. Porém, Niamh nunca quis mudar o mundo. Seus clientes a procuravam por seus modelos, mas também por sua arte. Tudo o que ela costurava tinha um algo sutil que era irresistível. Ninguém conseguia descrever direito aquilo: quem visse alguém usando uma peça feita por Niamh Ó Conchobhair sentia algo. Niamh tinha transformado uma jovem viúva na imagem da tristeza. Ela havia feito pessoas que nunca eram convidadas para dançar nas festas desaparecerem pelos cantos de um salão de baile. E dois anos antes, havia transformado Caoimhe Ó Flaithbertaigh em duquesa.

Niamh soltou um suspiro e se tranquilizou. Ela conseguia fazer isso.

Um lenço feito pela metade estava preso em seu bastidor de bordado, uma peça em que ela havia trabalhado durante a longa viagem para Avaland. Ela havia bordado com primor flores silvestres no lenço, tão vívidas que pareciam reais, prensadas e esquecidas em um pedaço de seda. Havia usado trinta cores diferentes de linha, afinal. Só olhar para aquilo já a deixava cheia de saudade das coisas que ela havia perdido. Conforme a magia crescia em seu interior, ela pensava no verão. Era a melhor época do ano em Caterlow, quando todas as crianças corriam livres e descalças nos campos e a brisa do mar esfriava o suor que se formava em sua testa. Aqueles dias sempre pareciam intermináveis e promissores, inesgotavelmente felizes. Ela havia bordado aquelas lembranças nessa peça, lembranças que a mantiveram para cima nas ondas negras do mar Machlês.

Ela estava pronta.

Sentiu uma pontada afiada no peito, não mais dolorosa do que a picada de uma agulha. E então, sua magia se desenrolou para fora dela. A linha cintilou, como se ela segurasse um delicado feixe de luz solar entre os dedos. Seu brilho suave banhou a sala, dançando sobre todas as molduras douradas dos quadros, sobre todos os brilhantes botões de metal que ornavam os sofás.

Kit disse um palavrão, tão baixo que ela quase não ouviu.

Todo o resto desapareceu, menos os dois e a tenra dor do desejo enfiado no buraco da agulha. Os lábios de Kit se abriram, e a luz da magia dela fez os olhos dele se iluminarem. O calor florescia na nuca dela, e seu estômago se agitava de modo estranho. Se fosse mais ingênua, ela diria que a expressão dele era repleta de admiração.

Não, ela só podia estar imaginando coisas. Tirou os olhos dele e começou a bordar pequenos enfeites dourados no desenho. Quando terminou, as pétalas pareciam atravessadas pela luz do sol, e todas as folhas, gotejadas com orvalho. Com o máximo de cuidado, cortou o fio solto e tirou o tecido do bastidor.

— Não é muito, mas não quero tomar todo o seu dia. — Ela empurrou o lenço na direção de Kit. — Espero que isso dê uma ideia do que eu posso fazer.

Quando Kit pegou o lenço, pareceu cinco anos mais novo. Seu olhar estava perdido diante de uma lembrança que o transportava para um lugar distante. O efeito, porém, surgiu e desapareceu quase em um piscar de olhos. Ele largou o lenço como se tivesse queimado sua mão. O coração de Niamh se apertou ao vê-lo jogado no chão, todo amassado. Por um instante, Kit ficou olhando para o lenço enquanto um rubor subia por seu pescoço.

— Isso — disse ele com maldade — é algum tipo de truque.

Jack, pelo menos, poupou-a da indignidade de ter que se defender.

— Não vou ouvir mais nenhuma palavra de você. A srta. O'Connor é a melhor costureira que eu encontrei, e a melhor é a que você vai ter.

Kit se levantou com toda a agressão contida de um animal encurralado. Ele era uma cabeça mais baixo que o irmão, mas preenchia a sala com sua raiva.

— Prefiro não usar nada no meu casamento do que qualquer coisa para a qual ela sequer tenha olhado.

Raiva e confusão fervilhavam em Niamh, até que ela estremeceu com o esforço de contê-las. Seus olhos se encheram de lágrimas. Um *truque*? Ela tinha aprendido a costurar com a avó antes mesmo de aprender a andar. Ela tinha dedicado a vida toda a dominar a arte, e ela era a coisa mais pura e verdadeira que conhecia. Ela havia bordado um pedaço de sua alma naquele lenço, e ele tinha agido como se ela tivesse cuspido em suas botas. O que doía mais era que Kit não havia tido a decência de se dirigir diretamente a ela. Ele nem olhava para ela.

— Chega — Jack rebateu. — Eu já decidi. A corte já está apaixonada pelo trabalho dela, e o rei de Castilia está chegando com a infanta Rosa em dois dias. Você esteve distante da corte por muito tempo, meu irmão. Espero que queira passar uma boa impressão.

A expressão de Kit se fechou. Para o espanto de Niamh, ele não disse nada.

Distante da corte? Não era incomum que jovens nobres partissem em viagens, mas da forma como Jack havia dito... Parecia mais uma punição.

— Quanto a você, srta. O'Connor — Jack continuou, cansado —, diga aos meus criados o que precisa e eu mandarei trazer. Isso, é claro, se não tiver mudado de ideia.

— Não mudei, senhor. Obrigada! — A resposta saiu alta demais. Lutando para se conter, ela fez uma mesura. — Não vou desperdiçar essa oportunidade.

Naquele exato momento, uma batida hesitante soou na porta. Ela se abriu um milímetro, e uma voz abafada disse:

— Uma mensagem para o senhor, Vossa Alteza.

— Não fique aí parado como um fantasma. Entre. — Jack fechou os olhos, como se buscasse por uma reserva de paciência dentro de si. — O que é?

A porta se abriu o suficiente para passar um pajem, que permaneceu na soleira com o olhar voltado para o chão. Seus dedos seguravam frouxamente um envelope.

— Outra carta de Helen Carlile, senhor.

— Pelo amor de Deus... — Jack atravessou a sala e arrancou a carta da mão do pajem. *Lá se foi a graciosidade da corte*, Niamh pensou. — Mais uma? Você me interrompeu por causa de mais uma carta de Helen Carlile?

O pajem se encolheu.

— Desculpe, senhor! É a terceira em três dias, então imaginei que fosse urgente.

— Você está redondamente enganado. — Jack rasgou a carta bem ao meio. — Não tenho tempo para os discursos hipócritas dela hoje. Nem em qualquer outro dia. Da próxima vez que vir uma dessas, mande de volta. Ou melhor, queime. Não quero ouvir ninguém nem sussurrar o nome Helen Carlile, nem Lovelace, nesses corredores. Entendeu?

— Sim, senhor. — O pajem não partiu logo. Ele olhou para Kit e Niamh, como se estivesse com medo de falar. — Tem outra coisa. Seu camareiro, senhor... Achei que quisesse saber o quanto antes, dadas as circunstâncias.

Jack murmurou alguma coisa. Por um instante, parecia um tanto exausto, mas então piscou e recuperou a expressão estoica.

— Muito bem. Vá chamar a sra. Knight imediatamente. Eu falo com ela em meu gabinete.

— Sim, senhor.

— Ótimo. Pode ir. — Quando a porta se fechou atrás do pajem, Jack soltou o suspiro mais sofrido que Niamh há havia ouvido. — Se puder me dar licença.

Ela se perguntou como um camareiro e uma mulher podiam causar tamanha frustração em um príncipe. E quem era Lovelace?

Niamh olhou para Kit como se ele pudesse lhe dar alguma pista. Mas o olhar dele, repleto de ódio, estava apontado como um fuzil de atirador para as costas do irmão, que se afastava. Ela se assustou. Não era o tipo de ódio menor que crianças sentiam por irmãos mais velhos rígidos. Era amargo como uma noite de inverno... e antigo, com raízes profundas.

Kit guardava aquele rancor havia muito tempo.

Quando ele notou que ela estava olhando, fez cara feia.

— Por que está olhando para mim?

— Eu... — Ela ficou boquiaberta. Qualquer dia daqueles, poderia espetá-lo com uma agulha de propósito. Na verdade, era *ele* que estava olhando para *ela*. — Não estou!

25

— Certo. — Com isso, ele se levantou e saiu com arrogância.

Niamh enterrou o rosto nas mãos. Essa era a oportunidade de sua vida, e é claro que lhe havia sido designado o cliente mais rabugento e antissocial do *mundo*.

Talvez essa oferta tenha mesmo sido perfeita como em um conto de fadas, exatamente como sua avó a alertou. Um belo ardil, como uma maçã de vidro cheia de veneno.

Nada estava saindo como ela havia sonhado.

3

UM POUCO DEPOIS DE KIT SAIR, uma criada chamada Abigail apareceu para levar Niamh a seu novo quarto. Os pensamentos giravam em círculos tão ansiosos na mente de Niamh que ela esbarrou no batente da porta, com tanta força que Abigail parou e perguntou se estava tudo bem. Qualquer resposta coerente, no entanto, desapareceu quando ela viu seu novo quarto.

As cortinas pesadas deixavam que a luz translúcida do meio da manhã entrasse e cintilasse nas contas de vidro do lustre, criando no tapete uma estampa com delicadas lascas de arco-íris. Ela se conteve para não se atirar na cama; deixar uma mancha sequer naqueles lençóis imaculados parecia a Niamh um pecado dos mais graves. Mesmo de longe, ela podia ver como o tecido era delicado. Eram até bordados com o brasão de rosa da Casa Carmine em linha branca brilhante.

— Devo pedir para prepararem um banho? — perguntou Abigail, cordial.

— Por favor. Isso seria ótimo.

Em poucos minutos, um pequeno grupo de criadas havia transportado uma banheira e a colocado ao lado da lareira. Abigail trouxe um carrinho repleto de elegantes frascos de vidro, depois puxou o biombo para lhe dar privacidade.

— Pode me chamar se precisar de alguma coisa, senhorita — disse ela.

E Niamh ficou sozinha.

Imediatamente, sentiu a garganta apertar e os olhos começaram a arder. *Não chore*, ela disse a si mesma. Ah, como ela odiava chorar sempre que estava estressada ou zangada. Mas quando começava não conseguia parar. Lágrimas escorreram por seu rosto, e ela as secou. Só pensava nos olhos cor de âmbar de Kit Carmine, perfurando-a como se ela fosse um rato que havia se enfiado na adega de vinhos. Tudo o que conseguia ouvir era aquele profundo desprezo por ela na voz dele.

Uma tola exibida. Uma bajuladora.

Ele não sabia nada sobre ela.

Quando deixou Caterlow, dias antes, sua mãe havia segurado seu rosto e dito: *A Temporada é perigosa para uma garota como você. Se quiser ir, não vou te impedir. Apenas saiba que o nosso bem-estar não é sua responsabilidade.*

Niamh havia sentido os dedos dela em seu queixo, as pontas calejadas por décadas de costura e as articulações inchadas pelas longas horas de trabalho. Ela fitou os olhos da mãe, azuis e com as pálpebras um pouco caídas como os seus, e observou as rugas prematuras nos cantos. Então pela primeira vez se deu conta que sua mãe não era mais uma mulher jovem.

É claro que o bem-estar da família era sua responsabilidade. Principalmente agora que ela estava em Avaland, lar da família que os deixou para morrer. Uma nova onda de culpa quase a deixou sem fôlego.

Os machleses haviam sofrido muito durante os setecentos anos em que foram governados pelos avaleses. Machland, disseram aqueles primeiros colonizadores, era exuberante e fértil; a fartura nunca se esgotava. Havia se tornado selvagem e perversa na época em que as pessoas foram deixadas à própria sorte, mas, nas mãos certas, com certeza floresceria. À medida que os séculos se arrastavam, no entanto, os avaleses ficaram mais gananciosos. Exportavam para Avaland quase tudo o que crescia em Machland, não deixando nada para as pessoas que cuidavam da terra. E tiraram tudo o que podiam, até não restar nada. A gota d'água foi a Calamidade.

Os avaleses chamaram esse evento de um terrível acidente. Os machleses chamaram de massacre.

A magia dos Carmine, alegavam os avaleses, dispensava o período de pausa no cultivo. Então eles forçaram a terra a produzir até que nada mais brotasse nela. Em um ano, as colheitas murcharam, e o mesmo ocorreu nos anos seguintes.

Mesmo que o sangue divino de sua família tivesse maculado a terra, o pai de Kit e Jack não fez nada. Só observou um milhão de pessoas passar fome e mais um milhão fugir da ilha. A rebelião deflagrada por essa situação foi sangrenta e rápida. Havia vinte e cinco anos que Machland era uma nação soberana, mas ninguém que viveu aquilo esqueceu ou perdoou.

Esses fantasmas acompanharam Niamh durante toda a vida. Ela sempre quis diminuir o fardo da família, afastar o passado que ainda os assombrava. Escolheu ser feliz todos os dias precisamente porque sabia o quanto a situação poderia ser pior. Sorria porque não suportaria a ideia de eles acharem que falharam com ela sequer por um momento. *É claro* que era sua responsabilidade cuidar deles depois de tudo o que tinham passado. Era uma coisa tão pequena tentar dar a eles o conforto que nunca tiveram na infância.

Era uma coisa tão pequena ser generosa.

Quando finalmente se sentiu exausta, Niamh terminou de secar as lágrimas e desamarrou o vestido e o espartilho para entrar com cuidado na banheira. A água espirrou em suas panturrilhas, bastante quente. O vapor que se formava em volta dela recendia a lavanda e alecrim. Hesitante, Niamh entrou na banheira até a água bater na altura do queixo — e desejou, para poder manter sua consciência tranquila, gostar menos daquilo. Era o maior luxo que ela já tivera na vida. Em Caterlow, só se banhava com um jarro e uma bacia, o que, ela reconhecia, podia ser mais prático. A sujeira se desprendeu de seu corpo, e pelo menos parte de sua tensão se dissolveu junto com a imundície. Era melhor não olhar muito para a água.

Ela pegou um pente no carrinho e começou a desfazer os nós de seus cabelos. Os fios flutuavam na água turva, escuros como a maré. Sentindo um medo que se agravava aos poucos, olhou para a mecha prateada que os atravessava. Nenhuma mudança ainda, mas logo...

Não, não valia a pena se preocupar com isso.

Você não está doente até ficar doente.

Suspirando, Niamh penteou os cabelos para trás e tirou-os de vista. Ela pendurou os braços sobre a beirada da banheira de cobre e deitou o rosto sobre o ombro. O frio do metal atingiu sua pele, mas o fogo crepitando preguiçosamente na lareira a aqueceu.

Em apenas algumas semanas, isso terminaria. Com o dinheiro dessa encomenda, sua família poderia morar com ela em Sootham. Talvez sua avó ficasse contrariada no início, mas logo veria que uma vida melhor e mais confortável a esperava ali. Ela começaria a gostar de todas essas coisas belas e fúteis.

Supondo, é claro, que Niamh pudesse fazer algo incrível o bastante para encantar até um cético como Kit Carmine.

Mais para o fim da tarde, Niamh abriu a porta do quarto. A luz do sol que entrava pela janela deixava o fim do corredor rosado e aguado como uma ferida.

Ela não tinha ideia de onde ficava a cozinha, mas não deveria ser muito difícil chegar lá. Se pudesse encontrar sua amiga Erin em algum lugar, seria ali. Havia muito tempo, o clã Ó Cinnéide era conhecido pelo poder de cura. Eles podiam preparar um elixir capaz de restaurar uma pessoa à beira da morte, ou criar um emplastro que fazia renascer um membro amputado. A coisa mais impressionante que Erin havia conseguido fazer foi um chá que acalmou a inflamação nas articulações de Niamh por algumas horas. Fora isso, ela preparava bolos deliciosos.

Quando Niamh se dirigia à escadaria, um som alto, que ela descreveria como uma espécie de urro, ecoou de baixo.

E então o caos se instaurou.

Uma confusão de passos ribombou pelo piso de madeira e conversas circularam pelos corredores. Niamh segurou o corrimão e espiou pela beirada. Lá embaixo, criados passavam apressados carregando pratos, bandejas e talheres polidos até brilharem como uma armadura. Ela não pôde deixar de se admirar com toda aquela agitação — e com o quanto seria mais fácil se algum deles possuísse um ceird. Em Caterlow, havia quem conseguisse trazer às próprias mãos um objeto posicionado do outro lado da sala, e quem fosse capaz de levantar três vezes o peso de um homem. Embora ela tivesse ouvido falar que alguns avaleses detinham a arte, isso era muito raro. Era uma bobagem que alguém que fizesse algo *prático* não tivesse ajuda de magia para isso.

Que estranho, ela pensou depois de um instante, *que não haja criados machleses com a arte para ajudar.*

— O que você está fazendo aí parada?

Niamh se assustou, afastando-se do corrimão. Uma jovem olhava feio para ela, equilibrando uma cesta de roupas de cama no quadril. Niamh disse, muito arguta:

— Quem, eu?

A outra garota mal parecia estar ouvindo.

— O príncipe regente está de mau humor, sabe. Quer que ele pegue você aí toa? Olhando para o nada sonhadora quando já estamos com pouco pessoal?

Era óbvio que a jovem a confundiu com uma criada. Niamh dobrou os joelhos e evitou os olhos dela.

— Não, senhora. Desculpe, senhora.

— Então vá. E vê se acorda.

Niamh quase fez o que ela disse, mas talvez pudesse descobrir se Erin já havia sido transferida.

— Com licença, tem uma garota chamada Erin Ó Cinnéide aqui?

— Erin — repetiu ela franzindo os lábios, pensativa. — Sim. Ela estava aqui, mas foi embora dois dias atrás.

Ela *foi embora*? Não podia ser.

— É mesmo? Por quê?

— E eu é que sei? — retrucou a garota, maldosa. E ao passar por Niamh, ela a empurrou, murmurando algo sobre a *machlesa preguiçosa.*

Depois do que Kit Carmine a havia feito passar, Niamh não tinha energia para se aborrecer com aquilo, principalmente naquele momento, em que se sentia tão confusa. Erin parecia estar tão feliz em Sootham.

31

Suas cartas sempre estavam cheias de um humor sutil e uma sabedoria serena — e tinham várias páginas, por sinal. Com certeza, ela teria comentado se pretendesse voltar para Caterlow ou se estivesse infeliz ali. Do jeito que o correio era lento, no entanto, talvez alguma carta não tivesse chegado a Niamh antes de ela deixar Machland. Ela escreveria para Erin imediatamente e descobriria o que estava acontecendo.

Seu estômago roncava sem parar. Então, antes de qualquer coisa, tomaria um café da manhã bem tardio.

Quanto mais Niamh se aventurava pelo interior da casa, mais o caos se intensificava. Lacaios corriam para todos os lados, levando arranjos de flores, tochas e até uma escultura feita de gelo. Outros se equilibravam com muita dificuldade em escadas, colocando velas brancas em todas as superfícies possíveis. Criadas poliam os espelhos até ficarem com um brilho letal. Um raio de sol refletiu em um dos espelhos e atingiu seus olhos em cheio. Momentaneamente cega, ela trombou em uma pobre alma que cuidava da própria vida.

— Me desculpe! — gritou ela.

— Ora, se não é Niamh O'Connor — disse um homem ao mesmo tempo.

Niamh deu um passo para trás para vê-lo melhor. O jovem diante dela claramente conhecia o poder de um bom estilo: ele usava um casaco azul-claro com punhos que ultrapassavam os ossinhos dos dedos, no estilo jailleano e um colete de gola alta xadrez. Ele os combinava graciosamente com luvas turquesa e um lenço de pescoço da mesma cor, amarrado de um jeito elegante. Até seus cabelos estavam na moda, loiros e selvagens com um ar romântico, um efeito tornado possível graças a uma quantidade alarmante de pomada. Um nobre, sem dúvida, com aquele descuido afetado e sotaque revelador.

— Você me conhece? — Ela fez o possível para não parecer chocada.

— É claro que conheço. Admiro seu trabalho desde que ele deixou a alta sociedade fascinada, duas Temporadas atrás. Na verdade, eu mesmo estou morrendo de vontade de ter uma peça sua.

— Ah! — Ela de repente se sentiu um pouco aturdida. — Muito obrigada. Ficarei feliz em fazer algo para você quando tiver tempo.

— Não faça nenhuma promessa ainda. — Seu sorriso se tornou travesso. — Porque acabei de voltar de uma cavalgada com Kit e ouvi as coisas mais *fascinantes* sobre você.

A simples menção do nome do príncipe dissolveu nela toda capacidade de linguagem, todo sentido. Ela achou que havia chorado a pior parte de sua raiva, mas o sentimento ganhou vida outra vez. E, com certeza, Niamh deixou transparecer, porque ele disse:

— Ele causou uma impressão tão boa assim em você?

Ah, que chateação. Agora ela teria que mentir. De acordo com todos os contos de fada que havia lido, príncipes deveriam ser galantes e românticos. O príncipe da vida real que ela havia conhecido, no entanto, mandou muito bem na esquisitice.

— Sim, isso mesmo! Ele foi muito encantador.

Quando ela disse isso, o jovem perdeu a pose. Ele soltou a gargalhada mais vulgar.

— Você deve ser a própria Santa Imogen se acredita mesmo nisso. — Ele pegou um lenço, com a mesma estampa charmosa de seu colete, no bolso do casaco e secou os olhos. — Obrigado. Eu precisava disso hoje.

— De nada — disse ela, com desânimo.

— Ah, mas que falta de educação. Eu perco a noção das coisas quando estou perto de mulheres bonitas. — Ele estendeu a mão para ela e sorriu com ironia, como se quisesse deixá-la saber que estava atuando. — Gabriel Sinclair.

Ela pousou a mão sobre a dele e tentou não corar quando ele beijou o ar bem acima de seus dedos.

— É um prazer conhecê-lo, lorde Sinclair.

— Pode me chamar só de Sinclair. — Seu sorriso fácil desapareceu. — Você parece perdida. Posso te mostrar o caminho que está procurando, se quiser.

Pelo menos *alguém* nesse palácio queria ajudá-la.

— Sabe onde fica a cozinha?

— A cozinha? — Ele franziu a testa, incrédulo. — Que tal se eu pedir que sirvam um chá em vez disso?

— Não, não, não precisa! Não quero dar trabalho.

— Devo insistir. Todos precisam de um amigo na corte. — Ele deu uma piscadinha. — Principalmente quando você não é daqui.

Sinclair a levou por outro corredor. Ele devia ser muito amigo dos Carmine; circulava pelo palácio como se já tivesse atravessado aqueles corredores mil vezes, e dava ordens aos criados pelo caminho, com uma confiança alegre e modesta. De vez em quando, no entanto, Niamh pegava um deles rindo ou sussurrando furtivamente com o outro ao vê-los passar. Sinclair, se chegava a notar, não reagia. Niamh estava morrendo de curiosidade. Se até os criados tinham a ousadia de rir dele, talvez ele estivesse entre os excluídos da corte.

Depois que encontraram um lugar para sentar em um solário, demorou apenas alguns minutos para uma garota, que parecia sobrecarregada, servir o chá. Ela colocou sobre a mesa uma torre de biscoitos e um bule de cerâmica que exalava um vapor perfumado, e então desapareceu.

Enquanto Sinclair servia as xícaras, Niamh enfiou um biscoito na boca.

— Você salvou minha vida. Obrigada.

— Eu sei — disse Sinclair. — Por favor, mastigue. Você está me deixando nervoso.

Niamh obedeceu. Agora que havia se dado um momento para degustar o biscoito, pôde apreciar o sabor: delicadamente floral e amanteigado. Ela tomou um gole de chá, e logo se arrependeu. A bebida queimou sua garganta, mas pelo menos deixou uma nota de caramelo. Sinclair parecia impressionado de verdade.

— As coisas parecem agitadas por aqui hoje — observou Niamh. — Sabe o que está acontecendo?

— Jack está de mau humor, então seus criados estão de mau humor. — Ele fez uma careta. — O *Tagarela* voltou para a Temporada.

— O *Tagarela*?

— É uma espécie de coluna de escândalos. Embora, admito, o autor tenha uma estranha sensibilidade.

— Como assim?

— Sempre há, é claro, a típica fofoca da Temporada, mas ele sempre a mistura com política. Lovelace diz ser uma espécie de defensor dos oprimidos, mas é tudo um absurdo. — Sinclair se recostou na cadeira. — Eu não discordo da mensagem, é lógico, mas há quase três anos ele vem tentando convencer a todos de suas propostas políticas, e não conseguiu nada por seus esforços. O que tenho que admirar, no entanto, é que ele *detesta* Jack. Ele o provoca o tempo todo desde que começou a escrever.

— Sério? — sussurrou Niamh. Embora mal conhecesse o homem, não conseguia imaginá-lo suportando qualquer tipo de ridicularização por três minutos, muito menos três anos. Ele parecia orgulhoso demais. — Por que ninguém o deteve?

— Se Jack pudesse pegá-lo, tenho certeza de que ele estaria no mínimo preso. Nem mesmo seu editor sabe quem ele é, mas, de alguma forma, Lovelace sabe tudo sobre todo mundo. — Ele esfarelou um biscoito sem se dar conta. — Todos que são mencionados na coluna recebem uma cópia no dia anterior à publicação. Significa uma oportunidade de subornar Lovelace por seu silêncio. Não me pergunte como eu sei disso.

— Ele já escreveu sobre você?

— Algumas vezes, sim. Mas meu pai, o duque de Pelinor, reagiu pior do que eu. Não é tão ruim quanto parece. Há algo quase libertador em ter o pior sobre você exposto. — Ela podia notar a raiva dele nas entrelinhas, a *mentira*, apesar do tom indiferente dele. Embora eles tivessem acabado de se conhecer, ela se sensibilizou por vê-lo encobrir algo que claramente ainda o machucava. — Ele é irritante, mas pode ser interessante de vez em quando. Gostaria de ver?

Niamh hesitou. Com certeza era errado entregar-se a fofocas inúteis sobre seu empregador, mas ela adorava um pequeno escândalo de vez em quando.

— Sim.

Sinclair tocou um sino para um criado lhe trazer *A Crônica Diária*. Quando o jornal chegou, ele perguntou, não de maneira indelicada.

— Você sabe ler?

Era uma pergunta justa; poucas plebeias sabiam. Sua mãe havia lhe ensinado, mas ela raramente lia alguma coisa além de títulos de revistas de moda.

— Bem o suficiente, eu espero.

Ele lhe entregou o jornal. Estava amassado e rasgado onde as pessoas devem tê-lo passado de mão em mão. Niamh se atrapalhou um pouco ao abri-lo, tentando não parecer terrivelmente provinciana.

Ela nunca tinha visto uma publicação como aquela antes. Receber notícias diariamente era uma maravilha inimaginável para ela, muito mais estranha que magia. Em Caterlow, a informação chegava lentamente. Notícias do continente podiam levar um mês para alcançar as cidades machlesas, a duas semanas de Avaland, e as do exterior, às vezes podiam levar meio ano. Acrescente mais uma semana para chegarem a cidadezinhas como Caterlow, onde uma das poucas pessoas letradas recitava o jornal no bar. Não havia muita necessidade de colunas de fofoca, de qualquer modo. Todos sabiam da vida dos outros. Se alguém dissesse um segredo em voz alta, o vento o levaria para todas as casas do vilarejo até o fim do dia.

A Crônica, para sua consternação, era um tanto difícil de ler. A letra era muito pequena, como se o tipógrafo tivesse se esforçado para espremer todas as notícias na primeira página. Niamh estreitou os olhos, desejando muito ter uma lente de aumento. Foi até a última página, e lá, entre anúncios de carruagens e anáguas, havia uma coluna chamada *O Tagarela*.

Lovelace, ao que parecia, referia-se a todos que mencionava por epítetos, mas os detalhes pareciam incriminadores o bastante para qualquer um bem relacionado adivinhar a verdadeira identidade. E outros, ela descobriu, mal eram disfarçados.

Por esses dias fiquei sabendo de um desjejum desastroso na casa de um tal Lorde W..., de quem vocês devem se lembrar de alguns meses atrás, devido a seu envolvimento com uma certa Arma em um Incidente no Quarto do Bebê. Aparentemente, quando chegou a hora de servir o vinho, nenhum criado se materializou, e a reunião acabou depois de pou-

co mais de uma hora. Foi um terrível constrangimento. Eu lhes digo uma coisa, não para fazer fofocas inúteis, mas para lhes assegurar... ou talvez alertar.

Você pode achar que sua vida social está desanimada nesta Temporada. Fique tranquilo, seus amigos (provavelmente) não te odeiam. Trabalhadores machleses em toda a cidade estão largando mão das obrigações em protesto contra a forma como são tratados — e para exigir reparações pela Calamidade, a pedido de uma tal Senhora HC. A respeito da Senhora HC, devo colocar um fim nesse ridículo boato de que somos a mesma pessoa. De fato, compartilhamos uma causa, e eu a admiro por ser uma organizadora tão eficiente. Mas já a ouviram falar? A mulher é extremamente franca, e eu nunca fui franco nem um dia de minha vida. Mas estou fugindo do assunto. Uma Certa Pessoa se recusa a se encontrar com ela, mesmo que seus próprios criados estejam debandando.

CP pode não estar à altura da reputação de seu ilustre pai — lhe falta aquela confiança ousada, além daquele temperamento desagradável —, mas parece que ambos têm certa antipatia por nossos vizinhos machleses. Ou talvez ele esteja ocupado demais controlando a coleira de nosso próprio Filho Rebelde, que voltou finalmente para nós depois de quatro longos anos. Ainda resta saber se FR está se comportando melhor do que da última vez que o vimos. Eu, por exemplo, tenho minhas dúvidas.

A única certeza que tenho é que a insatisfação está se alastrando nesta Temporada, tanto entre os machleses quanto na corte. Para o seu próprio bem e por acreditar na dignidade inerente a toda a humanidade, encorajo CP a acatar as demandas de alguns dos mais vulneráveis da sociedade avalesa. Como você viu — e vai continuar sentindo —, seus prazeres dependem do trabalho e da magia deles.

Niamh abaixou o jornal com um desconforto azedando o estômago. Mesmo depois de todos esses anos, parecia que os avaleses nunca se cansariam de massacrar seu povo. Mas poderia ser verdade que até Jack estivesse maltratando seus criados machleses? Até então, ele havia sido gentil com ela, mas talvez confiar em seu próprio julgamento não fosse uma boa ideia. Ela sempre foi ingênua demais, sempre disposta a ver o melhor nas pessoas. Agora, Niamh se perguntava se o tamanho das cartas de Erin era um sinal não de empolgação, mas de solidão.

Como não conseguiu perceber isso?

O Tagarela era mesmo uma coluna de escândalos nada comum. Sugerir que o príncipe regente era um mau governante e apoiar reivindicações de reparação tão abertamente... Ela esperava que Lovelace tivesse tomado precauções para garantir que nunca fosse exposto. Mesmo em Caterlow, ouvira falar do que tinha acontecido em Jaille, cerca de trinta anos antes. Os plebeus se cansaram da elite mágica e, um dia, queimaram sua família real viva nas ruas. Desde então, cada monarca do continente havia silenciado dissidentes com uma rapidez aterradora.

E, no entanto, esta era a opinião de apenas uma pessoa — e provavelmente nem mesmo de um dos súditos de Jack. Lovelace só podia ser machlês. Quem, entre os avaleses, se importaria a ponto de escrever algo em apoio a plebeus estrangeiros?

— Parece que alguém tão ocupado quanto o príncipe regente teria coisas mais importantes para fazer do que se preocupar com um colunista.

— Sim, bem, Jack tem o péssimo hábito de levar tudo para o lado pessoal. — Pela expressão azeda de Sinclair, Niamh percebeu que havia cutucado uma antiga ferida. — Ainda assim, ele está sob muita pressão. A corte pode ficar muito irritada quando seus compromissos sociais são afetados. E como Lovelace disse, Jack não tem exatamente a reputação que seu pai tinha.

— Ele não é popular?

— Ele não é o pai dele — respondeu o lorde. — Em seu auge, o rei era um deus entre homens. Ele impunha respeito... ou talvez apenas medo. Ele também era um político de verdade. Já Jack se preocupa mais em governar o próprio lar do que o reino.

Niamh havia notado isso. Ele tinha uma esposa e uma governanta que sem dúvida poderiam comandar o palácio sem sua supervisão.

— É normal que os governantes avaleses estejam tão envolvidos no gerenciamento de seus criados? — perguntou ela, pisando em ovos.

— Ah, não. Jack pertence a uma espécie única de intrometidos. Ele acha que ninguém pode fazer uma única coisa certa. — Ele pareceu satisfeito com a pergunta, mas parou para se recompor. — Com toda a seriedade, hoje em dia a maioria dos reis são governantes-fantoches com poucas responsabilidades de fato políticas. A menos que *queira* se envolver, como fazia o pai de Jack. Os cofres reais financiam o governo civil, e o rei comanda as Forças Armadas. Além disso, o Parlamento lida com os detalhes mais específicos da administração do reino. Nossos governantes encontraram formas de se distrair quando se cansam da política. — Sinclair acenou com a mão. — O rei tem sua coleção de arte. O avô de Jack tinha um canil repleto dos mais belos galgos já vistos. E Jack... bem, ele tem seus compromissos sociais. Planejar o casamento o tem mantido bem ocupado.

— Oh — ela disse, pasma.

— De fato. — Sinclair levantou a xícara de chá na direção dela. — Bem-vinda a Avaland.

Bem-vinda mesmo. Aquilo tornava o trabalho dela duas vezes mais difícil. Se Kit se recusasse a vestir qualquer coisa que ela fizesse, então Jack com certeza a substituiria por alguém que o irmão fosse capaz de tolerar. Apesar de suas ameaças, o príncipe não poderia comparecer ao próprio casamento nu. O rosto dela queimou ao pensar nisso.

— Sinclair, não quero me intrometer, já que sei que acabamos de nos conhecer, mas preciso perguntar...

Ele se aproximou.

— Pode falar.

— Você conhece bem o príncipe Christopher?

Ele soltou um suspiro.

— Bem *demais*, se quer saber. Nós nos conhecemos desde crianças, então não tivemos muita escolha além de tentar uma amizade.

Aquilo explicava tudo. Ela sorriu, sentindo-se um pouco encantada com a ideia dos dois interagindo.

— Vocês dois não parecem ter muito em comum. Confesso que acho difícil imaginar sobre o que vocês conversam.

— Ah, sobre muita coisa. Kit tem uma lista em ordem alfabética de todos os meus erros. Ele gosta de me perturbar a respeito de todos eles.

Niamh riu.

— Nisso eu posso acreditar.

Sinclair lançou–lhe um olhar malicioso.

— Por que a pergunta?

— Não é nada que cause problemas, eu juro! Eu apreciaria o seu conselho, se tiver algum para me dar. Ficou claro que Sua Alteza me despreza, e de alguma forma eu preciso costurar algo que ele não odeie. Ele disse… — Niamh mal conseguia suportar repetir o que ele havia *realmente* dito. — … que preferia morrer a usar qualquer roupa minha.

— Parece mesmo algo que Kit falaria — Sinclair murmurou com a resignação sofredora de alguém que já ouviu a mesma história mil vezes. Então assumiu uma expressão séria. — Não estou tentando arrumar desculpas para ele, mas você deve entender que Kit vem travando uma guerra contra si mesmo por um longo tempo. Às vezes alguém é pego no fogo cruzado. Tente não levar para o lado pessoal.

— Vou tentar, com certeza. — Ela não parecia muito convincente, nem a seus próprios ouvidos.

— É assim que se fala. — A jovialidade acendeu seus olhos novamente. — Se tirarmos todos aqueles espinhos, veremos que ele não é tão ruim assim. Kit tem um lado doce e carinhoso. Então apenas seja você mesma. Você é como um pequeno furacão de franqueza e animação. É… Bem, é revigorante.

Niamh não sabia o que era pior: a imagem mental do *lado doce e carinhoso* de Kit ou ter que aceitar que ser *pequena* era um elogio. Como se não conseguir alcançar nada sozinha não fosse punição suficiente.

— Obrigada, Sinclair. Eu acho.

— Foi um prazer. — Ele sorriu. — Boa sorte.

Ela tinha a impressão de que ia precisar.

4

NA MANHÃ SEGUINTE, UM LACAIO ESCOLTOU Niamh até seu novo ateliê e lhe entregou uma carta escrita na caligrafia imaculada do príncipe regente.

Cara srta. O'Connor,

Por favor, aceite minhas sinceras desculpas em nome de meu irmão, e por minha partida repentina ontem. Espero que esteja se adaptando bem, e não hesite em avisar meus criados se precisar de alguma coisa...

O bilhete seguia descrevendo, em detalhes excruciantes, os compromissos sociais de Kit para a Temporada. Além de uma roupa para a apresentação das debutantes na semana seguinte — e a chegada de sua noiva, a primeira vez em cem anos que a família real castiliana pisava em solo avalês sem uma bandeira de guerra e uma marinha atrás de si —, ele precisaria de ternos para dois bailes por semana, um casaco para caçar e, é claro, o tradicional manto de casamento.

Antes de sair de Machland, Niamh havia reunido o máximo de informação possível sobre as tradições avalesas de casamento. Como parte da cerimônia, o padrinho do noivo colocava um manto em seus ombros para simbolizar seu novo papel como marido e protetor. Aparentemente, isso remetia a uma época cavaleiresca, em que o escudeiro de um cavaleiro o ajudava a se vestir para a batalha. Que pouco romântico, Niamh pensou, ver casamentos como batalhas a serem vencidas. Em

Machland, eles trocavam moedas de ouro e dançavam até o amanhecer. Ali, um casamento acabava no máximo ao meio-dia.

Niamh passou os olhos pelo restante do bilhete de Jack e quase perdeu o fôlego de tanta empolgação. A infanta Rosa tinha pedido que Niamh desenhasse seu vestido de casamento.

Detalhes, Jack escreveu, *a serem finalizados quando ela chegar.*

Era uma enorme honra pela qual ela não havia nem ousado esperar. Mas, depois de um instante, Niamh se deu conta do que estava sendo pedido. Ela teria que fazer dez peças em seis semanas. Mesmo que lhe tivessem prometido uma equipe de assistentes para ajudar a montar os trajes que ela desenhasse, a perspectiva de todo aquele trabalho a amedrontava mais do que ela gostaria de admitir. Mas cerca de dez minutos depois, aquela opressão completa e absoluta se transformou em uma determinação teimosa. Nem prazos absurdos, nem príncipes intratáveis poderiam assustá-la. Não quando sua mãe e sua avó estavam contando com ela.

E, sobretudo, não quando haviam lhe dado um espaço tão bonito para trabalhar.

Os criados haviam estocado o ateliê com tudo de que ela poderia precisar e ainda mais um pouco. Havia uma roda de fiar no canto — até um tear — e uma bela mesa de trabalho bem abaixo das janelas salientes. As estantes de livros tinham sido esvaziadas e preenchidas com suntuosos rolos de tecido, tudo muito mais refinado do que ela poderia ter sonhado em comprar.

Ela parou no meio do cômodo com as mãos unidas junto ao peito. Não queria deixar aquele lugar nunca mais. Não podia acreditar que, embora apenas por um mês, tudo aquilo era *dela*. Ao menos por um mês, ela poderia imaginar que realmente pertencia a um lugar tão belo quanto aquele. Que talvez até mesmo merecesse.

Niamh juntou as saias nas mãos e girou pelo espaço. Ela nunca tinha aprendido a dançar, mas quase podia ouvir o som do quarteto de cordas. O leve um-dois-três dos passos, o toque firme da mão de seu parceiro em sua cintura, e...

— O que você está fazendo?

Ela soltou um gritinho, surpresa. Quando virou na direção da voz, viu Kit parado na porta. Ela largou as saias e se estabilizou antes de pisar na barra.

— Você bateu?

Por um instante, ele apenas ficou olhando para ela. Tinha uma expressão peculiar, algo entre a perplexidade e a irritação.

— Sim. Eu bati.

— Bem, por favor, bata mais forte da próxima vez! — O sangue correu por suas orelhas e seu rosto queimou de vergonha. Era precisamente por isso que ela não podia se entregar a seus *voos de fantasia*, como sua avó gostava de chamá-los. Sempre que parava para desfrutar alguma coisa, sempre que cedia a seus desejos, algo terrível acontecia. Ela tinha passado muitas tardes desenhando vestidos impraticáveis, que nunca poderiam ser vendidos, ou sonhando acordada enquanto um pão queimava no forno. E agora havia sido pega dançando sozinha pelo homem mais crítico de Avaland. — Você me assustou.

— Você estava perdida em seu próprio mundo. Não sei como isso pode ser minha culpa.

Niamh resistiu ao ímpeto de resmungar alto. Certamente, ele tinha coisas mais importantes para fazer do que zombar dela. Ele tinha sorte por sua voz ser tão bonita quanto seus olhos, ou ninguém o suportaria. Tinha uma aspereza agradável, como a maré sobre uma costa rochosa.

Ela forçou um sorriso educado.

— Como posso ajudá-lo, Vossa Alteza?

— Não me chame assim. *Vossa Alteza* é meu irmão.

Então ele e Sinclair *tinham* alguma coisa em comum. Nenhum dos dois se importava muito com títulos ou outras formalidades. Ainda assim, Kit não conseguia esconder sua verdadeira natureza. Todo o orgulho que irradiava dele — o nariz para cima, a expressão desdenhosa em seus lábios — era prova suficiente de sua condição de príncipe.

— Meu lorde, então? — tentou ela.

Ele suspirou, exasperado.

— Apenas Kit.

— Muito bem, meu... — Ela se conteve antes que as lamentáveis palavras *meu Kit* saíssem de sua boca. Não, era íntimo demais. Ela não poderia chamá-lo pelo primeiro nome, então simplesmente não o chamaria de nada. — Err... desculpe. O que o senhor desejava mesmo?

— Deveriam tirar minhas medidas para um casaco novo. — Ele disse *tirar minhas medidas* como se fosse um método de tortura e *casaco* como se fosse um instrumento para esse fim.

De uma vez, a lembrança de seu insulto veio na memória. *Prefiro não usar nada no meu casamento do que qualquer coisa para a qual ela sequer tenha olhado.* A mágoa formou um nó apertado dentro dela, mas Niamh respirou fundo e se recompôs. Todos mereciam uma segunda chance. Sinclair tinha sugerido isso, a seu modo.

— Mudou de ideia, então? — E ela logo desejou poder devolver as palavras para sua boca. Quis parecer brincalhona, mas todas as suas mágoas se desenrolaram como o fio de um carretel.

Kit endireitou o corpo e estreitou os olhos, desconfiado.

— Em relação a quê?

Você sabe muito bem em relação a quê. Ela engoliu o orgulho ferido. Se ele quisesse acreditar que ela não era nada além de uma tola exibida e fútil, problema dele. Com o sorriso mais doce possível, ela disse:

— Não pretende mais ir nu para o casamento?

— Estou aqui, não estou? — retrucou ele, inabalável, para a decepção dela. — Vamos acabar logo com isso.

— Como desejar, senhor.

Ela ainda não estava tão familiarizada com o novo ateliê, mas não podia ser tão difícil encontrar o que precisava. Niamh abriu as gavetas da mesa de trabalho e ficou desestabilizada ao ver tudo organizado por cor, todas as ferramentas alinhadas em perfeitas fileiras. A pessoa responsável por aquilo era mesmo meticulosa. Seu próprio método de organização era... Bem, ela mesma acreditava que chamá-lo de método seria um delírio.

Depois de procurar por alguns momentos, ela pegou um caderno, colocou um lápis atrás da orelha e pendurou uma fita métrica no pescoço.

Kit permaneceu no mesmo lugar onde ela o havia deixado: braços cruzados, no meio da porta, pronto para dar no pé à mínima provocação.

Ela apontou para o espelho.

— Fique aqui, por favor.

Para sua surpresa, ele obedeceu sem reclamar. O príncipe entrou sorrateiramente na sala, como se um dos manequins fosse pular sobre ele, ou um corte de seda colorida pudesse voar da bobina e o estrangular. É certo que ela se sentia nervosa por ficarem tão próximos, com ele olhando-a de cima. Ele era magro e compacto como um lobo durante o inverno e mais baixo do que a maioria dos homens que ela conhecia. Por mais esguio que ele fosse, porém, ela era menor. Havia alguns centímetros de altura entre eles. Aquilo dificultaria as coisas.

— Um momento.

Niamh foi até o canto da sala e arrastou uma banqueta. Desenrolou a fita métrica do pescoço antes de subir nela. Suas pernas vacilaram, e Niamh jurou que viu Kit hesitar, como se pretendesse segurá-la, mas tivesse se contido no último instante. Ela ficou tão surpresa que quase se desequilibrou novamente. Talvez ele ainda tivesse algum instinto de cavalheiro. Ou talvez ela tivesse imaginado toda a cena. Ele olhava para a parede, resoluto, com um músculo de seu maxilar se contraindo.

Os cabelos de Niamh ainda caíam soltos sobre os ombros, então ela os prendeu em um coque. Uma olhada no espelho revelou que ela estava completamente desarrumada, mas não podia se importar com isso naquele momento. Até parece que poderia impressioná-lo, mesmo que tentasse.

Começou a tirar as medidas: a altura, a largura dos ombros, o comprimento do braço... Por algum milagre, o príncipe permitiu que ela o manipulasse como um boneco e ficou com uma expressão apenas um pouco martirizada. Mas ela havia chegado no limite do que era seguro. *Seguro*. Que ridículo. Ela era uma profissional tarimbada. *Ele* é que sem dúvida ficaria inquieto e constrangido com o que viria a seguir, então só o avisaria e acabaria logo com aquilo.

— Então... — Um início nada promissor. Ela pigarreou e tentou novamente. — Eu vou precisar chegar um pouco mais perto para as próximas medidas. Se isso o incomodar...

— Apenas faça logo.

— Certo — ela respondeu com uma falsa alegria. — Levante os braços para mim, por favor.

O silêncio se instaurou, terrivelmente. Os braços dela eram curtos demais para poupá-los do desconforto da proximidade. Niamh chegou mais perto dele, até quase pressionar o corpo nas costas dele. O príncipe irradiava calor, e um cheiro de plantas — e tabaco. Se ao menos ela pudesse parar de *reparar* nele. Nunca em sua vida ela sentiu que se sabotava tanto. Ao passar a fita métrica ao redor do peito dele, ela viu e sentiu seus músculos se contraírem. Quando roçou o cotovelo em suas costas, ele prendeu a respiração. O tecido de sua camisa respirava contra a pele dela e...

— Tem alguma coisa que você queira me dizer? — perguntou Kit.

Sua franqueza praticamente esmagou todos os pensamentos indomáveis dela.

— Hã?

— Você está arisca e estranha desde o momento em que entrei por aquela porta. Se tem algo a me dizer, pode falar.

Arisca e estranha. Ah, como ele ousava? O que restava da paciência dela se esgotou.

— *Bem* — rebateu lentamente —, já que perguntou com tanta educação, acredito que o senhor poderia considerar se desculpar.

O rosto de Kit relaxou com a surpresa. Ela o viu se recompor peça por peça, e sua expressão se tornou mais sombria ao compreender a situação.

— Desculpe.

"Desculpe", cuspido como um dente quebrado. Como se ela tivesse extraído uma confissão dele sob tortura. Se ela não estivesse tão furiosa com ele, poderia ter rido.

— É só isso?

Os olhos dele piscaram com uma frustração cheia de rancor.

— O que mais você quer que eu diga?

— Eu não sei. — Seu coração batia com tanta força que ela mal conseguia ouvir as próprias palavras em meio a todo aquele estrondo. Lá no fundo, uma parte de Niamh sabia que deveria desconversar, sorrir ou deixar aquele assunto para lá, que não deveria falar com o príncipe daquela forma. Talvez sua coragem tivesse vindo do fato de que ficaria naquele lugar somente por um período, ou talvez fosse a costureira que havia nela. Niamh nunca conseguia resistir a puxar os fios soltos. — Que o senhor se arrepende de ter chamado meu trabalho de *truque*?

Ele fixou o olhar na parede atrás dela.

— Eu estava zangado quando disse aquilo.

— Eu estou zangada *agora*. Meu trabalho... — *Sou eu*, ela quase confessou. — É uma questão pessoal!

— Não vou me desculpar por não cair aos seus pés de admiração. Não fui eu que pedi que viesse para cá.

— Não foi isso que eu quis dizer. — Sua voz vacilou. Se ela chorasse agora, nunca se perdoaria. — Foi cruel, e o senhor sabe disso.

— Eu sei disso. — Ele se enfureceu. — E pedi desculpas.

E aquele, ela imaginou, era todo o pedido de desculpas que ela poderia esperar dele. Ele devia considerá-la muito pouco mesmo para acreditar que isso era tudo o que ela merecia. Uma garota machlesa, afinal, merecia menos do que nada. No silêncio que se seguiu, o abismo entre eles aumentou ainda mais.

— Preciso terminar minhas medidas. — Foi tudo o que ela conseguiu pensar em dizer.

Ao continuar o trabalho, ela ficou taciturna. Sinclair havia lhe dito que ela seria pega no fogo cruzado da guerra que Kit tivesse escolhido travar. Agora, Niamh conseguia ver nitidamente o campo de batalha, com duas bandeiras vermelhas dos Carmine fincadas na terra. O casamento dele com a infanta Rosa seria uma união por dever, não por amor.

Não fui eu que pedi que viesse para cá.

Estou sob seu comando.

Jack tinha arranjado esse casamento. E, embora Kit tivesse concordado com ele, claramente pretendia irritar a todos até o final infeliz.

De repente, Niamh se sentiu profundamente triste. Ela sempre havia amado o amor. Embora não conseguisse contemplar algo tão cheio de luz e vida, ela ansiava por aquele sentimento. Isso a queimaria como lenha. A vida era muito curta. Ela não podia sobrecarregar alguém com a intimidade daquele conhecimento, que ela carregava consigo desde que notou pela primeira vez seus dedos ficando mortalmente brancos no frio. Mas, embora o amor não fosse para garotas como ela, a romântica desesperançosa dentro dela não podia ser ignorada. Ela não sabia ao certo de onde isso viera. A mitologia machlesa, afinal, não era tão espirituosa e gentil para prometer o amor eterno. Na verdade, aquela de quem recebeu o nome talvez tenha tido o romance mais trágico de todos.

Há muito tempo, a rainha Niamh teve um amante mortal e o levou a seu castelo na Terra da Juventude Eterna, onde a primavera reinava perpetuamente. Ali, nada morria e nada mudava. Depois de muitos anos juntos, o amante ficou com saudade de casa e desejou ver todas as pessoas que havia deixado para trás. Niamh o alertou de que a família e os amigos dele não mais viviam, no entanto sabia que não podia mantê--lo como um prisioneiro. Ela sabia que a solidão dele era mais poderosa do que o amor dos dois.

Com relutância, ela concordou que ele voltasse, mas apenas se prometesse nunca deixar os pés tocarem a terra. Enquanto cavalgava pelo campo, em busca de rostos familiares, ele percebeu que Niamh estava certa. Todos que ele conhecia e todos que já havia amado tinham morrido havia muito tempo. Ao se afastar do vilarejo que costumava chamar de casa, seu cavalo se assustou com um barulho na grama e o derrubou da sela. Assim que tocou o chão, suas centenas de anos tomaram conta dele, e o homem se transformou em um ancião debilitado.

Não havia vantagem em amar coisas frágeis.

Niamh nunca havia ligado para contos machleses. Eles a deixavam deprimida, pois eram repletos de tragédia, e guerra, e o insuportável peso da honra. Mas, quando menina, passava muitas noites folheando um livro de contos de fadas importado de Jaille: histórias sobre garotas camponesas que iam escondidas a bailes com sapatinhos de cristal, que se casavam com príncipes por serem bondosas e belas, e cujo amor era capaz de desfazer terríveis maldições. Eram histórias românticas impossíveis, fabulosas, e a enchiam de um desejo sem esperança. Embora duvidasse muito que alguém como Kit se importasse com romance, achava uma pena ele não poder ter a oportunidade de vivenciar algo assim.

Quando o silêncio incômodo ameaçou deixá-la louca, ela suspirou.

— O senhor está ansioso por alguma coisa nesse casamento?

Kit olhou feio para ela, sem acreditar.

— Está *tentando* me provocar?

— O quê? Não! Eu... — Ela resistiu ao ímpeto de estrangulá-lo com a fita métrica. — Só estou puxando assunto.

— A maioria das pessoas comenta sobre o clima — observou ele, com uma espécie de admiração, ainda que contra a sua vontade. — Você é impertinente.

— E *você* é combativo.

Ele lhe lançou um olhar semicerrado, mas não parecia zangado. Na verdade, parecia quase incrédulo.

— O que foi? Vai me criticar agora? — indagou Kit.

Sentindo-se ridícula e exposta pairando sobre ele em cima da banqueta, ela desceu e seus olhos ficaram na altura do queixo do príncipe.

— Bem... talvez.

Os olhos dele brilharam com um divertimento frio.

— Pode criticar, então.

— Compreendo que tenha sentimentos complicados e esteja sob muita pressão, mas... — Ele achou graça. Ignorando o pouco-caso do príncipe, ela continuou falando. — *Mas* esse processo vai ser muito mais fácil se o senhor cooperar. Seu irmão...

— Você não sabe nada sobre meu irmão.

De repente, todos os seus muros se fecharam e todas as armas em suas ameias apontaram para ela. Se Niamh estivesse menos zangada, se não tivesse lido aquela coluna de Lovelace, se duas pessoas já não a tivessem feito se sentir menor por ser machlesa, ela podia ter se acovardado. Em seu interior, porém, remoía um ressentimento que se recusava a ficar em silêncio por mais um instante.

Como ele podia acreditar que era perseguido? Era um príncipe, o filho do homem mais poderoso do mundo, e morava na casa mais gloriosa que ela já tinha visto. Ele nunca passaria por nenhuma aflição na vida, e na única vez que lhe pediam para fazer algo que não lhe agradava, era *assim* que se comportava. Kit poderia e iria transformar os sonhos dela em nada além de efeitos colaterais. Essa terrível constatação afugentou todo o bom senso de Niamh.

— Talvez não — protestou ela —, mas o conheço, senhor. Se não tem consideração por ninguém além de si mesmo, não é de admirar que esteja tão infeliz. Tanto que está determinado a tornar todo mundo tão infeliz quanto o senhor!

Os lábios dele se entreabriram de surpresa, e ele parecia ter sido realmente atingido em cheio. Aquele tenebroso vislumbre de vulnerabilidade, conquistado com dificuldade, lhe provocou um arrependimento tão grande que fez seu estômago se revirar. Ela não se sentia melhor por ter se entregado à raiva. Havia apenas conseguido enfiar os dedos em uma ferida.

Depois de um momento, porém, a mágoa desapareceu do rosto do príncipe, substituída pelo conhecido menosprezo.

— Essa sua ingenuidade vai cobrar seu preço no final. Na corte avalesa, é muito melhor se preocupar apenas consigo mesmo. Seria sábio você compreender isso agora, antes de ser jogada naquele ninho de víboras.

Você é uma garota inteligente, Niamh, mas tem a cabeça nas nuvens, sua avó havia dito na noite em que o convite chegou. *Você ainda não sabe que o mundo é cruel.*

Aquela lembrança a atingiu como um soco.

Sua família havia lhe dado um vida feliz. Niamh nunca havia vivenciado a guerra ou passado fome. Quando menina, passava dias percorrendo o vilarejo e descendo o sidhe despreocupada, provocando os Justos a levarem-na embora. Mas ela tinha visto a escuridão espreitando como um fantasma sobre todos os adultos de Caterlow. A instabilidade das emoções deles e as ondas imprevisíveis da dor que carregavam. Tinha visto a forma como o humor de todos mudava quando chegava a época da colheita, como ficavam taciturnos e opressivos como uma tempestade no mar, e aquilo só se suavizava quando a primeira batata era arrancada da terra. Talvez não conhecesse pessoalmente a crueldade, mas reconhecia as cicatrizes que ela deixava. Podia muito bem ser boba e distraída, mas não era estúpida.

— Sou de Machland, caso tenha esquecido. Sei muito bem como a nobreza pode ser terrível. As pessoas das quais desdenha tanto... O senhor é uma delas. Na verdade, está entre as piores dentre elas! A magia de sua família causou a Calamidade e seu pai não fez *nada* enquanto meus parentes morriam de fome. — Ela deu um passo na direção dele, até ficarem quase colados. — E agora seu irmão continua de braços cruzados diante do sofrimento deles! Até agora, só vi o senhor resmungar e reclamar. Se acha mesmo a nobreza tão horrível, por que nunca tomou uma atitude?

O ar entre eles parecia prestes a pegar fogo. Ambos tinham a respiração pesada, e ela podia jurar que seu coração batia tão forte que até o príncipe podia ouvir. Quando ela encarou os olhos dele novamente, estavam fervendo de raiva. E, bem abaixo dela, nebulosa e fraca, havia uma coisa que a fez perder o fôlego.

Vergonha?

— Acabamos aqui — afirmou ele.

— Espera! Eu...

A porta se fechou com uma batida.

— Sinto muito.

A tensão que a segurava em pé evaporou e ela praticamente desmoronou sobre a banqueta. Enterrou o rosto nas mãos e resmungou alto, apenas para liberar um pouco da energia acumulada. O que tinha sido *aquilo?* Como ela pôde ser tão burra a ponto de comprar uma briga com o príncipe de Avaland?

Uma briga da qual, ela se deu conta, ele havia fugido.

Niamh tinha afugentado um *príncipe*. Ela se sentiu estranhamente agitada, como se tivesse descoberto alguma magia nova e estranha. Mal se reconhecia, insolente e confrontadora. Mas o calor da discussão a havia transfigurado. Ela nunca começava uma briga, nunca ofendia alguém. Havia algo em Kit Carmine, porém, que a fazia virar outra pessoa e perder a noção do perigo.

Se ele contasse a Jack como ela havia se comportado, o príncipe regente poderia muito bem demiti-la. Pensar nisso fez seu sangue esquentar novamente. Não havia escolha, então. Ela teria que provar seu valor a ele, de uma vez por todas.

Ela faria um casaco que seria impossível ele não amar.

O que significava que deveria resistir à tentação de escolher um tecido magenta ou amarelo só para desafiá-lo. Ele já a odiava mesmo. Não havia necessidade de exagerar. Ainda assim, algo intenso poderia, sim, fazer um bom contraste com o cabelo dele, e amarelo poderia realçar o dourado de seus olhos...

Foco, Niamh. Ao olhar ao redor, ela piscou várias vezes para ajustar sua visão. Havia ficado escuro ali dentro, o que era estranho.

Por fim, notou que a janela estava meio obscurecida por urtiga. A planta se agarrava ao vidro com obstinação, suas gavinhas segurando como dedos tentando abrir caminho para entrar. Suas flores, no entanto, eram douradas em vez de cor-de-rosa. Entorpecida, ela atravessou a sala e abriu a janela. Arrancou um pouco da urtiga, observando as folhas flutuarem até caírem no chão bem abaixo dela.

Obra de Kit, tão adorável quanto espinhosa.

5

APESAR DE TODO O BARULHO NO SAGUÃO lotado na entrada do palácio, Niamh temia que pudesse adormecer em pé.

Fazia muito tempo que ela não passava a noite acordada para terminar uma peça. Naquela última semana, desde que conhecera Kit, havia desenhado um casaco que suas assistentes ajudaram a fazer com um cuidado meticuloso. Ainda assim, bordou até o último minuto os encantamentos no tecido, e arrastou-se para a cama só quando não conseguia mais manter os olhos abertos — e já tinha se furado com a agulha pela terceira vez. Havia dormido no máximo três horas, mas a expectativa entorpeceu as pontas mais afiadas de sua exaustão.

Ela queria ver Kit.

De manhã cedo, o camareiro dele fora ao ateliê quando ela e outra costureira davam o último ponto no forro. Ele colocou o casaco em uma caixa, a amarrou com barbante e a levou embora.

O que ela não daria para ver o momento em que Kit experimentasse pela primeira vez o casaco novo. O momento em que ele percebesse que estava errado sobre ela — ou talvez o momento em que decidisse acabar com ela.

Sentiu um arrepio desconfortável atravessá-la, mas se livrou dele. Afinal, não havia sido banida do reino ainda, e Jack até a havia convidado pessoalmente para a apresentação de debutantes, na qual a infanta Rosa faria sua primeira aparição na corte avalesa. Aquela hospitalidade do príncipe regente a deixava totalmente confusa. Por que tratar uma garota plebeia daquela forma, ela, uma criada em sua casa? Mas ela sabia que não devia questioná-lo e nem questionar sua boa sorte.

Não fazia sentido se preocupar, concluiu, até que a arrastassem do palácio e a acusassem do crime de perturbar o príncipe mais jovem.

Mesmo que ele tenha começado.

Alguém pegou em seu braço para chamar sua atenção. Niamh se virou e encontrou uma jovem — uma debutante, a julgar pelo buquê de rosas vermelhas que segurava como uma tábua de salvação.

— Desculpe, senhorita. Se importa se eu ficar aqui ao seu lado? Sei que parece loucura, mas a senhorita tem essa aura de tranquilidade...

Àquela altura, a estranheza daquele pedido não a abalava. O encantamento para paz que havia bordado em seu vestido mostrou ser muito mais potente do que ela pretendia. Evidentemente, olhar para o vestido acalmava a mente com a mesma eficiência que o vestir. Para Niamh, era como estar até os tornozelos na onda de um dia enevoado, ou estar bordando à luz da lamparina antes de qualquer pessoa do mundo acordar.

— Ah, não tem problema nenhum! Por favor, fique à vontade, se conseguir encontrar espaço.

A garota ficou um pouco incomodada com o sotaque dela, mas, ao que parecia, seu bem-estar prevaleceu sobre sua posição social.

Com isso, Niamh se enfiou na pequena multidão de garotas que havia se concentrado ao redor dela. Se fosse uma situação diferente, talvez ela ficasse um pouco desanimada no meio de tantas garotas bonitas. Elas vinham em todas as formas, e tamanhos, e cortes: algumas perspicazes e atentas, outras coradas e débeis, várias à beira das lágrimas, outras ainda de olhos brilhantes e cheias de pose. Um grupo se amontoava ao redor de um espelho com moldura dourada, beliscando o rosto para ficarem coradas, alvoroçadas com seus adereços de penas na cabeça.

Elaborado era a palavra da Temporada. Ficaram de fora as linhas clássicas e silhuetas simples. Já todos os tipos de adereços vieram com tudo: ombreiras, alamares, flores, babados, renda e, é óbvio, uma abundância de miçangas costuradas em cada franzido. Só pelas roupas, Niamh sabia dizer quais delas vinham de famílias abastadas e quais se agarravam a seu legado com unhas e dentes. A maioria não passava dos dezesseis anos.

Tão jovens, e já preparadas para se casar pelo bem de suas famílias. Tinham mais riquezas do que ela jamais poderia sonhar, e ainda assim seu coração doía por elas. Niamh era capaz de sentir empatia pelo peso que a obrigação devia ter para elas.

O lacaio que montava guarda na entrada apontou para ela com a cabeça.

— Pode entrar.

As garotas atrás dela respiraram fundo de nervoso quando ela entrou na sala de visitas, levando seu encantamento tranquilizador. Na outra extremidade da sala, o príncipe regente aguardava, imóvel e imponente como uma estátua. De ambos os lados, cortesãos e nobres se agrupavam ombro a ombro, murmurando baixinho um para o outro.

Niamh observou a multidão. Todos tinham expressões em tons variados de ansiedade e orgulho. Todos deviam ter filhas sendo apresentadas a Jack no dia. O número de pessoas a impressionou. Em Machland, eles tinham sorte de ter uma criança com magia nascida a cada duas gerações. Mas em Avaland a aristocracia arranjava casamentos estrategicamente para garantir que as linhagens mágicas perdurassem sem pular nenhuma geração.

— Srta. Niamh O'Connor — o arauto anunciou.

Todos os olhos se voltaram para ela. Sussurros percorriam a sala. Seus nervos se embotaram devido ao encantamento tecido em seu vestido. Embora ela pudesse ouvir coisas como *mulher machlesa* e *costureira*, sua magia a mantinha segura em um reduto de tranquilidade. Tudo o que restava era uma empolgação ardente.

Enquanto atravessava o corredor central, os cristais no corpete de seu vestido brilhavam como o luar sobre um lago. A tensão na sala vinha em ondas, diminuindo e aumentando conforme ela passava e, em seu rastro, a nobreza a observava cheia de interesse. Estava indo muito melhor do que havia previsto.

E então avistou Kit.

O olhar nada impressionado do príncipe se chocou contra ela. Niamh perdeu um pouco a compostura, e a indignação tomou conta dela. Mesmo ali, ele estava tentando intimidá-la. De cabeça erguida, ela parou diante de Jack e fez uma mesura.

— Srta. O'Connor — disse Jack. — Obrigado por vir. Sei que é um tanto inusitado, mas quero garantir que se sinta bem-vinda aqui.

A cortesia dele mais uma vez a fez se sentir deslocada. O comportamento do príncipe não casava com o relato de Lovelace. Se Jack realmente desdenhava do povo dela, por que faria de tudo para ser tão gentil?

— *Eu* que agradeço, Vossa Alteza. É uma honra.

Quando o príncipe observou o vestido dela, as rugas sempre presentes na testa dele desapareceram. Foi uma transformação tão surpreendente que ela se deu conta de como ele geralmente parecia cansado. Ele era jovem demais para carregar tanto peso nas costas.

— Não sei ao certo que tipo de magia você usou em meu irmão, mas ele parece...

Niamh olhou para Kit. Que palavra ela poderia usar para descrevê-lo? Impressionante, sim. Régio, sem dúvida. Mas respeitável, o efeito que ela pretendia quando se propôs a fazer aquele maldito casaco, certamente não. Ele irradiava uma insatisfação tão ameaçadora que ninguém chegava muito perto.

Devia ter sido culpa dela.

Não, *com certeza* era culpa dela.

O encantamento que ela tinha costurado no casaco dele a havia irritado como poucos. Toda sua mágoa e irritação insistiram em passar para o fio o tempo todo, e ela acabou tendo que gastar um bom tempo desfazendo o próprio trabalho. Niamh queria que ele inspirasse respeito, talvez um toque de admiração. Em vez disso, ela parecia ter errado o alvo e caído diretamente no reino do nefasto. Ele pairava sobre o ombro do irmão como um conselheiro maligno. A cauda do casaco flutuava na escuridão cada vez mais profunda, o tecido tão diáfano que parecia um fantasma.

Por fim, Jack disse:

— Civilizado.

— Eu, err... Fico muito feliz que ache isso, senhor.

— Permita-me lhe apresentar minha esposa, a princesa Sofia.

— Sua...? Oh!

Niamh não a teria visto se Jack não tivesse apontado para ela. Uma jovem de não mais de vinte anos estava parada modestamente ao seu lado, com um sorriso tão agradável que parecia vago. Sofia era linda, o que não era de admirar. Mas era tão sem graça e sem cor quanto a neve. Seus olhos brilhavam com um azul pálido e gelado, e seus cabelos, com cachos finos emoldurando seu rosto, cintilavam brancos à luz do sol. Ela se agigantava sobre Niamh com uma elegância e uma postura que mais pareciam de uma bailarina do que de uma princesa.

— É adorável conhecê-la, srta. O'Connor. — Sofia estendeu a mão a ela.

Niamh aceitou, maravilhando-se com a delicadeza de seu pulso e a frieza de sua pele. Um anel de safira reluzia em seu polegar.

— O prazer é meu, Vossa Alteza.

Por um momento, ela ficou lá parada, com a mão de uma princesa entrelaçada na dela quase com ternura. Era óbvio que algum detalhe naquele ritual escapava a Niamh, porque Kit parecia estar se divertindo demais (e maliciosamente) com o silêncio constrangedor. Ah, ele não podia deixá-la existir em *paz*?

Sofia a soltou sem comentários.

— Você tem uma elegância. Certamente esta não é sua primeira Temporada.

Niamh mal conseguia perceber qualquer sotaque no avalês preciso de Sofia. Se não lhe falhava a memória, ela vinha de Saksa, um reino recém-saído de uma guerra civil. Seu pai saíra vitorioso, depois de destituir a família real anterior. Então ele havia comprado e selado sua aliança com Avaland com o casamento de Sofia e Jack — exatamente o que Jack pretendia fazer com Kit.

Jack e Sofia mantinham uma distância decorosa, como se uma sólida parede de gelo os separasse. Niamh logo compreendeu aquele relacionamento: eles não se amavam. Não era de se estranhar que Jack não pudesse imaginar nem querer nada diferente para o irmão.

— É só o encantamento em meu vestido, Vossa Alteza. Não é nenhuma virtude minha.

— Seu talento é realmente notável, então. Li que o povo de Machland tem um dom extraordinário para as artes, e estou vendo que não é exagero. Se você tiver tempo, vou pedir que me ajude com minha costura.

— Com prazer! — Niamh sorriu. — Costurar é uma das minhas maiores alegrias.

O sorriso de Sofia ganhou uma nota tímida de entusiasmo.

— Sr. Gabriel Sinclair — o arauto anunciou.

Senhor? Niamh podia jurar que ele havia dito que seu pai era duque.

Os murmúrios na sala imediatamente se transformaram em reprovação. Todas as cabeças se viraram na direção dele, com expressões de descontentamento. Niamh sentiu o coração apertar. O que Lovelace poderia ter escrito para lhe render tal reputação?

Sinclair entrou na sala de visitas de cabeça erguida, vestindo com elegância um paletó de algodão amarelo-dourado. Ele não ofereceu nada às pessoas — nem olhares, nem meios-sorrisos, nem saudações. Uma das mãos repousava preguiçosamente no bolso, mas Niamh podia ver a tensão em seus ombros.

Ele parou ao lado dela e perguntou:

— Se importa se eu interromper?

— Sinclair — disse Jack, com evidente antipatia.

— Vossa Alteza. — Seu sorriso era cheio de indolência, mas o brilho em seus olhos revelou para Niamh que a antipatia era mútua. — Sentiu a minha falta?

Jack ficou irritado, o que Niamh supôs ser resposta suficiente.

— Pensou mais um pouco sobre o que eu disse?

— Bastante, na verdade. Não precisa se preocupar comigo.

— Por que será que eu duvido disso? — Jack suspirou. — Vamos, então, vocês dois. Há outros esperando para entrar.

— Sim, senhor.

Sinclair se curvou fazendo um floreio teatral com a mão. Era formal demais para ser educado.

Do que estavam falando? Se ao menos fosse socialmente aceitável fazer algumas das perguntas que passavam pela mente dela.

Sinclair não perdeu tempo e entrou no meio da multidão. Niamh foi atrás dele, abrindo caminho entre os convidados, pedindo desculpas em voz baixa. Mas quando ela viu que Kit estava indo na direção deles, teve que resistir ao ímpeto fugir. Ela não queria falar com ele depois da discussão que tiveram alguns dias antes. Além disso, o encantamento no casaco de Kit fazia a pele dela parecer escorregadia e todos os pelos de sua nuca se arrepiarem. Até Sinclair estremeceu quando ele se aproximou. Parte dela queria ficar satisfeita por Kit ter sido obrigado a usar aquela monstruosidade, mas ela não conseguia obter satisfação com um trabalho malfeito. Nunca, na vida, ela havia danificado tanto um encantamento.

— Kit — Sinclair começou, claramente determinado a seguir em frente. — Você tem se comportado?

— Não sou o único que precisa se comportar, ao que parece.

— Assim você me magoa — ele respondeu. — E eu que pensei que conseguiria passar essa Temporada apenas com um Carmine no meu pé.

Kit cruzou os braços, mas sua expressão se suavizou.

— Ignore-o. Ele anda lendo aquela coluna de novo. Ela o deixa de mau humor.

— Ele está sempre de mau humor. — Depois de um instante, acrescentou: — Gostei do seu casaco.

— É mesmo? — rebateu Kit, irritado.

— Ah, sim. Não quero ofender, mas suas roupas pretas, e sempre pretas, estavam começando a me deprimir. Esse casaco me faz sentir quente e suave só de olhar.

— Vai pro inferno — retrucou Kit, mas não havia maldade.

Niamh gargalhou. Nunca, em mil anos, ela esperava ouvir uma linguagem tão feia saindo da boca de um príncipe. A discussão de Kit e Sinclair não era diferente do que a de dois rapazes machleses voltando de um bar aos tropeços. Algumas coisas, ela supôs, eram universais.

— Com todo o respeito, é claro, srta. O'Connor — Sinclair disse depois de um instante. — É um casaco bonito. Combina mesmo com ele.

— Obrigada — ela respondeu com tristeza.

Sinclair ergueu uma das sobrancelhas ao notar aquele tom. Ele olhava de Kit para Niamh.

— Ah! Vejo que vocês dois estão se dando muito bem.

Kit bufou.

— Você é incapaz de cuidar da própria vida?

— Calma, Christopher, tem certeza de que quer falar assim comigo? Conheço todos os seus segredos. — Sinclair se aproximou de Niamh e falou num tom conspirador: — Sabia, srta. O'Connor, que o Kit aqui era uma criança muito sensível? Na verdade, eu me lembro que no aniversário de dez anos dele...

— Pare com isso. — O rosto de Kit ficou corado em um instante. — O que tem de errado com você hoje?

— Comigo? Ora, nada. — Sinclair abriu um sorriso dissimulado para Niamh.

No mesmo instante, as portas da sala se abriram, e uma onda de conversas empolgadas e risinhos nervosos irrompeu. A apresentação das debutantes havia começado.

— Srta. Selby — o arauto anunciou —, acompanhada da mãe, a Excelentíssima Lady Selby.

A srta. Selby entrou na sala com o queixo erguido de um jeito imperioso — muito provavelmente para equilibrar o adereço que não parecia muito firme em sua cabeça. As penas em seus cabelos atingiam cerca de noventa centímetros no ar e tremiam a cada passo. Em uma das mãos, ela segurava um leque de marfim. Na dobra do outro braço, aninhava um buquê de lírios brancos. Ela fez uma mesura para Jack e pegou a mão estendida de Sofia. Então Niamh percebeu o erro que havia cometido. A srta. Selby deu um beijo na safira do anel de Sofia.

— Vossa Alteza Real — disse ela, toda solene. — Carrego o sangue divino de Santa Isolda em minhas veias. O que gostaria de saber?

Os nobres ao redor deles se aproximaram, travando conversas animadas.

— Que dom tinha Santa Isolda? — perguntou Niamh.

— Profecia — respondeu Kit.

Niamh nunca tinha visto magia desse tipo. Profetas não andavam em solo machlês havia séculos. Os avaleses tinham sido bem meticulosos em se livrar deles nos primeiros dias de sua ocupação.

— Isso é incrível.

Sinclair deu de ombros.

— Não fique muito animada. Ano passado a irmã mais velha dela previu que teríamos pelo menos um pequeno herdeiro do trono correndo por aí e veja o que aconteceu.

Kit lançou a ele um olhar antipático.

— O dia do casamento será auspicioso? — perguntou Sofia.

Um brilho dourado se acendeu nos olhos da srta. Selby. O silêncio dramático se estendeu por tanto tempo que se tornou constrangedor. Em algum canto da sala, alguém tossiu. Por fim, a srta. Selby falou.

— Há vinte por cento de chance de chuva no dia do casamento da infanta Rosa com o príncipe Christopher. — Uma pausa. — Err... Provavelmente. Posso dizer isso com cerca de vinte e cinco por cento de certeza.

— Obrigado, srta. Selby. — Jack massageou as têmporas como se estivesse lutando contra uma dor de cabeça. — Foi muito esclarecedor.

Um aplauso morno a acompanhou para fora da sala.

Enquanto a próxima debutante começava a atravessar a sala, Niamh deu uma olhada para Kit. Por mais que ela não pudesse suportá-lo, por mais que ele a tratasse com uma grosseria intolerável, Niamh não podia deixá-lo acreditar que aquele casaco horrível era uma amostra de todas as habilidades dela. Simplesmente não podia.

Ela se aproximou e sussurrou.

— Vossa Alteza.

— Eu disse para não me chamar assim. — Ele suspirou, como se a conversa já o tivesse exaurido. — O que você quer?

Oh! Como um príncipe não havia aprendido nada a respeito de bons modos? Certo, ela não sabia muito bem o que ensinavam às crianças nobres, mas tinha certeza de que havia pelo menos uma aula de etiqueta básica, ou três, no currículo.

— Eu queria falar sobre o casaco.

— Ele me faz parecer sinistro. Estou ciente.

Ela suspirou.

— É claro que está.

— Parece que essa roupa me odeia.

Ela se encolheu.

— Eu sei.

— Era para isso ser uma celebração. É meio inapropriado para o evento.

Humilhação e indignação tomaram conta dela.

— Eu *sei*. Foi um acidente. Não precisa esfregar sal na ferida.

Ele fez uma longa pausa.

— Você devia ter visto a cara de Jack.

A imagem veio à sua mente com perfeita nitidez. Kit descendo a escadaria imperial com uma aura sombria e ameaçadora. Jack, constrangido e educado demais para dizer uma palavra ao irmão ou a Niamh sobre aquilo. Ela não pôde evitar. Engasgou com uma risada, abafando-a o máximo possível com a mão. Para seu choque, os lábios de Kit se curvaram, só um pouco, em um meio sorriso distorcido.

Ele *era* mesmo adorável.

E ela tinha que parar de notar isso. Como um dos Justos, a beleza dele não era nada além de um glamour que ocultava um interior desprezível. Ele não estaria absolvido por causa de um momento de cumplicidade entre eles.

— Srta. Beaufort — o arauto anunciou —, apresentada pela tia, a Viscondessa de Grosvenor.

A srta. Beaufort, segundo seu próprio relato, possuía o sangue divino de uma das figuras mais veneradas da história avalesa, Santa Joana. Com um estalar de dedos, todas as velas na sala se apagaram. A multidão riu de nervoso, depois irrompeu em suspiros de alegria quando as chamas reacenderam.

Niamh se virou novamente para Kit. Mesmo no meio do calor da multidão, era como se estivessem sozinhos.

— Sabe, você foi embora antes que eu pudesse perguntar que tipo de casaco você *realmente* queria.

— Me perguntar? — disse ele, desconfiado.

— Bem, sim. Vamos ter que discutir o que você gostaria de usar nesta Temporada... e no seu casamento. Mas não precisamos falar sobre o manto do casamento ainda. Você vai me dizer o que gostaria de vestir?

— Nada.

Algum impulso errante e caprichoso devia tê-la possuído, porque antes que pudesse pensar melhor, ela fingiu consternação e disse:

— Você mudou de idéia de novo.

Ele levou um momento para entender, mas, quando percebeu o que ela quis dizer, seu rosto ficou vermelho, bem lentamente, antes que conseguisse recuperar o controle de sua expressão e fazer uma careta. Até então, ela não tinha reparado que ele corava com tanta facilidade — ou que, por mais que fingisse ser tão blasé, era tão terrível em esconder as emoções.

— *Qualquer coisa*, então. Por mim, tanto faz.

— Você deve ter *algumas* opiniões — insistiu ela. — Cores de que gosta e não gosta, um corte de terno que acha encantador, como quer que as pessoas se sintam ao olhar para você...

— Eu realmente não me importo — respondeu ele com rigidez. — Nunca pensei sobre cores em toda minha vida. Tenho certeza de que meu irmão vai ter opiniões suficientes por nós dois.

— Mas não é seu irmão que vai estar no altar. É você. — Niamh colocou as mãos na cintura. — Qualquer coisa, qualquer coisa mesmo, vai me ajudar. Por favor?

— O que é tão difícil para você entender? Eu não quero que ninguém olhe para mim. — Ele se afastou bruscamente dela e olhou para o que estava se passando.

Fervilhando, Niamh voltou a prestar atenção nas debutantes, mas mal conseguia se concentrar. Depois de quase uma hora, já estava confundindo todas as meninas. Uma levitava a centímetros do chão, com os cabelos serpeando na direção do teto como se estivesse debaixo d'água.

Outra desmaiou ao beijar o anel de Sofia. Foi preciso sua mãe, um frasco de sais de cheiro, e dois espectadores para reanimá-la. Nada particularmente extraordinário parecia acontecer, mas todos aplaudiam assim mesmo.

Justo quando Niamh achou que ia morrer de tédio, o arauto anunciou:

— Sua Majestade Real, Rei Felipe v de Todos los Santos de Carrillo.

Ela ficou toda empolgada. Havia quase esquecido que a infanta Rosa chegaria naquela noite.

— Sua Majestade está escoltando a filha, Sua Alteza Real, Infanta Rosa de Todos los Santos de Carrillo, e a srta. Miriam Lacalle.

Finalmente, o que ela estava esperando a noite toda: ver a princesa. Supondo que ela conseguiria vê-la, é claro. Às vezes — na maioria das vezes — Niamh detestava ser baixinha.

Ficou na ponta dos pés e esticou o pescoço para ver melhor, mas não enxergou nada através do que parecia ser uma grande floresta de adereços de cabeça. Kit olhou para Niamh com a fascinação cruel de uma criança que vê uma tartaruga lutando para se desvirar. Ela se preparou para qualquer comentário sarcástico que ele decidisse lançar sobre ela.

— Você — ele disse para o homem na frente dela.

O cavalheiro pareceu ofendido por terem lhe dirigido a palavra de maneira tão rude, mas quando viu Kit atrás dele, de braços cruzados e expressão séria, ficou pálido.

— Vossa Alteza? O que posso fazer pelo senhor?

— Saia. Você está no caminho.

O choque fez o estômago de Niamh se retorcer em um nó.

— Eu... — O homem parecia desnorteado, mas acenou com a cabeça de modo obsequioso. — É claro, Vossa Alteza. Não percebi. Minhas mais sinceras desculpas.

Alguns outros cortesãos também se afastaram, só por garantia, claramente preocupados em evitar a língua afiada do príncipe. Niamh encarou Kit sem acreditar. Por que ele tinha feito aquilo? Talvez também não conseguisse ver muita coisa dali, mas ela não acreditava que ele estivesse ansioso para ver a mulher com a qual não demonstrava nenhum interesse em se casar.

Sentindo o olhar de Niamh, ele se virou e olhou feio para ela.

— O que foi?

— Nada!

O firme *claque, claque, claque* de saltos contra o piso de madeira cortou o burburinho de centenas de conversas. Quando os passos pararam, um silêncio cheio de tensão se instaurou na sala. Até Jack olhava fixamente para a porta com uma expressão que Niamh ainda não tinha visto nele.

Pavor.

O rei Felipe e a infanta Rosa estavam na soleira das portas duplas douradas, emoldurados como se fossem uma pintura a óleo. O rei, um homem que parecia um urso, preenchia a entrada com seus ombros largos. Ouro brilhava nas dragonas em estilo militar de seu casaco e na coroa que repousava sobre seus cachos escuros. No entanto, de alguma forma, sem um pingo de ouro sequer nem uma única pedra preciosa à vista, era para sua filha que todos os olhos se voltavam.

O vestido da infanta Rosa caía pelo chão em camadas franzidas de seda moiré preta. A cor era, francamente, chocante. Nenhuma nobre avalesa usava preto, a menos que estivesse de luto. Um véu de renda preta escondia a maior parte de seu rosto, mas Niamh podia ver que os lábios da princesa, curvados para baixo e fazendo biquinho, cheios de angústia, estavam pintados de preto. Os cabelos também eram pretos, com cachos brilhantes junto à sua pele cor de oliva. Ela observava a multidão com um ar de total desinteresse, as pálpebras pesadas, quase sonolentas.

Sua aia andava apenas um passo atrás dos Carrillo. Comparada a Rosa, a srta. Lacalle parecia a luz do sol encarnada em seu vestido vermelho. Ela tinha bochechas arredondadas, uma boca que parecia ter o riso frouxo e olhos castanhos que prometiam travessuras. Seus grossos cachos castanhos estavam presos em um coque discreto na altura da nuca.

— Minha nossa — alguém sussurrou perto dela. — Ela parece uma morta-viva.

— Pior — sua companheira respondeu —, ela parece uma *plebeia.*

Murmúrios cortaram a sala como um vento frio. Algumas pessoas pareciam fascinadas, outras escandalizadas. Niamh não sabia o que pensar. Apenas que devia haver algo no ar de Sootham que contaminava todos os membros da família real com mau humor.

Enquanto a princesa castiliana andava na direção de Jack e Sofia, Niamh olhou de canto de olho para Kit. Ele olhava para Rosa como se ela tivesse saído diretamente de seus piores pesadelos.

— Muito bem, Kit — sussurrou Sinclair de forma encorajadora. — Ela é linda.

No entanto, pela primeira vez, o príncipe ficou sem palavras. Ele apenas avançou alguns passos, entorpecido, enquanto Jack acenava sem parar pedindo que ele ficasse ao seu lado.

Aquele sem dúvida seria um casamento interessante.

Niamh se esforçou para ouvir a conversa dos dois, mas mesmo estando perto da família real, não dava para ouvir nada no meio de todas aquelas conversas. Ela pôde, no entanto, notar o sorriso fino de Jack e o suor em sua testa. Ele fez uma reverência tão exagerada para o rei que ela achou que seu nariz tocaria o chão. O rei Felipe era conhecido por ser irascível — e por suas proezas militares. Ainda assim, ela não esperava toda aquela demonstração de reverência de um homem como Jack Carmine.

— Quase me deprime vê-lo assim — comentou Sinclair, olhando para a mesma direção que ela. — Em toda minha vida, nunca vi Jack tão lisonjeiro e preocupado em agradar.

— Por quê, na sua opinião?

— A infanta Rosa é a única filha do rei e todos sabem que ele é um pai superprotetor — respondeu Sinclair. — Provavelmente não foi fácil ele entregar sua princesinha preciosa para Avaland. Eu diria que não seria difícil fazê-lo mudar de ideia. Olhe para ele.

Felipe contemplava a filha com tanta adoração que fazia o coração de Niamh se agitar com uma estranha mistura de autopiedade e saudade. Mas quando Kit chegou mais perto, o comportamento do rei mudou da água para o vinho. Não era só o efeito daquele casaco odioso. Não, ele havia avaliado Kit em um instante, e Niamh soube pela dura reprovação em seu rosto que o rei não achou que o príncipe estava à altura.

O medo recaiu sobre ela. Niamh não poderia sustentar sua família se o rei decidisse cancelar o casamento. Seus sonhos dependiam de o homem mais desagradável e teimoso de Avaland provar seu valor a alguém que já tinha decidido que nada e nem ninguém seria bom o suficiente para a filha.

O que significava que ela teria que fazer tudo o que estivesse a seu alcance para que Kit *parecesse* um príncipe, mesmo que não agisse como um.

6

O PRIMEIRO BAILE DA TEMPORADA aconteceria naquela noite, e Niamh ainda não tinha terminado o encantamento no casaco de Kit.

As noites maldormidas estavam começando a cobrar seu preço, e seus dedos tinham ficado pálidos e dormentes. Um alerta. Niamh sabia que não acabaria bem caso exigisse tanto de si. Seus sintomas não se agravavam a ponto de deixá-la mais lenta há anos, mas, também, ela nunca tinha usado tanto sua magia antes. Niamh não sabia o que aquilo dizia sobre ela: que sua frustração superasse sua preocupação. Mas, às vezes, o abismo entre o que seu corpo podia dar e o que sua mente e a situação exigiam ameaçavam enlouquecê-la.

Na maioria dos dias, Niamh acreditava que havia aceitado sua sina: que seu próprio corpo a havia traído. Saber como ela morreria lhe trazia uma espécie mórbida de conforto, mesmo que não soubesse exatamente quando. Ela e o deus da morte, Donn, tinham um frágil acordo. Ele não a roubaria como um ladrão no meio da noite, mas a levaria lentamente, como um fazendeiro sangrando o gado para fazer chouriço.

Muitos em sua família, com e sem um ceird, tiveram a mesma doença: cansaço, dor e inchaço sem causas aparentes, uma expectativa de vida menor, dedos que ficavam brancos como ossos no frio e em situações de estresse. Alguns tinham vivido até os sessenta anos. Outros haviam morrido aos vinte. Não era possível saber ao certo quanto tempo ela tinha, exceto por seu cabelo. A descoloração era sua ampulheta, um lembrete de quanto fôlego ainda lhe restava.

Um lembrete para arregaçar as mangas e trabalhar.

Ela olhou para seu caderno de esboços, incapaz de compreender as poucas ideias que tinha rabiscado por volta das três da manhã. As linhas se rearranjavam conforme ela olhava para elas, e ela não conseguia se convencer de que nada que havia desenhado fazia sentido. Se ao menos conseguisse lembrar onde havia deixado o lápis.

Ao se virar, trombou com seu manequim. Ele balançou, mas Niamh o estabilizou antes que caísse.

— Ah! Me desculpe.

O manequim não tinha olhos — nem cabeça, aliás —, mas Niamh jurava que ele a olhava com reprovação. Ou talvez ela precisasse dormir. Quando tinha sido a última vez que ela havia dormido?

Não importava. Só terminaria o último bordado no casaco de Kit e depois tiraria uma soneca. Ela pegou alguns alfinetes da gaveta bagunçada de sua mesa de trabalho, depois colocou as pontas entre os dentes. Enquanto trabalhava, um raio de sol estendia-se pelo chão como o ponteiro de um relógio.

— Você me chamou?

Kit.

Niamh se assustou, girando na cadeira. Quando seus olhares se cruzaram, todos os alfinetes em sua boca caíram no chão, fazendo um ruído. Os lábios dele se entreabriram e sua expressão azeda se suavizou, transformando-se em atordoamento — provavelmente por vê-la cuspir metal. Eles ficaram se olhando de lados opostos do cômodo.

A urtiga que ele tinha feito crescer durante a última discussão deles tremulava como uma bandeira de rendição do lado de fora da janela. As folhas se curvavam na direção dele, pressionando-se contra o vidro, e com a luz entrecortada que entrava, o ateliê parecia cintilar. O coração dela deu um pulo.

— O que eu disse sobre bater forte? — ela deixou escapar.

— Eu bati. *Você* precisa começar a prestar mais atenção.

Niamh conteve um comentário arrogante. Estava cansada demais para discutir com ele.

— Pode me dar seu casaco, por favor? Quero ter certeza de que o que estou fazendo serve em você.

Sem dizer uma palavra, Kit tirou o casaco e entregou a ela. O tecido era quente e macio em suas mãos, e cheirava levemente a terra revirada e tabaco. Ela lhe entregou o novo casaco que estava no manequim e tentou não ficar reparando quando ele o vestiu. À primeira vista, serviu muito bem. Ela ficou orgulhosa. Enfim, ele parecia o que deveria parecer: um príncipe, pomposo e imponente.

Niamh admirou as linhas resolutas e elegantes e a cor, um azul-marinho tão intenso que poderia ter sido cortado de um rolo de céu. Suas assistentes tinham feito um belo trabalho na montagem da peça. A costura, toda em fio encantado prateado, havia demandado uma quantidade de tempo e paciência que ela nem poderia medir. O desenho às costas, um bosque de urtigas florescendo, iludia o observador. Tornava-se visível só quando alguém inclinada a cabeça só um pouquinho, ou quando a luz batia de um determinado jeito.

Ela nunca havia se dedicado tanto na costura de uma roupa.

Eu não quero ser visto, ele tinha dito, uma farpa que ela tomou como uma confissão.

E então, por mais que lhe doesse, ela havia tecido lembranças de segurança no casaco. O encantamento permitiria que ele se escondesse. Se ela suavizasse seu foco, ignorasse a familiaridade de seu próprio poder, podia ver a magia começando a fazer efeito. Ao vestir aquele casaco, as formas do corpo do príncipe perdiam a nitidez e seu rosto ficava indistinto. Aquela peça de roupa fazia os olhares passarem por Kit, como se fosse mais um na multidão, ou não mais interessante do que um móvel.

Kit se olhou no espelho. Ela esperava que ele ficasse inquieto — a maioria das pessoas ficava assim ao comparar suas expectativas à realidade —, mas, em vez disso, ele ficou totalmente imóvel com um brilho distante nos olhos. Ela se preparou para vê-lo reprovar seu trabalho, para que ele jogasse o casaco no chão, bufando, como havia feito com o lenço.

Mas o príncipe não disse nada.

Uma esperança hesitante brotou dentro dela. Ela entrelaçou os dedos junto ao coração.

— O que achou?

Ela odiou a ansiedade que deixou transparecer na voz. Odiou que ainda se importasse com a opinião dele.

— Está... bom, eu acho — respondeu ele, hesitante, quase engasgando com as palavras. — Posso ir?

Bom? Ela se sentiu decepcionada. Mas, em comparação às duas primeiras reações dele, aquilo era de fato um grande elogio.

— Ainda não. Preciso terminar o modelo. E costurar o forro também. Dê uma voltinha, por favor.

Kit olhou feio para ela, se opondo apenas à simples ideia de *dar uma voltinha*, mas ainda assim permitiu que ela o virasse para um lado e para o outro. Ele tolerou aquilo com uma elegância surpreendente.

Ela esticou as lapelas e examinou o trabalho feito. Passou os polegares pelo bordado, onde os cortes se curvavam timidamente ao redor das clavículas de Kit. Ele arregalou os olhos para ela, e ocorreu a Niamh, um pouco tarde demais, que era um homem, e não um manequim, que vestia o casaco. Ela não podia tocá-lo com tanta naturalidade assim. Sentiu seu rosto arder.

— Err... — disse ela, no mesmo momento em que ele disse:

— O quê...

A porta se abriu. Eles se afastaram tão rapidamente que Niamh quase tropeçou nas saias.

Jack entrou na sala com a postura sinistra de um comandante militar. De repente, Kit ergueu todos os seus muros em torno de si. A estranha e assustada vulnerabilidade que ela tinha visto em seu rosto momentos antes havia se endurecido em uma expressão de desprezo. Jack, no entanto, não pareceu notar. Ele passou os olhos pela sala uma vez, depois mais outra. Olhou para Niamh, franzindo a testa.

— O que você está fazendo aqui? — perguntou Kit.

— Ah — disse Jack, surpreso. — Aí está você.

Kit franziu a testa com uma ligeira preocupação enquanto Jack piscava várias vezes. Então seus olhos se iluminaram ao perceber o que Niamh tinha feito. Ele quase parecia grato.

Em seu íntimo, ela vibrou. O encantamento estava funcionando exatamente como ela havia esperado. Mas, agora que Jack estava olhando diretamente para o irmão, o efeito da magia estava atenuado. Ele avaliou Kit como um joalheiro com uma lupa afixada ao olho, e aquela frieza impessoal quase fez Niamh ficar indignada por Kit.

Depois de alguns momentos, Jack perguntou:

— Está feliz?

— Exultante — disse Kit, seco.

— Excelente. — Se Jack estava ciente de que Kit tentava matá-lo com o olhar, isso não parecia incomodá-lo nem um pouco. Ele tirou o relógio de bolso da cintura. — Certo, então. Vá se aprontar, Kit. Não temos muito tempo. O rei Felipe e a infanta Rosa estarão aqui em questão de horas.

— Só um momento — interrompeu Niamh. Os dois Carmine olharam para ela confusos, mas ela continuou: — O casaco ainda não está pronto.

Com relutância, Kit o devolveu a Niamh.

Jack a encarava como se ela fosse um quebra-cabeça que ele ainda não havia descoberto como montar.

— Muito bem, então. Desça quando estiver pronta para o baile.

Niamh não soube ao certo se foi pânico ou empolgação que fez seu coração parar por um segundo.

— Eu não sabia que tinha sido convidada.

— É claro que foi — rebateu Jack, como se isso fosse óbvio. — Espero que você esteja lá. Você deve ser vista.

Vista?, ela pensou. *Eu?*

Mas ela não era ninguém. Certamente ele queria dizer que suas criações deveriam ser vistas. Talvez para aumentar a expectativa para os trajes de casamento de Kit e Rosa. Ela teria que escolher sua roupa com sabedoria, então.

— É claro que estarei lá. — Gostaria de ter mais tempo para se preparar, mas podia lidar com a situação. Só precisava cortar e costurar o forro do casaco de Kit. O que a fez lembrar que ainda não tinha encontrado o tal lápis. Murmurando baixinho, Niamh começou a revirar a pilha de *coisas* sobre sua mesa. Se ao menos ela conseguisse se lembrar onde...

— Atrás da sua orelha — disse Kit.

— Hã? — Ela levou a mão à têmpora e encontrou o lápis atrás de sua orelha. — Ah. Obrigada.

— Não há de quê — murmurou ele. E, com isso, dirigiu-se para a porta como se tentasse escapar o mais rápido possível.

Aquela noite, Niamh espalhou sobre a cama todos os vestidos que havia trazido de Machland. Ela fez o possível para não tocar neles. Todo cuidado era pouco ao lidar com uma pilha — uma montanha, nesse caso — de trajes encantados. Mexer muito neles, por bem ou por mal, a levaria por todo um espectro de emoções em um piscar de olhos. Ela já tinha feito isso uma ou duas vezes e não gostaria de repetir a experiência.

Niamh encarava os vestidos com um desânimo cada vez maior. Esse era o primeiro baile de sua vida, e Jack havia lhe convidado de forma tão *indiferente*, como se isso não fosse deixá-la tomada por pensamentos ansiosos. Ela precisava ficar elegante, mas não conservadora; ousada, mas não estranha; clássica, mas não fora de moda. Algo que dissesse *eu pertenço a este lugar* sem parecer arrogante.

Ela acabou limitando suas escolhas a dois de seus vestidos preferidos. O primeiro era de musseline branca, cujas lantejoulas ela havia levado duas semanas para costurar nas saias. Ela havia incutido em cada ponto a alegria emocionante de uma noite de fim de verão, e agora ele brilhava como uma gargalhada. O segundo era um de algodão cor de pêssego, bordado com um encantamento que fazia quem o usasse parecer duas vezes mais belo aos olhos de quem o visse. O cor de pêssego certamente chamaria a atenção, mas ela não tinha vindo a Avaland para enlaçar ninguém. O branco serviria.

Depois de se vestir, ela foi para o andar de baixo com o novo casaco de Kit dobrado sobre o braço. Então parou no meio do patamar da escadaria imperial e sorriu diante do que viu. Enquanto ela esteve no quarto, os criados se mantiveram bastante ocupados. Arranjos de lírio branco e mosquitinho floresciam a cada degrau, e os jasmins se enroscavam nos corrimãos de ferro fundido. As flores perfumavam o ar com seu néctar doce e delicado.

E então ela avistou Jack, Sofia e Kit parados ao pé da escadaria. Kit irradiava uma aura de tanta melancolia que era como se ele estivesse no centro de um campo de batalha e não no mais adorável saguão de recepção que ela já havia visto. Niamh tentou não notar que ele estava apenas de camisa, com as mãos enfiadas nos bolsos. Ela andou apressada na direção deles e todos os três pararam de repente ao vê-la.

— Srta. O'Connor, você é como os campos de gelo saksianos em um dia de sol — disse Sofia gentilmente. Os olhos pálidos dela cintilavam, encantada. — Eu costumava brincar lá quando menina, perseguindo os espíritos glaciais com minhas irmãs. Não acha, Vossa Alteza?

Jack estava com uma expressão um tanto quanto peculiar. Ele analisou sua esposa como se não a reconhecesse.

— Não posso dizer. Nunca estive lá, muito menos ouvi falar disso.

A animação de Sofia desapareceu rapidamente. O estômago de Niamh se revirou. Ela reconhecia a dor daquela decepção muito bem: uma mão estendida e ignorada.

Em defesa de Jack, no entanto, ele logo percebeu que havia cometido um erro.

— Mas é um traje muito caprichoso. Na verdade, ele faz pensar nos verões em Woodville Hall. Meu pai nos visitava no verão quando éramos crianças. Você se lembra, Kit?

— Ah — disse Kit, desanimado. — Eu me lembro.

A expressão de Jack ficou fria. Parecia que eles tinham diferentes lembranças daquele mesmo verão.

Por um momento, os quatro ficaram em um silêncio constrangedor. Niamh desejava com todas as forças ver de novo a admiração juvenil no rosto de Sofia. Ela se sentiu estranhamente sensível ao ver que uma mulher tão contida, nada menos que uma princesa, se derretera com tanta facilidade diante de um encantamento de alegria.

— Eu lhe dou o vestido, se quiser, Vossa Alteza.

E o sorriso dela estava de volta, embora mais discreto.

— Isso é tudo o que eu poderia desejar.

— É muito generoso de sua parte — disse Jack, claramente constrangido.

— Não tem problema nenhum. E é o mínimo que posso fazer, já que foram tão gentis em me convidar para esses eventos. — Ela jogou o casaco nas mãos de Kit, ansiosa para deixar para trás qualquer ferida que Jack tivesse aberto. — Experimente isso, por favor.

Sem reclamar, ele o vestiu. O encantamento funcionou de imediato. O contorno de Kit ficou nebuloso; sua forma virou um rascunho em carvão borrado. Jack piscou, perplexo, e então ele apertou os lábios, cheio de amargura. Por fim, percebeu exatamente o que ela havia feito.

— Ele terá algum controle sobre o casaco — disse Niamh com doçura.

— Bem, é sempre bom ter uma rota de fuga — comentou Jack para ninguém em particular. Ele verificou o relógio de bolso e pareceu irritado. — Termine logo, então. Os convidados vão começar a chegar a qualquer momento. Vamos, Sofia?

Sofia pegou seu braço e permitiu que ele a conduzisse até a porta da frente.

Estava quase na hora.

Pelas janelas, Niamh observava uma fileira de carruagens surgir do bosque logo depois dos jardins do palácio. Com suas estruturas enormes e cavalos imponentes, parecia que um pequeno exército avançava para atacá-los. E a expressão sinistra de Kit também não ajudava a melhorar a impressão dela. Niamh não podia se distrair naquele momento. Precisava se concentrar na tarefa que tinha em mãos... se pudesse encontrá-la.

Ela piscou algumas vezes para afastar o encantamento dos olhos. Mesmo que Kit não estivesse muito nítido, seus olhos eram como um farol: brilhantes e castanhos, reluzindo através de um mar cercado de névoa. A cada momento que passava, ele se tornava mais claro. O casaco, ela concluiu, havia caído como uma luva nele. Só faltava acrescentar os últimos botões decorativos.

— Sente-se, por favor.

Ele se sentou. Niamh se acomodou ao lado dele nas escadas. Ela colocou linha na agulha e começou a pregar os botões de madrepérola em seu casaco. Enquanto trabalhava, ela só conseguia se concentrar na rapidez de coelho de sua pulsação e no calor do corpo dele, tão próximo às suas mãos. Quando terminou, ela cortou o restante da linha e guardou a tesoura no kit de costura.

— Isso deve bastar — disse Niamh, satisfeita. — Nem mesmo um rei poderia encontrar defeitos em você.

— Ótimo — respondeu ele, econômico nas palavras.

Ótimo. Ela tinha trabalhado praticamente noite e dia durante uma semana e esse era o tamanho de sua gratidão. Quando olhou para Kit, percebeu que ele parecia mais distraído do que nunca, mas tentou não levar para o lado pessoal. Dessa vez, o mau humor dele não parecia ser culpa dela.

Ele tirou um cachimbo e uma caixa de fósforos do bolso, e Niamh ficou surpresa.

— Eu não sabia que príncipes fumavam cachimbo — comentou de modo provocativo. — Que plebeu de sua parte.

Ele ficou tenso, e dava para ver que não sabia dizer se ela estava ou não zombando dele.

— Este príncipe aqui fuma. Não gosto de rapé, então esse é o último vício que me restou.

Niamh ficou em silêncio. O tom dele não abria espaço para perguntas. E, ainda assim, ele não fez nenhum esforço para sair dali e nem disse para ela ir embora. De alguma forma, pela graça dos deuses, eles estavam existindo no mesmo recinto sem caírem em alguma discussão boba. Niamh não queria estragar o momento, mas não conseguia suportar todo aquele silêncio e quietude. Muitos pensamentos indesejados surgiram, tais como: era estranhamente fascinante observá-lo colocar o cachimbo no canto da boca. Ela se obrigou a tirar os olhos dele, mas foi necessário algum esforço para se livrar da imagem da ponta do cachimbo encostada de leve em seu lábio inferior.

— Sofia parece ser uma pessoa agradável — ela tentou puxar assunto, com a voz um pouquinho entrecortada.

— Você está íntima demais hoje.

O constrangimento tomou conta dela.

— Não fui eu que quebrei o decoro primeiro. Além disso, você não desencorajou nenhuma intimidade entre nós.

— Não foi por falta de tentativas. — Ele riscou um fósforo e acendeu o cachimbo. O cheiro de tabaco se espalhou no ar. — Conheço Sofia tão bem quanto você.

Niamh levou um momento para se dar conta de que ele havia aceitado sua frágil tentativa de começar uma conversa. Aquilo despertou o interesse dela. Não achava que o príncipe regente e Sofia fossem recém-casados, mas Jack tinha mencionado algo sobre a prolongada ausência de Kit da corte. Será que eles não tinham mesmo se conhecido antes daquele verão? Ela sabia que estava sendo enxerida... ou, como Kit havia dito uma vez, *impertinente*. Mas se sentiu quase encorajada pela forma preguiçosa com que ele estava reclinado nas escadas, apoiado nos cotovelos. Ele inclinou a cabeça para trás, mostrando um pedaço do pescoço sobre o colarinho. Pela primeira vez desde que se conheceram, ele parecia quase em paz, como se estivesse fumando em um campo aberto, e não no adornado saguão do príncipe regente.

Como seria, ela imaginou, *ser tão seguro de si*? Ou talvez, mais precisamente, não se preocupar com nada?

— Você estava no casamento deles? — perguntou ela.

Ele soltou uma baforada.

— Aparentemente.

Niamh afastou a fumaça com a mão.

— Foi há muito tempo, então?

— Talvez um ano e meio atrás. — Ele deu outra tragada, depois soltou a fumaça. *Puxa, prende, solta*. A cada respiração, seu peito subia e descia como a maré. — Já acabou de me interrogar?

O rosto de Niamh se encheu de calor. Ela supôs que *estivesse* sendo impertinente. Mas até ela sabia que não podia fazer as perguntas que realmente queria. Perguntas como: *Como é possível você ter se esquecido do casamento de seu próprio irmão?*

— Por enquanto — respondeu ela.

— Christopher, os convidados estão... — Jack se interrompeu, bufando com impaciência. — Pelo amor de Deus, guarde isso. Não estamos em uma taberna.

Kit se levantou e guardou o cachimbo no bolso. Passando o olhar por Niamh, ele disse:

— Não se meta em problemas.

— O que *isso* quer dizer? — perguntou ela, mas ele já tinha começado a se afastar. Isso a irritou, mas pelo menos a partir dali poderia aproveitar o baile sem ele olhando feio para ela.

O baile. O primeiro baile de sua vida. É claro. Como ela havia esquecido?

No fundo, Niamh sabia que não podia ficar muito animada com coisas assim. Mas seus devaneios mais bobos e loucos ainda persistiam com teimosia nela. Não podia deixar de imaginar como seria entrar em um salão de baile onde todos a conhecessem. Como seria inebriante dançar com um estranho sob o brilho de um lustre.

Se apaixonar.

Ela não podia se permitir desejar tanto, ou tantas futilidades. Era um tremendo egoísmo. Mesmo ali, ela podia sentir o peso do olhar de reprovação de sua avó. Ela pensou em seus conterrâneos, como Erin, que haviam deixado seu trabalho, frustrados. Quem era ela para desfrutar os privilégios da corte avalesa quando tantos outros tinham sofrido nas mãos deles?

Ela precisava trabalhar o máximo possível, pelo maior tempo possível, o mais rápido possível, para garantir que aqueles que amava ficassem seguros e felizes, para preservar o legado de sua família. Se ela pudesse carregar os fardos deles, isso faria sua vida significar algo — independente de quão poucos anos lhe restassem.

Sua vida não importava. Pelo menos, não ainda.

Mas quando os primeiros convidados passaram pelas portas da frente do palácio, Niamh não conseguiu conter seu desejo de autossabotagem. Ela tinha costurado o bastante por ora. Só daquela vez, talvez ela pudesse se permitir se divertir.

Só aquela noite, ela podia ser um pouco egoísta.

7

ENTRAR NO SALÃO DE BAILE FOI COMO PISAR em um campo. Niamh levou a mão aos lábios para não gritar de felicidade.

Flores transbordavam de vasos equilibrados em colunas de mármore, pendiam das sacadas e se entrelaçavam em bandejas de bolos sobre a mesa. Algumas até boiavam na tigela de ponche. Centenas de velas tremeluziam ao redor dela, conferindo ao salão uma iluminação intimista. A luz das chamas se refletia nos lustres baixos e projetava no piso de madeira um fulgor fascinante. Conforme o sol se punha e entrava por aquelas janelas gloriosas, tudo ficava dourado e quente.

— Esta pista de dança vai abrir — o lacaio que estava na porta a informou solenemente — quando Sua Alteza Real a Infanta Rosa chegar.

Um enorme pano branco cobria a pista de dança. Que curioso, Niamh pensou, que eles nem olhassem para a pista até a chegada de Rosa.

Ela vagava como se estivesse em um sonho. Criados circulavam carregando bandejas de prata com pequenos aperitivos que ela nunca tinha visto. Niamh experimentou sobremesas em camadas em pequenas taças; sanduíches com pepinos fatiados tão fino que mal era preciso mastigar; e três biscoitos recheados com geleia, cada um coberto com uma pétala de flor cristalizada.

Quando estava pegando mais um, uma mulher de meia-idade a agarrou pelo braço e praticamente a arrastou até seu grupo de amigas. Os olhos dela brilhavam de admiração.

— Me diga, quem desenhou seu vestido?

— Fui eu mesma — respondeu Niamh com a boca cheia de biscoito. — Meu nome é Niamh Ó Conchobhair.

O grupo ficou em silêncio, e elas pareciam estar achando graça naquilo. Parte da alegria genuína desapareceu do rosto da mulher. Um deleite cruel tomou seu lugar.

— Você? Uma garota machlesa? — gritou ela. — Minha nossa. Ora, que curioso. Preciso que você faça um vestido para a minha filha. Não, não responda agora. Devo mandar chamá-la... ó, meu Deus. Você sabe ler? Que insensibilidade a minha não ter perguntado!

O insulto doeu, mas Niamh fez o possível para sorrir. Ela esperava levar uma vida melhor ali; ela se deu conta, porém, que isso vinha com mil pequenas dificuldades. Ao andar pelo salão de baile, entreouviu uma conversa terrível atrás da outra.

— Que pena. Um sangue divino tão potente sem nenhum dinheiro ou posição social — uma mulher lamentou. — Mas ouso dizer que é bonita o bastante para um certo tipo de família entregá-la a um dos filhos mais novos. Ouvi dizer que as mulheres machlesas produzem muitos filhos.

— Você deve vir ficar em minha propriedade por um tempo, se eu puder afastá-la de seu senhor — um velho lhe disse, choramingando. — Seu vestido... Não me sinto tão impulsivo desde menino. Nada mais me deixa feliz, sabe, com exceção de meus gloriosos cavalos.

— Você deve achar aqui muito estranho — observou uma das debutantes. — Nós, avaleses, somos tão contidos em comparação ao seu povo. Em Machland, ouvi dizer que vocês correm soltos pelas colinas. E, ah, as histórias que ouvimos sobre seus rituais!

Ninguém a tirou para dançar.

Assim que escapou daquelas pessoas, Niamh procurou uma cadeira e desmoronou nela, grata por descansar os pés. Suas saias se amontoavam ao seu redor, brilhando tanto sob a luz das velas que incomodavam seus olhos. Bailes, ao que parecia, eram muito menos românticos e muito mais humilhantes do que ela imaginava. Ela fechou bem os olhos e contou até três, engolindo as lágrimas.

Quando voltou a abri-los, avistou Sinclair cambaleando até o salão de baile, vindo de uma das alas. Não era preciso ser um experiente membro da corte para adivinhar o que ele estava fazendo. Seu casaco estava amassado de um modo suspeito e a gravata, atada em um nó frouxo, embora *atada* fosse uma palavra generosa para o que ele havia feito com ela. Fato era que Niamh estava impressionada por ele não ter levado nem uma hora para encontrar alguém com quem dar uma escapadinha.

Seus olhares se cruzaram e o rosto dele se iluminou. Sinclair levantou um dedo, como se dissesse *espere*. Pegou duas taças de ponche da mesa e caminhou devagar até ela. Seus cabelos dourados caíam sobre a testa, e ele praticamente brilhava à luz de velas, sagrado como um ícone dourado em uma igreja avalesa.

— Você é uma visão? É como a própria luz do sol.

Niamh se aqueceu com o elogio.

— Olá, Sinclair.

Ele lhe entregou uma taça e bateu a sua contra a dela. Niamh tomou um gole de ponche, e quase cuspiu de volta na taça. O álcool queimou sua garganta e revirou seu estômago. Sentiu o gosto de pelo menos três tipos de bebida alcoólica além do vinho naquele único gole. Minha nossa, como alguém conseguia dançar, ou mesmo *andar*, depois de beber mais de uma dessas?

Sinclair se encostou na parede ao lado dela e fez um gesto qualquer para o salão de baile.

— Está gostando?

Niamh deixou o copo sobre uma mesa próxima.

— Está, err… interessante? Mas a comida é incrível.

— Ela fica incrível em você também — comentou ele, gentil.

Niamh olhou para baixo e notou que suas luvas estavam manchadas de geleia vermelha. Pelo menos ela esperava que fosse geleia.

— Ó, deuses. Por favor, finja que não viu isso.

— Não posso prometer. É muito gracioso. — Ele sorriu. — Você tem espaço em seu cartão de dança? Eu nunca me perdoaria se perdesse a oportunidade de dançar com você.

— Você pode escolher. — Ela mostrou seu cartão vazio. Aquela solidão sentimental ameaçou tomar conta dela novamente, então acrescentou: — É melhor assim. Nunca aprendi a dançar como vocês dançam aqui.

Em Machland, festas eram uma coisa mais íntima: menos pessoas, danças mais rápidas, menos roupas formais. Ali, ela imaginava que as danças fossem tão afetadas e regulamentadas como todo o resto, todos os convidados girando na pista como bonequinhos em uma caixinha de música.

— Então me permita lhe ensinar a dançar valsa. Uma garota adorável como você não vai dançar no primeiro baile da Temporada? Não vou permitir isso.

Uma hesitante faísca de empolgação se acendeu dentro de Niamh, mas ela a abafou.

— Eu não poderia! Vou fazê-lo passar vergonha.

— Mas isso é parte da diversão, não é? — Ele fez uma expressão tão triste e miserável que ela não pôde deixar de sorrir. — Por favor, aceite.

— Muito bem, mas não diga que não avisei quando eu pisar no seu pé.

— Mal posso esperar por isso. — Ele olhou para a pista de dança. A lona continuava no mesmo lugar, como uma camada de neve recém-formada. Havia alguns convidados por ali, olhando para ela com um interesse impaciente e ávido. — Supondo que em algum momento vamos ter a oportunidade.

— Me disseram que a pista de dança não vai abrir até a infanta Rosa chegar. Isso costuma acontecer?

Sinclair acenou com a mão.

— De certa forma. Todo ano, Jack contrata um artista para pintar com giz a pista de dança para o baile inaugural da Temporada. Imagino que este ano ele tenha pedido que o artista faça uma homenagem a nossos convidados castilianos. Não podemos destruir a obra antes de eles verem.

Agora ela conseguia visualizar. Casais girando na sala enquanto a magia faiscava no ar. Pó de giz subindo em nuvens ao redor deles. A obra de arte borrada no chão em linhas selvagens e vertiginosas. O pensamento agridoce de uma beleza tão frágil e passageira fez seu coração se apertar de expectativa.

— Parece incrível.

— E é. Você vai ver quando mostrarem. — Ele lhe ofereceu o braço e sorriu quando ela aceitou. — Vamos encontrar um lugar para ver melhor.

— Tudo bem — disse Niamh, incapaz de disfarçar a empolgação em sua voz.

Ao conduzi-la pelo meio da multidão, os sussurros começaram. Primeiro Niamh conseguiu ignorá-los, mas quando olhares a perseguiram pelo salão — alguns de pena, outros de escárnio, outros de divertimento —, não pôde mais negar. Sentiu um nó no estômago de vergonha e sua pele parecia ferver sob aqueles olhares.

— Sinclair? — sussurrou Niamh. — Por que todo mundo está nos encarando?

— Hum? — Ele passou os olhos rapidamente pelo lugar. — Ah. Isso é culpa minha.

— Por favor, não poupe meus sentimentos — Niamh pressionou. — Esta noite todos deixaram bem claro o que pensam de mim. Não quero causar nenhum problema para você.

O andar fácil dele vacilou, depois desacelerou até parar. Estava determinado a evitar olhar para ela.

— Não é por sua causa. Eu não sei como dizer isso, mas não tenho sido totalmente sincero com você.

— Compreendo. — Niamh observou o rosto dele, meio oculto sob os cabelos desgrenhados. — O que quer dizer?

— A atenção que dei a você até agora não foi totalmente desinteressada. Isso não quer dizer que não gosto de sua companhia. Eu gosto, mas... — Ele soltou uma risada abafada. — Seria bom tomar um ar. O que você acha?

Independentemente do que estivesse tentando confessar, não estava sendo fácil para ele. Ela apertou o antebraço de Sinclair, tranquilizando-o.

— Pode me dizer. Não vou ficar zangada.

— Na apresentação das debutantes, lembra quando Jack perguntou se eu havia pensado no que ele disse? — Ela fez que sim com a cabeça, então ele continuou: — Ele me pediu para cortejar alguém esta Temporada. Mais precisamente para *fingir* que estou cortejando alguém. Sei que parece loucura. Mas eu não tenho a melhor das reputações, e ele não quer que isso prejudique Kit ainda mais. Lógico, vou fazer o possível para ajudá-la a passar por esta Temporada. Eu poderia apresentá-la aos poucos conhecidos que ainda tenho, se quiser. Mas eu nunca presumiria…

— Sinclair, ah… sinto muito por interromper. — Sua cabeça dava voltas. — Posso perguntar por quê? Você é perfeitamente charmoso. Com certeza há uma mulher aqui que encorajaria suas afeições…

— Não quero cortejar uma mulher. — Sinclair olhou bem nos olhos dela e Niamh levou apenas um instante para compreender o que ele estava dizendo.

Em Machland, nenhuma lei os impedia de amar ou casar com quem quisessem. Ela e Erin nunca tinham se cortejado oficialmente, mas na noite da véspera da partida de Erin para Avaland, no ano anterior, ela havia levado Niamh para as colinas próximas a Caterlow. Quando o sol mergulhou no oceano, deixando os cabelos ruivos de Erin brilhantes como chamas, ela beijou Niamh. O calor lânguido, a felicidade efervescente e extrema daquele momento pareceram tão fugazes quanto o giz traçado no chão de um salão de baile. Niamh não pôde prometer esperar por ela, afinal nem ao menos sabia quanto tempo lhe restava. Também não podia partir com Erin. Não por um emprego que pagava mal. Nem mesmo por sua própria felicidade.

A compaixão ferida nos olhos de Erin quase a destruiu.

Mas em Avaland, onde riqueza e magia se entrelaçavam, onde a nobreza protegia com unhas e dentes sua linhagem mágica, não a surpreendia saber que eles não aprovavam uniões desse tipo.

— Nós somos parecidos — disse ela, o que lhe rendeu um sorriso aliviado. — Mas por que eu? Eu não sou um par adequado para você.

— É exatamente por isso que você é perfeita! Não está aqui para encontrar um marido. Nenhuma mãe que pretende casar a filha permitiria que eu chegasse perto dela. Além disso, eu diria que eu e você somos praticamente iguais aos olhos da sociedade. Na verdade, talvez você seja mais respeitável do que eu. Não tenho sangue divino.

— Mas, ainda assim, você é um nobre — contestou ela. E, ainda assim, o arauto o anunciou como *sr. Gabriel Sinclair.*

— Não sou mais — disse ele, ressentido. — Não sou filho de Pelinor. Pelo menos não de sangue. Ele me criou como um cuco em sua casa para proteger minha mãe e a si mesmo da indiscrição dela. Mas alguns anos atrás... Bem, digamos que eu abusei de sua generosidade. Um bastardo sem sangue divino, ele tolerou da melhor forma que pôde. Um bastardo com inclinações como as minhas, ele poderia ter feito vistas grossas se eu tivesse herdado o sangue divino de minha mãe. Mas as duas coisas? Não dava para suportar.

— Ele deserdou você.

— Sim. — Sinclair suspirou, mas ela o viu esconder cuidadosamente sua dor atrás de um sorriso. — Mas Kit me ajudou. Ele me dá uma mesada.

— *O quê?* — Ela não sabia o que era mais chocante: que o duque fosse tão frio ou que Kit fosse tão generoso. — Mas isso é horrível!

— Você não precisa se preocupar comigo. A casa que Kit comprou para mim é muito boa. Na verdade, você poderia conhecê-la algum dia. — Ele piscou, mas ela não fez questão de embarcar em seus flertes vazios. Como ele podia fazer todo aquele esforço para ignorar uma situação tão difícil? Quando notou a expressão dela, Sinclair ficou sério. — Deixei você aborrecida. Minhas sinceras desculpas.

— Não, por favor, não se desculpe. Ninguém deveria carregar seus fardos sozinho. — Niamh segurou as mãos dele. — Fico muito feliz por ter me contado. E, se for ajudar de alguma forma, eu ficaria honrada em considerar ser cortejada por você.

Os olhos dele brilharam de gratidão.

— Ah, srta. O'Connor, eu vou partir seu coração no final.

— E eu vou odiá-lo profundamente por isso — respondeu ela com ternura. — Pode me chamar de Niamh.

— Niamh.

O som de seu nome, dito com uma intimidade tão agradável, iluminou-a de dentro para fora. Aquela noite não se parecia em nada com seus devaneios bobos. Ainda assim, naquele salão de baile tão hostil a eles dois, ela finalmente havia encontrado um amigo.

— Sinclair. Aí está você.

E então a noite de Niamh estragou com a mesma rapidez que havia melhorado.

Kit estava a apenas alguns passos de distância, com todos os finos fios de seu casaco prateados e frios. Com toda a luz das velas ao redor dele suavizando os traços mais angulosos de seu rosto. Niamh sentiu a boca seca como um deserto ao vê-lo. Ali, por fim, estava um príncipe saído das páginas de um livro de histórias jailleano. Ou um Justo, cruel e belo, capturando a atenção dela com tanta facilidade e de uma forma tão irritante.

E então, ele voltou os olhos dourados para ela e acrescentou:

— Você.

Você. Como se ele ainda não soubesse o nome dela!

— O homem do momento finalmente apareceu — interrompeu Sinclair. Com um toque de apreensão na voz, ele perguntou: — O que você tem aí?

— Limonada — respondeu Kit com brusquidão. — Pode parar de olhar para mim com essa cara, então.

— Ok. É claro.

Pela primeira vez, Niamh sentiu um clima esquisito entre eles. Ela observou o copo na mão de Kit. Era mesmo limonada, enfeitada com um ramo de hortelã e uma fatia fina de pepino. Estranhamente, ele era uma das únicas pessoas no salão sem uma taça de ponche. Kit parecera distraído antes, na sala de recepção, mas agora estava bastante agitado. Seu queixo tremia e seus olhos percorriam o salão de baile sem pousar sobre nada nem ninguém.

— Jack está mais do que determinado a me irritar — comentou depois de um bom tempo, fazendo o possível para romper o silêncio tenso. — Está doce demais, mal consigo beber.

Niahm ficou admirada.

— Não gosta de coisas doces?

— Não — respondeu ele, visivelmente surpreso com o horror dela. Parecia impossível que um homem pudesse ser tão monstruoso.

— Como pode?

— Eu não sei. Apenas não gosto — rebateu Kit, na defensiva. Ele parecia confuso e aborrecido com o tom acusador dela, o que só a deixou mais perplexa. — Toma.

Ele não chegou a empurrar a limonada na direção dela, mas lhe ofereceu com impaciência, como se tivesse sido forçado a fazer aquilo. O gelo se agitava de forma ameaçadora. Atônita demais para recusar, Niamh aceitou. Sentiu o frio congelante do copo em sua mão, e um filete de água que escorria nele molhou sua luva. Ela encarou, em silêncio, as gotas que se formavam na borda, onde havia uma leve marca dos lábios dele. Ela teria que girar o copo antes de tomar um gole. Deuses, agora *ela* estava confusa.

Sinclair olhou para os dois com uma expressão entre admirado e nauseado. Muito lentamente, tomou um gole de seu ponche, como se tivesse que fazer aquilo para se impedir de dizer algo.

Um murmúrio correu pelo salão de baile, e se multiplicou até Niamh conseguir entender do que se tratava: *a infanta Rosa havia chegado.*

— Eu preciso ir — murmurou Kit. — Tchau.

E foi embora. Que homem estranho. Mas ela não podia ficar pensando nisso. No momento, tinha coisas melhores para fazer do que se preocupar com o comportamento dele. Ficando na ponta dos pés, esticou o pescoço para olhar sobre a multidão e logo avistou Rosa.

Mais uma vez, ela vestia preto como se estivesse de luto. Estava de braço dado com sua linda aia, seguindo o caminho que os ombros largos e cobertos com dragonas de seu pai abria através do salão. Uma grossa fita preta envolvia a cintura-império de seu vestido, e as contas pretas nas saias refletiam a luz a cada passo.

Jack esperou para recebê-los em um palco improvisado, as mãos entrelaçadas diante do corpo, com uma serena Sofia a seu lado. Enquanto o rei e o príncipe regente conversavam, os convidados se alvoroçavam ao redor de Niamh. Todos ansiavam por dançar.

Finalmente, Jack deu um passo à frente e se projetou sobre a multidão, em toda a sua majestade.

— É uma honra abrir a pista de dança do baile inaugural da Temporada. Como muitos de vocês sabem, tornou-se tradição fazer uma arte com giz na pista de dança do baile. Este ano, preparei algo muito especial para nossos convidados, que logo terei a honra de chamar de família. Sem mais delongas...

Ele apontou para um par de lacaios, que levantaram os cantos da lona ao mesmo tempo.

— O que será esse ano? — murmurou alguém cheio de expectativa. — Vai ser difícil superar o do ano passado.

— Um retrato da princesa, talvez? Aquele que ele mandou fazer da princesa Sofia no casamento deles ficou incrível.

Centímetro a centímetro, os lacaios enrolaram a lona para revelar o chão.

Os murmúrios eufóricos da multidão se intensificaram.

E a esperança desapareceu do rosto de Jack.

Rosa observou a pista de dança com uma expressão deliberadamente vazia, embora seus olhos escuros brilhassem de prazer. Seu pai, enquanto isso, não parecia nem um pouco impressionado. Ele se virou para Jack com expectativa, mas o príncipe regente nem chegou a notá-lo. O rosto de Jack, antes de um pálido fantasmagórico, estava corado.

De onde estava, Niamh conseguia ver a pista de dança. Com traços ousados e raivosos, alguém havia desenhado o sol no estilo de uma runa machlesa: o símbolo do deus da justiça e sua glória implacável e iluminada. Era um emblema que até os avaleses reconheceriam. Tinha sido rabiscado em construções e hasteado em bandeiras antes da Guerra de Independência Machlesa. Aquilo já passava uma mensagem bastante clara, mas o artista havia escrito também palavras em machlês debaixo do sol.

Sinclair se aproximou de Niamh e sussurrou:

— O que está escrito?

Niamh ficou corada. Ela não podia repetir o que as palavras diziam, ainda mais ali.

— Acho que você não quer saber.

Às vezes, ela acreditava que o idioma machlês havia sido feito para xingamentos, pois dava a eles certa elegância. Em avalês, as palavras perdiam um pouco do impacto, mas o que dizia era isto:

Jack Carmine, que os portões do paraíso nunca se abram para você.
Que haja uma galinha d'angola gritando no nascimento de seu filho.
Que você veja o que se tornou.

8

— Bem — disse Jack por cima do caos —, divirtam-se.

Ele praticamente fugiu da sala, com o rei de Castilia seguindo-o logo atrás. A serenidade de Sofia diminuiu apenas o bastante para revelar a centelha de uma insatisfação glacial. Kit e Rosa, abandonados em cantos opostos do palco, ficaram se encarando como dois gatos eriçados em uma viela. Niamh não podia suportar vê-lo insultar Rosa, como ele acabaria fazendo. A noite já havia se tornado um desastre completo.

Ela recuou alguns passos, pressionando as costas contra a parede. O ar havia ficado mais denso com o cheiro de bebidas, perfume e suor. Alguns casais ousados foram para a pista de dança, onde seus sapatos transformaram em manchas confusas as maldições traçadas em giz. Niamh ainda sentia o poder delas, como se fosse magia real, ancestral e bruta, crepitando como raios no ar. Para alguns membros da corte de Jack, o incidente não passaria de um espetáculo para virar motivo de julgamentos e risos. Mas outros compreenderam a ameaça que aquilo de fato representava. Duas mulheres se aproximaram, abanando os leques e juntando as cabeças de modo conspiratório.

— Estou dizendo, os machleses estão ousados nos últimos tempos — observou uma delas. — Meus criados ficaram ainda mais preguiçosos desde que aquela mulher, a tal Carlile, decidiu virar uma chateação. A audácia deles, de exigir mais enquanto eles mesmos oferecem menos.

Niamh sentiu o estômago revirar de repente.

Sinclair colocou a mão em seu ombro, assustando-a. Ela conseguiu decifrar o toque tranquilo, porém firme, de seus dedos: *Vamos, antes que você ouça algo que preferiria não ouvir.*

— Posso ter a ousadia de reivindicar sua primeira dança?

Era para ser fácil aceitar, escapar dali e fingir que não tinha ouvido nada. Mas ela não conseguia sair do lugar. O som monótono e trêmulo do quarteto de cordas a atingiu de mil quilômetros de distância.

— Você acredita — disse outra mulher — que o príncipe regente confiou a uma machlesa uma tarefa tão importante?

— É claro que acredito. Afinal, ele exibiu sua nova costureira em todos os eventos, como uma espécie de pônei de exposição. É tão óbvio o que ele está tentando fazer que chega a ser engraçado. Está se esforçando e fazendo de tudo para acalmar o povo em vez de realmente tomar uma atitude. Seu pai nunca teria tolerado esse tipo de desrespeito.

— Com certeza não — concordou a companheira dela. — Ele é muito tolerante com todo mundo, principalmente com aquele irmão horrível. As companhias do jovem príncipe! Você viu os três juntos? Parecia mais uma piada de péssimo gosto. Uma pobretona, um maricas e um bêbado entram em um salão de baile...

O burburinho de uma centena de conversas transformou-se em um rugido indistinto aos ouvidos Niamh. Ao seu redor, havia um mar de rostos pálidos, bebendo, fofocando, flertando, rindo. Lágrimas não derramadas embaçaram sua visão. Como pôde pensar, por sequer um instante, que pertencia àquele lugar?

— Niamh — Sinclair disse com gentileza. — Por favor, não deixe que te atinjam.

— Não vou deixar. — Mas como poderia? Ela sorriu para ele do melhor jeito que conseguiu. — Pode me dar licença por um minuto? Já volto.

Ela precisava de ar.

Atravessou o salão de baile, derramando pelo menos uma bebida e acertando um, ou três, arranjos de flores pelo caminho. Por fim, chegou a uma porta. Abriu-a sem pensar aonde daria e saiu em uma sacada.

A escuridão do lado de fora era iluminada apenas pelas estrelas e algumas velas tremeluzentes, que já haviam derretido até virarem poças de cera. As portas de vidro abafavam o som da música e das conversas. Niamh esfregava os braços conforme o ar da noite suspirava sobre sua pele. O suor esfriou em sua nuca.

Não havia mais ninguém ali.

Finalmente, ela se permitiu chorar.

Ele exibiu sua nova costureira em todos os eventos, como uma espécie de pônei de exposição. Ela não queria acreditar nisso. E ao mesmo tempo não conseguia acreditar que não tinha percebido. Não havia outra explicação para a hospitalidade e a gentileza de Jack. Ele não a havia escolhido por suas habilidades ou por sua arte, mas para que ele mesmo parecesse alguém *esclarecido*. Para fugir de qualquer responsabilidade. Niamh só estava ali para que o príncipe pudesse mostrá-la aos conterrâneos dela e dizer: "Vejam, nem todos vocês sofrem aqui".

Que bem isso havia feito a ele.

Seus criados machleses haviam recorrido a isso — desejar a ele as piores desgraças — logo agora, dentre todos os momentos. Depois de uma demonstração tão pública, Jack não teria outra escolha além de ouvir as exigências deles.

Isso deveria ter deixado Niamh satisfeita, mas, não importava o quanto vasculhasse dentro de si mesma, ela encontrava apenas desespero. Como pôde ser tão tola, tão *egoísta*, perder seu precioso tempo alimentando uma fantasia boba, juvenil? Ela estava ali para trabalhar pelo bem de sua família, nada além disso. Essa dor era apenas um lembrete, como a mecha de cabelos brancos: seria melhor negar a si mesma do que enfrentar esse tipo de decepção de novo.

A porta atrás dela se abriu, deixando entrar uma onda de luz laranja suave. Alguém entrou na sacada.

Niamh rapidamente secou as lágrimas. Se ficasse quieta, ninguém a incomodaria; com sorte, ninguém nem a notaria. Mas quando olhou além dos fios soltos de seus cabelos, não viu nada e nem ninguém. O ar frio de verão tornou-se gelado em um instante.

Um fantasma. Ele a havia seguido até ali, atraído pelo cheiro de seu sofrimento.

Erin sempre a havia provocado por ser supersticiosa. Ali, no desvario causado pelo terror, Niamh sentiu que ter se preparado a vida toda para aquele exato momento não havia sido em vão. Se ela ordenasse que ele fosse embora, o fantasma desaparecia como névoa sobre colinas iluminadas pelo sol.

E então ela ouviu um fósforo sendo riscado.

Uma pequena chama iluminou uma silhueta que mal se podia distinguir. Quando seu contorno ficou mais nítido, após Niamh piscar algumas vezes, o constrangimento afastou o medo dela. Era apenas Kit, encoberto pelo encantamento que ela havia costurado em seu casaco.

Ele se debruçou sobre a balaustrada, uma mancha preta contra o branco frio do mármore. Assim, sozinho sob fragmentos do luar, ele parecia tão desolado. Niamh teve a impressão de estar invadindo um momento íntimo, mas não era possível sair dali sem ser notada. Talvez se ela só...

— Posso sentir você me encarando.

— Vossa Alteza. — Ela se encolheu diante do tom choroso em sua própria voz. — Desculpe incomodá-lo.

Ele se virou rapidamente na direção dela, surpreso. Olhou para ela com uma preocupação cada vez maior, como se tivesse se dado conta tarde demais de que havia entrado em um navio que estava afundando.

— Você está... *chorando*?

— Não, é claro que não! — Ela fungou, mas tentou suavizar seu tom da melhor forma possível. — Eu só precisava de um pouco de ar.

Ele parecia tão impotente e desconfortável que quase a fez rir. A simples ideia de Kit Carmine tentar consolar alguém já era bastante absurda, mas vê-lo sentir alguma leve obrigação de fazer isso... bem, quase fez Niamh gostar dele. *Quase*.

— Eu também. — Ele fez uma pausa. — É melhor eu ir.

— Você não precisa ir — rebateu ela. Passar mais um segundo que fosse sozinha com seus pensamentos lhe pareceu insuportável. — Quer dizer, não tem problema se você ficar aqui também. Não precisamos conversar, se...

— É melhor eu ir, porque as pessoas vão começar a comentar se nos virem aqui fora juntos — explicou ele.

— Do que você está falando?

Mesmo no escuro, ela podia ver o príncipe começar a corar.

— Do que você acha que eu estou falando?

Ah. *Ah.* A festa continuava do outro lado da porta de vidro embaçada, mas ela supunha que, em um momento de paixão, uma sacada isolada como aquela servisse bem a amantes que desejassem ficar apenas alguns instantes longe dos olhos curiosos da corte. Qualquer um que pegasse os dois sozinhos ali imaginaria que tinham marcado algum tipo de encontro. Era melhor que o chão se abrisse sob os pés dela, *qualquer coisa* para escapar do constrangimento insuportável que surgiu entre eles.

— Não que eu me preocupe com fofocas — continuou ele, ansioso para mudar de assunto —, mas ter seu nome associado ao meu só traria problemas para você.

Só de pensar em fofoca, Niamh perdeu o pouco ânimo que havia recuperado.

— Talvez seja melhor você ir — disse ela em voz baixa. — O pai da infanta Rosa não está contente com você, e ele não é o único.

Aquele seu irmão horrível.

Lembrar-se do total desprezo na voz daquela mulher a fez se sentir inquieta outra vez, e todas as sobremesas que tinha comido pareciam ter virado pedra em seu estômago. Aquilo nem devia importar para ela — até porque ela também tinha sido insolente com ele. Ela nem *gostava* de Kit. Poderia pensar em mil razões para ele ter ficado com uma reputação tão ruim na alta sociedade: seu jeito irritante, seu rosto carrancudo, seus modos detestáveis. Mas ele era o príncipe deles. E, depois de tudo o que ela havia passado naquela noite, podia compreender por que ele menosprezava tanto a nobreza.

Era mesmo um ninho de cobras.

Ele zombou, fumando distraidamente seu cachimbo.

— Eu sei.

— E você não se importa com isso?

— Não. Nunca me importei com o que os outros pensam de mim. Não tenho vontade de me desdobrar para agradar pessoas que nem ao menos respeito. — Ele ficou olhando para o gramado abaixo deles, com o cenho franzido de preocupação. Havia desapontamento em sua voz. — Mas Sinclair e meu irmão se importam com isso. E dá para ver que você também.

— Sim. Ser desprezada e ridicularizada pelo que sou me incomoda, sim.

Sua própria vulnerabilidade a constrangeu. Niamh abaixou a cabeça, deixando os cabelos cobrirem seu rosto, mas ela podia sentir Kit observá-la com intensidade, como se a analisasse. Quando ousou levantar o olhar novamente, o brilho nos olhos do príncipe a aqueceu de dentro para fora. Dizia: *você e eu somos iguais*.

— Todos eles são idiotas preconceituosos. Não valem suas lágrimas — disse ele. — Você nunca vai alcançar as expectativas deles, nem deveria querer. Você é honesta demais, e gentil demais, aliás.

Ela abriu um sorriso devagar.

— Vossa Alteza, isso foi um *elogio*?

— Não deixe isso subir à sua cabeça — ele bufou, mas sua irritação desapareceu com a mesma rapidez com que surgiu. — Eu admito que estou surpreso por você ter ficado tanto tempo. Por que ficou, afinal?

— Pelo mesmo motivo de todos os outros. Para dar uma vida melhor à minha família. — Pensar na mãe e na avó, sozinhas naquela pequena casa, a fez sentir um peso e uma saudade imensa de casa. De manhã, a primeira coisa que faria seria escrever para elas e mandar uma parte de seu primeiro pagamento. Ela torcia para que isso amenizasse pelo menos um pouco de sua culpa. — Restou muito pouco para nós em Machland. Assim que eu terminar esse trabalho, vou ter dinheiro para abrir uma loja e trazer minha mãe e minha avó para cá.

— E é só isso?

— Como assim?

— O quê? Sem bailes e pretendentes? — perguntou ele com ceticismo. — Você mal se inclui nesse seu plano.

Constrangida, ela colocou a mecha de cabelos brancos atrás da orelha. Quando garantisse que sua família estivesse bem pelo resto da vida, ela nem sabia o que faria consigo mesma. Mas não seria bom ter muitas esperanças, nem sequer imaginar o que mais seria possível. Sonhar com todas as coisas que ela poderia ter só tornaria a situação ainda pior quando sua saúde começasse a se debilitar. Aquela noite havia lhe mostrado que bailes não eram para ela, e não havia necessidade de nenhum pretendente. Qualquer desavisado que se apaixonasse por ela só encontraria sofrimento. Por mais que desejasse ser amada, ela não era tão egoísta assim. Não havia nenhuma vantagem em amar coisas frágeis.

— O trabalho já é muito gratificante para mim — afirmou ela.

Ele não pareceu totalmente convencido.

— Você é uma garota estranha.

— Você também é um pouco estranho, Vossa Alteza. — Ela abriu um leve sorriso quando ele fez cara feia. — De qualquer forma, tenho a impressão de que logo estarei farta de festas. Como posso esperar mais?

Ele deu de ombros.

— Está bem.

— Pelo visto, você não está muito animado para o restante da Temporada.

— Não. Odeio este lugar. Nunca quis voltar.

Niamh tentou disfarçar a surpresa. Será que ele finalmente havia desistido de ser tão reservado com ela? Ou era como em um de seus contos de fada jailleanos, em que o feitiço tecido pelo sofrimento que os dois tinham em comum se quebraria assim que desse meia-noite? Não importava. Ela aproveitaria aquela conexão entre eles pelo tempo que durasse.

— Você não passou esses últimos anos viajando pelo continente, não é mesmo? — ela disse depois de um momento. — Por onde andou?

Ele deu uma tragada no cachimbo. Quando soltou o ar, a fumaça passou por seus lábios e subiu em uma linha austera e cinza.

— Todo mundo sabe. Pergunte a qualquer um naquele salão e a pessoa ficará contente em contar a história toda.

— *Eu* não sei. Além disso, prefiro ouvir de você.

— Então, não. Eu não estava viajando. — A julgar pelo tom frio, Niamh compreendeu que aquilo era tudo que ela conseguiria dele naquela noite. Mas o príncipe praticamente confirmou suas suspeitas.

Kit tinha sido mandado embora e ela havia visto o suficiente para supor o motivo.

A fofoca daquelas mulheres terríveis, a preocupação de Sinclair com a bebida dele, Kit dizer que fumar era o último de seus vícios... Ele também estava doente. Niamh não conseguia dar um nome para o que o príncipe tinha, mas reconhecia uma doença quando a via — principalmente por já ter assistido a Caterlow ser arrasada por ela repetidas vezes. Logo após a Calamidade, a fome e o luto levaram muitos a buscar consolo em poitín destilado em casa. Ela havia testemunhado a destruição que a dependência do álcool podia causar em um homem. No início, eles tinham algum controle, mas o álcool sempre acabava lhes puxando o tapete. Primeiro, a bebida acabava com seus relacionamentos; depois, com sua vida.

Ela tinha que admirar Kit por lidar com isso da melhor forma possível. Com muita hesitação, Niamh andou na direção do príncipe. Em geral, falar com ele era como entrar em uma sala vendada, rezando para não deparar com nenhum obstáculo, mas ela precisava tentar.

— Eu nunca me desculpei pelo que disse na primeira vez em que nos encontramos. Quer dizer, você *é* negativo e antissocial, mas... Espere. Não foi isso que eu quis dizer. Deixa eu começar de novo.

— Tudo bem — disse ele, seco. — Isso já basta.

— Sei que não é tão simples mudar as coisas sozinho. E não foi justo comparar você a seu pai. Nenhum de nós dois era nascido quando Machland estava sob o domínio avalês. — Ela entrelaçou as mãos. — Não posso dizer que entendo você completamente. Mas sei alguma coisa a respeito disso. De sentir que a nossa vida não importa. Como se a gente estivesse seguindo um caminho já traçado e não pudesse fazer nada para impedir.

Emoções fervilhavam no peito dela e faziam seus olhos arderem. Ela esperava ter dito qualquer coisa menos aquilo.

Kit se virou, claramente evitando o olhar dela.

— Você não precisa se desculpar. Não estava errada ao meu respeito.

De repente, Niamh tomou plena consciência do quanto eles eram solitários. Os cotovelos deles estavam lado a lado sobre a balaustrada, tão perto que ela podia sentir o calor irradiando dele. O luar caía como uma lâmina entre eles, e deixava prateadas as pétalas brancas das flores que desabrochavam ao redor. Suavizava a dureza dos traços dele.

— Este não era o rumo que minha vida deveria tomar — disse o príncipe, surpreendendo-a. — Meu irmão nunca teria me chamado de volta para cá, a menos que estivesse realmente desesperado. Ele é um cretino às vezes, mas sempre cumpriu as promessas que me fez.

Niamh ficou imaginando qual seria a promessa, mas não quis correr o risco de perguntar e acabar fazendo-o se fechar outra vez.

— Talvez ele tenha mudado.

Kit negou com a cabeça.

— Ninguém muda tanto assim. Ele não consegue deixar um problema sem solução por cinco minutos e, como você acabou de ver, está evitando todos eles no momento. Tem que haver algum motivo.

Que motivo poderia haver? Ela não conhecia o príncipe regente como Kit, mas não conseguia imaginar nada desastroso a respeito de um casamento em tempos de paz — nem nada inusitado em um lorde avalês negligenciando seus criados machleses.

— Acha que ele está escondendo alguma coisa?

Ele parou por um momento, como se tivesse esquecido com quem exatamente estava falando, ou até que estava falando em voz alta aquele tempo todo. Contendo-se, ele deu a volta nela com uma cara feia.

— Não sei por que estou explicando tudo isso para você. Esqueça que tivemos essa conversa.

— Eu… — Ela ficou desconcertada diante da mudança de comportamento dele. Então finalmente o feitiço havia se quebrado. — Eu não posso simplesmente *esquecer*! E nem sei se quero.

Ele fechou os olhos bem apertados.

— Shh.

Niamh ficou boquiaberta.

— *Como é?*

— Silêncio — mandou ele. — Tem alguém...

A porta se abriu, e o som do baile vazou para a sacada. A silhueta de uma mulher apareceu, segurando a porta com o braço como se quisesse barrar a fuga deles.

— Ah, minha nossa — disse ela. — Estou interrompendo alguma coisa?

Niamh perdeu o fôlego, em pânico. A mulher viu além do encantamento no casaco dele... precisamente porque estava esperando encontrar duas pessoas. Como havia feito a besteira de ter ficado tanto tempo ali com ele? Se ela fosse reconhecida, então...

— Está — respondeu Kit com voz grave e ameaçadora, mas seus lábios contraídos mostravam uma resignação austera.

A luz da magia dele inundou a visão dela com um tom dourado, e as plantas ao redor começaram a se agitar. A hera se desprendeu da parede e as videiras de maracujá se desenrolaram dos balaústres. Folhagens espalhavam-se pelo chão como uma onda.

— Vai — murmurou ele.

Antes que Niamh pudesse responder, ele avançou, rápido o suficiente para a mulher cambalear para trás, seu rosto virado para cima pálido de terror. Ele deu um passo ameaçador para dentro do salão de baile, e se jogou pelos três degraus curtos que davam para as portas da sacada sem hesitar.

Muitos arfaram surpresos na multidão. Alguém chegou a gritar.

Niamh olhava horrorizada. O que ele estava *fazendo*?

E para onde exatamente ele esperava que ela fosse? Seus olhos dispararam para todos os cantos, em desespero, até que, a poucos metros de distância, avistou outra porta que dava para um canto abandonado do salão. *Perfeito*. Ela entrou no salão, de cabeça baixa. Algumas almas corajosas estavam tentando colocar Kit de pé enquanto ele resmungava com elas, e outros mais sádicos assistiam à cena com prazer.

Ninguém prestou a mínima atenção nela.

Ao se dirigir para a saída, ela percebeu, um pouco tarde demais, que Kit Carmine havia feito um espetáculo para proteger sua reputação.

9

A CONSCIÊNCIA ATINGIU NIAMH como um balde de água fria. Ela se revirou acordada na cama, o coração martelando no peito, e suspirou na profunda escuridão. *Não.* Ela havia dormido o dia todo.

Livrou-se dos lençóis sufocantes, saiu da cama e abriu as cortinas. O ar úmido sussurrava pela janela, agitando seus cabelos finos. Ainda era, felizmente, de manhã, e cedo o suficiente para a luz do sol ainda não ter dissipado a névoa sob o lago. Graças aos deuses, ela não tinha dormido demais. Encostou a testa no vidro frio e respirou profundamente, tentando afastar o nervosismo. Na noite anterior, tinha perdido muito tempo.

A noite anterior. Lembranças grudavam nela como teias de aranha.

Ela tinha conversado com Kit à meia-luz intimista da sacada. Do jeito dele, Kit a havia consolado. E depois, a havia salvado da ruína. Seu coração se agitava com... o quê? Vergonha? Gratidão? Ela não conseguia definir, e nem queria. Recusava-se a perder mais um segundo sequer pensando nos sentimentos complicados que o príncipe despertava nela. Ele era seu cliente, e um príncipe — *comprometido*, aliás —, e não um belo rapaz do vilarejo que poderia habitar suas fantasias.

Ela precisava se concentrar.

Niamh se obrigou a sentar-se à penteadeira, e se entristeceu ao ver seus cabelos. Metade deles estava emaranhada em um coque no alto da cabeça. Tinha esquecido de soltá-los antes de cair na cama na noite anterior, e teria que lidar com isso agora. Depois de umedecer os fios com um pequeno jarro de água, pegou um pente de dentes largos e começou a desembaraçar os nós das pontas para as raízes. Os gestos automáticos e ritmados acalmaram seus pensamentos o suficiente para conseguir ordená--los. Primeiro, ela tinha que cuidar da correspondência.

Quando terminou de desembaraçar o cabelo, Niamh foi até a escrivaninha e suspirou diante da bagunça. Ainda não tinha recebido resposta de Erin — o que não era de surpreender, considerando o estado dos correios —, mas precisava mandar dinheiro para sua mãe e sua avó. Odiava pensar nas duas sozinhas naquela pequena casa com janelas rachadas e telhado deformado: sua avó, enrolada em cobertores mesmo no verão; sua mãe, arrancando ervas daninhas do jardim com as mãos inchadas e doloridas. Mais do que tudo, ela desejava poder estar lá e colocar a chaleira no fogo para o chá, fazer a mãe entrar em casa, ajoelhar-se na terra no lugar dela, passar a noite consertando roupas à luz fraca de velas.

No entanto, logo Niamh não precisaria mais se preocupar com elas.

Os criados da casa eram remunerados por trimestre, mas Jack, num gesto um tanto generoso na opinião dela, havia concordado em pagá-la a cada duas semanas. Ela estava trabalhando no palácio havia pouco mais de duas semanas, então seu pagamento devia estar no meio daquela zona... em algum lugar. Ah, por que não tinha organizado tudo isso antes? Com um resmungo, remexeu nos papéis: um jornal de uma semana atrás, inúmeros esboços descartados, uma carta que havia começado e deixado para lá. Quando chegou ao fim da pilha, começou a sentir certo pânico. *Nada*. Com certeza não tinha perdido o pagamento; ela não seria tão descuidada assim.

Alguém bateu na porta.

A respiração que ela prendia lhe escapou. Só podia ser o pagamento.

— Um momento — disse.

Niamh correu até o espelho novamente e secou os olhos com a manga. Eles ainda estavam um pouco vidrados, mas nada que um pouco de entusiasmo fingido não pudesse disfarçar. Colocou um vestido branco simples e prendeu os cabelos em um coque solto. Pronto. Perfeitamente apresentável.

Com o máximo de alegria que pôde reunir, ela disse ao abrir a porta:

— Bom dia.

Mas não havia ninguém.

Espiou o corredor silencioso como um cemitério. Nem uma partícula de poeira serpeava através dos finos feixes de luz do sol que entravam pela janela.

— Olá?

Franzindo a testa, ela olhou para baixo e viu um envelope a seus pés, junto com a última edição do *Crônica Diária*. Niamh pegou os papéis e viu seu nome escrito na frente do envelope com uma caligrafia cuidadosamente desenhada. Incrédula, ela o virou — e quase o atirou de volta no chão. O lacre no verso piscou para ela: um *L* cheio de floreios, em cera preta.

Lovelace.

O autor de *O Tagarela* havia escrito para ela. O pergaminho praticamente parecia pegar fogo em seus dedos. Depois de ler a coluna dele — e saber o quanto Jack o desprezava —, ela sabia como aquilo era perigoso. Ainda assim, seria impossível *não* ler a carta. Então, rompeu o lacre e tirou-a do envelope.

Cara srta. Niamh Ó Conchobhair,

Espero que perdoe minha ousadia ao me apresentar para a senhorita — pois não serei tão ousado a ponto de presumir que saiba quem eu sou. Eu me autodenomino Lovelace, e sou o autor de uma coluna chamada O Tagarela. *Meu principal objetivo é proteger os que não têm o poder dos poderosos ao falar com a corte em uma língua que eles entendem. Para o bem ou para o mal, estou me referindo à fofoca.*

Compreendo que faz pouco tempo que a senhorita está em nossas terras, mas, como compareceu ao baile da noite passada, acredito que já esteja ciente da situação difícil dos machleses aqui em Sootham. O conflito finalmente chegou a um ponto crítico depois de muitos anos de frustração — uma frustração que aumentou com o fato de o príncipe regente teimar em ignorar qualquer coisa que esteja além da esfera estreita de seu lar.

Desde que foi nomeado regente, ele praticamente se isolou, evitando audiências e sessões parlamentares. Aparece apenas para organizar os eventos sociais que seu pai fazia em Temporadas passadas. Mas, ultimamente, tem demonstrado uma devoção obsessiva pelo casamento de seu irmão. Acho isso bastante estranho, considerando que ele e o príncipe Christopher não se dão bem há muitos anos.

Talvez tudo isso seja uma opinião sem fundamento, mas é difícil acreditar que ele seja tão indiferente à política quanto parece ser. Deve haver alguma razão para ele ignorar a agitação que se inicia ao seu redor, e eu pretendo descobrir qual é. E se o príncipe regente não concordar em se encontrar com Carlile e defender as reparações no Parlamento, vou usar isso contra ele. Tenho muitos recursos à minha disposição, mas, depois de todos esses anos, o príncipe já conhece meus métodos. Todos os meus espiões foram dispensados poucos dias depois de se infiltrarem entre seus criados.

É por isso que escrevo para a senhorita. Peço humildemente sua ajuda na luta pelos direitos dos machleses em Avaland. Eu faria quase qualquer coisa por esta causa, e espero que a senhorita pense da mesma forma. O príncipe regente não pode dispensá-la. Ele mesmo a contratou, tanto por suas habilidades quanto, acredito, por seu legado. Sei que ele não suporta os rumores de que destrata os criados machleses, então vai querer mantê-la satisfeita. O príncipe a escuta, e talvez até confie na senhorita.

Não acredito que ele seja um homem mau, apenas esquivo. Se quiser me ajudar, deve deixar uma resposta à meia-noite na árvore queimada bem em frente aos jardins do palácio. Não há necessidade de tomar uma decisão esta noite. Estarei observando.

Atenciosamente,
Lovelace

Talvez ela ainda estivesse sonhando.

Porque, se não estava, então parecia que tinha caído em uma espécie de operação secreta de chantagem. Era quase... empolgante. Nunca havia esperado que algo tão extraordinário acontecesse em sua vida. Quem imaginaria que uma garota de um vilarejo como Caterlow seria recrutada para conspirar contra o príncipe regente?

Ó, deuses. Ela tinha sido recrutada para conspirar contra o príncipe regente.

Mas Lovelace havia lhe dado uma escolha, e ela não era obrigada a aceitar. Por mais que quisesse que a Coroa admitisse suas injustiças, por mais que quisesse lutar ao lado de seu povo, não podia arriscar. Ela e sua família dependiam da benevolência e do patrocínio de Jack. Além disso, ela era discreta como um pavão. Se tentasse espionar a família real, era quase certo que colocaria tudo a perder. E ser descoberta significaria uma sentença de morte.

Ele não consegue deixar um problema sem solução por cinco minutos, Kit lhe disse na noite passada, *e, como você acabou de ver, está evitando todos eles no momento. Tem que haver algum motivo.*

Não, não, não. Por mais curiosa que estivesse, ela não podia se meter nos problemas dos Carmine. Agora que Jack tinha sido ridicularizado em sua própria casa, seria pressionado a concordar com as demandas dos manifestantes. Era quase certo que Lovelace o tivesse alfinetado na coluna do dia. Ela folheou o jornal até encontrar *O Tagarela*.

Que noite de abertura. Parece, para a surpresa de ninguém, que nosso próprio Filho Rebelde será a grande estrela dessa Temporada. Digam o que quiserem dele, mas o príncipe nos diverte mais do que seu irmão jamais conseguirá. Depois de ficar mal-humorado a noite toda e se recusar a ao menos olhar para sua noiva, ele levou um tombo nas escadas.

Ouvi todo tipo de especulação sobre o motivo. Alguns de vocês, sem dúvida, vão dizer que ele ainda tem aquele velho hábito. Outros, se forem ingênuos para acreditar em qualquer palavra que saia da boca de Lady E, vão dizer que ele estava tentando distraí-los. Evidentemente, ela o viu sozinho com uma jovem na sacada. Uma amante certamente explicaria a falta de interesse em sua adorável futura esposa... Ainda assim, tendo a achar que ele queria aliviar um pouco a barra para uma Certa Pessoa.

Ele vai ter que se esforçar mais da próxima vez para competir com uma Pista-de-Dança-que-Virou-Arte-de-Protesto. Estou triste em relatar que nosso convidado castiliano, um Cavalheiro Ilustre, não se sentiu honrado pelo desenho de giz deste ano. Quem estava mais à direita no salão de baile pode ter ouvido o Cavalheiro Ilustre repreendendo CP por constranger sua querida e obediente filha, que, em suas próprias palavras, nunca pediu nada na vida.

Se isso não instiga CP a se encontrar com a Senhora HC, prevejo que esse é apenas o começo de uma Temporada muito tensa. Ninguém estará fora de perigo — nem vocês, caros leitores. Se quiserem se poupar da humilhação, talvez considerem pagar a seus criados um salário digno, ou apresentar a proposta de conceder reparações a Machland na próxima sessão do Parlamento. Mas quem sou eu para dar conselhos? Sou um humilde colunista, não um político.

Ela estava na coluna.

Essa tal lady E, fosse quem fosse, a havia visto. Se alguém se lembrasse de uma garota com uma mecha de cabelo prateada saindo do salão de baile no momento do "acidente" do príncipe, faria a ligação. De repente, toda sua vida se desenrolou como um fio solto puxado até o fim. Ela deixaria o palácio desonrada. Nunca mais encontraria trabalho. Voltaria para Caterlow, e ficaria vendo mais amigos seus partirem enquanto definharia naquela loja. Sua família morreria lentamente de fome.

Não, ela não podia surtar naquele momento.

Ao que parecia, Lovelace não sabia que a jovem era ela, senão teria mencionado na carta. Ainda assim, o coração de Niamh batia acelerado com absoluto terror. Não haviam sido expostos por muito pouco. Ela tinha que ser mais cuidadosa de agora em diante, o que significava não espionar e *com certeza* nunca mais ficar sozinha em uma sacada com Kit Carmine.

Bem fácil, ela pensou.

No entanto, ainda havia o problema da falta de pagamento. No caos dos últimos dias, deviam ter esquecido. Ela considerou procurar a sra. Knight, mas fora Jack quem havia tratado de todas as questões de sua contratação até então. Só de pensar em visitar o príncipe regente em seu gabinete sem ter sido convidada a matava de vergonha, mas o que mais podia fazer? Sinclair dissera que Jack preferia cuidar ele mesmo dessas questões.

Ela só precisou tomar o caminho errado algumas vezes, e fazer alguns pedidos desesperados de ajuda, para uma criada ficar com pena e lhe mostrar como chegar ao gabinete de Jack. Enquanto Niamh subia a escadaria imperial, a criada gritou atrás dela:

— Se eu fosse você esperaria até amanhã. Ele está com o príncipe agora.

Bem, aquilo não era um bom sinal.

Quando ela finalmente encontrou o gabinete, ouviu a voz abafada de Jack saindo lá de dentro.

— Eu não tenho tempo para essas bobagens, Christopher. Minha corte, seu futuro sogro, Carlile, aquele colunista insuportável... até os meus *criados*, pelo amor de Deus!, estão com os olhos colados em mim. E agora você decidiu causar problemas. O que teria provocado essa extraordinária falta de bom senso?

Kit respondeu baixo demais para ela ouvir. A curiosidade foi mais forte do que ela. Niamh se aproximou e se esforçou para ouvir a conversa deles.

— Não quero ouvir suas desculpas. — Jack respirou fundo, controlando seu temperamento como rédeas. — Sei que não tem sido uma transição fácil para você. No entanto...

— E a culpa disso é de quem?

Jack riu com amargura.

— Quem é ela?

— Ninguém. — Uma nota petulante e confusa transpareceu na voz de Kit. Se a situação fosse outra, Niamh teria rido. Deuses, ele era um *péssimo* mentiroso. Não era de estranhar que fosse sempre tão brusco. Então, em um tom mais malicioso, ele disse: — Quem disse que é uma mulher?

— Não brinque comigo — respondeu Jack friamente. Mas a longa e reflexiva pausa que se seguiu sugeriu que Kit o havia pegado desprevenido. — Você não pode ficar por aí com quem quiser na frente da infanta Rosa e do pai dela. Vai colocar em risco tudo que me esforcei para garantir a você, e vai arrastar seu nome *e* o meu na lama. O que estava pensando?

— Não estava — murmurou Kit. — No entanto, pelo que vi ontem à noite, não sou o único que precisa se preocupar com ter o nome arrastado na lama.

— Basta — disse Jack com uma voz grave, ameaçadora. — Você está noivo da princesa de Castilia, o que é muito melhor do que você poderia esperar. Ela é uma garota respeitável com uma sólida linhagem mágica. Fiz uma lista de todas as jovens elegíveis do continente, e ela atendeu a todos os meus critérios.

— E a pergunta "Kit vai se dar bem com ela?" foi incluída na sua lista?

— Isso não é importante. Sem contar que é uma missão impossível! Eu poderia ter trazido a mulher mais linda, bem-educada e dócil do mundo, e você ainda encontraria defeito nela.

— Eu vou me casar com ela. Então qual é o problema? Também tenho que fingir que estou feliz com isso?

— O problema? — Ela ouviu mãos espalmadas batendo com força sobre uma superfície dura. — O problema é o seu comportamento. Tanta arrogância e tanto mau humor não são adequados a um homem de sua posição.

— Não estou nem aí pra isso. — Kit enfatizou cada palavra.

— Achei que o tempo que passou fora tinha lhe dado algum juízo, mas estou vendo que foi ingenuidade de minha parte. Nós dois temos que lidar com a realidade. Suas escolhas o trouxeram até aqui, Christopher, e eu não posso mais protegê-lo das consequências. Você é adulto e, pelo amor de Deus, é um Carmine. Agora cumpra o seu dever.

A porta se abriu e Niamh cambaleou para trás, surpresa. Kit saiu nervoso da sala, o rosto vermelho de raiva e as mãos fechadas ao lado do corpo.

— E não pense que não vou encontrar essa garota — gritou Jack para ele — se você insistir em continuar assim.

Jack apareceu na porta com os olhos brilhando de raiva. Mas, uma vez que Kit não estava mais à vista, toda a hostilidade também passou. Ele suspirou exasperado e passou a mão no rosto. Quando deixou sua mão cair para o lado, revelou uma expressão que fez Niamh sentir pena: uma exaustão arrependida e cheia de remorso. Ela pensou em voltar para seu quarto, em vez de levar a ele mais um problema. Mas, antes que pudesse sair, Jack reparou nela ali parada e visivelmente surpresa. Encarou-a com um pavor que tomou forma aos poucos.

Niamh desejou poder desaparecer, nem que fosse apenas para poupá--los do constrangimento. Vê-lo outra vez a fez se sentir estranhamente desconfortável. Ela meio que esperava que as desgraças que lhe foram desejadas pairassem sobre ele como uma mortalha, mas ele estava como no dia em que o conheceu: equilibrado naquele fio da navalha entre atormentado e sereno.

Ele pigarreou e ela o observou guardar cuidadosamente cada emoção que deixou transparecer em seu rosto.

— Srta. O'Connor, como posso ajudá-la?

Ele estava surpreendentemente gentil, considerando-se tudo. Uma parte masoquista dela queria perguntar por que ele a havia contratado: para descobrir se ela era mesmo digna dessa honra ou se estava ali apenas como símbolo da mulher machlesa. Mas mesmo que fosse ousada o bastante para perguntar, por que provocar mais sofrimento?

— Não é nada importante, Vossa Alteza. Devo voltar outra hora?

— Bobagem — respondeu ele bruscamente. — Você já está aqui. Entre.

Hesitante, Niamh o acompanhou até o gabinete. Havia livros e papéis empilhados de forma intimidadora sobre a mesa, e uma coleção de velas queimadas até o fim preenchia o parapeito das janelas. Um retrato emoldurado em ouro filigranado estava pendurado no centro da sala. O homem que olhava para ela parecia estranhamente com Kit e Jack, exceto pelos olhos verdes. Seus lábios formavam uma expressão cruel e tinha um rosto recriminador.

REI ALBERT III, dizia a placa sob a moldura. Niamh estremeceu. Ela não sabia como Jack podia suportar o peso do olhar de seu pai o dia todo.

Atrás dela, ouviu-se o som sinistro da fechadura no silêncio. Niamh ficou com a boca seca.

— Por favor — disse Jack. — Sente-se.

Ela obedeceu.

Jack se acomodou na cadeira atrás de sua mesa e a olhou com frieza. A luz do sol refletia todo o fio dourado de seu casaco e brilhava no anel de sinete em seu polegar. Enquanto Kit era repleto de espinhos, Jack apresentava um exterior liso e inacessível como pedra. Isso a fez se sentir terrivelmente constrangida. Ela tinha ficado tão agitada com a coluna de Lovelace que se esqueceu de prender o cabelo de maneira adequada. Colocou a mecha prateada atrás da orelha e pousou as mãos sobre o colo.

— Qual é o problema? — perguntou ele.

Ela secou as mãos suadas na saia.

— Sinto muito incomodá-lo, senhor, com algo tão trivial, mas eu não recebi meu pagamento esta semana.

Por um instante, ela acreditou ter falado em machlês, ou mesmo não ter falado nada, pois ele ficou olhando para ela sem nenhuma expressão. Então balançou a cabeça e voltou à realidade.

— Não é nada trivial. Sinto muito por isso ter acontecido, vou falar com a sra. Knight agora mesmo sobre o equívoco.

Niamh tentou disfarçar sua surpresa. Então era só isso? Com uma eficiência admirável, ele pegou um envelope e uma pena.

— Cheque?

— Dinheiro, se possível. — Depois de um momento, ela acrescentou: — Vossa Alteza.

— É claro. — Ele pegou sua bolsa de moedas, retirou uma moeda brilhante e a colocou na palma da mão dela. Niamh fechou a mão, mas jurou tê-la visto cintilar entre seus dedos.

— Obrigada, senhor — disse ela, ofegante.

— Não, *eu* que agradeço por ter me procurado. — De alguma forma, ele parecia sincero mas também um pouco distante. — Você precisa de mais alguma coisa?

— Não, era só isso. Obrigada mais uma vez, senhor.

Quando ela fez menção de se levantar, ele disse:

— Espere um momento.

Ela praticamente desmoronou de volta na cadeira.

— Sim?

— Quero me desculpar pelo que você escutou antes.

Ah. Com certeza ele não queria se desculpar. Devia ser algum tipo de teste.

— Não há absolutamente nada do que se desculpar. Não escutei nada.

— Não há motivo para não sermos diretos. — Ele suspirou cansado. — Entendo que a natureza de seu trabalho deu a você e ao meu irmão a oportunidade de se conhecerem. Percebi que você parece ter certa influência sobre ele... e sobre minha esposa, por sinal.

— Ah, não, eu não poria nessas palavras.

— Aprecio sua modéstia — disse ele com ar distraído. — Só estou tocando nesse assunto para perguntar se Kit parece... bem.

Niamh mordeu o lábio. Ela sabia muito bem o que ele queria dizer, mas ousou perguntar.

— O que quer dizer, senhor?

— Acredito que minha pergunta tenha sido inusitada. — Ele de repente pareceu sem jeito, quase constrangido. Era cativante, de uma maneira estranha. — Odeio colocá-la nessa situação, mas acredito que eu não tenha outro meio para saber como ele está *realmente* se saindo.

— Ele parece bem. — Tirando sua desilusão com a vida na corte, aquilo era a verdade até onde ela sabia. E uma parte pequena e egoísta sua queria guardar o que Kit havia compartilhado com ela. Não cabia a Niamh contar, mesmo para o príncipe regente. — Há algum problema?

Jack abriu um sorriso forçado.

— Sabe o que aconteceu com meu pai, srta. O'Connor?

— Em parte, sim. — Muitos anos antes, o rei adoeceu e nunca se recuperou. Poucos detalhes haviam escapado das paredes do palácio, no entanto, e a julgar pela expressão cautelosa de Jack, ele não pretendia compartilhá-los naquele momento.

— Então você sabe o suficiente. — Ele espalmou as mãos sobre a mesa, alisando a superfície. — Se eu morresse antes de meu pai, o Parlamento não indicaria Kit como regente. Ele tem muito do meu pai. Mas o casamento torna um homem mais respeitável aos olhos da corte. Sei que ele fica aborrecido com as minhas intromissões, mas estou fazendo o que devo para o bem dele, e para garantir a continuidade do legado de nossa família.

Jack se sentou diante dela, desgastado e sólido como as pedras sobre as quais seu legado foi construído. Que exaustivo, ela pensou, insistir em resolver sozinho os problemas de todo mundo. Suportar o peso do dever e a pressão de proteger seus entes queridos. Ela sabia um pouco como era isso.

Acima dele, o olhar desdenhoso de seu pai se fixava nela. Se o rei se retirou havia oito anos, Jack não devia ter mais de vinte e dois anos quando o Parlamento o nomeou príncipe regente. Ela reparou nas olheiras do príncipe e nas finas linhas em sua testa, então sentiu uma extrema identificação com ele.

— Eu compreendo, senhor.

— Que bom — respondeu ele com rigidez. — Já tomei muito do seu tempo. Daqui para a frente, não ceda muito aos caprichos de meu irmão. Vamos precisar vê-lo no dia do casamento dele, afinal.

Niamh riu de nervoso.

— Sim, senhor. Vou garantir que ele fique, no mínimo, visível.

— Obrigado, srta. O'Connor. É um alívio. — Ele verificou o relógio de bolso e franziu a testa. — Devo informá-la que vai se encontrar com a infanta Rosa hoje a trabalho. Combinei que enviaria a senhorita à casa dela. Pode ser às dez horas?

Podia. E então ela foi dispensada.

Enquanto Niamh voltava para seus aposentos, ainda segurando a moeda na mão fechada, seus pensamentos flutuavam com o que ela havia descoberto. Toda a obsessão de Jack com esse casamento e sua falta de atenção com os criados e os protestos vinham da responsabilidade que ele tinha com a família. Ela acreditava nele, é lógico, e até admirava a dedicação. Mas aquela podia mesmo ser toda a verdade? Se Lovelace vinha escrevendo sobre ele havia anos, então Jack estava ignorando as injustiças em seu reino muito antes de Kit ficar noivo da infanta Rosa.

Não. Ela não podia dar corda para questionamentos. Era uma costureira, não uma espiã. Depois que voltasse do encontro com a infanta Rosa, escreveria para Lovelace dizendo que não poderia ajudar. Assim que Kit estivesse devidamente casado, Jack resolveria a situação.

Ela precisava acreditar nisso.

10

A CASA ONDE A INFANTA ROSA estava hospedada lembrava a Niamh um bolo: uma fatia fina de tijolos brancos, coberta com frontão elegante e guarnecida com glicínias perfumadas. Ficava na ponta oeste de Bard Row, um dos distritos mais elegantes e charmosos de Sootham, com gramados bem cuidados, jardins coloridos e árvores viçosas, com folhagem exuberante. Cestas de vime cheias de flores pendiam das lamparinas a gás. Tudo isso deixou Niamh encantada e ao mesmo tempo surpresa.

Ela levantou a barra do vestido ao se aproximar da porta da frente. A aba larga do chapéu protegia seus olhos do sol, mas a fita amarrada sob o queixo coçava muito. O suor se formava na linha dos cabelos, causando desconforto. Niamh se sentia outra pessoa. Mas uma garota prestes a conhecer a princesa de Castilia deveria parecer alguém da alta sociedade, mesmo que não pudesse evitar o sotaque.

A governanta, que já a esperava na varanda, rapidamente a escoltou até a sala no segundo andar e lhe disse que *Su Alteza Real* estaria com ela em breve. O chá já estava servido, tão convidativo quanto um prato de biscoitos na cabana de uma bruxa em um conto de fadas. O estômago dela roncava, e Niamh teve que se lembrar de que era uma grosseria intolerável comer sem sua anfitriã.

A mesa posta era diferente de tudo o que ela já tinha visto em Avaland ou Machland. Um aroma amargo e acre emanava do bule de cerâmica. Ela fez uma careta. Espalhados ao redor, havia quadrados de chocolate, escuros e brilhantes como pedras polidas, fatias grossas de pão fresco, um pedaço de queijo e fatias de carnes curadas. Deuses, ela desejou que não tivesse se esquecido de comer de novo — ela andava sempre perdendo a noção do tempo. Mas com certeza ninguém notaria se pegasse apenas um pedacinho de chocolate. Ela o colocou na boca e quase deixou escapar um gemido quando ele derreteu em sua língua.

A porta para o quarto de Rosa se abriu.

Niamh se levantou, quase engasgando com o chocolate. Mas não foi a infanta Rosa que entrou na sala, e sim sua aia, a srta. Miriam Lacalle. Miriam bateu a porta ao fechá-la, depois se encostou nela como se estivesse prendendo uma fera lá dentro.

— Bom dia! Como posso ajudá-la?

— Olá. — Niamh fez o possível para não espiar sobre o ombro dela. — A infanta Rosa está? Devo tirar medidas para seu vestido esta manhã.

Os olhos de Miriam se arregalaram e praticamente brilharam. À luz do dia, seu rosto era tão gentil quanto pareceu sob a luz do lustre do salão de baile, na noite anterior.

— Ah, então *você* é a costureira de que tanto ouvi falar. O vestido que você usou ontem à noite está em todas as colunas de fofoca. É uma pena que eu não o tenha visto.

— Espero que estejam falando apenas coisas boas dele. — Niamh sorriu com timidez. — É uma honra conhecê-la, *milady*. Niamh O'Connor.

— É muito gentil de sua parte, srta. O'Connor, mas não sou nenhuma lady. — Ela riu. — Miriam Lacalle.

Que curioso que a infanta Rosa tivesse escolhido uma plebeia para ser sua aia.

— É um prazer, srta. Lacalle.

— Ela não está no momento. — Em algum lugar das profundezas do quarto, algo caiu. Miriam se encolheu. — Melhor dizendo, a princesa está indisposta.

Uma voz sofrida ecoou de trás da porta.

— Miriam, *com quién estás hablando?*

Miriam fechou os olhos, parecendo estar rezando por paciência.

— Pensando bem, por que você não entra?

Ela levou Niamh para dentro. Quando fechou a porta, elas se viram em meio ao breu. Niamh piscou várias vezes para se acostumar àquela escuridão mórbida. As cortinas de veludo estavam fechadas, permitindo que apenas um feixe fino de luz do sol passasse e revelasse o surpreendente estado do chão. Havia vestidos empilhados, um colar perdido sob um armário e vários sapatos — alguns sem par — abrindo um caminho traiçoeiro pelo quarto. Um tabuleiro de xadrez havia sido colocado ao lado da janela, as peças ainda dispostas em uma jogada final. Misteriosamente, uma das cadeiras estava virada. Todas as ideias negativas que Niamh tinha a respeito da nobreza, naquele momento, espalhavam-se entre os destroços do vestiário da infanta Rosa.

— Perdão pela bagunça — disse Miriam com uma risada nervosa, abrindo as cortinas. A repentina inundação de luz fez os olhos de Niamh lacrimejarem. — Rosa não é uma pessoa matutina. Não queria fazer você passar por isso, mas suponho que agora seja tarde demais.

— Não sei do que você está falando — Niamh mentiu. — Esse quarto parece perfeito em comparação com o meu!

Miriam bateu de leve em outra porta fechada.

— Rosa, tem visita para você. — Depois de alguns segundos de silêncio, ela pigarreou e gritou. — Rosa!

A porta se abriu e a infanta Rosa apareceu, bela e assustadora.

Niamh respirou fundo e seu rosto esquentou ao ver a princesa. Caso se deixasse afetar por toda aquela beleza, corria o risco de desaprender a falar. A princesa era surpreendentemente alta, mas a deselegância de seus ombros curvados a fazia parecer menor à primeira vista. Ela estava com outro vestido preto, mas havia aberto mão do véu de renda. Seus cabelos pendiam ao redor dos ombros em cachos perfeitamente penteados, mas havia sombras sob seus olhos embotados — ou talvez fosse apenas sua maquiagem, borrada como se ela tivesse dormido com ela. Rosa a usava como a tinta que os guerreiros aplicam antes de ir para a batalha. Ela olhou rapidamente o rosto de Niamh.

— Quem é essa? — perguntou. Como Miriam, ela tinha um sotaque sutil, mas inconfundível. Sua voz, no entanto, era monótona. Não exatamente fria, mas cheia de tédio. — Uma assassina, eu espero.

— Rosa — Miriam a censurou, sem a intenção de tecer qualquer comentário. — Esta é a srta. O'Connor, sua costureira.

— Entendi. — Rosa desmoronou em uma chaise, como se sustentar o próprio peso tivesse se tornado um fardo impossível. Suas saias amplas amontoaram-se no chão como tinta derramada. — Que decepção.

— Não leve muito a sério nada que ela disser — sussurrou Miriam para Niamh. — A infanta tem um péssimo senso de humor e não pretende divertir ninguém além de si mesma.

Niamh tentou não deixar seu sorriso vacilar ao fazer uma mesura.

— É uma honra conhecê-la, Vossa Alteza.

O comentário provocador da aia acendeu a expressão de Rosa, e seu olhar aguçado e avaliador fixou-se no de Niamh. A atenção repentina quase a fez perder a pose. Nada que havia dito era notável... pelo menos ela não *achou* que fosse.

— Igualmente. — Rosa bocejou. — Me desculpe. Eu prefiro ter doze horas completas de sono, mas fui para a cama muito mais tarde do que gostaria. Muita agitação.

— Rosa — murmurou Miriam, exasperada.

— O quê? — Ela ergueu uma sobrancelha. — Meu noivo era encantador, não era?

O tom de Rosa foi tão seco que Niamh não soube ao certo se ela estava brincando. Miriam manteve seu silêncio sofrido.

Niamh não sabia se deveria concordar, rir ou chorar.

— Compreendo totalmente, Vossa Alteza. Vou tentar ser rápida.

— Excelente. — Miriam juntou as mãos. — Tenho uma carta para terminar, então vou deixar vocês duas à vontade.

E assim, Niamh ficou sozinha com a princesa de Castilia.

Rosa alisou a saia sobre os joelhos e suspirou.

— Estou à sua disposição, então, srta. O'Connor. Por onde começamos?

— Por onde quiser, Vossa Alteza. Posso tirar suas medidas primeiro, ou pode me dizer como imagina seu vestido. Eu adoraria saber quais são os estilos mais usados em Castilia, ou... Ah! Podíamos...

— Calma, por favor. Eu ainda não tomei café e nunca ouvi um sotaque como o seu antes. — Rosa massageou as têmporas. — Talvez possamos começar com as medidas.

— Sim, é claro. Ótima sugestão.

Niamh abriu espaço no chão, tirando uma pilha de roupas do caminho, e começou a trabalhar. Para seu alívio, Rosa tinha muito mais experiência que Kit. Niamh mal precisava lhe dizer o que fazer enquanto passava a fita métrica em volta de sua cintura e de seus quadris, de seu busto e pelo comprimento dos braços.

Enquanto Niamh se inclinava sobre uma mesa para terminar de registrar as últimas medidas, Rosa disse:

— Você é de Machland.

Niamh se virou para ela, quase derrubando a cadeira ao seu lado. Ela segurou o encosto para evitar que o objeto, e ela mesma, caíssem. Ter uma princesa perguntando sobre sua vida pessoal ainda a deixava perplexa.

— Sou, Vossa Alteza.

— Entendo. — Seus olhos se acenderam novamente com um interesse calculista, mas seu tom era de uma educação monótona. — O que está achando de sua estadia em Avaland?

— Muito agradável — respondeu ela da forma mais animada que pôde. — O príncipe regente é um anfitrião muito generoso.

Rosa murmurou, pensativa.

— Sim, suponho que ele seja, não é?

— E a senhorita, Vossa Alteza? É sua primeira vez em Sootham?

— É, sim. Estou achando fascinante. Os modos contidos dos avaleses e suas danças desanimadas, o clima triste, o gosto pela arte... — Ela parou. — Ah, mas suponho que você não esteja aqui para me ouvir tagarelar. Vamos discutir o modelo do vestido?

— É lógico! Tem alguma ideia?

— Eu gostaria que o vestido fosse de renda preta.

Uma luz se apagou dentro de Niamh. O que essa realeza tinha contra *cores*? E a ideia de usar tanta renda... Niamh estremeceu. O estilo da infanta Rosa era muito estranho para uma mulher de sua posição, pelo menos pelos padrões avaleses. Isso fez Niamh se lembrar de sua terra. Poucas pessoas em Machland compravam vestidos novos para o dia do casamento. Em geral, usavam seus melhores vestidos escuros, pois era mais fácil esconder manchas neles. Mas a infanta Rosa podia comprar um vestido novo para cada dia da semana, se quisesse.

— Que tal algo mais divertido?

— Divertido? — repetiu Rosa.

— Não sei. — Niamh observou as pilhas de tecido preto espalhadas pelo quarto. — Talvez algo colorido.

Rosa fez cara feia.

— Não uso cores.

— Como assim? Você ficaria tão bonita de... — Rosa a encarou até Niamh não ter outra escolha além de dizer: — Na verdade, um vestido preto parece muito atual.

— É a nova moda em Castilia — afirmou ela. — Acho que vou chamar a atenção de todos. Todo mundo aqui é tão... brilhante.

Isso era verdade. Pensar na cara dos cortesãos quando contemplassem Rosa de vestido preto a encantava mais do que ela gostaria de admitir. Niamh levou a mão à boca para esconder o riso.

— Ah, *com certeza* vai.

Rosa abriu um leve sorriso praticamente imperceptível.

— Se não der muito trabalho, meu pai ficaria contente se eu usasse também um véu.

Niamh não conseguiu decifrar a expressão dela. Pelo pouco que havia visto do pai de Rosa, ele parecia ser um homem autoritário. Quis perguntar se *ela* também ficaria contente, mas resolveu ficar quieta. Já tinha falado fora de hora com membros da realeza vezes demais.

— E quais encantamentos seriam de sua preferência?

— Encantamentos?

— Eu posso costurar lembranças ou emoções no vestido. Se quiser parecer ou se sentir de certa forma...

— Então é essa sua bênção? Agora entendo por que a contrataram. — Rosa se recostou, analisando Niamh com os olhos semicerrados. — Vejamos. Você pode fazer qualquer um que olhar para mim sentir medo?

Niamh fez o possível para não demonstrar desespero em sua voz.

— Bem, eu…

— Não, você tem razão. Talvez em outro momento. — Rosa cedeu. — Meu pai ia gostar disso. Vou pensar. Esse casamento está começando a ficar realmente muito interessante.

Niamh estava sendo consumida pela curiosidade. Kit tolerava razoavelmente sua impertinência, mas não dava para saber se Rosa teria a mesma reação. No entanto, embora Rosa fosse uma princesa e Miriam uma aia, as duas pareciam ser amigas, então talvez Rosa não fosse recriminar tanto Niamh se ela lhe fizesse perguntas.

— Como assim?

Rosa atravessou o quarto e se sentou em frente ao tabuleiro de xadrez. Distraidamente, começou a organizar as peças.

— O que vi ontem à noite no baile me intrigou, confesso. Estou acostumada a agitações políticas. Quando era criança, meu tio usurpou meu pai e baniu minha família de Castilia. Vivemos no exílio durante quase um ano, até meu pai voltar e reivindicar o trono com violência e derramamento de sangue.

Niamh sentiu um calafrio ao imaginar aquela situação. Ela tinha crescido ouvindo histórias sobre uma revolução violenta, mas Rosa havia vivenciado aquilo. Que vida ela devia ter levado.

— Então isso não a assusta?

— Não mais. — Ela observou Niamh, os olhos reluzindo com algo parecido com propósito. — Já vi três mudanças de regime. Vi os erros de meus antepassados. Na verdade, na minha opinião lidar com política é menos terrível do que esses *procedimentos* infernais. Os avaleses fazem tanto escarcéu por causa de casamentos. Para mim, seria melhor assinar o contrato e acabar com tudo isso.

— Mas… — Niamh deixou escapar antes que pudesse se conter. — Isso é tão pouco romântico!

— Casamentos não são românticos. Não para a nobreza.

Os ombros de Niamh desabaram.

— Não é tão terrível assim, srta. O'Connor. Posso lhe garantir. Esse casamento arranjado me parece bom. Eu gosto de xadrez, afinal.

— Xadrez? Não entendi.

— Todos nós desempenhamos um papel nessa vida. Eu, por exemplo, sou a única filha de meu pai, então sou um peão. Sei muito bem o que se espera de mim: ser sacrificada para que os objetivos dele se cumpram. — Ela analisou uma peça de xadrez, virando-a entre os dedos. A luz do sol bateu no peão de vidro e um arco-íris se refletiu em fragmentos pelo tabuleiro. — É precisamente *porque* eu não ligo para o príncipe que esse casamento é interessante.

Niamh ainda não compreendia. E isso devia ter ficado estampado em seu rosto, porque Rosa continuou após um segundo de silêncio:

— A felicidade é uma coisa simples. Quando se aceita seu papel na vida, não há como alcançar o fundo do poço nem o topo da montanha. Os altos e baixos são exaustivos... e acabam com a nossa habilidade de tomar decisões objetivas. — Rosa colocou o peão de volta no tabuleiro com um baque. — Muitas vezes dizem que sou apática, mas é essa falta de emoção que me permite fazer o que é preciso. Essa união será vantajosa para a relação entre Castilia e Avaland e, o mais importante, vai ser boa para mim. Minha felicidade conjugal, se tal coisa existe, é imaterial. Eu devo fazer isso.

Então tanto ela quanto Kit se casariam por nada além de seu amargo dever. De certo modo, Niamh ficava aliviada por Rosa ser tão prática quanto Kit a respeito de tudo isso. Ainda assim, ela duvidava que alguém pudesse se conformar daquele jeito com uma vida tão monótona e sem alegrias.

Nem mesmo eu.

Ela se esforçou para empurrar aquele pensamento de volta para o lugar de onde tinha vindo e perguntou:

— Como esse casamento pode ser vantajoso para a senhorita se não se importa com o príncipe?

— Eu sirvo para os jogos da corte e estou ansiosa para jogar. — Ela franziu a testa, e uma emoção que Niamh não conseguiu decifrar passou por seu rosto. — Tenho minhas razões.

Miriam reapareceu na porta.

— Rosa, está atormentando a pobrezinha? Não a faça jogar xadrez com você. Não é nada divertido.

Rosa sorriu.

— *É* divertido. Você que não joga bem. E não sabe perder.

Niamh não pôde deixar de sorrir diante daquela conversa tão descontraída. Miriam, ela viu, era o raio de sol que atravessava a escuridão de Rosa.

— Há quanto tempo vocês são amigas?

— Amigas? — perguntou a princesa. — Ah, não. Você está enganada. A srta. Lacalle é minha carcereira.

— Ah, fique quieta. — Quando Miriam ria, seus olhos se enrugavam de alegria.

O rosto de Rosa se suavizou, apenas por um instante, antes da expressão de tédio voltar ao lugar e ela se tornar uma política impassível novamente. Niamh sempre se admirava com as coisas que as pessoas mantinham trancadas dentro de si. Ela nunca tivera o dom de esconder suas emoções; tudo o que pensava ou sentia transparecia em seu rosto. Fluía dela como água de um vaso rachado.

Tenho minhas razões, Rosa havia dito.

Razões o suficiente para ela não se importar nem um pouco com a própria felicidade. Qualquer dia daqueles, talvez, Niamh descobriria o motivo.

Aquela noite, depois de terminar seus esboços do vestido da infanta Rosa, quando as velas já haviam quase derretido por completo e os ponteiros do relógio se aproximavam da meia-noite, Niamh finalmente voltou sua atenção para a carta de Lovelace. Estava no canto de sua escrivaninha, um ponto creme na escuridão que invadira o recinto. O lacre de cera brilhava como uma moeda recém-cunhada sob a luz da vela. Ela pegou uma folha nova de papel, abriu um pote de tinta e imediatamente derrubou metade sobre a mesa. Aquilo, ela decidiu, não anunciava nada bom. Depois que limpou a sujeira e pegou *outra* folha de papel, escreveu sua resposta com traços hesitantes da pena.

Caro Lovelace,

Muito obrigada por sua carta e por sua devoção aos machleses aqui em Avaland. Admiro muito sua causa, mas não posso ajudá-lo.

Quanto mais ela escrevia, mais se sentia culpada. Recusar-se a ajudar parecia egoísmo de sua parte — ou talvez covardia. Mas se Jack realmente escondia alguma coisa, ela não podia ser a responsável por revelar.

Faltando quinze minutos para a meia-noite, Niamh saiu de seu quarto para o terreno escuro do palácio. Lovelace a havia instruído a deixar sua carta onde ele pudesse encontrá-la: na árvore atingida por um raio que ficava em frente ao lago. A árvore se agigantava diante dela, seus galhos desfolhados pareciam carvão em contraste com o tom arroxeado do céu.

Ela andava com dificuldade pelo gramado, apertando a peliça ao redor do corpo com uma mão e segurando a alça de ferro de uma lamparina com a outra. Era uma noite fria, e a grama, úmida com orvalho, cintilava de leve sob o brilho quente da luz da lamparina. Em outras circunstâncias, teria sido adorável, mas quando ela chegou ao ponto de encontro, tremia de medo da cabeça aos pés. Se Jack ficasse sabendo que ela estava se correspondendo com Lovelace, mesmo para recusar seu pedido de ajuda...

Não dava nem para imaginar.

Havia ranhuras e veios escuros na árvore, mas a casca sob os dedos de Niamh era dura como osso. Ela colocou a carta no buraco oco do tronco e balançou as mãos. Pronto. Já tinha feito a pior parte. Só precisava retornar ao seu quarto sem ser vista — e sem ser interpelada por um fantasma nem por nenhum dos Justos. Era preciso tomar muito cuidado. Quando Niamh se virou de novo para o palácio, ficou paralisada.

Um fantasma.

Uma luz bruxuleante ardia, revelando uma figura na sacada do segundo andar. A barra de sua camisola pairava como neblina ao redor de seus tornozelos. Seus cabelos pálidos como a lua caíam sobre os ombros e no ar como cordas.

Não, não era um fantasma, ela se deu conta. *Sofia*.

Sofia se debruçou sobre a grade, o olhar fixo no horizonte, a saudade pesando nos ombros. Ela parecia solitária ali em cima, e Niamh ficou com o coração apertado pela princesa. Fazia quanto tempo que Sofia não voltava às planícies geladas de que havia falado? Que não via suas irmãs?

Niamh espantou esses pensamentos. Ela não podia arriscar ficar ali parada, com pena da esposa do príncipe regente. Mais cedo ou mais tarde, Sofia notaria uma lamparina flutuando como fantasma no gramado. Niamh apagou a chama da lamparina com um sopro, mergulhando na escuridão. Guiada pela luz da lua, voltou ao palácio a passos lentos, e lá dentro deparou com o saguão de recepção silencioso como um túmulo. Ela subiu a escadaria real, depois deu a volta no corredor para chegar ao seu quarto. Havia luz ali, saindo de uma porta deixada entreaberta. Ela parou em frente. Quem mais estava acordado àquela hora?

— Não conseguiu dormir?

Niamh quase deu um salto. Ela levou uma das mãos ao peito, aliviada por sentir que seu coração ainda batia, e se apoiou no batente da porta do que ela logo percebeu ser a biblioteca. Prateleiras e mais prateleiras de livros com capa de couro ficavam de sentinela contra as paredes, com títulos dourados que brilhavam à luz suave das velas. Kit estava sentado em uma poltrona perto da janela, com um tornozelo sobre o joelho. Seu casaco estava pendurado no encosto da cadeira, o que Niamh fez o possível para ignorar. Ela esperava ver um charuto aceso entre seus dedos, mas ele segurava apenas um livro nas mãos. Gratidão e humilhação se perseguiam em círculos no estômago dela.

Ele olhou para a lamparina apagada nas mãos de Niamh.

— Ajuda se você a acender.

Aquilo a tirou de seu estupor.

— Vossa Alteza — ela protestou sussurrando. — Você não deveria estar aqui.

— Estou lendo — disse ele, confuso — em uma biblioteca.

— É, bem... — Ela se atrapalhou. — O que eu quis dizer é que não devíamos estar juntos sozinhos.

Ele pareceu parar e pensar no caso.

— Por que não?

— Você...! — Ela bufou. Aproximou-se para que não tivesse que se sentir tola gritando em sussurros para o outro lado da sala. — Você sabe muito bem o porquê.

— Não tenho a menor ideia.

Ela jogou as mãos para cima.

— Agora está zombando de mim.

— Já é tarde da noite — respondeu ele com frieza. *Exatamente*, ela devia ter dito, mas ele continuou: — Não tem ninguém aqui para fazer fofoca. Se eu quiser falar com você, por que não deveria?

Ela de repente se sentiu aquecida pelo comentário.

— Você quer falar comigo?

— Tem algum problema nisso? — rebateu o príncipe, tão depressa que a fez pensar que ele estava um tanto constrangido.

Sim. É claro que tinha. Um colunista de fofoca já havia escrito sobre eles — de uma forma bem vaga e questionando a fonte do boato, é verdade, mas ainda assim era algo a se considerar. O pai de Rosa já não o aprovava. Seu irmão havia ameaçado ir atrás da garota com quem Kit tinha sido visto no baile. Agora que ela havia lavado as mãos em relação ao esquema de Lovelace, tudo o que queria era terminar seu trabalho em paz. Sem mais complicações, sem mais distrações.

Mas ao olhar para Kit, com aquela hesitação quase juvenil em seu rosto exposta à luz de velas, ocorreu-lhe que ele devia se sentir muito solitário ali. Por qual outro motivo alguém como ele ia querer falar com alguém como ela? Para seu próprio bem, ela deveria dizer para ele chamar Sinclair e deixá-la em paz. Mas, bem...

Talvez ela também estivesse um pouco solitária.

A percepção daquilo a atingiu. Erin, sua última amiga em Caterlow, tinha partido um ano antes. Niamh se deu conta de repente de que fazia muito tempo que não conversava com alguém da sua idade. O que ela tinha feito além de *trabalhar*?

— Se você insiste — disse ela, tentando usar um tom brincalhão —, então devo me desculpar.

O príncipe ficou surpreso.

— Pelo quê?

— Sei que você queria que eu esquecesse que conversamos ontem à noite, mas não consigo. Eu provavelmente teria perdido este trabalho, ou coisa pior, se você não tivesse feito o que fez.

Niamh sentiu uma vergonha tão repentina e aguda quanto uma flecha em seu coração. Se ela tivesse sido forte o bastante para ignorar a crueldade mesquinha da corte, ele nunca teria precisado se humilhar na frente de pessoas que tanto desprezava para protegê-la. Ele nunca teria sido repreendido como uma criança no gabinete do irmão. Ah, como ela se odiava por aquele momento de fraqueza, por perturbar Kit com suas mágoas sem importância. Ela cuidava dos outros; não pediu que cuidassem dela. De outra forma, para que existiria?

— Sinto muito pelos problemas que lhe causei — disse ela. — Eu não devia...

— Não devia o quê? — O tom dele não era de zombaria, mas era afiado o bastante para cortar. — Estar parada em uma sacada? Tomando ar?

Ela não tinha resposta para aquilo. Niamh tirou os olhos do chão e seus olhares se cruzaram, com uma intensidade que a impressionou.

— Guarde suas desculpas para quando forem realmente importantes — disse ele. — Você não me obrigou a fazer nada.

Isso a deixou desconcertada, que um pedido de desculpas fosse recusado de forma tão direta. Niamh tinha passado a vida toda se desculpando por ocupar espaço, preocupada em incomodar os outros com suas emoções e necessidades. Ela acreditava já ter até quase pedido desculpas por respirar em várias situações, mas ninguém nunca a havia feito se sentir tão maluca por causa disso. Ao mesmo tempo que era um alívio, também a magoava. E ela, no fim das contas, não poderia esperar nada diferente de um homem que nutria tanta antipatia por toda a alta sociedade. Kit, ela imaginava, nunca havia se desculpado por existir.

— Então devo lhe agradecer — disse ela em voz baixa — por sua bondade.

— *Bondade?* — Ele parecia totalmente perplexo diante daquela palavra, até enojado. — Não tem nada a ver com isso. Meu corpo é mais rápido que minha mente.

Era incrível o desespero do príncipe em negar uma qualidade sua, por menor que fosse. Isso fez Niamh sorrir. A vontade de provocá-lo surgiu rápido demais para que pudesse contê-la.

— É um instinto muito nobre que você tem, Vossa Alteza.

A maioria dos homens impulsivos procurava satisfazer as próprias necessidades, entregando-se aos prazeres ou a crueldades. E ali estava Kit, se sabotando de maneira impulsiva para proteger alguém. Porque foi isso que aconteceu, não foi? Aquele olhar severo e resignado que ele exibiu na noite anterior, aquela renúncia irresponsável, não pertencia a alguém que não se importava com nada além de si mesmo.

— Não é, pode acreditar. — Ele falou com tanta frieza que ela sentiu que o havia ofendido.

— Vossa Alteza, eu…

— Eu vou me deitar.

Ele se levantou da poltrona e passou por ela. Niamh sabia que ela não devia se arrepender de espantá-lo, assim como não devia se perguntar o que ele estava querendo dizer. Cortar a intimidade entre eles, recolher-se atrás do véu do profissionalismo, era a escolha mais sábia. A escolha certa. E ainda assim…

Se tirarmos todos aqueles espinhos, veremos que ele não é tão ruim assim, Sinclair tinha dito a ela uma vez. A vida era muito mais simples antes de ela ter acreditado nisso.

11

Niamh não conseguia parar de pensar em Lovelace.

Ele ainda não tinha respondido à carta. Tinham se passado apenas pouco mais de doze horas, mas sua mente não parava de girar. Talvez ele não tivesse recebido a mensagem. Talvez sua recusa não fosse digna de uma resposta. Ou talvez Sofia a tivesse visto lá fora, afinal, e um contingente de soldados da Guarda do Rei logo chegaria para prendê-la por insubordinação. É claro que, se fosse o caso, eles já teriam feito isso, mas...

— No que está pensando?

Niamh se assustou, furando o dedo com a agulha de bordado.

— Ai!

Miriam arregalou os olhos, preocupada.

— Minha nossa! Desculpa.

Niamh colocou o dedo na boca e sentiu o gosto intenso e metálico de sangue. Ela precisava se esforçar para ser uma companhia mais agradável, até porque tinha dúvidas de que deveria estar ali. Era para Kit e Rosa se conhecerem melhor naquele dia, mas Kit convidou Sinclair, e Sinclair a convidou (por meio de seu cartão de visita, inserido no mais deslumbrante buquê de rosas vermelhas — bem, o único buquê de rosas vermelhas — que ela já havia recebido). E Rosa, para não ficar atrás nem em menor número, convidou Miriam. E assim os cinco se juntaram, num grupinho no mínimo aleatório.

— Não, não. *Eu* que peço desculpa — disse Niamh. — Eu estava divagando por uns instantes.

— Compreensível — afirmou Miriam. — É um dia infeliz. — Na verdade, era um dia lindo, daqueles feitos para sonhar acordado no calor do verão. Niamh não suportava ficar parada, mas se fosse para ficar sem fazer nada, havia lugares piores para se estar.

O Eye Park se estendia diante deles, agradável, verdejante e lotadíssimo. Niamh amou o lugar, toda aquela energia zumbindo como abelhas sobre as flores silvestres, a ansiedade de uma estação que logo chegaria ao fim. Ela queria gravar tudo aquilo em um bordado.

Carruagens e cavalos massacravam as estradas de cascalho. Grupos de amigos passeavam vestindo roupas brilhantes como pedras preciosas, os rostos colados em colunas de fofoca, os lábios sujos de picolé, suas gargalhadas ecoando pela grama ensolarada. Os galhos de uma árvore se espalhavam como um tear sobre ela, carregado de limões e perfumando o ar com seu aroma cítrico. E, bem ao lado deles, corria o rio Norling, cintilando encantado sob a luz da tarde.

Miriam fez um som de reprovação.

— Srta. O'Connor, ainda está sangrando?

— Hum? — Ela olhou para baixo. Uma gota de sangue dourado se formava na ponta de seu dedo. — Ah! Acho que sim.

— Me deixe ver. — As palavras mal tinham saído de sua boca e Miriam já tinha pegado a mão de Niamh. Seus olhos brilhavam com a luz quente, e um tremor de magia passou entre elas. O calor pulsou na mão dela e, de repente, o machucado parou de arder. — Pronto.

Niamh virou a palma para cima, impressionada.

— Você tem um ceird? Quer dizer, sangue divino? Ah, como vocês chamam em Castilia?

— Trabalho milagroso. — Os olhos dela cintilaram. — Sabia que essa magia foi o que trouxe Rosa para minha vida? Minha mãe salvou a vida da rainha, e de Rosa, no parto. Depois disso, ela ocupou o cargo de médica real na corte, e eu fui criada junto com a nobreza. É uma espécie de milagre.

— Como plebeia? — Niamh estava admirada.

— E como Siradi — acrescentou ela.

Não havia muitos Siradim em Machland, mas uma família, os Pereira, havia se estabelecido em Caterlow. Eles chegaram muitos anos antes de Niamh nascer, fugindo da perseguição religiosa em Castilia. Alguns machleses não deixavam os filhos se aproximarem deles nas ruas, mas aquela família sempre tratou Niamh bem. Quando o tempo esfriava e as noites ficavam mais longas, ela acendia a lareira deles uma vez por semana, no dia em que não podiam trabalhar, em troca do pão mais delicioso que já tinha comido. Ela se lembrou das velas queimando lentamente em suas janelas — e, principalmente de suas belas túnicas, todas bordadas em dourado.

— Os Siradim foram expulsos de Castilia muitas vezes antes, e o pai de Rosa nem sempre nos tolerou. Morro de medo dele. Até Rosa tem medo de decepcioná-lo ou desobedecê-lo. A única vez que eu a vi enfrentá-lo foi por minha causa. — Sua expressão ficou melancólica. — Ela sempre me protegeu. Desconfio que esse tenha sido o verdadeiro motivo de ela ter me trazido para cá. Mas é lógico que ela nunca admitiria isso, uma atitude tão sentimental.

De repente o coração de Niamh se apertou, cheio de ternura.

— Ela quer manter você por perto.

— O que ela quer é me ver casada com um homem avalês — emendou Miriam, ao mesmo tempo carinhosa e exasperada. — Eu já disse a ela que não tenho interesse em casamento, mas quando Rosa coloca alguma coisa na cabeça...

— Deu para perceber — Niamh soltou um risinho. — Então você não quer ser esposa de um avalês? O que gostaria de fazer?

— Quero abrir uma clínica e oferecer cuidados médicos para os necessitados.

— Acho que isso seria maravilhoso.

— É meu dever. — Miriam arrancou um punhado de grama e o deixou cair de volta na terra. — Deus agiu por meio de minha mãe no dia em que ela salvou Rosa, e ele nos protegeu desde então. Convivo com a culpa todos os dias, a ideia de que tantos sofreram e eu não. Não consigo deixar de pensar que só sobrevivi porque estava destinada a usar minha posição para fazer mais. Se eu pudesse influenciar um nobre a fazer alguma coisa...

Sim, ela queria dizer. *Sei exatamente como se sente.*

Niamh apertou o braço de Miriam.

— Posso imaginar o quanto é difícil viver entre aqueles que fizeram tão mal a seu povo. Mas você não precisa sofrer só porque os outros sofreram. Seu sonho me parece muito nobre.

— Acho que você pode fazer mais do que imagina, srta. O'Connor. — Miriam sorriu com tristeza. — Você e eu devemos ficar juntas.

Niamh sorriu para ela.

— Isso seria legal.

Uma sombra recaiu sobre elas. Niamh virou a cabeça para cima e viu Sinclair ali parado, protegendo os olhos do sol. Suas bochechas coravam como as de um querubim no calor.

— Trago más notícias. Não consegui encontrar nenhuma limonada.

— E ousa voltar de mãos vazias? — perguntou Miriam, provocando-o.

— Sinto muito, *milady*. — Sinclair levou a mão ao coração. — Mas tenho outra ideia. O que acham de assumirmos uma missão de resgate?

Ele apontou com a cabeça na direção de Kit e Rosa, sentados lado a lado em um banco de frente para o rio. Kit estava conseguindo manter uma distância dela, segurando entre os dedos o que Rosa havia chamado de papelate, que nada mais era que tabaco enrolado em folhas de milho. Ela tinha feito algum esforço para agradá-lo, e Kit, que estava acima de agradar e ser agradado, pelo menos parecia ter aceitado o presente sem problemas. Rosa parecia contente o suficiente de observar os cisnes nadando entre os juncos. Sua sombrinha preta lançava sombras rendadas em seu rosto.

O sorriso de Miriam tornou-se travesso.

— Qual dos dois você acha que precisa ser resgatado?

Sinclair bateu a bengala no chão.

— Os dois, com certeza.

— É bem provável. — Ela refletiu. — Vamos.

— Por favor, vão sem mim. — Niamh pegou o bastidor de bordado da grama. Pela manhã, ela tinha pedido às suas assistentes que começassem a fazer a renda do vestido de Rosa enquanto ela estivesse fora, mas não podia contar com elas para tudo. — Eu preciso muito terminar isso.

Sinclair tirou o bastidor das mãos dela.

Niamh suspirou e se levantou.

— Sinclair!

Ele o segurou no alto, para que ela não pudesse alcançá-lo, mesmo ficando na ponta dos pés e pulando. Frustrada *de novo* por sua altura. Ele parecia muito satisfeito.

— Acho que isso é urgente, Niamh. Não podemos deixar de aproveitar um dia como este.

Resmungando, Niamh os acompanhou até o banco. Na parte rasa do rio, crianças jogavam água umas nas outras enquanto criados enchiam jarros. Mais adiante, uma mulher alimentava um ganso com a mão — e gritou quando ele a bicou. Kit e Rosa, no entanto, estavam sentados como sombras gêmeas em meio ao caos ao redor.

— Olá, Vossas Altezas — começou Sinclair. — Podemos convidá-los para dar uma volta, ou a luz do sol a fará pegar fogo, princesa?

— Seria agradável passar alguns minutos no sol. — Rosa se levantou. Ela havia trançado pedaços de renda preta e penas de corvo nos cabelos. Agitava o leque sobre o rosto com modéstia, mas Niamh pôde ver em seus olhos escuros o quanto estava aborrecida. — O rio estava ficando extremamente chato.

Miriam deu o braço para ela.

— Então vamos ter que jogar um jogo e manter essa sua mente inquieta trabalhando.

Quando eles voltaram à toalha de piquenique, Rosa desmoronou sobre uma das almofadas e se esparramou como um gato relaxado. Kit tragou o que restava de seu papelate e acendeu outro em seguida. Atrás da névoa, seu queixo tremia. Niamh o observava discretamente, fazendo o possível para não parecer que estava fazendo isso. O príncipe não tinha lhe dirigido a palavra o dia todo, então Niamh só podia acreditar que ainda estivesse zangado por ela, entre todas as coisas, ter dito que ele era bondoso na biblioteca. Às vezes ele era muito confuso.

Felizmente, Sinclair rompeu o silêncio.

— Então, sobre o que os dois pombinhos estavam conversando?

Rosa já tinha fechado os olhos. Ela apoiou um cotovelo sobre o rosto e disse com suavidade:

— Eu estava perguntando o que ele achava dos últimos referendos parlamentares e da eleição que vai acontecer em breve.

— Ah? — O sorriso de Sinclair vacilou.

— Foi uma conversa surpreendentemente breve.

Kit levantou os ombros até as orelhas, com o rosto furioso de quem é pego desprevenido:

— Não tenho acompanhado a política.

— Foi culpa minha. — Rosa estava serena, mas a conversa dos dois com certeza a havia frustrado. — Esqueci que você voltou para casa há apenas algumas semanas. Seu irmão foi gentil de lhe conceder uma turnê tão longa. Quatro anos, não foi?

— Estou certo de que ele gostaria que fosse muito mais longa — respondeu Kit, seco. — Eu não sabia que os sucessores indiretos em Castilia tinham tantas obrigações políticas.

Rosa se espreguiçou, a ociosidade em pessoa, mas afiou todas as suas palavras até ficarem letais.

— Sucessores indiretos? Não, não mesmo. Com exceção do Príncipe Coroado, meus queridos irmãos são oficiais militares, sacerdotes e poetas. Mas, ainda que eu não precise me envolver em questões de governança, gosto de saber onde e quando posso pressionar quando necessário.

Kit lançou um olhar furioso. Estava evidente que cada grama do insulto que ela pretendeu fazer o havia atingido.

— E como essa dedicação está funcionando para você? — perguntou ele, transbordando sarcasmo. — Eu e você estamos aqui no mesmo lugar.

— E seu cinismo, senhor? — rebateu ela. — Você não escapou do mundo de que tanto desdenha.

— Continue sendo tão virtuosa se isso deixa sua consciência tranquila — retrucou ele, frio —, mas eu me recuso a glorificar ideais ridículos como sacrifício e dever.

Rosa abriu a boca, como se fosse falar algo, mas a fechou novamente. Seu rosto tomou uma expressão glacial. Niamh não suportava mais olhar a cena.

— Então! — Sinclair bateu palmas. — Sobre aquele jogo...

— Sim — Miriam concordou prontamente. — O que vamos jogar?

— Eu estava pensando em cabra-cega.

Kit se animou e um interesse relutante se acendeu em seus olhos. Mas o que ele disse foi:

— Sério? Que infantil.

— Não se enganem, senhoritas — disse Sinclair. — Ele *ama* essa brincadeira. Brincávamos disso com Jack e minha irmã o tempo todo. Ainda me lembro daquela vez que você brincou com tanto sangue nos olhos que torceu o tornozelo. Jack teve que carregar você até em casa. Foi quando vocês dois ainda eram fofos. — Ele piscou para Rosa. — Consegue imaginar?

— Perfeitamente — disse ela, irônica.

— Isso foi há muito tempo. — Kit corou e soltou uma baforada fina de fumaça. — Acho que me lembro de você caindo no lago. Bem feito.

— Ah, o que é isso? — Sinclair tentou convencê-lo. — Você só está com medo de perder.

O príncipe bufou.

— Não, não estou.

— Está bem, então. — Sinclair avançou, ficando de frente para Kit. — Prove.

Seu sorriso era malandro, lançando um desafio. E acertou em cheio, pois Kit mudou completamente de atitude. Pelo brilho em seus olhos, Niamh pôde ver o garoto competitivo que foi. Ele jogou o papelate no chão e o amassou sob o pé. A fumaça os envolveu sinuosamente.

— Tudo bem — concordou ele, resignado. — Já que isso é tão importante para você...

Niamh levantou a mão.

— Com licença. Tenho uma pergunta.

— Não — disse Sinclair —, você não pode trabalhar em vez de jogar. Alguma outra pergunta?

Ela bufou, indignada.

— O que *é* cabra-cega?

— Eu também gostaria de saber — comentou Miriam.

Sinclair as encarou com consternação.

— Permitam-me apresentar a vocês, moças, o melhor da cultura avalesa.

E Niamh percebeu que era uma simples brincadeira de pega-pega. Uma pessoa era vendada e guiada, ou enganada, apenas por som e magia. Assim que pegasse alguém, ela deveria adivinhar a identidade dele. Se errasse, o jogo continuava. Se acertasse, quem tinha sido capturado virava a próxima cabra-cega.

— Ah — disse Rosa. — Nós chamamos de *gallina ciega*. Isso vai ser interessante.

— Que divertido! — Niamh entrelaçou as mãos diante do peito.

E foi, de fato, e também um completo caos. Ela nem se lembrava da última vez que tinha se divertido tanto.

Na primeira rodada, Sinclair e Miriam se juntaram para deixar Rosa andando em círculos por cinco minutos, com nada além de suas vozes, gritando tão alto que, depois de um tempo, ela se rendeu devido a "exaustão sônica".

Na segunda, Kit ficou a um braço de distância de Sinclair a rodada inteira, girando e desviando como um esgrimista enquanto Miriam torcia por ele. Depois, ele atraiu Sinclair diretamente para Niamh. Ela jurava que tinha pegado Kit dando um sorrisinho quando ela gritou de indignação.

Mas, por fim, chegou sua vez.

Sinclair amarrou a venda sobre seus olhos. O tecido irritou seu nariz e ela conteve um espirro. Quando estava pronta, ele a pegou pelos ombros e a girou lentamente. Girou-a várias vezes, até se sentir tonta e perder o equilíbrio. A escuridão diante de seus olhos rodopiou e todos os seus sentidos se apuraram. O farfalhar das árvores parecia tão alto quanto o barulho do oceano. Ela sentia o agradável calor do sol em sua testa, o cheiro de limões e da água do rio.

— Lá vou eu — gritou.

Ela estendeu os braços e deu um passo incerto. No momento em que seu pé tocou o chão, uma rajada de vento quase a derrubou. Sua trança chicoteou em volta do ombro. A risada de Miriam era suave, enquanto Niamh cambaleava em sua direção. A estática crepitava no ar, e um puxão forte no pingente ao redor de seu pescoço a guiou de volta para o lugar de onde tinha vindo. A magia cintilava ao redor dela, dourada mesmo atrás da venda.

— Por aqui — Sinclair a provocou, fazendo uma imitação terrível da voz de Kit.

Rindo, ela se moveu na direção dele, mas um de seus pés prendeu na raiz da árvore.

Seu estômago se revirou quando ela começou a cair. Niamh se preparou para a queda, fechando bem os olhos, mas não caiu. Em vez disso, desabou sobre algo quente e sólido. Mãos agarraram seus antebraços com firmeza, estabilizando-a.

— Ufa!

Sob a palma da mão, ela sentiu o coração de alguém batendo desenfreadamente. A respiração leve movimentou as mechas soltas ao redor de suas têmporas, e o cheiro de tabaco e de urtiga a envolveu. Fosse quem fosse, a pessoa não disse nada. Mas Niamh não precisava que falasse para saber quem era.

— Vossa Alteza? — Ela levantou o canto da venda.

Kit estava diante dela.

— Você está bem?

Depois de piscar algumas vezes, sua visão se ajustou. Quando ela percebeu que o estava encarando, o retraimento dele havia se transformado em algo que ela não conseguia decifrar. A luz do sol deixou seus olhos reluzentes, e lançava um brilho dourado em seu rosto.

— Eu... — O rosto dela esquentou. — Sim. Acho que sim.

— Está bem — disse ele bruscamente. Ainda a estava segurando com uma gentileza surpreendente, como se esperasse que ela caísse no momento em que a soltasse. E talvez estivesse certo, considerando que ela ainda via tudo girar de maneira nauseante. — Estou dizendo, você só atrai problemas. Como conseguiu encontrar o único perigo em um raio de cinco quilômetros?

— Não é verdade! — Atrás do ombro dele, ela viu Rosa os observando com uma expressão muito peculiar. Não era bem raiva. Não raiva *dela*, pelo menos. Até Sinclair estava observando com a testa franzida. Ela não tinha jurado ser mais cuidadosa? Niamh se desvencilhou das mãos dele e jogou a venda em sua direção. — É sua vez.

Kit aceitou. Seu rosto assumiu ao menos cinco expressões diferentes até se firmar em uma fisionomia de desconforto. Então, com um suspiro, ele foi até o centro do círculo e colocou a venda sobre os olhos.

— Isso é ridículo.

Vendo de fora, *era* um tanto ridículo. Kit deixou Sinclair girá-lo, fazendo cara feia o tempo todo. E quando a brincadeira começou, ficou bem claro que Rosa estava decidida a jogar a sério.

Eletricidade faiscava entre suas mãos, banhando seu rosto em uma luz azul assustadora. O ar crepitava com magia e zumbia sobre a pele de Niamh. As nuvens escureceram e assomaram de maneira ameaçadora, tapando o sol. Suas orelhas estalaram e as saias batiam ao redor dos tornozelos. Pelo parque, guarda-chuvas brotaram como cogumelos na chuva. As vozes das pessoas se exaltaram ao apontarem para o alto, para a tempestade que se formava.

Se os Carmine controlavam a terra, parecia que os Carrillo controlavam os céus.

Com seus olhos ardentes e os cabelos eriçados pelas rajadas de vento, Rosa parecia feroz e perigosamente bela — como uma deusa. Faíscas desciam por seus braços, e um raio saiu de sua mão rasgando o ar, pouco acima da cabeça de Kit. Por reflexo, o príncipe se jogou no chão.

Ele rodeou Rosa, os lábios entreabertos. Niamh não conseguir ver seus olhos, mas Kit parecia impressionado, embora preferisse não estar.

— Está se sentindo melhor agora?

Um sorriso de satisfação apareceu no canto dos lábios dela. A estática ainda crepitava na ponta de seus dedos, e o cheiro de ozônio permanecia, mas o vento diminuiu ao redor deles. Cachos soltos e selvagens caíam pela testa da princesa.

— Sim, muito. Está tudo perdoado.

Com isso, o jogo recomeçou. Sinclair subiu nos galhos mais baixos do limoeiro e dobrou suas longas pernas, praticamente desaparecendo no meio das folhas. Algumas vezes, ele chamou Kit, que parecia totalmente confuso até se dar conta de onde Sinclair havia se escondido.

— Trapaceando na cabra-cega? Você não tem vergonha.

— Trapaceando? Por favor, assim você me ofende. Isso se chama estratégia. — Ele levou uma das mãos ao peito, cheio de cerimônia. — Você é que perdeu o jeito.

Kit bufou, mas abriu um sorriso. Com um movimento da mão, uma vinha saiu da terra e agarrou Sinclair pelo tornozelo. Ele arregalou os olhos ao ser puxado de seu poleiro, e caiu com um grito.

Kit tirou a venda e a atirou na direção dele.

— Sua vez.

— É justo — disse Sinclair, sorrindo. Mas quando tentou levantar, encolheu-se. A vinha que Kit tinha desenterrado permanecia na grama como uma pedra, coberta de espinhos. Ela tinha arrancado um pedaço da perna da calça de Sinclair. Sangue, de um vermelho assustador e sem magia, ensopava suas meias brancas. Ele respirou por entre os dentes.

Miriam se agachou ao lado dele.

— Está bem, sr. Sinclair?

— Tudo bem, tudo bem — respondeu ele com afabilidade, mas seu sorriso era tenso. — Com certeza já fui tratado pior do que isso no salão de baile.

— Caramba. — Toda a cor se esvaiu do rosto de Kit. — Desculpe.

— É só um arranhão, Kit — Sinclair o tranquilizou. — Sério. Não se preocupe com isso.

— Realmente. Foi muito nobre de sua parte — comentou Rosa, diplomática, acomodando-se ao lado de Sinclair. — Eu não tinha energia para mais uma rodada.

Mas Kit pareceu não escutá-los.

— Não foi minha intenção — disse.

— Ei — começou Sinclair. Niamh nunca tinha ouvido a voz dele daquele jeito. Parecia que ele estava tentando acalmar um cavalo assustado. Pior, parecia estar com medo. — Eu sei. Sente-se um pouco.

— É. — Kit passou a mão pelos cabelos. — É, tudo bem — disse com voz áspera.

Ele voltou para a toalha de piquenique e se sentou na base do tronco da árvore. Sombras fragmentadas ondulavam em seu rosto tenso e a brisa jogava seus cabelos escuros para trás. Ele ficou imóvel, irradiando uma aura de arrependimento e autorrecriminação.

— ... fica assim às vezes... — Os murmúrios de Sinclair entravam e saíam do foco de Niamh, carregados pelo vento. — ... alguns minutos para se acalmar...

Bondade? Não tem nada a ver com isso, Kit havia dito a ela. *Meu corpo é mais rápido que minha mente.*

Era *disso* que ele estava falando? Quando foram interrompidos na sacada aquela noite, sua magia havia reagido imediatamente à sua surpresa, como se estivesse preparada para uma ameaça. Niamh se sentiu preocupada e frustrada. Kit tinha uma imagem péssima de si mesmo. Mas independente do que ele tivesse feito antes de ser mandado embora, e do que o estivesse atormentando agora, não podia ser contagioso.

Hesitante, ela se aproximou dele.

— Posso me sentar aqui?

Kit não respondeu, o que ela decidiu tomar como um "sim".

Niamh pegou o bastidor de bordar e se acomodou na grama ao lado dele. Tão perto que seus ombros quase se tocaram, e ela pôde sentir que ele estava tremendo. Se isso não fosse causar o escândalo do século, ela colocaria a mão sobre a dele. Mas talvez tivesse outra coisa que ela poderia fazer.

Ela não pretendia usar sua arte naquele dia, depois do tanto que abusara dela para se preparar para o baile. Mas para alguém que precisava de ajuda, ela sempre encontraria algo. Sempre havia mais de si para dar.

Ela deixou seus olhos se fecharem e procurou bem dentro de si mesma. Sua magia estava enrolada, adormecida, mas quando ela chamou, virou-se em sua direção como um cão fiel. Foi até ela, com suas patas lentas e cansadas. Lembranças agitavam-se dentro dela. Uma mão fria junto à sua testa febril. Chá colocado em suas mãos no fim de um longo dia. O calor de seus cobertores em uma manhã gélida de inverno. Os braços de uma amiga envolvendo-a depois de uma grande decepção.

Sentiu um nó na garganta, com saudade daqueles pequenos confortos, e ela canalizou aquela sensação para a linha, que brilhou com uma luz dourada em suas mãos. Niamh bordou, até a respiração de Kit se estabilizar. Até entrar no mesmo ritmo da sua.

12

Na manhã seguinte, antes mesmo de se arrastar para fora da cama, Niamh pediu um chá e um exemplar de cada coluna de fofoca popular em Sootham. Ela examinou cada uma delas de trás para a frente em busca de algum sinal de sua morte iminente, mas os relatos do dia sobre o piquenique da realeza estavam, felizmente, pouco inspirados.

Uma tempestade misteriosa se formou sobre o Eye Park no início da tarde de ontem, alardeou uma delas. *Poderia ser um sinal de mau agouro?*

De que tipo será o próximo vestido que nossa Bela Provinciana vai desenhar?, perguntou outra. *Devemos nos perguntar se um tal desonrado sr. S vai ser uma distração ou um muso. Só o tempo vai dizer, mas eu, por exemplo, sempre espero uma história de redenção.*

Ninguém tinha notado sua amizade com Kit, se é que aquilo podia ser chamado assim. Até Lovelace os havia poupado. Ele tinha focado a *Senhora HC* — Helen Carlile, ela presumia — uma avalesa que havia começado a defender os machleses com unhas e dentes no início daquele ano. Ao que parecia, no dia anterior ela havia interpelado Jack enquanto cavalgava pela manhã. Apesar da exibição no baile inaugural, da pressão de Lovelace e dos esforços de Carlile, parecia que ele não tinha a mínima intenção de considerar as reivindicações dos manifestantes.

O que seria necessário, ela se perguntou, para que ele tomasse uma atitude?

Niamh suspirou com irritação. Quando deixou o jornal de lado, um envelope escorregou do meio das páginas. Ela logo reconheceu o lacre de cera preto: finalmente, Lovelace havia respondido. Com dedos trêmulos, Niamh abriu o envelope.

Srta. Ó Conchobhair,

Compreendo totalmente. Afinal, eu uso um pseudônimo. Todos temos coisas que não estamos dispostos a arriscar. Caso mude de ideia, no entanto, sabe como me encontrar.

L.

Niamh quase chorou de alívio. Na verdade, ela não sabia que tipo de resposta estava esperando. Crueldade? Retaliação? Chantagem? Por mais absurdo que fosse, não conseguia deixar de imaginar o pior cenário possível. Mas, a partir daquele momento, estava livre. Ao tirar aquele peso das costas, se deu conta do quanto estava exausta. Havia exigido muito de si mesma no parque, mas não estava arrependida. Quando ergueu o olhar ao terminar o bordado, viu que Kit a observava com algo parecido com admiração.

Niamh saiu da cama e foi até a penteadeira. Ao ver seu reflexo no espelho, perdeu o fôlego. As sardas estavam extremamente ressaltadas em sua pele pálida, e seus olhos, avermelhados pela insônia, brilhavam com um azul mais claro. Mas não foi isso que a perturbou.

Com mãos trêmulas, ela puxou a mecha branca junto à têmpora, que contrastava de forma perturbadora com a cor escura de seus cabelos. Ao que parecia, durante a noite a mecha havia assumido um tom branco mais intenso, como flocos de uma geada prematura. Ela ainda não conseguia respirar. Outro grão de areia havia caído na ampulheta que contava seus dias de vida, e ela o havia desperdiçado com brincadeiras no gramado. Correndo para lá e para cá como uma *criança*. Ela não podia ser tão descuidada com seu tempo de novo.

Desde o momento em que surgiram os primeiros sintomas, um fantasma havia começado a assombrá-la. Ele esperava por ela, inevitável, uma figura no fim de um longo e escuro corredor. Ela já estava fugindo havia tanto tempo que temia o que aconteceria se parasse. Não podia encarar todas as coisas que a alcançariam.

Não importava o que fizesse, nunca seria o suficiente.

Niamh se virou de costas para seu reflexo. O ar abafado de seu quarto a pressionava. Se ela permanecesse confinada ali muito mais tempo, perderia metade de seu dia se preocupando. Não havia forma de saber ao certo quando ela morreria, e, mesmo se houvesse, se preocupar não mudaria nada.

Tudo o que ela podia fazer era viver um dia após o outro.

Antes de sair do quarto, pegou o carvão e o caderno de desenho. Suas andanças a levaram pelo labirinto de corredores, até que encontrou as portas que davam para o terraço do jardim. Canteiros de flores organizados em um esquema de cores formavam figuras geométricas. Um caminho contornado por cascalho cortava em ângulos retos na direção de um labirinto de sebe. Mais atrás, uma linha de árvores perfeitamente simétricas montava guarda contra o bosque indisciplinado além dos limites da propriedade. E no centro disso tudo uma estátua elevava-se da fonte como uma ninfa, encarando Niamh com seus olhos cegos de mármore. Tudo era medido, cortado, controlado, assim como seu dono. Apesar de todo o verde, aquilo lhe pareceu sem vida.

— Você.

Niamh se assustou.

— Vossa Alteza.

Kit estava ao pé dos degraus do terraço, com uma das mãos segurando a pálida balaustrada de mármore. A expressão dele despertou algo como afetuosidade nela. Sob toda aquela agressividade ferida, ela vislumbrou uma centelha de incerteza. Niamh já havia começado a aprender todas as texturas dos olhares dele. Este, ela pensou, pertencia a um homem que se preparava para um ato ou cruel, ou bondoso.

— Você está me seguindo.

A indignação faiscou dentro dela. Ele estava apenas tentando deixá--la em desvantagem, mas ela era capaz de dar o troco.

— Talvez eu esteja.

Deu para ver que ela o havia desarmado. Ele endireitou a postura.

— O quê? Por quê?

— Que tipo de nobre acorda antes do meio-dia? — perguntou ela. — Eu tinha que ver se você estava escondendo algum segredo terrível.

A desconfiança desapareceu do rosto dele, substituída pelo desprazer de estar sendo provocado.

— Ah? Como o quê?

— Bem... Por exemplo, talvez você se transforme em lobo sob o sol da manhã. Ou talvez tivesse que esconder um corpo.

Ele não pareceu nada impressionado.

— E é com esse tipo de coisa que você se preocupa?

— São preocupações legítimas! — Talvez fosse diferente em Avaland, mas Machland era o tipo de lugar onde um homem podia mesmo ser um monstro. — Mas, enfim, *não*, não estou seguindo você. Por coincidência estamos andando na mesma direção, o que nem de longe quer dizer que estou perseguindo você.

Ele franziu a testa como se não tivesse ouvido nada.

— Você está doente?

Qualquer traço de afetuosidade desapareceu dela de repente. Ele sempre *precisava* dizer o que lhe vinha à cabeça da forma mais brusca possível? Ela ainda não tinha conseguido dormir durante uma noite inteira desde que chegara em Sootham, pouco mais de duas semanas atrás, mas ele não precisava lembrá-la de como estava acabada.

— Não estou com uma aparência tão ruim assim, estou?

— Não — respondeu Kit de pronto. — Você parece... Seu cabelo está diferente.

Ela levou a mão à mecha branca.

— Que estranho. Não fiz nada diferente em meu cabelo. — Depois de um instante, ela perguntou: — Está se sentindo melhor hoje?

— Estou. Obrigado — respondeu ele, seco.

— Ótimo. — Ela hesitou. — E... me desculpe pelo outro dia na biblioteca. Não foi minha intenção...

— Está tudo bem. Não tem por que falarmos disso.

Alguns segundos de silêncio se passaram entre eles. A brisa carregava um cheiro de rosas e agitava a barra do casaco preto dele.

— Presumo que você veio até aqui por um motivo — disse ele. — Me acompanhe, ou não.

Não, disse o bom senso dela, só que tarde demais. As palavras "Ah, muito bem" já haviam saído de sua boca.

Se ele continuava procurando sua companhia, ela não podia simplesmente recusar. Apesar de achar melhor não fazer aquilo, apesar de todos os riscos, ela estava quase começando a gostar de passar o tempo com ele. Por mais que Kit a deixasse estressada, ele tinha um jeito de fazê-la esquecer sua melancolia.

Ela apressava o passo para acompanhá-lo, segurando os cadernos de desenho junto ao peito, enquanto ele a conduzia pelos jardins. Suas articulações cansadas doíam em protesto, mas ela continuava andando. Kit era incapaz de fazer uma simples caminhada despreocupada, o que não a surpreendia nem um pouco. Mas Niamh achava que ela também era assim. E abriu um sorrisinho de canto de boca. No entanto, a ternura dela se transformou em confusão quando ele os levou na direção do bosque.

— Para onde estamos indo?

— Você vai ver. Quero mostrar uma coisa.

Aquilo era sinistro.

— No *bosque*? Com todo o respeito, senhor, isso me parece uma péssima ideia.

— Faça o que quiser. Eu vou para lá, mesmo se você não quiser ir.

Niamh não tinha uma resposta para aquilo.

Logo, ela viu uma estufa surgindo atrás da fileira de árvores. Parecia uma ruína, coberta com musgo e abafada com cortinas grossas de hera. Suas paredes de vidro cintilavam ao sol como um enorme diamante. Kit não disse nada enquanto se aproximavam. Só se ouviam o vento suspirando suavemente nos ouvidos dela e os passos deles sobre a grama alta, batendo nos joelhos.

Ele abriu a porta e a deixou entrar. A primeira coisa que ela notou foi o calor, que quase a sufocou. A condensação formava gotas nas paredes e os cabelos dela imediatamente viraram uma nuvem de frizz. Mas assim que se acostumou ao desconforto daquele ar opressor, ela se deslumbrou com o que havia ao seu redor.

Lindo.

A estufa era uma explosão de luz e cor, extravagante e exuberante como uma floresta encantada. Cada tom de verde assomava, envolvia-se e florescia diante dela. O ar denso rescendia a terra, néctar e *vida*. A emoção ficou tensa em seu peito. O esplendor selvagem daquilo a fazia lembrar demais de Machland. Aquele era um lugar em que a magia se multiplicava.

Kit suspirou no instante em que a porta se fechou atrás deles, e sentiu que ele estava mais leve. Conforme o príncipe seguia o caminho ladrilhado dentro da estufa, flores abriam em sua direção e soltavam pólen, como se quisessem chamar sua atenção. Ela gostou de vê-lo contente. Niamh não tinha certeza se Kit sequer sabia o quanto estava mais relaxado, e não pretendia irritá-lo lhe dizendo isso.

— Isso é incrível — comentou ela. — Eu não sabia que você gostava de jardinagem.

— Eu não gosto. É entediante. Mas cuidei muito de jardins enquanto estive fora, e Jack quer que eu me mantenha ocupado.

— Que tipo de jardim?

— Trabalhei em um pomar de azeitonas em uma ilha em Helles — respondeu, com um traço de autodepreciação.

— Ah. Nossa!

Fazia sentido, ela supôs, que ele mal se comportasse como um príncipe se tinha vivido durante anos entre os plebeus. Seus modos, até sua fala, eram menos refinados do que os de qualquer outro nobre que ela havia conhecido. Ele era como um gato de raça pura que fugiu e aprendeu a sobreviver na natureza.

— Parece difícil.

— E era — disse ele. — Certo, até cerca de um ano atrás, eu vivia bêbado. Isso dificulta um pouco as coisas. — Ele a observou, esperando que ficasse horrorizada.

— Parabéns — disse ela, com toda a sinceridade. — Um ano é uma grande conquista.

— Não me trate com condescendência — ele disse, mas não em um tom exaltado. Na verdade, ele parecia ter ficado sem jeito com o elogio, talvez até acanhado. — De qualquer forma, este lugar é muito mais fácil de cuidar. Era a estufa da minha mãe. Ela cultivou tudo sozinha desde as sementes, e meu pai sempre achou que era uma perda de tempo e de dinheiro. Qualquer um de nós poderia cultivar três vezes mais para ela em uma questão de horas. Mas ela era teimosa.

Ele puxou à mãe, então. Niamh sorriu com o pensamento.

Tantas perguntas surgiram, desde *Como ela era?* até *Qual é sua flor preferida?*, mas ela não queria assustá-lo. Ele não tinha mencionado os pais antes. No entanto, não havia emoção em seu tom, como se ele estivesse falando sobre o clima e não de sua mãe morta e seu pai doente. Niamh acariciou as pétalas delicadas de uma orquídea, só para não olhar para ele.

— Este lugar deve trazer algumas lembranças a você.

— Acho que sim. — Ela nunca tinha conhecido alguém que se irritava tanto quando uma pessoa era empática. — Alguém tem que manter as flores vivas, e eu não confio nos jardineiros. Esse lugar estava arruinado quando voltei para casa.

Niamh se debruçou sobre um vaso e encostou o nariz em uma flor, uma explosão de pétalas índigo. Ela tinha um leve cheiro de pimenta.

— Você precisa de ajuda?

— Não. Não quero você tropeçando em nada por aqui. — Ele lançou um olhar estranho a ela. — Se quiser alguma coisa que tenha perfume de verdade, talvez goste mais das lilases. Estão duas fileiras para baixo.

— Ah. — Ela corou, e logo endireitou o corpo. — Obrigada.

Ele acenou rigidamente com a cabeça, depois foi pegar um regador em um gancho ao lado da porta. Enquanto Kit regava as plantas, Niamh aproveitou para passear. Caminhou devagar entre as fileiras de flores, segurando seu caderno, passando os dedos sobre os botões mais convidativos, até finalmente encontrar um lugar onde ficar: sobre uma pilha de sacos de juta, cheios até a boca com terra. Ela achou o local confortável. Estava tão cansada que qualquer coisa era melhor do que ficar em pé.

Apoiou o queixo nas mãos fechadas e ficou observando Kit. A estufa era enorme, e ela estava realmente impressionada por ele ter paciência para um trabalho que tomava tanto tempo. Mas ele já tinha criado uma rotina, regando e podando cada uma de suas plantas com a segurança de quem tem experiência. A luz do sol que entrava pelas janelas tornava o ar úmido e quente e, se fechasse os olhos por um instante, Niamh pegaria no sono. *Seria curioso*, ela pensou, *passar todas as manhãs assim.*

Kit desabotoou o casaco e o abandonou sobre o cabo desgastado de uma pá. Ele abriu outros botões, perolados sob a luz, e começou a arregaçar as mangas da camisa até os cotovelos. Logo abaixo do coque em sua nuca, a pele brilhava com uma camada fina de suor. O ar úmido tocava com malícia o colarinho de Niamh, e sua boca ficou totalmente seca.

De repente, ficou quente demais ali dentro.

Niamh se obrigou a olhar de volta para o caderno vazio. Seu rosto queimava furiosamente. Deuses, quanto tempo ela tinha perdido sentada divagando, logo depois de ter se comprometido a se concentrar no trabalho? E ainda assim, naqueles poucos minutos que roubou de si mesma, ela havia sentido... alegria.

Niamh afastou o pensamento e começou a trabalhar, esboçando suas ideias. Quando Kit se aproximou, fazendo sua sombra recair sobre ela, Niamh havia terminado nada menos que cinco modelos para um potencial manto de casamento.

— Você está coberta de terra — observou ele.

— Hã? — Ela olhou para o vestido. Havia mesmo terra em suas saias, como manchas de tinta. *Como isso pode...?* Quando ela virou as mãos, as palmas também estavam cobertas de terra e pólen. Ela devia ter se sujado em algum momento entre tocar todas as flores e se sentar sobre uma verdadeira montanha de terra. — Ah. Ah, não.

Kit colocou a mão na cintura. Seus olhos transpareciam algo inusitado. Não era desprezo nem irritação... Mas *divertimento*. Ela ficou muito irritada.

— Como você conseguiu fazer isso apenas se sentando aí? Estou meio impressionado.

— Tem *toneladas* de terra aqui! Não é tão difícil.

— Tem mesmo — concordou ele. — A maioria em vasos.

— Chega — gritou ela, indignada. — Eu já entendi!

Ele sorriu.

— É como se...

— Pare com isso, K... — e ela se interrompeu.

A expressão dele se fechou de novo, rígida e avaliativa.

— Por que você não me chama pelo meu nome?

Porque chamar pelo primeiro nome era algo que só amigos faziam em Avaland. Se ela ultrapassasse esse limite, não teria como voltar atrás. Seu coração foi parar na boca.

— Porque sim! Você também não me chama pelo meu nome. Não me chama de nada além de *você*. Por acaso sabe meu nome?

Ele não parecia nem um pouco abalado pela explosão dela.

— É Niamh.

Ao ouvi-lo pronunciar o seu nome, o rosto todo dela esquentou. De novo não. Talvez ela conseguisse tirar o calor de sua pele — ou pelo menos evitar que ele a visse corar. Ela passou as mãos no rosto. Foi então que se deu conta de que só tinha conseguido estampar duas mãos de terra nas bochechas.

— Você piorou a situação. Para. — Ele fez um som suave, alegre mas também contrariado, e tirou um lenço do bolso. — Toma.

Era um gesto inesperadamente cavalheiresco, considerando que vinha de alguém como Kit. Ela esperava que ele o entregasse com um gesto brusco, talvez atirando-o em sua direção, mas ele se ajoelhou diante dela. E ela o observou-o estupefata quando ele se aproximou para limpar a terra de seu rosto.

Ela parou de respirar.

A pele do príncipe estava escaldante, ela podia sentir através do fino pedaço de tecido entre eles. Ela via com o canto dos olhos as paredes de vidro cintilarem, e logo o mundo todo parecia brilhar ao redor deles com magia. Tudo o que ela conseguia enxergar eram as sobrancelhas franzidas do príncipe, todo concentrado, e seus cílios escuros. Tudo o que ela conseguia ver era *ele*. Ele estava muito, muito mais perto do que deveria. Ela podia sentir a respiração dele como uma carícia em seus lábios.

— Pronto — disse Kit. E então, como se enfim se desse conta da situação, ele se afastou rápido, como se tivesse se queimado. Guardou o lenço amassado abruptamente de volta no bolso.

— Obrigada. — A voz dela saiu um pouco estridente demais. Niamh tirou as luvas para evitar mais desastres. Quando finalmente sentiu que havia se recuperado, disse: — Quer *mesmo* que eu o chame por seu primeiro nome? Não somos amigos.

Ele a encarou sem expressão.

— Somos? — A voz dela estava extremamente aguda.

— Não sei. Eu não tenho amigos.

— Isso não é verdade. E Sinclair?

— Ele? — Kit apertou os lábios. — Sinclair é um inútil autodestrutivo e autodepreciativo. Ele é mais alguém de que eu tomo conta do que um amigo. Alguém tem que o manter longe de problemas.

Assim como alguém tem que cuidar das flores. Assim como alguém tem que impedi-la de se sujar mais. Ela apontou para ele com o queixo. Ele tinha falado de Sinclair com tanto desprezo, mas ela tinha visto a forma com que ele tinha reagido quando achou que o havia machucado. O próprio Sinclair havia dito a ela que Kit tinha pagado por sua casa *e* lhe dava uma mesada.

Niamh estava começando a compreender. Todo aquele afeto mal-humorado do príncipe estava coberto de ácido, como se assim ele pudesse esconder o que realmente era.

— Você não consegue mais me enganar — disse ela de maneira acusatória. — Você não quer que ninguém perceba, ou talvez até se recuse a acreditar, mas você se importa com as pessoas. Você *é* bondoso.

— Você não sabe nada sobre mim. — Todas as flores da estufa estremeceram com a veemência daquelas palavras. Ele se enfureceu, e era como se espinhos despontassem ao redor de uma flor delicada.

Ela sentiu uma onda de contentamento atravessar seu corpo, e mascarou uma risadinha com a mão.

— Você tem razão, é claro.

— Pare de sorrir desse jeito — disse Kit com raiva.

— Desculpe. — Ela mordeu o lábio para se impedir de sorrir. — Sei que isso não faz diferença, mas eu acho Sinclair uma boa pessoa.

— Ele está longe de ser. Mas pode ser inteligente nas raras vezes que decide fazer isso. — Ele hesitou. — E nós nos entendemos.

— Como?

— Há coisas sobre as quais não se fala na alta sociedade — afirmou ele devagar. — Eu e ele nunca precisamos fingir ser outra pessoa um com o outro.

Eu não tenho a melhor das reputações, Sinclair havia dito a ela. *E Jack não quer que isso prejudique Kit ainda mais.*

Niamh endireitou o corpo, de repente entendendo um pouco mais as coisas. Não queria fazer suposições, mas as peças se encaixavam, e ela compreendeu a confissão que o príncipe parecia querer fazer, mas não fazia, dando voltas e voltas.

— Vocês estavam juntos?

Kit pareceu surpreso.

— Você já sabia.

— Ele me contou, sim. Sobre ele, não sobre você. — Ela tentou conter a curiosidade, mas não conseguiu.— E então, vocês estavam?

— Não — respondeu ele, pisando em ovos. Depois de um momento, sua expressão suavizou um pouco e se tornou irônica. — Nós teríamos nos matado. Ele era ainda pior quando tinha quinze anos. E eu também.

Niamh sorriu.

— Acho que você tem mais opções aqui na cidade, além de seus amigos. Havia apenas quatro outras garotas que gostavam de garotas em Caterlow, pelo que eu sabia. Era bem complicado.

— Você é como eu, então.

Como eu. Ouvir Kit reconhecê-la como uma igual a encheu com uma sensação calorosa de pertencimento.

Ela olhou para seu caderno, incapaz de suportar a intimidade de olhar nos olhos dele por mais tempo.

— Err... Kit?

Ele reagiu fisicamente ao som de seu nome. De canto de olho, ela o viu se inclinar em sua direção. Era inegavelmente errado alguém de sua posição se dirigir a um membro da família real pelo primeiro nome, mas ela supôs que eles tinham abandonado as formalidades havia muito tempo. Ela colocou uma mecha de cabelo atrás da orelha, ficando tímida de repente.

— Quer ver os desenhos?

— Tudo bem.

Ele pegou o caderno da mão dela. Devagar, folheou-o com uma expressão indecifrável. A ansiedade formou um nó no estômago de Niamh. Esse tempo todo, ela só queria provar que ele estava errado a respeito de sua arte. Mas naquele momento, aquela rivalidade havia sido superada, seu pobre orgulho ferido. Ela queria deixá-lo feliz.

— Os modelos são... bonitos — disse ele ao devolver o caderno.

Niamh se engasgou com a própria saliva.

— O que você disse?

— Não vou repetir — retrucou ele de mau humor. — Você ouviu. — Seu rosto pareceu constrangido, mas só por um segundo. — Faça o modelo que você quiser. Confio em você.

Devia ser a coisa mais generosa que ela já tinha ouvido de um cliente. Confiança total. Seu coração se encheu de empolgação.

— Sério?

— Sim, sério.

Ela se levantou.

— Tem certeza absoluta?

Ele deu um passo para trás.

— Sim. Tenho certeza absoluta.

— Porque se você *realmente* me der carta branca...

— Eu disse que tenho certeza. Não me faça mudar de ideia.

— Não pode mais voltar atrás — disse ela, cantarolando.

Ele jogou as mãos para cima.

— Chega. Você venceu.

Com isso, ele se retirou para o canto mais afastado da estufa, regando uma planta que ela tinha certeza de que ele já tinha regado. Ela nem sabia o que fazer. Voltou para o assento improvisado de juta e sorriu para o teto, corada e suja de terra e se sentindo vitoriosa. Ela tinha a aprovação dele, finalmente. E, ao que parecia, sua amizade.

Era isso mesmo?

Kit. Ela manteve a forma do nome dele em sua boca, a língua pressionada de leve atrás dos dentes. Sua pele ainda formigava com a lembrança de seu toque, da forma com que ele olhou para ela com tanta dedicação. Não havia nada além de uma finíssima camada de tecido entre a pele deles. Ele não estava nem usando *luvas*. Um calor se formou dentro dela. A ponta dos dedos dela roçou seu lábio inferior e o puxou suavemente enquanto ela imaginava....

Niamh se levantou de súbito. *Ah, não*. Ela não havia apenas ultrapassado um limite naquele dia. Havia saltado sobre ele e avançado quilômetros. Uma garota como ela desejando Kit Carmine não iria — não poderia — acabar bem.

13

QUANDO NIAMH ABRIU A PORTA DO ATELIÊ, duas figuras estavam à espreita perto da janela aberta. Ela quase gritou, mas colocou as mãos sobre a boca antes que qualquer som escapasse.

— Ah — disse Sinclair. — Isso que você quis dizer com assustadiça.

Ela piscou várias vezes para ajustar a visão, e a silhueta dele e de Kit surgiram, ainda não tão nítidas, ambos vestidos para cavalgar. Sinclair usava um colete de veludo azul e uma cartola combinando, com um lenço de pescoço amarrado em um laço. Kit vestia um sobretudo verde-oliva e um chapéu preto, batendo uma chibata com impaciência no couro de suas botas. A luz do sol caía sobre ele como uma camada de água, destacando o tom ruivo em seus cabelos escuros. Niamh quase gemeu alto.

Fazia dois dias que ela o havia visto na estufa, e o tempo não tinha diminuído seu desejo. Até vê-lo ali, junto com Sinclair, ela achou que seria fácil. Devia ter sido fácil. Afinal, ela o havia achado bonito no momento em que o vira, embora a péssima personalidade do príncipe a houvesse impedido de se sentir atraída por ele durante um tempo. Só que Niamh passou a compreender que todas as emoções de Kit se manifestavam como hostilidade ou sarcasmo — e, ainda pior, ela tinha visto o quanto ele era desesperadamente inadequado e inquieto sob aquela armadura malfeita. Ela gostava de Kit Carmine, por mais antissocial que ele fosse, e isso estava se tornando um problema.

Niamh fechou a porta.

— O que vocês estão fazendo aqui?

— Esperando você — respondeu Kit. Aquele tom ríspido tão familiar em sua voz a fez sentir uma onda de calor e formigamento pelo corpo todo.

— Esqueci de algum compromisso?

— Você já esqueceu? — Sinclair tirou o chapéu e o segurou diante do corpo. — Estou aqui para levá-la para sair.

Ah. Deuses, era *hoje*? Ela tinha perdido a noção do tempo novamente.

— Ah, Sinclair, desculpa!

— Não tem problema. Se ainda estiver disponível, pode me acompanhar em um passeio a cavalo. Kit vai nos escoltar, é claro. Ele não tem a reputação mais adequada para essa função, mas, como dizem, quando bate o desespero... Eu simplesmente não podia esperar mais um instante para vê-la.

— Como acompanhante de vocês — disse Kit de maneira seca —, eu me oponho a esse tipo de conversa em minha presença.

— Está tudo bem, Kit. — Sinclair abriu um sorriso falso. — Você pode admitir que está funcionando.

Kit revirou os olhos.

— Você é insuportável.

Ela ficou aliviada ao ver que a tensão que sentiu entre eles no parque havia desaparecido. A oferta de Sinclair era tentadora, mas ela tinha muito o que fazer. No dia anterior, havia analisado seus esboços com Rosa, e a princesa se mostrou muito mais exigente do que Niamh havia previsto. A quantidade de renda que ela e suas assistentes teriam que fazer era... impressionante, para dizer o mínimo.

— Dá para ver que sua mente está a mil — disse Sinclair. — Não se preocupe. Você estará de volta antes de seus bordados começarem a sentir sua falta.

— Muito bem — cedeu ela. — Mas vocês precisam saber que não sei cavalgar muito bem.

Kit murmurou algo baixinho que aparentemente dizia respeito ao quanto estava chocado. Niamh resolveu ignorar dessa vez. Poucas pessoas em Caterlow tinham condições de ter cavalos, mas sua amiga Erin

155

era uma delas. Quando pequenas, elas pegavam duas éguas e cavalgavam pela costa. Fazia muitos anos, mas Niamh imaginava que era o tipo de coisa de que não se esquecia.

— Você vai se sair maravilhosamente bem — afirmou Sinclair.

— Encontro vocês em breve, então. Só me deem um minuto para me trocar.

— Sugiro que vista algo escuro — disse Kit. — Vai disfarçar a sujeira de terra.

As orelhas dela queimaram quando notou o sorriso bobo e satisfeito dele. Ele claramente estava se referindo a seu pequeno acidente na estufa. Ela diria que ele estava zombando dela, mas... Não, não podia comprar essa ideia. Com uma inocência fingida, disse:

— É claro, vou levar em consideração sua preferência, Vossa Alteza.

— Não é que... — começou ele, mas logo se interrompeu com um suspiro derrotado. — Estaremos nos estábulos. Vamos, Sinclair.

Sinclair ergueu as sobrancelhas, mas saiu com Kit sem tecer comentários.

Niamh se demorou perto da janela saliente. A urtiga ainda decorava os beirais e balançava gentilmente com a brisa. Kit devia ter tirado uma parte delas, pois ela conseguia apreciar a vista do gramado do lado de fora sem nenhuma planta na frente. Observou os dois seguirem para os estábulos conversando com animação, embora, na verdade, Kit parecesse estar gritando. A conversa, porém, terminou abruptamente quando Kit empurrou Sinclair em um arbusto de tojo que crescia na beirada de um canteiro do jardim.

Ela fez uma careta. Ele ficaria tirando espinhos daquele casaco adorável por semanas.

Mesmo dali, Niamh podia ouvir Sinclair gargalhar e ver o rosto de Kit ficar vermelho como um tomate.

As moças avalesas, Niamh ficara sabendo, não cavalgavam montadas propriamente, com uma perna de cada lado. Seriam necessários Sinclair, Kit e uma oração para colocá-la na sela lateral.

O cavalariço lhe disse que seu cavalo se chamava Ferdinand, o qual ostentava a duvidosa honra de ser o cavalo castrado mais confiável e gentil dos estábulos. O animal bufou, afável, quando Niamh levantou a mão e acariciou seu focinho. Suas luvas azul-claras ofereciam um contraste bonito com o pelo castanho dele.

— Ele não teve um único pensamento em toda sua vida — Sinclair lhe garantiu, segurando Ferdinand pelas rédeas.

Kit apoiou um joelho no chão e entrelaçou os dedos das mãos.

— Suba — disse ele, com todo o seu charme e gentileza de sempre.

Ela levou uns instantes para processar que ele queria que ela usasse suas mãos como degrau.

— Tem certeza, Vossa Alteza? Não quero machucá-lo.

Ele suspirou com tanta irritação que as mechas soltas de seus cabelos se agitaram. Niamh não sabia ao certo se era a formalidade dela ou sua hesitação que o exasperava mais.

— Você não vai me machucar. Você é tão leve que um vento forte poderia levá-la embora.

O mesmo poderia ser dito de você. Em um ato muito nobre, ela não disse aquilo em voz alta. No entanto, achou estranhamente difícil argumentar quando ele estava ajoelhado diante dela. Com um gemido irritado, Niamh agarrou a sela com uma das mãos e colocou a outra sobre o ombro do príncipe. Surpreendeu-se com a firmeza de Kit, e com o quanto ele era quente ao toque, mesmo com o couro das luvas de equitação entre eles. Ela tinha a vaga consciência de que estava paralisada, mesmo que fosse apenas devido ao olhar impaciente que ele apontava para ela como uma arma. Com muita relutância, ela pisou no apoio de suas mãos.

— Certo — resmungou ele. — Para cima.

Com isso, ele deu impulso para ela. Niamh gritou ao erguer o outro pé do chão. Ferdinand girou a enorme cabeça para ver a perplexidade dela. Quando se apoiou na beirada da sela, Kit a equilibrou pela cintura, e, ao toque dele, um calor percorreu o corpo de Niamh. Ao se apressar para apoiar o joelho nos pitos da cabeça da sela, sua saia subiu até a panturrilha, revelando um pedaço de pele desnuda. Os olhos de Kit desceram, apenas por um momento, antes de ele se virar bruscamente de costas para ela.

— Tudo bem? — perguntou ele.

— Agora sim — respondeu ela, ajeitando o caimento do tecido. — Obrigada pela ajuda.

Ele se abaixou para pegar uma chibata que estava apoiada na lateral da baia. Sobre o colarinho de seu sobretudo, o pescoço exibia um lindo tom de rosa.

— Muito bem, Niamh. — Sinclair deu um tapinha afetuoso no pescoço do animal. — Você parece ter nascido para isso.

Kit colocou a chibata nas mãos dela, mas não soltou. Seu rosto deixou evidente que ele estava contrariado.

— Não seja irresponsável. E tenha bom senso pelo menos uma vez na vida. Se cair, não há como escapar da sela. Você vai cair embaixo da montaria e ser esmagada pelos cascos do cavalo.

Ela estremeceu só de pensar, mas não conseguiu conter o impulso petulante de discutir com ele.

— Vou ficar bem. Eu sobrevivi dezoito anos sem suas preocupações, sabia?

— Preocupações? — repetiu ele, indignado. Por fim, ele soltou a chibata. — Não estou preocupado. Apenas não se torne um incômodo.

Sinclair lançou a ele um olhar indiferente.

— Podemos ir?

Depois de não mais do que cinco minutos, Niamh se deu conta de que Kit podia estar certo em alertá-la. Embora o galope lento de Ferdinand facilitasse a tarefa de se equilibrar sobre ele, Niamh ainda se sentia instável, toda torta em cima do cavalo. A sensação agradável do vento passando sob sua touca, pelo menos, quase superou o mal-estar.

O dia estava fresco, e uma espessa neblina flutuava pelos campos. O casaco spencer dela, bordado com rosas em linha dourada, afastava a maior parte do frio da manhã. Mas o ar ainda mordiscava seu nariz e suas bochechas, deixando-os rosados. Quando eles chegaram aos portões brancos do Eye Park, Niamh sentiu que havia algo errado. Ela não conseguia enxergar nada, mas vozes abafadas chegavam a ela através da densa neblina. Um exército fantasma convocado para lutar. Kit e Sinclair trocaram um olhar alarmado.

— É melhor voltarmos — sugeriu Kit.

— Não seja bobo — discordou Sinclair. — Vamos ver o que está acontecendo.

Ele atravessou os portões sem nem mesmo esperar um resposta. Kit soltou um suspiro impaciente, mas seu garanhão estava doido para correr, empinando sob seu cavaleiro. Kit mal precisou perguntar antes de correr atrás de Sinclair, muito mais rápido do que o trote educado e calmo que Niamh fora aconselhada a manter nas trilhas do parque. A neblina os engoliu, como uma moeda jogada em um poço escuro.

— Está bem, Ferdinand. — Niamh se debruçou sobre o pescoço de seu cavalo, e a orelha dele virou na direção dela com atenção. — Podemos acompanhar, certo?

Os três cavalgaram na direção da confusão, e não foi preciso irem muito longe para que Niamh avistasse as milhares de pessoas reunidas no centro do Eye Park. Sua pulsação acelerou com algo parecido com empolgação — e talvez um pouco de medo. Ela nunca tinha visto tanta gente em um só lugar. Ao longe, outras mais chegavam pela colina: um verdadeiro desfile marchando de todos os lados da cidade. Alguns se ocupavam armando barracas. Pelo visto, eles pretendiam ficar um tempo, instalados no centro da zona da alta sociedade.

Sinclair parou o cavalo ao lado de um cavalheiro, que estava por ali com um pequeno grupo para ver o que estava acontecendo.

— Com licença, senhor. O que é tudo isso?

— Helen Carlile — respondeu ele. — Aquela mulher tem muita audácia mesmo para montar seu acampamento aqui. É óbvio que ela e Lovelace pretendem incitar os machleses a fazerem outra rebelião! Olhe para eles, reunidos como um exército.

Machleses? Então esses eram todos os criados que tinham largado os empregos nas grandes casas. Quando Niamh olhou para toda aquela gente reunida, sentiu o coração apertar de saudade. Todos estavam com as roupas que usavam em Caterlow, roupas simples e sujas da viagem. Com a pele calejada e escurecida pelo trabalho, pareciam ter nascido da própria terra. Nenhum deles carregava armas.

Os olhos do cavalheiro encontraram Kit, e o rosto dele foi tomado de surpresa.

— Vossa Alteza, minhas mais sinceras desculpas. Não o tinha visto. Se me permite ter a ousadia de dizer, senhor, é um consolo vê-lo aqui. Espero que possa colocar algum juízo na cabeça de Carlile. Senão, acho que é para isso que serve a Guarda do Rei. Um desrespeito como esse não pode ser tolerado.

Antes que Kit pudesse responder, o homem acenou com o chapéu e foi embora.

O príncipe segurou as rédeas com mais força. Seu garanhão batia as patas na grama revirada.

— Se eu chamar a Guarda do Rei, teremos sangue em nossas mãos.

Niamh sentiu o coração dar um salto. Ele não podia fazer isso. Não era possível que se reunir em um espaço público fosse crime.

Sinclair franziu a testa.

— Vou dar algum crédito a Carlile. Ela tem coragem.

— Ela é uma tonta se acha que isso pode terminar bem — observou Kit, amargurado.

— Ela está desesperada. Você sabe tão bem quanto eu o que é preciso fazer para que Jack dê ouvidos a alguém. Ele é teimoso como você. A questão é: você foge das situações tanto quanto ele?

Aquilo parecia ser uma discussão antiga. A boca de Kit se contorcia como se quisesse responder, mas ele se conteve.

— Quanto mais isso durar, mais a nobreza vai ficar impaciente — continuou Sinclair. — Alguém precisa fazer algo antes que a coisa fique feia.

Eles ficaram sobre a colina, olhando para a multidão cada vez maior lá embaixo. As pessoas se aglomeravam em volta de um palco improvisado, feito de madeira empilhada e caixotes. Três pessoas, que a névoa tornava muito difícil para Niamh identificar, subiram nele. Os organizadores, ela supôs. Bandeiras tremulavam na brisa. UNIÃO, uma declarava em fio preto simples. FORÇA. As outras tinham a insígnia da revolução, a mesma desenhada a giz na pista de dança de Jack: o sol com seus raios abrasadores. Era impossível não perceber a energia que crepitava daquela massa de pessoas: era raiva e, com ainda mais intensidade, esperança.

Niamh olhou para Kit.

— O que você vai fazer?

— Não há nada que eu possa fazer.

— Como pode dizer uma coisa dessas? — Da melhor forma possível, Niamh manobrou Ferdinand de modo a ficar de frente para Kit. — Você é um *príncipe*.

— Que bem esse título me fez. — Ele, por fim, a encarou de volta. — O que você quer que eu faça? Sou o segundo filho. Não tenho aliados e nem respeito na corte. Jack criou esse problema e, como todos podem ver, ele pretende lidar com a situação como julgar melhor. Eu não devo nada a ele.

— Talvez não. — Ela não estava suportando o cinismo dele. Talvez fosse a energia da multidão, ou estar entre seu povo outra vez depois de tanto tempo, mas ela não podia deixá-lo virar as costas para aquilo. Ela apontou para a multidão. — Mas alguém não deve alguma coisa a *eles*?

Trinta e cinco anos antes, centenas de milhares de seus conterrâneos haviam morrido por causa do pai de Kit. Tanta morte, e tudo nas mãos de um homem que tinha o poder para fazer alguma coisa, mas se recusou. Ela tinha crescido ao lado de todos esses fantasmas. E, por mais que tivesse negado o pedido de ajuda de Lovelace, ela tinha encontrado em Kit Carmine uma forma de lutar por seu povo. Aquela estranha reviravolta do destino havia concedido a Niamh a atenção de um príncipe, e ela deveria tentar fazê-lo enxergar. Ele carregava um legado de violência, sim, mas não era como se isso fosse uma maldição de conto de fadas, destinada a se repetir várias vezes.

Se Kit quisesse, ele podia ser diferente.

— Sei que você não suporta a nobreza — insistiu Niamh. — E eles também. Você tem muito mais poder do que imagina, justamente por ter passado um tempo fora. Mesmo que meu povo despreze seu irmão e a corte, eles não conhecem *você*. Ainda era um garoto quando partiu. Agora, tem uma chance de mostrar a eles no que se transformou.

Kit parecia surpreso.

— E se eu não gostar daquilo em que me transformei?

— Você é o dono da sua vida. Nunca é tarde demais para mudar.

Ele soltou um longo suspiro por entre os dentes. Ela podia vislumbrar irritação nos olhos dele, ou melhor, *medo*.

— Droga.

Então, sem aviso, ele fez seu cavalo trotar para a direção da multidão.

— O que você acabou de fazer? — perguntou Sinclair com admiração. — Nunca o vi escutar ninguém dessa forma.

Niamh não conseguia tirar os olhos de Kit.

— Eu... na verdade não sei.

Ele beliscou o dorso do nariz.

— Você *é* problema. Vamos.

Os dois desceram a colina atrás de Kit, com Niamh agarrando-se à crina de Ferdinand como se sua vida dependesse disso. Eles o alcançaram quando o príncipe desacelerou ao chegar bem perto da aglomeração. Ali no meio daquelas milhares de vozes, ela mal conseguia ouvir os próprios pensamentos. Quase todos estavam falando machlês, e seu coração doeu ao ouvir aquele som familiar e reconfortante.

— Onde está Helen Carlile? — A voz de Kit assomou em meio ao falatório.

Um prionsa. Seu título repercutiu na multidão.

Fileira por fileira, cabeças viraram na direção dele. A maioria o via com fria e dura desconfiança. Outros estavam curiosos, e outros ainda hesitavam em ter uma fagulha de esperança. Os ombros de Kit ficaram tensos diante de toda aquela atenção. O burburinho se espalhou, e a multidão começou a se aglomerar ao redor deles, abrindo caminho até que se formasse uma passagem direto até a frente. A mulher que estava sob o palco improvisado esticou o pescoço para olhar para eles, e Niamh viu o momento em que ela se aprumou como uma vareta ao perceber quem eles eram. Sem hesitação, a mulher desceu do palco e andou na direção deles com determinação.

Essa, Niamh pensou, *deve ser Helen Carlile.*

Como era plebeia, provavelmente não tinha sangue divino, mas dava para ver que havia dominado uma forma mais simples de magia. Ela se movia pela multidão com a mesma competência com que Rosa invocava raios, com a mesma facilidade com que Kit fazia algo brotar da terra. Seus apoiadores a observavam com adoração estampada no rosto. De vez em quando ela parava para cumprimentar pessoas ao longo do caminho, apertando mãos e batendo calorosamente em seus ombros, como se cada uma delas fosse um velho amigo.

Por fim, Carlile se aproximou deles. Ela tinha uma aparência mais comum do que Niamh esperava. O rosto, marcado pela idade, era sério e franco, e os cabelos, de um castanho-acinzentado, estavam penteados para trás de qualquer jeito. Ela se vestia bem, no entanto, com um casaco masculino, e segurava uma bengala como se fosse um taco.

— Ora, que surpresa — disse ela, repentinamente parecendo animada. Sua voz chamava atenção, e seus olhos acinzentados cheios de determinação tinham uma urgência assustadoramente magnética. — Você deve ser o príncipe Christopher.

De fato, não havia como não saber quem ele era naquele momento. Ele estava imperiosamente montado em seu glorioso cavalo, as mãos com luvas pretas segurando forte nas rédeas, o queixo erguido para olhar para ela por cima da curva de seu nariz. Ele era a imagem da graça aristocrática, imponente e inacessível. Após uma pausa, Kit passou a perna sobre a cela e aterrissou em silêncio sobre a grama.

— Sim — confirmou ele, sem rodeios. — Sou eu.

A impetuosidade do príncipe fez o rosto dela se encher de alegria.

— É uma honra conhecê-lo, Vossa Alteza Real. — O olhar dela recaiu sobre Niamh. — E você deve ser Niamh Ó Conchobhair — disse ela, em um machlês que denunciava um sotaque.

— É um prazer — respondeu Niamh, encantada e surpresa. Se Carlile sabia quem ela era, e dedicava-se completamente à causa machlesa, será que *ela* podia ser Lovelace?

— E eu sou Gabriel Sinclair — Sinclair se intrometeu. — É um prazer conhecê-la.

— Ah, eu sei quem você é, sr. Sinclair — respondeu ela em avalês. A expressão de Sinclair tornou-se dura. — Peço perdão a todos vocês. Nós atrapalhamos sua cavalgada?

— Chega de conversa fiada — rebateu Kit. — O que você quer, Carlile?

Ela riu.

— Quero falar com seu irmão.

— Fiquei sabendo. — Ele analisou a multidão atrás dela. — E é assim que pretende conseguir falar com ele? Isso poderia ser chamado de motim.

— Eu lhe garanto, senhor, por minha vida, que não é essa minha intenção. — Ela apontou para os contingentes organizados de manifestantes. Era uma boa quantidade, mas eles não estavam exaltados pelo pânico, pela raiva. — Essas são pessoas boas e trabalhadoras que só querem ser ouvidas. Eu vim aqui interceder por elas junto à Corte. Elas só querem um tratamento justo neste país, e que a Coroa reconheça sua responsabilidade na Calamidade, que foi exatamente o que as trouxe até aqui.

— Você está falando com o príncipe errado — retrucou Kit com irritação, mas não com indiferença.

— Não, acho que não. — Ela passou os olhos por cima do ombro dele e Niamh sentiu a intensidade daquele olhar incidir em seu rosto. — Se desejar, senhor, pode levar uma mensagem minha. Diga ao príncipe regente que eu estarei esperando, bem aqui, até ele decidir falar comigo.

No instante em que Kit e Niamh voltaram para o palácio, Jack os interpelou.

Seus cabelos, em geral arrumados de maneira meticulosa, estavam desgrenhados, como se ele tivesse se descabelado em um surto de aborrecimento. Sofia vinha atrás dele como uma sombra pálida, a mão pressionada ansiosamente sobre os lábios. Niamh pensou nela na sacada na

164

outra noite, parada junto ao parapeito como um fantasma. Ela estava tão insípida quanto naquela noite, ofuscada pelo calor da raiva de Jack.

Jack alternou o olhar entre Kit e Niamh. Mas qualquer frustração ou suspeita que ele sentisse perdeu para sua preocupação.

— Onde vocês estavam?

— Falando com Helen Carlile.

Jack fez uma pausa, claramente surpreso.

— Você está brincando.

— Eu nunca *brinco* — retrucou Kit com desprezo. — Há uma multidão esperando por você no Eye Park. Acredito que saiba disso.

— Talvez devêssemos nos retirar para a sala de visitas para discutir isso — sugeriu Sofia para apaziguar os ânimos. — Eu poderia pedir um...

Jack levantou a mão.

— Agora não, Sofia.

A princesa baixou os olhos. Niamh se sentiu levemente ofendida por ela. Ser tão rejeitada, e ainda por cima pelo próprio marido... parecia um destino cruel. Desejou poder oferecer a ela um sorriso encorajador, mas Sofia manteve a cabeça resolutamente abaixada, com algumas mechas de cabelo loiro-claro obscurecendo suas feições.

— Aquela mulher — continuou Jack — me manda dez cartas por dia. Veio me fazer uma petição outra vez, imagino, mas é uma perda do tempo dela e do meu. Não há nada que eu possa fazer por aquelas pessoas.

O desdém na voz dele paralisou Niamh. Mesmo que a magia dele não fosse tão potente quanto a de seus ancestrais, ele era o príncipe regente de Avaland. Como podia insistir que não havia nada a ser feito? Se ele quisesse, podia soltar uma declaração no mesmo dia assumindo a responsabilidade de seu pai na deflagração da Calamidade machlesa. Ele podia concordar com reparações, ou se empenhar em deixar seus empregados mais satisfeitos, ou... Niamh sabia que era tolice se sentir traída, mas ela havia confiado que ele tomaria a atitude certa.

— Ela me pediu para dizer que não vai sair de lá até você concordar em encontrá-la. É essa mesmo sua resposta, Jack? Você pretende se esconder para sempre?

— Seu idealismo é perigoso. — A voz de Jack era tensa, beirando o desespero. — Eu lhe suplico, Christopher. De todas as coisas que digo a você, ouça pelo menos esta. Não se encontre com ela de novo. Essa é uma situação delicada, e eu juro que estou resolvendo. Confie em mim, vou cuidar disso, como tenho cuidado de tudo para você.

Niamh ouviu a súplica na voz de Jack: *Me deixe protegê-lo.*

Ele está evitando todos os seus problemas, Kit havia dito a ela. *Tem que haver algum motivo.*

A vulnerabilidade do príncipe regente a surpreendeu, e devia ter pegado Kit desprevenido também, pois a hostilidade em seu rosto diminuiu um pouco.

— Como posso confiar em você se não confia em mim? — questionou Kit, assumindo o tom de vítima que reservava a Niamh e Sinclair. — Eu não discuto com você para não ficar doente, sabe. Qualquer dia desses, você vai desabar por carregar todo esse peso sozinho.

Os irmãos se olhavam de lados opostos do átrio, sob o peso de mil pequenas feridas.

— Não se preocupe comigo. — Jack tinha ainda um tom desarmado ao falar, mas Niamh percebia o que ele estava fazendo: organizando perfeitamente todas as suas emoções e as arquivando cada uma em seu devido lugar. Depois, como se lhe ocorresse alguma coisa, ele disse: — Tenho uma ideia. Devíamos fazer nosso próximo baile em Woodville Hall daqui a quatro dias.

Um silêncio pesado recaiu sobre eles.

— Você não pode estar falando sério — disse Kit. — Eu não vou voltar lá.

— Não voltamos lá desde a morte de nossa mãe. É hora de o reabrirmos. Além disso, é preciso menos criados para manter o lugar. Vamos deixar os criados machleses para trás. — Jack se virou para Niamh. — Menos você, é óbvio, srta. O'Connor. Você vem com a gente.

A voz cruel daquelas mulheres da corte ecoou na mente dela como se as tivesse ouvido no dia anterior. *Ele exibiu sua nova costureira em todos os eventos, como uma espécie de pônei de exposição.*

— Seria uma honra — murmurou ela.

— Eu acho... — começou Sofia, com hesitação.

— Então você pretende fugir, já que não pode se esconder — disse Kit. — É isso?

Mas ele ficou sem resposta.

— Inacreditável — arrematou Kit em tom de zombaria, então saiu irritado.

Sofia rodeou Jack, emanando uma reprovação palpável.

— Isso não parece ter sido sensato.

— É, agora vejo que não foi mesmo. Você tem algum conselho para mim? — perguntou Jack, cansado. — Ou você, srta. O'Connor? Gostaria de palpitar também?

Antes que Niamh pudesse gaguejar uma resposta, a postura de Sofia tornou-se ártica. O clima do lugar esfriou, literalmente. A respiração de Niamh formava nuvens no ar, e seus braços se arrepiaram. Até Jack empalideceu diante da demonstração de poder inesperada.

— Não fale com ela nesse tom. Você sabe muito bem que ela não pode se defender de você — repreendeu Sofia em voz baixa. — E eu tenho ideias, sim, se você quiser ouvir.

— Eu não devia ter dito aquilo — ele reconheceu, envergonhado. — Minhas mais sinceras desculpas, srta. O'Connor.

— Não tem problema — murmurou Niamh. — Se me der licença, Vossa Alteza.

Enquanto se afastava, entreouviu Sofia falar em voz baixa:

— ... vocês dois precisam chegar a um acordo com...

Na segurança de seu ateliê, Niamh se encolheu em uma cadeira e ainda tremeu um pouco de frio. Sentiu-se pequena e patética e, apenas por um momento, cedeu ao pensamento que a atormentava desde que havia visto aquela multidão.

Ela queria ir para casa.

Mas nenhum consolo ou esperança a aguardava lá. Não importava o quanto a situação fosse desoladora, sobreviver em um país que desprezava os machleses era melhor do que manter o orgulho, mas passando fome. Ela precisava continuar ali.

Um dia desses, Jack certamente cederia. Ela só conseguia pensar nas rachaduras se espalhando pela fachada fria de Jack. Ela conhecia bem aquele olhar de exaustão.

Qualquer dia desses, você vai desabar por carregar todo esse peso sozinho.

A cada dia que passava, Niamh via mais um fardo empilhado nos ombros de Jack. Um irmão que o desafiava. Um casamento sem amor. Criados insatisfeitos. Um legado capaz de esmagá-lo sob seu peso. Nenhum homem, por mais vigoroso, podia resistir para sempre. Por mais que ela o odiasse por sua falta de ação, ainda temia imaginar o que recairia sobre eles no momento em que Jack Carmine desse um passo em falso.

14

QUANTO MAIS ELES SE AFASTAVAM DA CIDADE, mais em casa Niamh se sentia.

Em uma hora de viagem, o cinza implacável de Sootham deu lugar a um verde amplo e extenso. As colinas ondulavam como o mar do lado de fora da janela da carruagem, e a luz do sol derramava-se como sangue divino nos rios, brilhantes e dourados. Apesar do barulho das rodas e do trotar dos cavalos, Niamh podia ouvir o canto dos pássaros, o suave grasnado das pegas e o lamento estridente e metálico dos pintassilgos. Se ignorasse todo o luxo à sua volta, ela quase poderia imaginar que estava em Machland. Mas toda aquela pompa, no entanto, era incrivelmente difícil ignorar. Ela estava aninhada em uma pilha de almofadas de veludo e havia sido presenteada com uma bandeja de bolos de amêndoa. Embora tivesse comido pelo menos cinco deles, Niamh achou aquilo tudo um pouco exagerado. Só havia ela na carruagem.

Bem, ela e suas vinte e poucas bobinas de linha.

O vestido de Rosa estava dando muito mais trabalho do que ela imaginava. Fazer renda não era exatamente o forte de Niamh, pois era preciso ter a paciência de uma santa castiliana e controlar um número alarmante de objetos pontiagudos. Havia uma almofada de rendeira em seu colo, e centenas de alfinetes com cabeça de pérola espetavam o modelo que Niamh tinha desenhado. Parecia mais a mesa de dissecação de um naturalista do que o início de um revestimento. Delicados fios de linha preta estavam enrolados em torno de cada alfinete, e se ela aper-

169

tasse os olhos, quase começava a parecer uma treliça de rosas. Rosa tinha pedido uma renda floral delicada em estilo castiliano para adornar o corpete de seu vestido. Niamh sabia o que era "estilo castiliano" só porque tinha passado a noite toda lendo a respeito da história da renda daquela região. E não se tratava de algo meigo e sutil como gostavam os avaleses, mas sim um estilo extravagante e ousado, de uma forma que a própria Rosa não era. Quando Niamh terminasse, ficaria lindo: o melhor e mais complexo trabalho que ela já havia feito na vida.

Seria digno da realeza.

Suspirando, ela torcia a linha ao redor de cada alfinete, reunindo sua magia como fios de lã entre os dedos. O balanço nauseante da carruagem deixava o trabalho duas vezes mais difícil do que o necessário, e os olhos dela baixavam e doíam de exaustão. Talvez ela retomasse mais tarde, à noite. Ela tirou os olhos do padrão bem a tempo de a carruagem subir uma colina.

Woodville Hall ficava no vale abaixo, e quando Niamh a avistou, perdeu o fôlego. Não tinha nada a ver com o palácio real. Enquanto o palácio se blindava com sua austeridade dura e imponente, Woodville Hall se enchia de calor e vida. Vinhas de jasmim e glicínia roxa subiam pela fachada de tijolos e dançavam lentamente, dando piruetas na brisa. Niamh respirou o perfume doce e inebriante das flores. Uma fileira de carruagens tão lindas quanto a sua deixava os passageiros em frente à residência. De onde ela estava, os convidados em suas roupas de seda não passavam de borrões coloridos, e a propriedade parecia um estudo em pinturas a óleo, vibrante e onírica à luz da tarde.

Quando sua carruagem finalmente chegou à frente da fila, um lacaio de uniforme carmesim abriu a porta e a ajudou a descer.

— Bem-vinda, senhorita. O príncipe regente está ansioso para recebê-la.

— Está? — Que gentil! Ou talvez o lacaio fosse obrigado a dizer isso para todos os convidados. Ela pigarreou. — Quer dizer... claro. Obrigada.

Com as pernas bambas, ela subiu a escadaria e passou pela porta da frente. A luz cor de mel entrava pela janela, fazendo mosaicos dourados sobre as tábuas gastas do piso. Jack e Sofia esperavam por ela no vestíbulo, lado a lado, ambos com uma expressão nada boa. Até Sofia, etérea em seu vestido prateado, parecia preocupada. Claramente, o ar do campo não estava fazendo muito bem para nenhum dos dois.

Sofia juntou as mãos em saudação.

— Bem-vinda, srta. O'Connor. Estamos muito felizes em recebê-la.

— Obrigada pela hospitalidade — disse Niamh, tentando não parecer tão fascinada por tudo aquilo. — Você realmente não poupou despesas, Vossa Alteza. É espetacular.

Jack endireitou a postura e Sofia demonstrou ainda mais preocupação em seu rosto.

— Obrigada. Devemos mandar um serviço de chá para o seu quarto? — perguntou a princesa, antes que o marido dissesse qualquer coisa.

— É muita gentileza sua, mas seria bom eu me exercitar um pouco depois da longa viagem. Se importam se eu explorar a casa?

— De modo algum — respondeu Sofia em tom alegre. — Na verdade, eu gostaria que fizesse isso. É uma casa um pouco impressionante. Tinha que ser, imagino, para manter Jack nela por dezoito anos.

Jack pareceu apenas um pouco irritado com a brincadeira.

— Aproveite. E seja bem-vinda.

Niamh, então, andou pela propriedade. Ao subir a grande escadaria, começou a suar. Woodville Hall era, de fato, estranha e adorável. Embora o local tivesse sido negligenciado durante muitos anos, Niamh podia sentir ao seu redor que ele estava despertando. O ar quente suspirava pelas janelas abertas, denso e translúcido. Ao tentar abrir as portas, ela percebeu que a maioria estava trancada, e não encontrou quase ninguém nos corredores. As pessoas provavelmente estavam, e com toda a razão, cochilando após a viagem no calor abafado da tarde.

Os corredores serpenteavam como uma trilha por um bosque sombreado, convidando-a a avançar. Davam para novos cômodos ou terminavam de repente em cantos charmosos e misteriosos. Ela se deparou com uma escadaria que não levava a nada além de uma parede com um mural desbotado, brilhando sutilmente com algum encantamento latente.

Ela encontrou uma sacada escondida que dava para o salão de baile, as contas de um lustre ocultando-a de olhos observadores, assim como uma alcova escondida sob uma curva na escadaria. Lá dentro, uma janela, coberta de poeira e marcada com as formas das folhas, deixava entrar a luz do sol. Alguém havia entalhado as letras KC no parapeito de madeira.

Era tudo tão... excêntrico. Ela não conseguia imaginar os irmãos Carmine vivendo ali. Aliás, duvidava muito que Jack já tivesse algum dia sido criança.

Niamh entrou em um corredor em cujas paredes vários retratos dos Carmine de gerações passadas a observavam com seus assustadores olhos verdes. Provavelmente chateados porque uma humilde garota machlesa, uma sobrevivente obstinada de um povo que eles não conseguiram exterminar, tinha colocado os pés em seu lar ancestral. Bem no final, Niamh parou diante de um retrato da mesma altura que ela.

Essa, ela pensou, *deve ser a família real*. Ao menos o que tinha sido a família real.

No centro, havia um homem que ela agora reconhecia como o pai de Kit e Jack, o rei Albert III. Ao lado dele, a falecida rainha, com cabelos castanho-escuros e aqueles olhos castanhos lupinos que Niamh conhecia tão bem. Atrás de seu sorriso suave e misterioso, ela parecia extremamente infeliz. Um garoto com não mais de dez anos estava sentado entre eles, com um recém-nascido nos braços. Havia uma fissura na tela, como uma antiga cicatriz, pouco visível sob a tinta a óleo brilhante. Ela se aproximou do quadro para ver bem de perto, e quase caiu em cima dele quando passos ecoaram no corredor.

Niamh perdeu o fôlego. Se alguém a pegasse xeretando... E ela estava mesmo xeretando? Não importava. Não podia arriscar. Mas não havia onde se esconder ali... a não ser atrás das cortinas, que esvoaçavam com a brisa que entrava pela janela. Niamh mergulhou atrás delas e se envolveu no tecido. O som dos sapatos diminuiu, mas continuou ressoando naquele lugar vazio.

— Hum — disse Sinclair. — Parece que nasceram pés em suas cortinas nesse tempo em que não estive aqui.

— Você está se escondendo? — perguntou Kit, incrédulo.

Niamh olhou para baixo. As cortinas iam até seus tornozelos, como a barra de um vestido da moda. Ela as abriu.

— Não, é claro que não! Eu estava... ah, olhando a paisagem.

Um brilho enlouquecedor e provocador voltou aos olhos de Kit.

— Viu algo interessante?

Ela se virou na direção da janela, que abria para uma parede de hera e uma parte do céu mais além. A planta estava grudada no vidro, obscurecendo tudo, exceto os raios de luz mais teimosos.

— Sim, claro! Bem, e o que traz vocês dois aqui?

— O jantar logo será servido — disparou Sinclair, antes que o príncipe dissesse outra coisa. — Kit achou melhor ver se você encontraria o caminho para a sala de jantar em segurança, já que esses corredores têm um jeito de se reorganizar. — Ele sorriu. — Muito atencioso da parte dele. E estranho, já que ele nunca se esforçou para ajudar ninguém.

Kit se virou para ele.

— O que você quer dizer com isso?

— Ah, nada. — O olhar de Sinclair voltou-se timidamente para Niamh. — Nada mesmo.

— Então, pelo menos uma vez na vida, pare de falar.

Sinclair obedeceu, mas parecia muito satisfeito.

Niamh, no entanto, não conseguia suportar o silêncio. Pegando o primeiro assunto que surgiu em sua mente, ela apontou para o retrato.

— É impressionante como vocês se parecem.

Kit franziu a testa.

— Eu e o velho?

Ela não achou que dizer "sim" fosse a melhor forma de responder a tamanho desrespeito pelo rei de Avaland, mas Niamh confirmou com a cabeça.

— Com exceção dos olhos, você e seu irmão são a cara de seu pai.

Sinclair se encolheu. O ar ficou pesado como nos instantes antes de um raio cair. Niamh teve uma impressão muito clara de que havia dito a coisa errada.

— Algumas pessoas dizem isso. — O tom neutro de Kit deixou evidente o que ele pensava daquilo. Ele cruzou os braços. — Ele era um desgraçado cruel.

Sinclair riu, claramente aliviado.

— Para dizer o mínimo.

— Sinto muito. — Niamh analisou o rosto de Kit, mas ele não deixava transparecer nada. — Não tive a intenção de trazer memórias dolorosas.

— Tudo bem — disse ele com desdém. — Ele já se foi.

— Se foi?

— Continua vivo só fisicamente — explicou. — Exilado em um de seus castelos para viver o restante de sua miserável existência. Pensei em visitá-lo. Ouvi dizer que eles o mantêm bem dócil ultimamente.

— Imagino que seria estranho — comentou Niamh. — Ele parece um homem formidável.

— Pode-se dizer isso. — Kit não tirou os olhos da pintura. Não transparecia emoção em sua voz, mas os ombros estavam tensos. — Ele sempre teve a mão pesada quando se tratava de disciplina. Valorizava o dever, a honra e a reputação acima de tudo. Não suportava nenhum sinal de fraqueza.

Ele disse *mão pesada* com tanta ênfase que ela logo entendeu o que aquilo significava. Era bem comum levar uma surra por desobediência ou atrevimento em Machland, mas Niamh fazia o possível para não desagradar sua mãe ou sua avó. Já Kit e aquela teimosia dele...

Sabia, srta. O'Connor, Sinclair lhe havia dito, *que o Kit aqui era uma criança muito sensível?* Ela não conseguia acreditar naquilo. Mas, naquele momento, achou que fazia muito sentido a razão pela qual ele havia mudado.

— Mesmo depois que ele adoeceu? — perguntou ela em voz baixa.

— Principalmente depois disso. Às vezes, ele ficava de cama por causa da dor, e esses eram dias bons. Mas, quando eu tinha dez anos, ele tinha mais dias ruins do que bons. Ficava todo alegre quando as coisas lhe agradavam, mas, do contrário, podia ficar falando por horas, despejando todo tipo de maldades sem sentido. Era Jack quem segurava essa barra e lidava com ele. E, embora ele nunca tenha admitido, fazia isso para me proteger. — Kit parecia pensativo. — Isso o fez mudar para pior. Mas suponho que quando se convive com um monstro como aquele todos os dias, é impossível não se tornar outra pessoa, para sobreviver.

Ouvir aquele relato tão franco fez Niamh se sentir esquisita, com o coração apertado diante daquela história terrível. Sua avó e sua mãe nunca tinham pedido que se dedicasse a elas, mas mesmo assim Niamh decidiu ser uma neta e uma filha devota, sem pensar duas vezes. O que mais poderia ter feito? Durante anos, ela as havia visto economizar comida, mesmo quando a horta estava farta. Ela tinha aprendido a ser útil, a se adaptar ao mau humor delas na época da colheita. Havia suportado cada picada da agulha e cada crítica dura quando sua avó lhe ensinava a aperfeiçoar a arte da família, uma magia que os avaleses haviam praticamente dizimado. Às vezes, parecia que ela tinha enrolado todas as feridas da família em um fio e o amarrado em volta do pescoço.

Mas ela não podia reclamar, nem podia se comparar a Kit. Além disso, aquele era um peso suportável a essa altura. Se ela não o carregasse, quem o faria?

— Acabou de me ocorrer — começou Sinclair — que Kit e eu despejamos todos os nossos problemas em você. E, ainda assim, você continua um mistério.

Niamh ficou sobressaltada.

— Eu? Ah, eu garanto a vocês que minha vida é um grande tédio. Passei metade dela costurando.

Na verdade, nem havia lhe ocorrido que ela tivesse compartilhado com eles tão pouco de si. Ela evitava ficar pensando muito sobre a própria vida. Isso sempre a levava a lugares perigosos, como aquele em que havia chegado há apenas alguns segundos, e ela estava seguindo em frente havia tanto tempo que não podia parar logo naquele momento; levaria um tombo tão grande que nunca mais se levantaria. Não podia se dar ao luxo de ficar pensando em coisas como autopiedade e ingratidão, sentia um arrepio só de pensar em importuná-los com qualquer uma de suas preocupações sem importância. Kit quase havia entrado em combustão quando a viu chorar na noite do baile inaugural, e ela não queria constrangê-lo de novo. Preferia infinitamente a satisfação de escutar os outros, de fazer o possível para aliviar a dor deles. Pouca coisa tinha mais magia no mundo do que a forma com que as pessoas se desenrolavam para ela como um novelo de lã quando tinham tempo e paciência para isso.

— Não seja modesta — disse Kit.

— O que vocês querem saber?

— Sei lá. Você tem pai? — A julgar pela expressão de Kit, ele tinha a intenção de ser franco, mas acabou soando um pouco sarcástico. Niamh já sabia que não devia se ofender com aquilo. — Você nunca falou dele.

— Com certeza tive, mas não o conheci.

— Ah — disse Sinclair. Sua voz assumiu o costumeiro tom alegre demais. — Está vendo? Pais não servem para nada. Isso é universal.

Kit revirou os olhos.

— Fale sério.

— Eu *estou* falando sério. A gente desejava todo dia que nossos pais morressem, ou você esqueceu?

— Um de nós ainda pode dar sorte.

— Chega de ficar remoendo. — Sinclair colocou os braços em volta de ambos e os puxou. — Quem precisa de família, afinal, quando se tem amigos tão bons?

Uma emoção borbulhou dentro dela. Sentiu os olhos arderem. *Pertencimento.*

— Não abuse da sorte — disse Kit. Mas, apesar de todos os resmungos, ele não fez esforço nenhum para se livrar de Sinclair. — Vamos nos atrasar para o jantar.

Niamh nunca tinha desejado tanto que um jantar acabasse.

Até então, ela havia passado a noite toda entre duas mulheres que a encheram de perguntas sobre seus vestidos, sobre como ela conseguia escapar da preguiça comum a todos os machleses, sobre qual era sua opinião sobre os protestos. Quando elas se cansaram de suas respostas educadas, viraram-se para outros convivas e começaram a reclamar da comida.

— Sua Alteza não deve ter trazido o cozinheiro de sempre — comentou uma delas, revirando distraidamente a sopa de alho-poró com a colher.

— Se ele não tiver se demitido — complementou a outra. — Ouvi dizer que era machlês.

— Isso está péssimo.

Péssimo. Certamente não podia estar tão ruim assim. Curiosa, Niamh levou um pouco da sopa à boca e chegou a se arrepiar quando o alho--poró frio e mole deslizou por sua garganta. O sabor era indescritível. Ela empurrou um pouco a tigela.

Em vez de comer, ficou observando o rei de Castilia e Rosa. Ele respondia a todas as perguntas dirigidas a ela antes que a princesa pudesse abrir a boca, reclamava em seu lugar sempre que ela parecia não gostar de algo em seu prato, e incitou Kit a elogiá-la pelo menos três vezes. Rosa, de alguma forma, conseguia parecer constrangida, irritada e resignada ao mesmo tempo. Ainda assim, não dizia nada para contradizê-lo. Na verdade, ela não dizia nem uma palavra sequer.

Sou a única filha de meu pai, Rosa lhe havia dito, *então sou um peão.*

Convivendo com Kit e Rosa, Niamh começou a compreender o que realmente significava ser da realeza: a pessoa e os desejos dela se reduziam tanto que praticamente deixavam de existir. Niamh não conseguiu observá-los por muito mais tempo.

Mais de trinta pratos foram servidos durante a noite: salmão passado do ponto, enrolado em uma massa meio crua; língua de boi cozida; uma torta recheada com o que para Niamh tinha a aparência de cenoura, mas não o mesmo sabor; um bolo mal batido de espinafre com batata; e toda uma frota de sobremesas, uma mais sem graça do que a outra. A tudo faltava estilo e sabor, e tudo foi servido em intervalos estranhos, longos demais, por menos da metade do número de criados necessário.

Todos pareciam exaustos, e isso transparecia na forma como trabalhavam. Em um momento, um lacaio derrubou vinho no barão que estava sentado à frente de Niamh, e uma criada fez tanto barulho ao servir um prato de biscoitos que todos ficaram em silêncio abruptamente. Ela não pareceu constrangida, no entanto. Pareceu tão amargurada que era possível dizer que estava em pé de igualdade com o rei Felipe. Ambos fuzilaram Jack com olhares duros e pouco impressionados.

Quando — finalmente — acabou, Niamh acompanhou as mulheres até a sala de visitas. O tapete estava enrolado e o piano, aberto. Havia uma jovem na banqueta, tocando notas desafinadas, seus dedos tropeçando desajeitadamente nas teclas, enquanto as mulheres entravam na sala. A voz da jovem, no entanto, se agarrou como um anzol na mente de Niamh. Ela se aproximou da garota, atraída por ela, em transe por sua beleza inegável... Então, Niamh se livrou do encanto. A garota certamente tinha sangue divino. Uma mulher que Niamh presumiu ser sua mãe estava por perto, com uma expressão orgulhosa e ao mesmo tempo desesperada.

Do outro lado da sala, Rosa havia se encolhido na poltrona mais aconchegante do cômodo, perto do calor e das chamas crepitantes da lareira. Niamh pensou em cumprimentá-la; em instantes, porém, pelo menos mais dez outras jovens a rodearam. Não muito longe dali, Sofia estava servindo o chá. Tiras afiadas de diamante reluziam em volta de seu pescoço. Estava linda e fria como uma estrela polar... e tão solitária quanto. Quando terminou, saiu estranhamente de perto do ajuntamento de mulheres com as mãos entrelaçadas diante do corpo e uma expressão cada vez mais ansiosa. Era evidente que queria convidar o grupo para tomar chá, mas ninguém prestava a mínima atenção a ela. Depois de alguns instantes, Sofia deu as costas e saiu da sala sem dizer nada.

Isso deixou o coração Niamh apertado. Então, notou que um cesto com os projetos de bordado inacabados de Sofia estava a seus pés, e, sem pensar, pegou um e deles correu atrás da princesa pelo corredor escuro.

— Vossa Alteza?

Sofia se virou de pronto. Seu rosto transpareceu uma centelha de surpresa.

— Srta. O'Connor. Precisa de alguma coisa?

— Não, nada — respondeu Niamh, hesitante, de repente se sentindo um pouco tola. Ela desviou os olhos e analisou o padrão que tinha nas mãos. Era preciso e contido, como a própria Sofia. — Eu prometi ajudá-la com sua costura, se quiser se sentar comigo. Mas percebi que seu bordado é muito bom. Acho que não precisa de minha ajuda.

— Que gentil de sua parte lembrar-se disso — disse Sofia. — E são ainda mais gentis suas palavras, levando em conta que você faz coisas maravilhosas. Costurar suas emoções em uma peça, e tão abertamente... é um belo dom.

Algo em seu tom fez Niamh fazer uma pausa. Ela se obrigou a olhar nos olhos de Sofia e viu uma terrível tristeza ali.

— Vossa Alteza... Você está bem?

— Sim, eu... — Sem terminar a frase, Sofia sentou-se no último degrau da escadaria imperial. Ela ficou um bom tempo em silêncio. — Eu só estou muito cansada — disse, por fim, com a voz entrecortada.

Niamh deu alguns passos hesitantes adiante.

— Aconteceu alguma coisa?

— Esta noite foi um desastre. Não sei como vamos sobreviver aos próximos três dias — disse ela, tão rápido e baixo que Niamh teve que se esforçar para compreendê-la. — Tenho certeza de que notou que estamos com poucos criados. Muitos deles partiram, e os que ficaram estão sobrecarregados. E quando este evento der errado, a corte vai ficar mais impaciente com meu marido.

Conforme suas emoções transbordavam, o mesmo acontecia com sua magia. Uma luz dourada dançava de leve sob a pele de Sofia. A temperatura caiu, e Niamh travou o maxilar para impedir que seus dentes batessem. Se interrompesse Sofia naquele momento, temia que a princesa nunca mais se abrisse com ela.

— Não sei o que fazer para resolver a situação — continuou Sofia. — Jack não me deixa administrar nossa casa e não me diz por que está tão preocupado. Sou inútil para ele. As outras mulheres da corte também sabem disso. Elas não estão interessadas em fazer amizade com uma mulher que não tem influência sobre o marido. Por um tempo, eu tive minhas aias, mas Jack dispensou todas elas. Agora, não há mais ninguém para ser minha confidente, e não posso fazer nada além de sorrir e fingir que tudo está bem.

Um silêncio pesado recaiu sobre elas, e uma fina camada de gelo brilhava no chão. Sofia apoiou a cabeça no corrimão de ferro e fechou os olhos. A luz de sua magia refletia em seu colar de diamantes.

Niamh sentiu um nó na garganta. Então se deu conta de como Sofia era jovem — devia ser um ou dois anos mais velha do que ela. Niamh não podia imaginar como devia ser terrível ser abandonada em um lugar onde não conhecia ninguém além de um homem que não a valorizava. Um homem que deveria amá-la, e não isolá-la enquanto ele mesmo se distanciava de todos.

Ela se sentou com cuidado no degrau ao lado de Sofia e apoiou a mão no joelho da princesa.

— Pode falar comigo, se quiser.

Sofia se encolheu, de surpresa ou por sentir como a pele de Niamh estava fria. Seus olhos desbotados se acenderam, horrorizados.

— Por favor, me perdoe. Quase congelei você, e eu... Esse fardo não pertence a você.

— Não precisa se desculpar. — Niamh ainda tremia sem parar, mas parte do frio havia se dissipado. — Não faz bem a você guardar tudo. E uma hora isso acaba vindo à tona, de uma forma ou de outra.

— É, eu acho que sim. — Ela suspirou, e sua respiração se transformou em vapor no frio. Pouco a pouco, retomou a compostura. — Você trata todo mundo, não importa quem seja, com uma intimidade tão sincera que é fácil se esquecer do mundo. É tão incomum quanto cativante.

— Não sei ser de outro jeito. Não é nada para se admirar, Vossa Alteza. Acho que isso me trouxe mais problemas do que soluções desde que cheguei aqui.

— Não é uma coisa ruim. Você tem um jeito de fazer as pessoas revelarem o que querem manter em segredo. — Sofia a encarou com seus frios e avaliadores olhos cinzentos, e colocou a mão sobre a de Niamh. — Acredito que esse seja seu verdadeiro dom, e não a costura.

Aquelas eram doces palavras, talvez a coisa mais generosa que alguém já havia dito sobre ela.

— Obrigada.

— Na verdade, somos nós que estamos lhe causando problemas — acrescentou Sofia. — Embora seja muita gentileza sua dar atenção a Christopher. Ele não tem muitos amigos na corte.

— Eu não estou...

Ela sorriu, mostrando que compreendia muito bem toda a situação.

— Não se preocupe conosco. O príncipe regente só quer provar que é tão capaz quanto o pai dele, então tenta cuidar de tudo sozinho. E eu sou necessária aqui, mesmo que *ele* não precise de mim. Minha presença garante que ele apoie o reino de meu pai. Por isso, sou feliz, sabendo que meus sacrifícios fazem diferença. E eu faria de tudo para que eles continuassem fazendo diferença. Você compreende, não é?

É claro que ela compreendia. Ela compreendia mais do que tudo. E ainda assim, a intensidade na voz de Sofia e a firmeza de seu olhar... Tudo lhe parecia de alguma forma familiar, e isso enchia Niamh com um desconforto que ela não conseguia ignorar.

15

HAVIA CHEIRO DE CHUVA NO AR, um odor de pedra molhada e solo rico. Ao longe, nuvens cinzentas pairavam sobre as colinas como a cauda de um vestido encardido. Niamh não deu mais de cinco passos no gramado de Woodville Hall antes de notar algo errado. Uma *melancolia*. Não era só o clima, embora aquele fosse um dia péssimo para uma festa no gramado. Todos vagavam por ali com um ar de tédio e confusão.

Niamh nunca havia ido a uma festa no gramado, mas conseguia visualizar a cena graças a todos os detalhes que Sinclair havia lhe contado. Os convidados deveriam estar jogando com raquetes nos campos ou aglomerados em volta das mesas, jogando cartas e rindo atrás de leques e mãos enluvadas, ou bebendo ponche até ficarem embriagados. Mas o gramado estava vazio. Sem mesas, nem jogos, nem ponche, nem criados. Apenas conversas de aristocratas, esperando alguma coisa acontecer.

Que estranho, ela pensou.

Quando passou os olhos de novo sobre a casa, avistou Jack parado em uma varanda com uma expressão dura, enquanto o pai de Rosa claramente o recriminava. Ele apontava um dedo acusador para o príncipe regente, depois para aquilo que era tudo menos uma festa, o que Niamh tomou como um sinal para seguir em frente. Ela andou no meio da multidão, esperando encontrar um rosto familiar. As pessoas murmuravam quando ela passava. Seu vestido parecia estar chamando atenção de novo.

As saias ondulavam de leve ao redor dela, mesmo quando ficava parada, como se tivesse sido pega na corrente preguiçosa de um rio. Ela tinha feito aquela roupa anos antes, em um momento de grande tristeza. Tinha levado dias para criar o revestimento de renda — e mais dias para bordar nela todos os *vai com calma* aconselhados pela avó. Em teoria, o encantamento e o modelo deveriam incorporar a paciência. Na prática, faziam-na sentir que estava caminhando em um sonho. Talvez ter focado tanto em ir *com calma* tenha causado alguns efeitos indesejados. Mas a roupa lhe servia bem naquele dia. Na noite passada, ela não havia dormido nada. Tinha finalizado o casaco novo de Kit quando o amanhecer entrava pela janela. A dor em seu corpo e a visão turva já lhe causavam a sensação de estar sonhando.

Finalmente, Niamh encontrou seus amigos sob a sombra de um carvalho. *Amigos.* Quando isso tinha acontecido? A palavra a enchia de um calor bom.

Rosa estava sentada formalmente em um balanço pendurado em um galho grosso, os pés balançando no ar. Miriam a empurrava, olhando de vez em quando para as cordas no alto, conforme rangiam com o peso de Rosa. Kit e Sinclair estavam encostados no tronco, conversando. O príncipe parecia mais relaxado do que ela o havia visto nos últimos dias. O encantamento que ela tinha tecido no casaco dele criou um efeito fascinante no tecido, que brilhava como uma armadura de metal. Ela se sentia um pouco mais corajosa só de olhar para ele. Na noite anterior, Niamh tinha reunido ao seu redor, como se formassem um escudo, memórias de momentos em que fora corajosa: quando pulou do penhasco no mar, deu aqueles primeiros passos em solo avalês, disse a Kit exatamente como ele a havia magoado semanas antes.

Quando o príncipe olhou nos olhos dela, Niamh se deu conta de que o estava encarando. Ele ergueu uma sobrancelha, como se dissesse *E então?.* Aquilo provocou coisas muito estranhas no estômago dela. Talvez ela devesse ter escolhido outro vestido, ao menos um que mantivesse sua cabeça funcionando direito.

Corando, ela fez uma mesura.

— Olá, Vossas Altezas, srta. Lacalle e Sinclair.

— Finalmente você chegou — disse Sinclair, afetuoso, acenando com o chapéu. — Está gostando da festa mais animada da Temporada?

— Falando nisso — começou Niamh —, o que está acontecendo?

— O restante dos criados se demitiu — respondeu Rosa, com delicadeza. — Devo confessar que estou aliviada. Meu pai está ocupado demais gritando com o príncipe regente para ficar em cima de mim.

— O quê? Mas...

Os únicos criados que restavam eram avaleses. Ainda assim, na noite anterior Sofia estava preocupada por eles estarem sobrecarregados e muito insatisfeitos, assumindo os deveres dos criados machleses que já tinham partido. Isso deixava a nobreza em um beco sem saída. Niamh não sabia se queria rir ou chorar. Tudo o que ela conseguia imaginar era o céu desabando em uma chuva torrencial, só para garantir o lugar daquela festa nas colunas de fofoca como a pior da Temporada. Seria um desastre. Todos aqueles vestidos claros com as barras sujas de lama, todas aquelas sapatilhas de seda ensopadas, todos aqueles cachos feitos com papelote, conquistados com muito sacrifício, encharcados e arruinados. Sentiu um arrepio só de pensar na seda molhada.

— Estamos indo buscar o equipamento de croqué — disse Sinclair. — Gostariam de ir também?

Rosa fincou os dedos nas têmporas e suspirou profundamente.

— Ai, que incrível. Vocês estão falando sério?

— É muito triste ficarmos aqui sentadas sem fazer nada — censurou Miriam.

A ideia de fazer qualquer esforço a mais parecia penosa, mas a alternativa — não fazer *nada* — era muito pior.

— Que divertido!

Juntos, eles atravessaram o gramado. Do outro lado, atrás de uma fina cortina de névoa, Niamh avistou um galpão.

As nuvens ficavam cada vez mais densas, e Sinclair riu quando uma rajada de vento quase levou sua cartola.

— Acha que pode fazer algo a respeito disso, princesa?

— Por que eu iria interferir na perfeição? — perguntou Rosa com serenidade.

Miriam ficou ao lado de Niamh e pegou seu braço. Seu rosto se iluminava com o ar frio e, na umidade, seus cachos se soltavam formando um halo ao seu redor.

— Acho que ainda não vi você desde que chegamos. Você está um encanto hoje.

— Obrigada! — Niamh ficou radiante. — Como você está?

— Bem o suficiente, eu acho. — Ela suspirou. — Embora eu tenha que dizer, me sinto um pouco deslocada aqui. Como se eu fosse um incômodo, para ser sincera.

— Quem poderia pensar em você como um incômodo?

Miriam deu de ombros.

— Ninguém nunca falou nada. Mas tive essa sensação. Em Castilia, a decisão de Rosa de se associar a mim evitou que ela tivesse relacionamentos que podiam ter deixado sua vida na corte mais fácil. Não quero ficar no caminho dela aqui de novo.

— Para qualquer um seria muita sorte ter sua companhia. — Niamh colocou a mão sobre a dela e apertou. — Além disso... Eu diria que o rei é muito mais eficiente do que você em evitar que a infanta Rosa faça amigos aqui. Você o viu ontem durante o jantar?

Miriam riu.

— É verdade.

— Ainda assim — continuou Niamh —, eu entendo o que você sente sobre não querer ficar no caminho.

Diante delas, Kit e Rosa caminhavam de braço dado pelo gramado. Entre todas as coisas, ela sentiu ciúmes. *Idiota*, ela censurou a si mesma. Sempre soube muito bem qual era a situação dele... e qual era o lugar dela.

Miriam não respondeu. Estava ocupada observando o casal real com um brilho estranho e ansioso nos olhos. Ela trocou um olhar com Niamh antes de desviar os olhos às pressas.

Os cinco pararam em frente ao galpão. Ervas daninhas cresciam ao redor de sua base, e havia um cadeado enferrujado na porta caindo aos pedaços. Parecia que ele não era aberto havia meia era. Sinclair bateu no cadeado e olhou para Rosa com um sorriso travesso.

— Acho que você vai ter que dar um jeito nessa coisa, Vossa Alteza.

Kit pegou uma pedra do chão e bateu no cadeado, que caiu no chão soltando ferrugem e lama endurecida para todos os lados.

— Bem — disse Sinclair —, isso também funciona.

Rosa cantarolava pensativa.

— Com certeza oferece menos risco de incêndio — disse ela.

— E mais estilo — concordou Miriam.

Quando Kit abriu a porta, viram uma coleção de ferramentas abandonadas há muito tempo no chão, junto com um suporte de croqué cheio de tacos. O cabo de cada um tinha uma faixa colorida. Ele o puxou e recuou, de modo que o restante das pessoas pudesse escolher suas cores. Rosa pegou o preto com avidez. Niamh escolheu o rosa com uma onda de prazer. Coisas bonitas, mesmo que pequenas, nunca deixavam de alegrá-la. Enquanto Sinclair começava a martelar os aros de ferro na terra, Niamh levantou seu taco. Ela o balançou formando um arco amplo, testando seu peso quando ele cortava o ar.

— Cuidado — alertou Kit. — Você pode causar um belo estrago com essa coisa.

— Então parece que é *você* que tem que ter cuidado — rebateu ela, provocando-o.

— É uma ameaça? — perguntou ele, no mesmo tom de provocação.

O estômago de Niamh se revirou. Ela não tinha nenhuma resposta sagaz para dar. Por sorte, foi poupada da dificuldade quando vislumbrou a silhueta de alguém na neblina. A cauda de sua casaca tremulava ao vento como uma bandeira sobre a grama sussurrante.

— Quem é esse? — quis saber Niamh.

Sinclair protegeu os olhos e fez cara feia.

— Bem, isso é estranho.

Em poucos instantes, a silhueta tomou a forma de Jack. Seus cabelos estavam desgrenhados pelo vento, e ele andava sem muita compostura, quase sem equilíbrio. Até sorriu para eles quando se aproximou, e Niamh pensou que ela se sentiria da mesma forma se estivesse testemunhando um raro fenômeno cosmológico. Rosa e Miriam logo fizeram uma mesura para ele. Niamh se lembrou de seus modos um pouco tarde demais, murmurando *Vossa Alteza* baixinho.

— Não há necessidade dessas formalidades — disse Jack. — Posso jogar com vocês?

Kit o encarou como se o irmão tivesse falado em outra língua. Pela primeira vez na vida, estava totalmente sem palavras.

Sinclair, no entanto, conseguiu se recompor o suficiente para responder. Ele deu um tapinha no ombro de Jack, um pouco forte demais para ser amigável.

— É claro, Jackie. Pegue um taco.

Com isso, todos deram suas primeiras tacadas — uma rodada comum, exceto por Niamh quase ter quebrado o tornozelo com um giro mal calculado. Rosa, por outro lado, fazia tudo sem o menor esforço. Sua bola viajava preguiçosamente pelo ar e caía na terra não mais de alguns metros depois. Mas quando Jack acertou sua bola na de Kit, fazendo as duas voarem para longe do campo, o clima esfriou.

— O que você está fazendo? — perguntou Kit, agitado, rodeando o irmão.

— Jogando. Estou vendo que você ainda é um péssimo perdedor.

— Não — respondeu Kit devagar. — O que você está fazendo *aqui*? Não precisa dar atenção aos convidados… ou tranquilizá-los, na verdade? Ou talvez devesse primeiro tratar da questão dos criados.

A irritação atingiu aquele estranho torpor em Jack. Mas em vez de responder o irmão, ele se virou para Rosa.

— O que me diz, infanta Rosa? Já viu uma boa quantidade dos problemas de Avaland para fazer uma avaliação. Gostaria de pedir sua opinião.

Rosa, que estava educadamente fingindo não ouvir, olhou para eles com uma expressão preocupada. Ela se apoiou em seu taco.

— Quer mesmo minha opinião, senhor?

— Sim, eu quero.

— Me parece que vocês estão cercados, em um posição defensiva desvantajosa. Se der aos machleses o que eles estão pedindo, o pior terá passado.

Jack parecia se divertir com a resposta, embora com amargura.

— E quando minha corte se voltar contra mim por adotar uma posição tão fraca e insultar o legado de meu amado pai? Ou quando a classe trabalhadora se revoltar contra mim por tratar os machleses como se estivessem no mesmo nível deles?

— Caso você seja substituído, o novo regente provavelmente atacaria o povo para controlar aqueles que deram poder aos opositores do seu governo. Isso só ia piorar a situação, e é possível que provocasse uma rebelião. Tal má gestão facilitaria sua volta ao trono assim que seu pai falecer. No pior do cenários, eu pediria um favor para o meu pai ou sua linda esposa pediria para o dela. — Rosa fez uma pausa. — Essa é minha humilde opinião, é claro, Vossa Alteza.

— E aí está — disse Jack. — Por Deus, ela resolveu todos os meus problemas em segundos.

Rosa estreitou os olhos, descontente, ciente de que ele estava sendo irônico. Murmurando algo em castiliano, ela acertou a bola, fazendo voar na direção de um poste de ferro distante.

Quando ela estava longe do alcance de sua voz, Kit agarrou Jack.

— Você está *bêbado*?

— Foram semanas muito longas — disse Jack, com sarcasmo. — Por que eu não deveria me divertir em minha propriedade? Nossa mãe com certeza aprovaria a embriaguez para marcar a ocasião da grande reabertura de sua casa.

— Porque você está fazendo papel de bobo — sussurrou ele —, e está prestes a deixar tudo desabar sobre sua cabeça e esmagar você.

Jack fixou seus olhos cansados sobre ele por um bom tempo. Depois riu tanto que uma lágrima escorreu por seu rosto.

— Ah, isso é ótimo.

Ah, não. Niamh recuou alguns passos. Ela já tinha visto brigas entre os dois antes, e sabia que aquilo não terminaria bem.

Kit recuou, mas mascarou sua mágoa com uma cara fechada.

— Nossa mãe estaria com vergonha do que você se tornou. Você fala de família como se significasse alguma coisa para você, mas se importa mais com nosso legado venenoso do que com a família que lhe resta, e ainda menos com seus súditos.

— Nossa mãe? Com vergonha de mim? — Jack inclinou a cabeça. — Do que você está falando?

A raiva de Kit desapareceu, dizimada pela incerteza.

— Se acredita que nossa mãe teria se preocupado sequer por um segundo com a situação em que estamos, e não por quais vestidos teria usado, ou quais de seus apetites deviam ser saciados, você está deliran-do. — Jack sorriu com tristeza. — Mas acho que faz sentido. Você sempre foi o bichinho de estimação dela.

Niamh respirou fundo. Até o vento tinha parado.

Até então, era o impacto das ondas caóticas de Kit contra a forta-leza de Jack. Ela nunca tinha visto Jack deixar de lado a impessoalidade fria dos papéis que desempenhava, fosse como príncipe ou como pai substituto. Ela nunca o havia visto afundar na mesquinhez ou no res-sentimento dos meros mortais. Alguém tinha que intervir antes que a coisa ficasse feia. Ela se sentia completamente paralisada.

O olhar de Kit se tornou sombrio, um alerta.

— Jack.

— Não sei o que deu em você, fingindo ter noções de dever — Jack desdenhou. — Como se isso significasse alguma coisa para você. Nunca teve uma gota da disciplina e da dignidade de nosso pai.

— Não como você, é claro. — Kit tremia com a fúria que mal con-seguia conter. — É como se eu estivesse olhando para ele agora. Você tenta esconder, mas eu vejo o temperamento dele enjaulado aí dentro.

A expressão de Jack se tornou ameaçadora.

Niamh ficou surpresa quando plantas surgiram da terra. Do lado de Kit, arbustos se enrolavam em seus pés, subindo como uma muralha, cada um dos espinhos cruéis apontados para Jack com má intenção. Do lado de Jack, arbustos com formatos horríveis, irregulares surgiam ao redor deles. Brotavam com frutas pesadas e vermelhas como sangue. A própria cor gritava *veneno*.

Niamh saiu do caminho quando um espinho perfurou a barra de sua saia.

— Err… Vossas Altezas?

Eles não a ouviram.

— Se tem algum juízo — disse Jack em voz baixa —, você vai ficar de boca fechada.

— O que foi? Você quer me bater? — Kit se aproximou dele. — Vamos. Bata.

— Dificilmente faria alguma diferença, pois bater não lhe ensinaria a ter gratidão! Nesses últimos anos, eu organizei tudo *perfeitamente*. Tudo o que você precisa fazer agora é se comportar, mas como é muito egoísta e mimado, não consegue nem fazer isso. Você desaba diante de qualquer provocação e foge no momento em que a situação fica difícil, assim como nossa mãe fazia. Que utilidade vocês dois tiveram para mim? — Ele soltou o taco. O canto de sua boca tremeu até ele controlar as emoções e se transformar no mármore imponente e impenetrável de sempre. — Você tem o pior de nossos pais, Kit. Desde que nasceu, não fez nada além de criar problemas para eu resolver.

O solo reverberou sob eles. Uma videira se lançou na direção de Jack, com os espinhos estendidos como garras. Sem ao menos piscar, ele fechou uma das mãos e a videira murchou, suas folhas ressecando diante dos olhos de Niamh. Os irmãos se encararam, despojados de toda a armadura. Algo mudou na expressão de Jack. Sem dizer nada, ele se virou e foi embora.

Sinclair se aproximou de Kit e pousou uma das mãos em seu ombro.

— Você está bem? — perguntou.

— Não. — Kit se desvencilhou da mão dele. Estava ofegante. — Não me toque, droga.

Antes que Sinclair pudesse responder, Kit saiu irritado. Em seu rastro, plantas mal-humoradas e venenosas brotavam desordenadamente: carvalhos orientais, beladonas, acônitos. Elas surgiam da terra apenas para estrangularem umas às outras com a mesma rapidez.

— Kit! — Sinclair colocou o punho diante dos lábios. Quando abaixou a mão, seu rosto estava exausto e pálido. — Droga.

Niamh correu até Sinclair.

— O que foi *isso*?

— Não sei — disse ele em voz baixa. — Nunca vi Jack daquele jeito.

— Devemos ir atrás de Kit?

— Sim, talvez — respondeu ele em um tom de voz áspero e distante. — Da última vez que ele ficou assim... sei lá. Não sei o que ele vai fazer.

Sinclair parecia assustado, da mesma forma que ficou quando a magia de Kit se descontrolou no parque.

— Como assim?

Sinclair passou a mão no rosto.

— Não é culpa dele, mas sua magia pode ser perigosa quando ele fica assim. Para o próprio Kit e para os outros. Talvez eu seja covarde, mas não posso fazer isso de novo. A última vez me ensinou a ser um pouco mais egoísta.

Niamh sentiu uma pontada de inquietação.

— Então *eu* vou. Alguém precisa garantir que ele esteja bem.

— Não. Precisamos chamar o Jack.

— Acho que Jack não está em condições de lidar com isso!

Quando ela passou por ele, Sinclair segurou em seu cotovelo. Niamh tentou se desvencilhar, mas ele a virou.

— Tudo bem, espere. Eu entendo que você esteja preocupada, mas talvez devêssemos pensar no que fazer juntos. Primeiro, parece que você vai desmaiar. Está pálida como um fantasma.

— Eu estou *bem*.

— Tem mais. — Ele olhou para ela com seriedade, depois suspirou. — Ouça. Eu não queria dizer isso assim, mas não vejo alternativa. Eu amo Kit, e você tem sido uma boa amiga para mim, então não vou poupar palavras. Não sou idiota.

Niamh o encarou. Sua respiração ficou presa na garganta e ela sentiu como se estivesse em queda livre.

— Eu... Como é?

— Ah, Niamh, faça-me o favor. — Sinclair parecia angustiado. Ele se aproximou dela, até mal haver espaço entre eles. Pousou as mãos em

seus ombros e abaixou a voz, como se falar mais alto pudesse denunciá-
-los. — Não sou idiota. É como assistir a uma ópera inteira cada vez
que vocês dois trocam olhares. Se eu reparei, não vai demorar muito
para a pessoa errada reparar também. Não brinque com o destino.

Mil sentimentos passaram por ela de uma vez. Humilhação, medo,
raiva, tristeza. Ela não conseguia encontrar sentido naquela confusão.
Sinclair havia arrancado seu coração do peito e o jogado, ainda batendo, a seus pés, e Niamh era incapaz de lidar com isso. No momento, a
única coisa que importava era Kit estar em segurança.

— Então me *ajude*, Sinclair. Se for comigo, não vai parecer tão
comprometedor. Você vai mesmo deixá-lo sozinho nessas condições?

— Eu não posso ir.

— Deixa que eu cuido disso. — Ela encarou os olhos dele. — Não
tenho medo de Kit.

Trovejou. Os primeiros pingos de chuva começaram a cair.

— Droga — murmurou ele. Sinclair tirou o casaco e o colocou sobre os ombros de Niamh. — Tudo bem. Vou acompanhar você até o
fim do bosque. Não há mais ninguém fora da casa, mas há janelas por
toda parte. Então apenas… Tenha cuidado. E não voltem juntos, pelo
amor de Deus.

Ela segurou as lapelas ao redor do pescoço.

— Obrigada, Sinclair.

Ele assentiu. E quando ela seguiu em frente com o que devia ser
a pior decisão que jamais tomara em sua vida, Sinclair estava bem ali, a
poucos passos de distância.

O céu estava sombrio, com nuvens escuras que bloqueavam o sol.
Chovia pesado, e os cabelos de Niamh já estavam grudados na pele. Em
questão de minutos, tanto o casaco de Sinclair quanto seu vestido estariam ensopados. Seus dedos já estavam dormentes e pálidos por causa
do frio. Ela não poderia se dar ao luxo de permitir que seus sintomas
piorassem justamente naquela hora.

Passada a fileira de árvores, a propriedade Woodville Hall era selvagem e indomada. À sua frente, um campo de lavanda ondulava atingido por uma rajada de vento repentina. Niamh ergueu as saias e seguiu em frente, na direção de um antigo portão de ferro fundido. A cada passo, o perfume enjoativo de lavanda e petricor se erguia do solo e seus sapatos afundavam na lama. Ao alcançar o portão, tentou abrir o trinco enferrujado, mas ele apenas rangeu ferozmente. Ela jogou seu peso contra ele — e se arrependeu de imediato quando sentiu a dor no quadril.

Niamh teria que escalá-lo, então.

Ela respirou fundo e impulsionou o corpo para cima, lutando para encontrar um apoio para os pés em meio aos arabescos do portão. Suas mãos reclamavam por estarem fechadas. As articulações inchadas gritavam em protesto, e ela precisou usar quase toda sua força pra escalar a curta distância. Um arabesco pontiagudo machucou sua barriga e prendeu em alguns fios soltos de seu corpete. Quando ela passou para o outro lado, grandes manchas alaranjadas estragavam a parte da frente de seu vestido. Ela caiu de repente, respingando lama em si mesma.

Levantou-se do chão e perscrutou a escuridão com os olhos semicerrados. Talvez já tivesse existido um jardim ali, mas agora só havia mato e ruínas. Cravos roxos floresciam de forma desordenada nos canteiros, e a hortelã havia tomado conta de metade da propriedade, aquela coisinha voraz. Dentes-de-leão cresciam com determinação nas rachaduras nas pedras. Como aquele lugar devia ter sido lindo quando havia alguém para cuidar dele. Ainda assim, havia algo de adorável ali. A terra escura, fragrante e viva. Todas aquelas plantas teimosas que perseveravam apesar da falta de cuidado.

Conforme ela foi pisando com cautela nas ervas daninhas, gavinhas verdes puxavam a barra de seu vestido e se enrolavam em seus tornozelos. Outra vinha enrolou-se em seu pulso, quase desesperada. Elas tentavam deixá-la parada, mas eram tão finas que não exigiam esforço nenhum para que Niamh se livrasse delas.

Kit claramente não a queria ali. Ela podia quase sentir esse desejo dele nas plantas, mesmo sem o dourado revelador correndo pelos veios de cada folha e pétala. Sua visão estava turva de exaustão e ela tremia de frio, mas ainda assim se recusava a deixar o príncipe sozinho com seu sofrimento.

— Kit! — gritou, mas o urro da tempestade engoliu sua voz.

Ela passou sob a sombra de macieiras retorcidas e por canteiros de legumes apodrecidos. Finalmente, quando as árvores afinaram, avistou alguém encolhido no chão: Kit, cercado de água da chuva prateada. O casaco e a gravata encharcados dele repousavam sobre a lama ao seu lado, e o tecido molhado de sua camisa estava transparente. Assim, ele parecia tão frágil.

— Kit? — Niamh correu na direção dele, deixando um rastro de lama.

Ele não levantou os olhos.

— Vá embora.

Ela se aproximou, hesitante.

— Sei que talvez você não queira me ver agora, mas eu...

Ele se virou para ela. Seus cabelos soltos e molhados caíam sobre os traços angulosos de seu rosto. Através da chuva que caía entre eles, ela viu os olhos de Kit brilhando em dourado.

— Eu disse *vá embora*.

Espinhos dispararam da terra, formando um círculo perfeito ao redor dele. Niamh gritou, cambaleando para trás, mas por sorte manteve o equilíbrio. Antes que pudesse processar o que havia acontecido, vinhas de rosa-mosqueta se enrolaram ao redor do príncipe, prendendo-o em um matagal. Elas eram decoradas com flores brancas e frutinhas vermelhas, e a água caía em cada pétala delicada como gotas de sangue divino.

O coração de Niamh acelerou tanto que ela podia sentir os batimentos em seus pulsos, na ponta de cada dedo. Nunca havia visto uma magia assim. Tão poderosa que ela podia acreditar que os Justos ainda viviam entre eles. Era incrível e terrível ao mesmo tempo.

Kit estava aninhado em um casulo de espinhos e rosas, como uma semente protegida dentro da casca. Os ombros dele tremiam, e quando olhou para ela, Niamh viu que ele parecia estar ali e em outro lugar ao mesmo tempo. Isso a trouxe de volta à realidade. Ele não era um deus nem um príncipe, mas sim uma criança assustada. As vinhas se apertavam ao redor dele, ferindo Kit. Sangue, dourado como a luz do sol, escorria em sua camisa.

— Me deixe entrar — disse ela, tentando injetar alguma austeridade em seu tom de voz. — Agora mesmo!

Ele não respondeu.

O vento fez a trança dela bater nas costas. Niamh estava decidida a pular de novo aquela cerca e pegar um par de tesouras de jardinagem naquele galpão mofado. Ela estava encharcada e tremendo, com medo e com frio, mas não o abandonaria naquele lugar. Aquilo era apenas o que ele acreditava que queria.

— Eu não vou sair daqui. Posso ser muito persistente, você vai ver.

Ele mal parecia reconhecê-la. Seus olhos brilhavam como uma lamparina no bosque escuro.

— Eu não consigo.

— Como assim, não consegue?

— Não consigo controlar isso. — Os espinhos agitavam-se em volta dele, e outra vinha lançou-se na direção dela. Niamh cambaleou para trás. Dessa vez, ela soltou um gritinho e caiu no chão. A lama espirrou nela e Niamh sentiu o impacto em seus ombros.

Suas emoções sempre tinham dominado sua magia. Acessá-la sempre foi apenas uma questão de *sentir*. Mas nunca a havia machucado dessa forma. Mesmo quando ela estava triste, mesmo quando estava zangada, a magia a iluminava de dentro para fora. Era uma espécie de luz, desabrochando dentro dela como uma flor na chuva. Para Kit, era uma coisa completamente diferente.

Se tirarmos todos aqueles espinhos, veremos que ele não é tão ruim assim. Ela havia vislumbrado aquela verdade há muito tempo. Toda a raiva dele, e aquele comportamento agressivo, eram a espada e o escudo nas mãos de seu medo.

— Por favor, Kit. — Ela se recompôs e ajoelhou fora do alcance dos espinhos. — Fale comigo.

— Por quê? Não importa — disse ele, com rispidez. Outra vinha surgiu da terra e se enrolou cruelmente no braço dele. Kit pressionou a testa contra os joelhos. — Só sei destruir a vida de todo mundo.

— Importa sim! — Niamh fez uma cara séria. — O que seu irmão disse foi cruel. Isso não significa que você tem que se punir, e não significa que tem que afastar todo mundo.

Ele ficou em silêncio.

— Não se obrigue a suportar isso sozinho. Por favor.

Devagar, as vinhas caíram como camadas e mais camadas de armadura se desprendendo. Seus olhos voltaram ao castanho natural. De alguma forma, eles ainda eram as coisas mais brilhantes que ela já tinha visto. E, pela primeira vez desde que fugira, ele olhou para ela. Olhou para ela de verdade.

Ao reconhecê-la, seus olhos se iluminaram.

— Você.

— Kit. — Ao se levantar, uma exaustão que ela nunca tinha sentido antes a dominou. Sua visão ficou turva. Ela concluiu que tinha sido uma má ideia ter ficado acordada a noite inteira mais uma vez. — Você vai ficar bem.

Os lábios dele se entreabriram de surpresa.

— Niamh?

Os joelhos dela ficaram fracos. Ela se sentiu fora do corpo, flutuando em algum lugar muito acima de onde estava. Seu equilíbrio fugiu de seus pés, tão rápido quanto um corte na garganta.

— Niamh!

Antes de ela atingir o chão, caiu sobre algo sólido. *Kit.* Sua cabeça apoiou-se entre o pescoço e o ombro dele. Uma parte dela sabia que deveria estar constrangida, mas os braços dele eram calorosos. Estranhamente reconfortantes.

— Você está machucada? — Quando ela escorregou para a escuridão invasora, a última coisa que viu foram seus olhos arregalados e cheios de pânico, e, neles, o olhar de um homem que tinha finalmente se dado conta de que a pior de suas fraquezas vivia fora de si mesmo. — Me responda. Por favor. Eu machuquei…?

16

QUANDO ELA VOLTOU A ABRIR OS OLHOS, estava dentro de casa — e aquecida. A chuva batia sem parar no telhado, atingindo a vidraça e refletindo a luz da vela acesa na mesinha de cabeceira. Outra chama crepitava alegremente na lareira, com um cheiro forte de madeira queimada. Sombras formavam uma padronagem no teto, em movimentos suaves. Era tudo tão aconchegante que ela considerou voltar a dormir. Mas então se lembrou.

Kit.

Alguém a havia enrolado em um cobertor de lã, do qual Niamh se desvencilhou. Então, se obrigou a sentar. E logo se arrependeu. Sua cabeça doía. *Tudo* doía. O interior de seu peito parecia ter sido escavado, como um poço fundo demais. Fazia muito tempo que ela não se sentia tão arrasada. Se não lhe falhava a memória, ela não sairia da cama por um ou dois dias. Viveria como uma donzela aprisionada em sua torre, observando a vida passar por meio de um espelho rachado.

O casamento, porém, era em duas semanas.

Cada segundo presa naquela cama, presa naquele seu corpo traiçoeiro, era um segundo que ela não podia perder. Lágrimas não derramadas ardiam em seus olhos. Pelo menos estava exausta demais para correr até o espelho e verificar o quanto seu cabelo havia embranquecido.

Você não está doente até ficar doente, lembrou a si mesma. E ainda assim, estava ficando muito mais difícil se convencer de que estava bem. Se ao menos não tivesse exigido tanto de si de maneira tão irresponsável… Se ao menos não tivesse que se preocupar com toda aquela exigência, para começo de conversa…

O som baixo de vozes do outro lado da porta chegou aos seus ouvidos. Havia duas pessoas tensas, aos sussurros. Se ela prendesse a respiração, quase conseguia ouvir o que estavam dizendo.

— … realmente houve uma confusão agora. — *Miriam*, Niamh pensou. — Vá dormir. Ela vai ficar bem.

— Deixe-me vê-la primeiro. — O coração de Niamh saltou. Ela era capaz de reconhecer a voz de Kit em qualquer lugar.

Houve um barulho estranho de passos arrastados, depois o rangido suave da porta no batente.

— Não acha que já fez demais para uma noite?

Outro murmúrio baixo.

— Como desejar, Vossa Alteza — disse Miriam, aborrecida. — Eu vou dar uma olhada nela para você de novo.

A maçaneta girou. *Ah, não.* Se Miriam pegasse Niamh acordada, saberia que ela estava escutando. Niamh tentou puxar o cobertor, mas era tarde demais. A porta se abriu, revelando uma Miriam muito exasperada. Ela abriu levemente a boca, surpresa. Então olhou para trás, antes de trancar a porta.

— Você está acordada.

— Não faz muito tempo.

Miriam analisou a expressão indecifrável de Niamh.

— Como se sente?

Ela hesitou.

— Eu me sinto bem.

— Não precisa ser mostrar corajosa para mim. — O tom dela ficou severo. — Não quero ser invasiva, mas não posso evitar a curandeira em mim: você precisa descansar. Já vi pessoas nesse tipo de situação antes.

Fazia sentido para Niamh que sua família não fosse a única afetada, mas ela não havia imaginado que sua doença pudesse ser comum.

— Já?

— Outras pessoas de sua família têm os mesmos sintomas? — Quando Niamh fez que sim com a cabeça, Miriam continuou: — Então, sim.

Algumas doenças passam de geração em geração. Em geral, são mais comuns em famílias com sangue divino. Não necessariamente porque estão conectadas, mas porque o estresse parece piorar os sintomas. O uso da magia pode ser bem desgastante para o corpo. Não há cura ainda, infelizmente, mas um bom curandeiro pode ajudá-la a lidar com os sintomas.

Seus pensamentos voaram. Niamh não conseguia pensar em encontrar um curandeiro naquele momento. Até seu trabalho ter terminado e sua família estar em segurança, ela não podia pensar em desacelerar ou ter sequer um pingo de esperança de que sua vida pudesse ser mais longa ou menos dolorosa do que ela havia antecipado.

— Sinto muito — disse Miriam timidamente, sentindo que Niamh nem havia começado a digerir tudo aquilo. — Imagino que isso não é o que você gostaria de escutar logo depois de acordar. O príncipe está esperando por você no corredor.

— Está?

— Ele a carregou de volta para casa.

— O *quê?*

De todas as coisas que Miriam podia ter lhe dito, essa era a mais difícil de imaginar. Niamh não conseguia visualizar aquela cena. Kit Carmine certamente não era o tipo de pessoa que faria aquilo, mas de que outra forma ela poderia ter chegado até ali? Então se lembrou: a escuridão crescente, a preocupação intolerável nos olhos de Kit, a sensação de segurança nos braços dele.

Ela afastou aquele pensamento.

— Hum. Foi uma cena e tanto. Ele saiu do meio da tempestade, olhos arregalados, parecendo que tinha visto um fantasma. — Ela arregalou os próprios olhos para demonstrar. — E você parecia uma boneca de pano. Primeiro achei que você estava morta. Ele não queria soltar você. Tivemos que convencê-lo.

Era fácil preencher as lacunas a partir dali. A ideia de Kit a carregando, completamente desacordada e encharcada, o caminho todo até a casa... Era humilhante demais para suportar. Ela nunca seria capaz de olhar nos olhos dele de novo. Kit jogaria aquilo na cara dela para sempre.

Mas quando Niamh realmente se deu conta do que ele havia feito, ficou apavorada e sentiu o estômago revirar. O que ele estava *pensando* ao fazer algo assim sem o menor pudor? Sinclair a havia alertado sobre isso. Além de Miriam, outras pessoas deviam tê-lo visto saindo da neblina e da chuva como uma aparição.

Ela mal conseguia formular a pergunta que mais temia. Mas precisava saber.

— A infanta Rosa viu?

— Não — respondeu Miriam rapidamente —, felizmente.

— Mas não vai demorar muito para ela ficar sabendo, com certeza. Se você o viu, qualquer um pode ter visto. — Ela enterrou o rosto nas mãos. — Ah, não... Isso é um desastre. Eu devo fugir do país. Preciso...

— Uma coisa de cada vez. — Miriam se sentou na beirada da cama e apertou o braço dela de forma tranquilizadora. — Pode não parecer, mas Rosa é uma pessoa muito compreensiva. Se for preciso, vou explicar toda a situação a ela. Ele só estava tirando você da chuva, não é mesmo?

— Isso — Niamh respondeu baixinho.

— Ele ainda está no corredor. Acho que já fez um buraco no chão de tanto andar de um lado para o outro. Gostaria que eu o mandasse embora? *Eu* gostaria de fazer isso. Está fedendo lá fora. O homem fuma como uma chaminé quando está estressado.

— Eu falo com ele.

Miriam suspirou.

— Muito bem. Um momento.

Ela passou pela porta. Houve uma conversa abafada do lado de fora. Então, a porta se abriu bruscamente, batendo na parede com um barulho alto. Kit a fechou com um chute, depois foi até a cabeceira da cama de Niamh com um propósito amargo nos ombros. Ele ainda vestia as roupas molhadas, sujas de lama. Os cabelos soltos e úmidos caíam sobre os ombros, formando leves cachos nas pontas. Ela nunca tinha notado como eram longos. E seus olhos...

Estavam tão selvagens quanto Miriam havia dito, quase incandescentes à luz da lareira. Mil emoções passaram pelo rosto dele, rápido demais para ela distingui-las, antes de se transformarem em raiva.

— Olá — disse ela.

— Sua maluca. O que você estava pensando?

Por um momento, Niamh só conseguiu ficar boquiaberta. Depois a indignação que sentiu, com razão, deu fim a todas as suas preocupações.

— O que *eu* estava pensando? Ah, você é tão... Nossa! Eu não deveria esperar nada diferente de você. Se isso é tudo o que tem a me dizer, então pode ir embora!

— Você foi atrás de mim no meio de uma tempestade. — Cada palavra era uma acusação, tão afiada quanto uma adaga. — E depois desmaiou. Você é destrambelhada, mas eu nunca vi nada assim. Do nada, tombou como uma árvore. O que foi aquilo?

— Eu... — Ela sentiu um nó na garganta. Não, não podia explicar sua situação para ele. Não suportaria que ele sentisse pena dela. — Eu estava cansada. Só isso.

— Então por que faria algo tão irresponsável? — Ele passou a mãos pelos cabelos que lhe caíam sobre o rosto. — Você tem uma tendência suicida, só pode ser. Não tem outra explicação sensata para isso.

— Você já deu sua opinião, senhor! — Niamh se sentia extremamente constrangida. Como ela era idiota por sentir uma gota sequer de afeto por Kit Carmine. — Se quer saber, eu estava preocupada com você.

— Preocupada *comigo*? Eu estou bem.

— Não, não está nada bem. O que eu vi não foi nada bom, Kit.

A tensão cresceu entre eles como uma tempestade prestes a cair. Mas, então, ela viu o momento exato em que as defesas dele caíram.

— E quanto a você? Era *você* que ia morrer de hipotermia, ou tropeçando em uma pedra. E mais: você está sempre metendo o nariz onde não é chamada e tentando fazer coisas demais sem nenhuma razão para isso — disparou o príncipe, falando tão rápido como se fosse perder a coragem se parasse para respirar. Então, fez uma pausa antes de continuar: — Não que eu dê a mínima para isso.

Ah, ele era tão mentiroso — e ainda por cima mentia mal. Ela sabia muito bem o que estava por trás de todo aquele chilique, e certamente não deixou de perceber a forma como ele olhara para ela no jardim. Com medo e cheio de algo como... Não, era melhor não pensar em coisas que a machucariam ainda mais.

— Então por que você está se preocupando comigo? — retrucou ela, em tom acusatório

Ele recuou, insultado.

— Eu não estou *me preocupando*. Acabei de dizer que não estou nem aí.

— Você não pode fazer isso! — gritou ela. — Não pode me carregar no meio de uma tempestade e depois dizer que não se importa. Isso não faz sentido!

— Bem, mas foi o que eu fiz.

A princípio, a única resposta em que ela conseguiu pensar foi:

— Aff! — Ela jogou as mãos para cima. Ele nem piscou. Estava impassível e... e... *corado*? Só podia ser de frio ou de raiva. Ela não fazia ideia, mas também não ligava. Estava cansada dele. Kit despertava todos os piores impulsos de Niamh, os mais infantis. — Então eu também não ligo! E eu *tenho* motivo, por sinal.

As pupilas dele eram pontinhos pretos, mesmo à luz tremeluzente da vela. O quarto de repente ficou pequeno demais. O coração dela batia rápido.

— Então me explique.

— É porque... — Niamh hesitou apenas por um instante, até o que restava de sua resistência ceder. Aquilo não era exatamente um segredo, e Kit não era bem o tipo de pessoa que sentia pena dos outros. Ela enrolou a mecha de cabelo branco ao redor do dedo. — É porque estou morrendo.

Ele ficou boquiaberto.

— Como assim?

— Estou doente, e não existe cura. Um dia, isso vai me matar. — Ela entrelaçou as mãos sobre o colo. — Acho que você está certo. Ultrapassei os meus limites. Eu não devia ter sido tão irresponsável. De qualquer modo, não posso fazer menos esforço. Tudo depende de eu fazer bem esse trabalho.

— Por causa de sua família.

— Sim. — Ela fechou bem os olhos. — Minha avó e eu somos as últimas de nossa linhagem que temos a arte. Se eu não conseguir terminar esse trabalho... Eu não poderia suportar que a história de mil anos dos Ó Conchobhair terminasse em mim, por minha causa, uma garota idiota que jogou fora a sua grande oportunidade. Eles teriam se sacrificado tanto para nada.

— É claro que o sacrifício deles serviu de alguma coisa. — Havia raiva em todas as palavras dele. Não raiva dela, Niamh podia ver, mas por causa dela. O olhar protetor com o qual ele a encarava estava próximo demais daquele que ele havia lhe lançado no jardim. — Apesar de tudo o que fizemos você passar, você está viva. Eles não têm direito de pedir mais nada a você.

Não têm? A respiração dela estava entrecortada, ofegante. Lágrimas escorriam por seu rosto, de forma tão inesperada que ela não conseguia contê-las. De certo modo, Niamh pouco se importava de estar chorando feito uma criança na frente dele *de novo*.

— É claro que têm. Não basta estar viva. É meu dever ser perfeita. Eu não tenho sido perfeita, nem um pouco.

Parte da intensidade desapareceu do rosto dele, e Kit parecia muito abalado e confuso.

— Por que está chorando agora?

— Eu fiz o meu melhor, mas tenho que me esforçar ainda mais para terminar isso. Eu *posso* me esforçar mais.

— Ouça o que você está dizendo. Não faz sentido. Você não pode dar mais do que tem.

— Sim, eu posso. — Ele havia aberto uma antiga ferida, e emoções que estavam guardadas dentro dela havia muito tempo saíram. — Estou com tanto medo, Kit. Estou com medo de não conseguir, apesar de todo meu sacrifício. Estou com medo de decepcionar todo mundo. E, no fundo, acho que sou extremamente egoísta por ter muito medo de morrer sem ter me permitido viver.

Ela estava se abrindo para ele, e ao mesmo tempo compreendia a si mesma como nunca. Ali, na quase escuridão de Woodville Hall, ela queria mais do que jamais se permitiu. O bom, o ruim, e tudo o que havia no meio: toda a vida e suas dez mil maneiras de fazer sofrer. Todas as coisas que ela nunca havia imaginado para si. Ficar velha. Ser magoada. Se apaixonar.

— Talvez você seja autocentrada — sugeriu ele depois de um bom tempo. — Ou apenas ingênua.

Mágoa e indignação a dominaram. Niamh envolveu o próprio corpo com as mãos.

— Você não precisa dizer sempre exatamente o que está pensando, sabia?

— Desculpe. Não estou tentando aborrecer você. Só estou... — Ele suspirou, frustrado. — Você imagina que a felicidade das pessoas que ama só depende do seu esforço. Você está se tornando infeliz, e não tente negar isso. Você é a pessoa mais óbvia e transparente que já conheci na vida.

Ela abafou uma risada entre as lágrimas.

— Sou?

— Para mim, talvez. Você sorri como minha mãe sorria. Seus olhos... — Ele parou para pensar melhor e desistiu de terminar a frase. Num tom mais gentil, continuou: — Esqueça. O que quero dizer é que, se sua família realmente a ama, vai querer que você seja feliz. Seriam loucos se não reconhecessem o quanto você se sacrificou por eles, ou como é talentosa. Então apenas... pare com isso. Você não precisa se matar de trabalhar. Não precisa fazer coisas pelas pessoas antes de sequer pensar em fazer algo por você. Isso que você acha que precisa provar ou merecer é da sua cabeça. Só o fato de você existir já basta. E se você acredita que não fez diferença nenhuma pra ninguém, é ainda mais ingênua do que eu imaginava.

Mas ela não sabia como acreditar naquilo, e não sabia como parar de ser daquele jeito.

— Vou tentar.

— Ótimo — disse ele com rispidez. — Não tenho mais nada a dizer.

Eles ficaram em silêncio por alguns instantes enquanto a respiração dela se estabilizava. Ela se sentia... terrível. Ainda assim, de alguma forma estava purificada. Kit não a havia tratado com gentileza, mas ela não esperava isso dele. Havia algo estranhamente reconfortante naquele jeito ríspido que ele tinha. Isso a forçava a ser sincera consigo mesma, e com ele também. Niamh imaginou que deveria retribuir.

— Você quer me dizer o que aconteceu lá fora?

— Na verdade, não.

— Seria justo — disse ela, afável.

— Faz alguns anos que estou tendo dificuldade em controlar minha magia, principalmente quando estou emotivo — contou ele, apenas um pouco ressentido. — E sobretudo quando estou bêbado. Tecnicamente, foi *por isso* que fui mandado embora.

Dava para ver que havia lhe custado muito dizer aquilo a ela; e Niamh se surpreendeu com o fato de ele ter contado. Algo lhe dizia que ele não procurava empatia.

— Entendi.

— Estar nessa casa, o que Jack disse... Tudo isso me pressionou. — Ele franziu a testa. — É difícil descrever. Quando eu perco o controle, sinto que estou em outro lugar. Volto para onde estava quatro anos atrás. Não quero ferir alguém daquela forma outra vez.

— Você não me feriu. — Niamh hesitou. — Kit... O que exatamente *aconteceu* quatro anos atrás?

— Você realmente não sabe. — Era mais uma expressão de descrença do que uma pergunta.

Ela sabia e não sabia. A mãe dele tinha morrido, mas havia alguma outra coisa. Algo que Jack não podia tolerar. Algo que assustava Sinclair. Algo de que Kit tinha profunda vergonha. Ela se preparou para todas as muralhas dele — todos os seus espinhos — se erguerem novamente.

Mas, depois de um instante, ele soltou um longo suspiro e se sentou na beirada da cama dela. O colchão rangeu sob seu peso.

— O que você sabe a respeito da minha mãe?

— Nada além do que você me contou.

— Ela era complicada. — Com *complicada*, Niamh sentiu que ele queria dizer *perturbada*. — Durante a maior parte da minha vida, era como se ela vivesse atrás de uma parede de vidro. Estava sempre distante, era impossível se aproximar dela. Só quando a saúde do meu pai começou a piorar é que ela saiu de trás dessa parede. Eu nunca a tinha visto tão feliz, ou tão viva. — Suas palavras transpareciam angústia. — Minha mãe ia a todos os eventos da Temporada, e logo as colunas de fofoca se apaixonaram por ela. Eles monitoravam todos os seus movimentos, analisavam todas as suas palavras, comentavam sobre tudo o que ela comia e vestia.

Ele ficou em silêncio por um tempo, e Niamh teve a impressão de que Kit refletia sobre a própria vulnerabilidade. Mas, para sua surpresa, ele respirou fundo e continuou.

— Uma noite, ela saiu mais cedo de um baile. Era uma noite escura e chuvosa, parecida com a de hoje. Seu cabriolé virou, logo depois dos portões.

Ele apontou com o queixo para além da janela. Um tremor passou por Niamh quando ela olhou, através da chuva, para a cerca de ferro fundido.

— Eu era muito novo para ir ao baile, então fiquei aqui. Quando ouvi o barulho, achei que fosse um trovão. Mas quando fui até a janela, eu vi... — Ele fechou os olhos e a tristeza em sua voz se intensificou. — Não consigo lembrar exatamente o que vi. Não consigo nem lembrar o que a matou, até agora, mesmo depois de me *dizerem* uma centena de vezes. Se foi o cavalo que pisou nela, ou se ela bateu a cabeça nas pedras, ou... Eu simplesmente não consigo me lembrar.

— Kit, isso é horrível. Sinto muito.

— Eu poderia ter lidado só com a morte dela. Mas o que veio depois foi caótico. As colunas estavam desesperadas por detalhes. Eram como abutres, eles e o restante de nossa corte, e eu nunca consegui deixá-los satisfeitos. Eu não conseguia parar de pensar no que havia acontecido. Não conseguia lembrar, mas também ninguém me deixava esquecer. É como se uma cratera tivesse se aberto em minha vida e, um dia, acabei caindo dentro dela. E continuei caindo, e pensando sem parar, até não querer pensar mais. Eu sentia que eles queriam que eu sofresse de outra forma. Era como se estivessem esperando que eu surtasse de vez. Então dei o que queriam.

Niamh desejou poder fazer alguma coisa, dizer alguma coisa, que fizesse a dor daquelas memórias ir embora. Mas às vezes a sangria era a única forma de drenar o veneno. Ela pôs uma das mãos sobre o pulso dele, e isso fez os batimentos de Kit acelerarem, mas ele não se afastou daquele toque.

— Foi uma fase ruim da minha vida — disse ele com uma ironia amarga que fez o coração dela apertar. — Jack ficou muito preocupado, e isso me deixou magoado. Sinclair fez o possível para que eu não desmoronasse, mas então as colunas de fofoca começaram a levantar a suspeita de que nós dois estávamos tendo uma relação. Eu tinha arruinado o bastante minha própria reputação a ponto de nem meu título poder impedi-los de dizer o que todo mundo já sabia. Eu não ligava para o que os outros pensavam de mim, mas Sinclair sabia o que o pai dele faria se esse boato circulasse por aí.

— Ninguém tinha o direito de fazer isso com nenhum de vocês. — Niamh não conseguia compreender tamanha violação. Ela ferveu de raiva ao saber o quanto tanta fofoca e tanto ódio mesquinho haviam custado a Sinclair. — O que aconteceu depois?

— Aparentemente, alguém fez uma insinuação sobre nós em um baile quando o pai dele estava perto. Eu tinha bebido muito e perdi a cabeça. E junto o controle de minha magia. Sinclair tentou me conter. Eu quase... Ele quase... — Kit bufou com ironia. — A pior parte é que eu nem me lembro do que fiz. Soube pelas colunas.

Kit não precisou dizer nada para que Niamh compreendesse tudo. O medo que Sinclair exibia nos olhos já havia dito o que ela precisava saber. De propósito ou não, Kit o havia atacado a ponto de deixar cicatrizes. Ela imaginava que apenas metade delas era visível.

Kit fez que não com a cabeça e murmurou:

— Aquele idiota. Ele brinca dizendo que não é confiável, mas é absurdamente leal.

— Ele já o perdoou. — Ela apertou mais ainda o pulso dele. — Ele me disse que acha que deve muito a você.

— Não, eu devo *a ele*. Sinclair teve mil motivos para se afastar de mim. E deveria, porque eu o estava matando bem antes daquela noite, e estava sendo muito egoísta para me preocupar. Depois disso, Jack me colocou no próximo barco para Helles. Ele estava certo em fazer isso. — A expressão dele ficou severa. — E estava certo ao meu respeito hoje também. O pior de nossos pais. Condenado a acabar louco ou morto na beira da estrada.

— Ah, Kit — sussurrou ela, tentando conter as lágrimas. — Eu sei que é difícil.

Aquilo era extremamente inadequado. Ainda assim, Kit se inclinou para a frente e apoiou a cabeça no ombro dela, deixando-a perplexa. Porém, ele não sabia o que fazer com as mãos, então as repousou sobre o colo, como se estivesse com medo de tocar nela. Com hesitação, Niamh entrelaçou os dedos nos cabelos dele e o aninhou junto a ela. Ele ficou rígido, mas enquanto relaxava a cada respiração, finalmente ousou colocar um braço ao seu redor.

— Eu voltei por Sinclair. — Kit suspirou pesadamente. — Jack disse que cortaria minha conta se eu não me casasse com Rosa.

— O quê? — Ela ficou boquiaberta. — Então você...? Isso é...

Ele se afastou de repente, levando todo seu calor com ele.

— Eu juro, se você contar para ele...

— Não vou contar!

— Estou falando sério. Ele não vai sair do meu pé se você contar. Já foi quase impossível fazê-lo concordar em aceitar minha ajuda.

— Não quero deixar você ainda mais chateado hoje, então não vou lembrá-lo de que é um bom homem. — Ela fez uma pausa. — Nem que foi *você* que me disse que não se deve ficar infeliz pelo bem dos outros.

Ele olhou feio para ela.

— Obrigado por isso.

— Mas prometo que não vou contar a ele.

Kit pareceu relaxar um pouco com a garantia dela. Uma parte pequena e egoísta de Niamh queria puxá-lo de volta e o deixar se aconchegar junto a ela. Convencê-lo a aceitar mais do que uma migalha de carinho e conforto. Porque naquele segredo que ele lhe confidenciou, ela viu quem ele realmente era. Mas ela já não sabia antes?

Kit Carmine era exatamente como ela.

— Mas acho que você deveria saber... — Ela pigarreou, ficando tímida de repente. — Eu falei sério aquele dia. Nossos destinos não estão definidos. Nunca é tarde demais para viver como você deseja, e você não está condenado a nada. Sei como é não querer decepcionar as pessoas, mas você também merece ser feliz. A vida é muito curta, e é *sua*.

— Sua hipócrita — disparou ele, com tanto carinho que o insulto parecia mais um apelido carinhoso. Niamh sentiu um quentinho no coração.

Ele a encarou e depois desviou o olhar, como se estivesse memorizando o rosto dela. Demorou-se olhando a curva de seus lábios enquanto se entreabriam de expectativa. No momento, não havia nada e nem ninguém além dos dois. Sem expectativas, nada além do desejo que ela via refletido nos olhos dele. Ela nunca havia sentido menos que estava morrendo.

Algo no rosto de Niamh devia ter mudado, porque seu corpo estava muito consciente. Ele entrelaçou os dedos nos cabelos soltos dela, afastando-os do rosto. A mão dele queimou a pele fria dela, como se deixasse uma marca. Ela sabia, lá no fundo, que estava prestes a ser beijada. Sua cabeça girava. Parecia um sonho — um conto de fadas. Não parecia possível que ela pudesse ter algo que queria tanto.

— Tem certeza? — perguntou ela. — Depois de tudo o que aconteceu, eu entendo se estiver cansado ou...

— Fica quieta.

Ele a beijou.

Primeiro, roçou os lábios nos dela, com toda a delicadeza. Niamh sentou-se o melhor que pôde para receber o beijo, afundando-se na montanha de travesseiros embaixo dela. Passou a ponta dos dedos no queixo dele, sentindo a respiração entrecortada de Kit perto de sua boca. E isso bastou para que uma luz pura e difusa percorresse o corpo dela. Os olhos dele tornaram-se mais intensos enquanto ele absorvia aquela luz.

Talvez isso fosse inevitável desde o momento em que Kit despertou a raiva dela pela primeira vez.

Quando ele a beijou de novo, ela só conseguiu pensar: *É óbvio*. Toda aquela intensidade tinha tudo a ver com Kit. Ele colocou a mão na lateral do pescoço de Niamh e ergueu o queixo dela. Estava confiante, decidido, totalmente focado em erradicar qualquer pensamento coerente que ela já tivera na vida, exceto o que pedia *mais*. Quando a língua de Kit abriu sua boca, ela se derreteu nas mãos dele.

Nenhum dos dois tinha uma gota sequer de paciência. Ele se inclinou sobre ela, puxando-a para mais perto pela cintura. Ela sentiu em seus dedos o frio e a aspereza dos botões do casaco de Kit ao abri-los, e se deleitou com a emoção que sentiu ao chegar ao último — e novamente quando escorregou as mãos sob a camisa molhada do príncipe. A respiração dele ficou ofegante e seus músculos se contraíram contra a palma da mão dela.

Ele tinha gosto de fumaça e cheirava a chuva e a tecido molhado. Ela flutuava em uma onda de prazer e exaustão, e sentiu que poderia perder a cabeça, tamanha era a alegria que ele a fazia sentir.

— Isso é um sonho?

— Eu não sei — respondeu Kit com a voz rouca e os olhos ardentes. — Me deixe beijá-la até amanhecer e acho que vamos descobrir.

Talvez no dia seguinte a realidade desabasse sobre ela, mas ali, naquele instante, enquanto a chuva caía e o fogo sussurrava em volta deles, ela não conseguia se preocupar com nada, nem se arrepender de um único momento de prazer.

17

NIAMH ACORDOU NA TOTAL ESCURIDÃO. A chuva havia diminuído, mas o fogo tinha virado cinzas na lareira e as velas, derretido nos castiçais de ferro. Ela se sentou devagar, segurando a cabeça dolorida. Que horas eram? A exaustão agarrava-se a ela, como um tecido transparente, mas grosso demais para atravessar, e Niamh tinha a sensação de que não comia havia um século. Pelo visto, tinha dormido o dia todo.

Ela se levantou, com o estômago revirando. Como pôde ter deixado isso acontecer? Ela estava perdendo tanto...

A voz de Kit ecoou em sua mente. *Você não precisa se matar de trabalhar. Isso que você acha que precisa provar ou merecer é da sua cabeça.*

Certo. Ela *havia* prometido a ele que tentaria acreditar nisso, por mais impossível que pudesse ser.

E depois ele a havia beijado.

Ela sentiu um arrepio ao lembrar, e uma sensação efervescente e vertiginosa percorreu seu corpo. *Isso é um sonho?*, ela havia perguntado a ele. Mesmo agora, não conseguia se convencer de que nada daquilo era real. Kit havia confiado plenamente em Niamh. E, durante aquelas horas confusas e delirantes, ele a havia convencido de que ela importava o bastante para fazer algo por si mesma.

Então sentimentos conflitantes se apoderaram dela. Nunca havia acreditado que poderia se sentir daquela forma, consumida pela paixão, em detrimento da razão, vista e desejada exatamente por ser quem era. Nunca havia acreditado que uma garota como ela se envolveria com um *príncipe* num caso tórrido e imprudente. É claro, aquilo jamais poderia acontecer de novo. Mas, por uma noite, ela esteve verdadeiramente acordada e viva — e sentindo uma felicidade abrasadora. Ela guardaria aquele segredo para sempre, quente e brilhante como uma chama na palma da mão. Era só dela, e irradiaria um calor que a aqueceria pelo resto da vida. Era preciso guardá-lo para si. Por mais que ela desejasse mais, Niamh não poderia prejudicar Kit. Quando terminasse seu trabalho, deixaria aquilo tudo para trás.

Sua alma parecia esfolada.

Mas pelo menos ela estava em segurança. Se alguém soubesse o que havia acontecido, já a teriam arrancado daquele quarto pelos cabelos e feito... bem, feito o que quer que fosse que os avaleses faziam com mulheres que desejam mais do que sua posição permite.

Gemendo, ela se jogou de novo no colchão e ficou olhando para o teto. Seus dedos contornaram seus lábios ressecados. Se fechasse os olhos, quase podia sentir o príncipe ali.

— Senhorita?

Niamh se assustou. Havia uma garota na porta — uma criada da casa, pelo uniforme, mas ela usava as cores de outra família nobre. Niamh, absorta em seus pensamentos, não a havia escutado bater à porta. Era como se o mundo todo estivesse atrás de uma parede de vidro. Deuses, ela precisava voltar a dormir.

— Ah — disse Niamh, ofegante. — Olá.

— Desculpe incomodá-la, mas Sua Alteza pediu para você se aprontar. A carruagem dele parte em meia hora.

Já estavam partindo. Fazia sentido. Sem seus criados, Jack não podia receber as pessoas como se devia, e certamente seu orgulho estava ferido.

Ela reuniu a pouca energia que tinha para sair da cama e se aprontar. Depois de embalar suas últimas coisas e pedir que as levassem para o andar de baixo, perambulou pelos corredores de Woodville como se vagasse por um sonho. Ao atravessar a porta que dava para o terraço, deparou com os campos da propriedade sob o luar. Poças d'água e lama formadas pela chuva reluziam, e ouvia-se o som dos grilos. A brisa fria e doce fez as mechas soltas dos cabelos de Niamh esvoaçarem. Ela cruzou os braços sobre a balaustrada de granito e se debruçou ali. Se apoiasse a cabeça, poderia adormecer.

Alguém entrou no terraço.

— Srta. O'Connor.

Confusa, Niamh se virou na direção da voz. Jack estava ao lado dela, os braços atrás das costas e o olhar voltado para o horizonte. Mesmo no escuro, seus olhos castanhos brilhavam, assim como os de seu irmão. Seu rosto lívido e seus ombros rígidos provocaram uma onda de empatia em Niamh. Ela podia ver a textura dos últimos cinco anos enfrentados por ele. Sem pai, sem mãe e com um irmão cambaleando na direção da própria ruína. Jack havia perdido tanto, mas ela duvidava muito que ele houvesse se permitido lamentar. Em vez disso, havia começado a trabalhar de imediato, preenchendo as lacunas deixadas.

Ele franziu a testa para ela.

— Você parece pálida. Meu irmão me disse que ficou doente.

— Sim. — Não podia lhe contar a verdade, pois ele pensaria que seria incapaz de terminar o trabalho. Então ela decidiu contar uma mentirinha, mesmo com suas pernas ameaçando ceder sob o corpo. — Peguei uma friagem na chuva.

— Vamos pegar uma carruagem emprestada, então não posso mandá-la de volta sozinha. Agora vejo que deve ser melhor assim. — Ele ofereceu o braço a ela. — Permita-me.

— É muita gentileza sua, senhor. Já abusei muito da sua bondade.

— Não por isso. — Jack permitiu que ela se apoiasse nele ao conduzi-la pelo caminho de pedra e por outro jardim cheio de mato. A grama sussurrou com nervosismo quando eles passaram, tremendo devido ao vento. — Quero me desculpar por meu comportamento ontem.

O dedão do pé dela bateu em um ladrilho solto e Jack a equilibrou de imediato com um som alarmado. Suas desculpas nunca ficavam menos estranhas ou impressionantes.

— Vossa Alteza, o senhor não precisa se desculpar comigo.

— Preciso, sim. — Jack parou em frente à porta da carruagem, suas sobrancelhas franzidas de preocupação. — Você foi submetida a muitos conflitos familiares.

— Está tudo perdoado. Ninguém pode ser sempre paciente, senhor. — Ela abriu um pequeno sorriso para ele. — Mas se *me* perdoar por perguntar... já se desculpou com seu irmão?

Aquilo simplesmente escapou. Jack piscou, perplexo. Niamh tapou a boca com a mão. Por que ela *nunca* guardava suas perguntas impertinentes para si mesma? Seu delírio não ajudou em nada.

— Não — ele admitiu. — Mas isso é... — Ele pigarreou. — É um sábio conselho. Vou levar em consideração.

Ele a colocou dentro da carruagem. Sofia já os aguardava no interior do veículo — e lá, retorcido em uma forma notavelmente compacta, estava Kit. Vê-lo afastou a névoa que a encobria e fez seu coração disparar. Nunca na vida ela quis tão desesperadamente tocar alguém — falar com alguém. Ela viu o olhar dele refletido na janela, e o ar desapareceu de imediato de seus pulmões. O calor nos olhos dele obliterava qualquer pensamento consciente. Como ela pôde ser tão tola a ponto de acreditar que seria fácil se contentar com apenas uma noite.

— Vo-vossa Alteza — ela gaguejou.

Um tom encantador de vermelho se espalhou pelo pescoço dele.

— Srta. O'Connor.

Ela teve que se conter ao máximo para não reagir. Ele nunca a havia chamado assim desde a primeira semana em que se conheceram, e a formalidade artificial a deixou mais feliz do que deveria. Sem mencionar aquele rubor — depois de toda a ousadia que ele demonstrara com ela.

Sofia alternava o olhar entre os dois, parecendo sagaz demais para o gosto de Niamh. Se ela tinha alguma opinião sobre o assunto, não a compartilhou.

Jack pigarreou de modo incisivo. Foi então que ela se deu conta de que estava parada na porta esse tempo todo. Ela subiu no assento ao lado de Kit. Todos os músculos dele se contraíram com a proximidade dela, e o pequeno espaço vazio entre eles crepitava de tensão. Seria uma coisa simples pôr a mão ao lado da mão dele. Ela ansiava por um pouco de intimidade: entrelaçar os dedos mindinhos, tocar o ombro dele com o nariz, ou se afundar no peso reconfortante do braço dele ao redor de seu corpo. Mas ela supôs que estivesse amaldiçoada para sempre por desejar coisas que não podia ter.

Ela fez como Kit e ficou olhando pela janela. Em minutos, a fachada coberta de hera de Woodville Hall desapareceu atrás das colinas. Era triste que ela nunca mais fosse ver isso. Logo, o silêncio espesso e o balanço constante da carruagem a acalmaram. Suas pálpebras baixaram e ela apoiou a testa no vidro.

— Kit — Jack disse em voz baixa. — Eu não queria ter dito uma palavra do que falei ontem. Sinto muito.

Por um instante, ela não ouviu nada além do barulho das rodas na estrada. Depois, por fim, com ressentimento, Kit disse:

— Eu também sinto muito.

— Sinto muito por muitas coisas — Jack continuou. — Você deve me odiar.

— Agora é realmente uma boa hora? — Kit suspirou pesadamente. As palavras dele iam ficando mais distantes conforme o cansaço dela a arrastava para baixo, para dentro da escuridão. — Eu não odeio você. Mas é melhor você ter um bom motivo para isso tudo.

Kit a havia feito perder a cabeça. Ela não conseguia pensar em nenhuma outra explicação. Desde aquele dia no jardim, ela pensava em poucas coisas além dele. Mesmo agora, sentada em uma poltrona enquanto bordava o manto de casamento dele, ela se pegava costurando ali seu desejo e sua frustração. Ela imaginava que aquilo se adequava muito bem à situação.

O casamento. Aquilo pairava sobre todos eles como a lâmina do carrasco, a apenas cerca de uma semana. Jack tinha levado Kit para finalizar o restante dos preparativos. Niamh tentou não permitir que a ausência dele a consumisse. Era melhor mesmo que eles não tivessem se visto desde a viagem de carruagem. Não lhe faria bem nenhum ser lembrada do quanto ele estava fora de seu alcance.

Ela deixou seu trabalho de lado quando uma criada chegou trazendo o chá, suas cartas e os jornais matutinos. Colocando açúcar no chá, ela passou os olhos pelas colunas de fofoca. Ninguém havia escrito sobre eles. Parecia que esse realmente seria seu segredo, guardado em segurança dentro dela. Ela se imaginou cerrando o punho ao redor daquela minúscula centelha de luz.

Lovelace, sem nenhuma surpresa, estava discutindo a situação que se desenrolava em Sootham. Carlile e o restante dos manifestantes permaneciam no Eye Park, e seu número crescia a cada dia. Na ausência de Jack, eles haviam bloqueado as trilhas para cavalgar, cantado e feito discursos. Agora que ele estava de volta, teriam que enfrentar a Guarda do Rei, que ele tinha despachado para "monitorar" a situação.

Niamh não podia negar que isso a preocupava. Certamente, Jack não pretendia usar a força contra eles; ninguém tinha feito nada violento ou ilegal. Ela podia enxergar todas as horríveis possibilidades no fundo de suas pálpebras. A cavalaria da Guarda do Rei cruzando em meio às multidões desarmadas, com magia crepitando nas mãos, empunhando espadas brilhosas. Gritos e fogo de mosquete abrindo a noite. O sangue de seu povo deixando as ruas escorregadias de vermelho e dourado.

Ela largou a coluna de forma abrupta, sentindo-se enjoada.

Bem no fim da pilha, encontrou uma carta de Erin.

— Oh! — Ela a abraçou junto ao peito.

A empolgação espantou seu desconforto. Ela quase esqueceu que tinha escrito para a amiga. Niamh abriu o envelope e notou de modo carinhoso que Erin tinha sido prolixa como sempre. Ela gastara vários parágrafos para falar sobre cada membro de sua família (todos os nove estavam saudáveis, graças aos deuses) e sobre o que ela achou de ter voltado a Machland (triste). Por fim, chegou às perguntas de Niamh.

Mas, ah! Você precisa me contar tudo o que esteve fazendo no palácio e tudo sobre o casamento do casal real. Ouvi dizer que o príncipe é um perigo. É verdade?

Estou tão triste por não ter encontrado você. Seria muito divertido trabalharmos juntas, mas eu não conseguia mais suportar o palácio. Es-

pero que estejam tratando você bem, Niamh. O trabalho era bom, havia muitas pessoas boas, mas meu pagamento começou a chegar cada vez mais atrasado, até que, depois de um tempo, parou de chegar completamente. Primeiro, suspeitei que fosse a governanta, sra. Knight. Que mulher horrível! Ela nos tratava muito mal e protegia o príncipe regente como um cão de guarda. No entanto, fiquei sabendo que alguns criados avaleses estavam passando pelo mesmo problema que eu. Não sei o que pensar sobre isso. Talvez o príncipe regente seja apenas um homem cruel.

Estou orgulhosa, porém, que o fato de vários de nós termos nos demitido pareceu chacoalhar a situação de algum jeito. Somos tratados de forma terrível em Avaland, e estou feliz em nos ver reagindo. Eu tinha considerado me juntar aos manifestantes, mas estava ansiosa para voltar para casa depois de quase dois anos. Todos mandam seus melhores votos para você!

Ah, e isso me lembra...

Jack não estava pagando seus criados.

Niamh pensou que não deveria ficar surpresa. Seu pagamento tinha sido atrasado, e embora ele tivesse pedido desculpas, devia saber por quê. Ele supervisionava a contratação dos criados, o planejamento de eventos e todas as despesas. Nada lhe escapava. Talvez Erin estivesse certa. Ele era um homem cruel, odioso como o pai.

Mas isso não podia ser tudo. Apesar de seu temperamento esquentado, ela nunca acreditou que ele fosse capaz de crueldade. Ele era um marido ausente e um governante esquivo, sim. Mas pelo menos ele se preocupava com a própria reputação. Se algum dos nobres descobrisse que ele estava maltratando seus criados de maneira tão insolente, isso seria um constrangimento da mais alta ordem. Se ele tivesse poder para consertar isso, certamente já o teria feito.

Não há nada que eu possa fazer por aquelas pessoas.

Meu irmão nunca teria me chamado de volta para cá, a menos que estivesse realmente desesperado, Kit havia dito a ela.

Jack *estava* escondendo alguma coisa, então. Tanto Kit quanto Lovelace suspeitavam disso. Mas com certeza não era algo simples como um pequeno problema de gestão. A cabeça de Niamh doía de tanto pensar. Se ao menos ela fosse esperta ou estratégica, se ao menos tivesse outra habilidade útil além da costura...

Alguém bateu à porta.

No dia anterior Sinclair havia passado para perguntar se ela gostaria de caminhar com ele no dia seguinte pelos jardins. Era um pouco mais cedo do que o horário que ela esperava que ele chegasse, mas tomar um ar parecia muito melhor do que remoer suas preocupações.

Ela atravessou o quarto e abriu a porta.

— Eu não o esperava até... Kit!

— Estava esperando outra pessoa? — Um divertimento irônico brilhava em seus olhos. — Com quem tenho que duelar?

Por um momento, Niamh só conseguiu ficar olhando para ele. Cada pergunta, cada proclamação ridícula e onírica, e todas as dúvidas autoconscientes surgiram em sua mente.

Foi um sonho, afinal?

Você se sente como eu me sinto quando olho para você?

Nunca deveríamos fazer isso de novo, não é?

Em vez disso, ela sussurrou:

— Entre. Rápido. — E o acompanhou, trancando a porta logo depois. — O que você está fazendo aqui?

Ele evitou o olhar dela.

— Eu não sei.

Todos os seus nervos pegaram fogo. Ah, ela podia estrangulá-lo. Ele a havia beijado como se quisesse fazê-la esquecer a razão, depois a deixou como uma *idiota* confusa, aturdida e a apaixonada. No fim de tudo isso, ela ganhava um *eu não sei* pelo trabalho. Kit era extremamente *previsível*. Por que, então, ela ainda se iluminava de desejo por ele?

Niamh pôs as duas mãos na cintura e fez o possível para olhar feio para ele.

— Você não sabe?

— Talvez eu não estivesse pensando direito — ele disse, na defensiva. — Eu gosto de você. Gosto de estar perto de você. Não havia nada na minha agenda esta manhã, então aqui estou.

Eu gosto de você. Tamanha simplicidade parecia uma nova lei do universo. Foi a mesma sensação de quando ele lhe disse que falaria com ela se quisesse, que todos os outros se danassem. Mas não era simples assim. Não podia ser.

— Mas você... Eu.... — Sua mente funcionava rápido demais para formar um único pensamento coerente. — Seria bom se mantivéssemos distância um do outro. O casamento está chegando e, depois disso, você e eu provavelmente nunca mais nos veremos. É melhor nos afastarmos outra vez.

Menos risco. Menos dor.

Ele pareceu refletir a respeito. Deu um passo na direção dela, depois outro, até ela conseguir sentir o calor emanando dele. O brilho desafiador em seus olhos fez o coração dela acelerar.

— É isso que você quer?

Ela piscou para ele, perplexa. Não deveria importar o que ela queria.

— Não...?

Ela queria dizer *mas*. Realmente queria. Mas a forma com que ele olhava para ela — extasiado, como se ela o tivesse posto sob encantamento — fez com que ela esquecesse.

— Ótimo — ele disse. — Nem eu.

Ele a beijou, e ela não conseguiu conter o som estrangulado que soltou — parte choque, parte alívio, parte alegria. Sua boca se movia junto à dele, de forma deliberada e urgente. Ele caminhou junto com Niamh até as costas dela estarem encostadas na parede. Apoiou o antebraço ao lado da cabeça dela, prendendo-a, enquanto ela agarrava as lapelas dele — primeiro para se equilibrar, depois para puxá-lo para mais perto. Não foi a intensidade do primeiro beijo nem o langor sem objetivo em que se acomodaram à medida que as horas se arrastaram. Não, era pura intenção. Ele a despiria inteira se ela deixasse.

De repente correu a ela que talvez fosse bom eles discutirem o que estavam fazendo antes que fosse tarde. O que isso significava, que arranjos teriam que fazer, que precauções teriam que tomar... Mas quando ele inclinou o quadril junto ao dela, ela sentiu o quanto o desejo dele correspondia ao seu, e o fogo em suas veias faiscou. Ela estava preparada para se privar para sempre, mas agora que o tinha de novo, recusava-se a sorvê-lo em goles pequenos.

Outra batida na porta. Eles se afastaram.

— Sou eu — gritou Sinclair.

Kit irradiava uma aura assassina.

— Vou falar para ele ir embora.

— Não! — Sinclair a havia alertado especificamente sobre o quanto ela e Kit eram óbvios, e se ele os pegasse juntos dessa forma, isso não inspiraria nenhuma confiança. Ela não conseguiria suportar sua reprovação. Niamh agarrou o pulso de Kit e olhou freneticamente pelo quarto em busca de uma solução.

— Entre no armário.

— O quê? — Ele parecia ofendido. — Não.

— Faça isso!

— Estou ouvindo a voz de mais alguém aí dentro — Sinclair disse alegremente.

Ela resmungou. Então era tarde demais.

— Só um momento.

Kit parecia agonizante e meio selvagem, mas soltou um suspiro resignado. Ele juntou os cabelos e os amarrou atrás com facilidade. Do nada, parecia indiferente e sereno novamente. Enquanto isso, ela tentou se acalmar. Não dava para fazer muita coisa a respeito de seus lábios avermelhados, mas pelo menos ele não a havia desgrenhado muito.

— Certo — Sinclair gritou. — Eu vou entrar.

Niamh se afastou mais um passo de Kit bem no momento que a porta abriu. Ela fez o possível para não parecer culpada, mas sentiu o calor subindo para o seu rosto.

Sinclair absorveu a cena diante dele.

— Vocês só podem estar brincando.

Kit soltou um suspiro longo e irritado.

Sinclair caminhou na direção do aparelho de chá, com a cauda de sua casaca coral logo atrás. Ele se serviu de uma xícara de chá, depois escolheu um biscoito da bandeja. Deu uma mordida, depois rodeou Kit.

— Você perdeu a cabeça?

— Olá para você também — Kit respondeu.

Sinclair atirou nele o biscoito, que bateu em seu ombro e se esfarelou no chão.

— Responda.

Kit olhou feio para ele enquanto limpava as migalhas da manga.

— Não, não perdi.

— Então o que estão fazendo aqui, sozinhos, no meio do dia?

Niamh riu de nervoso.

— Tenho certeza de que não é necessário...

— Eu poderia perguntar a mesma coisa — Kit respondeu.

— Eu estou tomando chá, como uma pessoa civilizada! *Eu* não sou comprometido. — Sinclair beliscou o dorso do nariz e inclinou a cabeça para trás. — Santo Deus. Algum de vocês já ouviu falar de sutileza? E você, Carmine, já ouviu falar em romance? Não estou vendo flores aqui. Não é um erro desculpável, considerando que você pode fazê-las florescer a hora que quiser.

Niamh resmungou, enterrando o rosto nas mãos.

Kit finalmente perdeu a compostura. Ele fazia cara feia, mas seu rosto estava vermelho.

— Não tenho ideia do que você está falando.

— Ah, *por favor*. Não insulte minha inteligência. Os dois piores mentirosos que já conheci na vida estão aqui neste quarto. Vocês precisam desesperadamente dos meus conselhos. Mas, pensando bem, não quero saber nada sobre essa questão. Já vi o suficiente para saber o que está acontecendo aqui e, sinceramente, já sei no que vai dar.

— Já terminou? — Kit perguntou. De alguma forma, ele tinha ficado mais vermelho.

— Tenho certeza de que há mais a se dizer sobre o quanto isso é imprudente — Sinclair disse com formalidade. — Mas por enquanto, sim, terminei.

— Ótimo. Agora saia.

— Saia *você* — ele retrucou. — Eu tenho um compromisso marcado.

Eles ficaram se encarando até que Kit se rendeu. Ele olhou para Niamh e disse baixinho.

— Amanhã.

Ela tentou não estremecer diante da promessa em suas palavras. Não pôde fazer nada além de acenar com a cabeça antes de ele ganhar o corredor. Sinclair observou a interação dos dois recostado em uma chaise longue. Assim que a porta se fechou atrás de Kit, Sinclair colocou a xícara de chá de volta no pires com um delicado *clique* e ergueu uma sobrancelha para ela.

Bem? Ele disse sem abrir a boca.

— Eu não queria que isso acontecesse! Era para ser uma vez só, e então ele simplesmente... Nós não chegamos a... — As bochechas dela ficaram quentes de constrangimento. — Bem, suponho que os detalhes não importam e nem lhe interessam.

Sinclair a observava, e seu rosto emanava curiosidade e desgosto ao mesmo tempo.

— Bem, agora tenho que saber. Como ele é?

— Sinclair!

— Desculpe, desculpe. Sei que isso é sério. Só estou tentando lidar com essa coisa nada inteligente que vocês resolveram fazer. Eu tentei alertá-la. — Ele massageou as têmporas. — Se serve de consolo, acho que ninguém sabe ainda. Não ouvi nada a respeito.

Ainda. Como se fosse algo inevitável.

— Que reconfortante.

Ele parecia estar contendo o impulso de censurá-la mais.

— Eu não quis preocupar você. Só estou preocupado *com* você. Se isso vazar...

Seria um desastre para os dois.

— Eu sei. — Ela se sentou diante da penteadeira e pousou a cabeça nas mãos. — Não sei o que fazer. Desde que cheguei, meio que ficamos amigos. Mas receio ter desenvolvido por ele sentimentos que não devia.

A surpresa percorreu o rosto dele — e também algo que parecia quase arrependimento.

— Isso significa alguma coisa pra você, então?

Ela confirmou com a cabeça.

— Nunca acreditei que ele se interessaria por mim. Na noite passada eu estava tão feliz. Mesmo sabendo que ele não poderia me prometer nada, eu achei que ficaria satisfeita, sabendo que o tive por uma noite. Achei que conseguiria ficar longe dele. Mas ele é tão teimoso e impulsivo, e faz eu me sentir tão...

Segura. Importante. Mil coisas diferentes. Mas ela não podia caminhar mais perto do precipício sem cair.

Sinclair colocou a xícara de chá sobre a mesa. Com gentileza, disse:

— Venha aqui.

Niamh se aproximou dele e se acomodou no canto da chaise longue. Sem hesitação, ele passou um braço ao redor de seus ombros e a puxou para perto. Ela não ofereceu resistência, aconchegando-se nele e descansando a cabeça em seu ombro. Parecia mesquinho aceitar consolo justo agora, mas ele parecia querê-la por perto. Ela fechou os olhos e ouviu a batida estável de seu coração.

— Não acho que você precise necessariamente fazer nada agora — ele murmurou —, exceto ter cuidado. Pelo amor de Deus. Estou falando sério dessa vez.

— Certo. — Ela sorriu com melancolia. — Cuidado.

— Não quero que você se magoe, Niamh. Mesmo se vocês mantiverem isso em segredo, não é uma estrada fácil de seguir. A menos que você se contente em ser amante dele, vai ter seu coração partido.

Ela franziu a testa.

— Amante dele?

— Não seria uma vida terrível — ele disse em voz baixa. — É muito comum os nobres casados manterem uma amante. A maior parte das pessoas da sociedade educada não vai querer saber de você, mas você teria uma mesada e sua própria casa. E se vocês tiverem filhos... os bastardos da realeza têm uma vida melhor do que a maioria.

Será que aquilo seria tão ruim? Se Kit trouxesse a família dela para lá, ela teria uma existência pacífica — em teoria, era tudo o que ela sonhava. E ainda assim, *amante* era uma palavra gentil para o que Sinclair havia descrito. Sua avó ou as multidões que estavam no Eye Park não a chamariam assim.

FraochÚn na melhor das hipóteses. *Fealltóir*, na pior.

Ela não sabia se suportaria esse tipo de desprezo. Se trabalhasse duro para trazer sua família para lá, a mãe e a avó poderiam aprender a suportar viver entre seus inimigos. Mas se fosse por causa da caridade de um avalês — um Carmine, ainda por cima...

— Minha família ficaria com vergonha de mim.

— Por causa do título dele? — Quando ela confirmou com a cabeça, Sinclair cantarolou, aparentemente perdido em pensamentos. — Meu pai era machlês. O responsável por minha existência, quero dizer.

Ela abriu uma certa distância entre eles para poder olhar nos olhos dele.

— Sério?

— Sim. Suspeito que seja por isso que Sua Graça me odeia tanto. Eu era um lembrete amargo de que sua esposa se degradou com um ser inferior. — Ele revirou os olhos, mas raiva e mágoa verdadeiras agitavam-se sob a superfície. — Acredito que meu pai era um dos empregados dele. O duque tem uma companhia de navegação muito lucrativa. O próprio príncipe regente é um investidor.

Ela observou o rosto dele, como se pudesse encontrar algo novo em suas feições.

— Por que você não me contou isso antes?

— Eu devia ter contado, mas nunca parecia o momento certo. Não quis presumir nenhuma ligação com você que não tivesse o direito de reivindicar.

— É claro que você tem.

— Obrigado. — Ele pegou uma das mãos dela e apertou. — O que estou dizendo é... Até certo ponto, eu compreendo o que é ter sentimentos complicados em relação a esse lugar e a essa gente. Mas também compreendo, melhor que os outros, que família é aquela que você cria, assim como o lar. Você tem que escolher sua própria felicidade, seja ela como for. Não pode viver sua vida para outras pessoas.

— Acho que não mesmo. — E ainda assim, isso era tudo o que ela sabia fazer. Não sabia agir de outro modo. Mas talvez pudesse tentar. — Obrigada por não me julgar com muita rigidez. Você é um bom amigo, Sinclair.

Estupidamente leal, bem como Kit havia dito.

Ele sorriu, mas as lembranças que ele tinha desenterrado ainda permaneciam com ele. No momento, parecia terrivelmente triste. Ele ajeitou uma mecha do cabelo branco dela atrás da orelha dela.

— Eu tento.

18

NA TARDE SEGUINTE, NIAMH TERMINOU a primeira parte do traje de noiva de Rosa: um véu preto, todo adornado com renda preta. As fibras foram tecidas em forma de rosas: um tributo tanto ao nome dela quanto à insígnia dos Carmine. Criar aquele padrão havia custado dias a Niamh — e provavelmente também anos de sua vida. Era a coisa mais elaborada que já tinha feito, e ela não podia negar o orgulho que sentia quando olhava para o véu. Ela nunca imaginara que seria paciente o suficiente para se aplicar em algo tão demorado e trabalhoso quanto fazer renda. Então envolveu o véu em papel fino e embalou em uma caixa. Estava pronta para mostrar a Rosa.

Bem, quase pronta.

Rosa havia dito a ela que não ligava para Kit — e nem queria se casar com ele, exceto para cumprir seu dever. Ainda assim, Niamh rezou para que seu rosto não revelasse o que ela tinha feito.

Depois de escolher um vestido em que pudesse caminhar, Niamh foi para a cidade a pé. Menos pessoas do que o normal andavam pelas ruas, mas o som distante de uma multidão reunida abafava o barulho das conversas ali. Membros uniformizados da Guarda do Rei patrulhavam a cavalo as quadras mais próximas ao parque, as mãos pousadas de leve sobre o cabo da espada. Ela acidentalmente fez contato visual com um deles e quase tropeçou nos próprios pés na pressa de seguir adiante. Toda Sootham parecia estar prendendo a respiração, como se esperasse uma tempestade passar.

Jack, por sua vez, parecia não ter saído do palácio desde que eles retornaram a Sootham, três dias antes. Niamh não conseguia deixar de sentir certa... Bem, ela não sabia ao certo de que outra forma chamar além de decepção.

Quando ela chegou na aconchegante casa em Bard Row, a governanta a saudou e a acompanhou até os aposentos da princesa. Rosa estava descansando como um gato bem alimentado em sua chaise longue preferida, a que ficava sob a janela mais ensolarada do cômodo. Ela parecia ter acabado de acordar de uma soneca, com os cachos soltos amassados de um dos lados. A intimidade casual de seus cabelos despenteados pegou Niamh desarmada.

Rosa confiava nela.

Niamh estava aprendendo que seu coração era tão traiçoeiro quanto o resto do corpo.

— Vejo que ainda não está se sentindo muito bem — Rosa disse com um bocejo abafado. — Você parece exausta. Vou pedir para trazerem café.

Niamh se forçou a sorrir.

— Vou ficar bem, Vossa Alteza. Posso lhe mostrar o que eu fiz?

Ela tirou o véu da caixa e começou a prendê-lo na cabeça dela. Os cabelos de Rosa deslizavam como seda por entre seus dedos, e Niamh fez o possível para colocar as partes despenteadas no lugar. Quando pôs o último grampo, levou Rosa até o espelho. Niamh ajeitou o tecido, deixando-o se abrir atrás dela. As bordas eram delicadamente recortadas, como ondas rolando junto à costa. Niamh entrelaçou as mãos sob o queixo e absorveu o que via. Rosa parecia uma visão: misteriosa, encantadora e tentadoramente fora do alcance.

Com ansiedade, Niamh perguntou:

— O que você acha?

Rosa parou diante de seu reflexo, coberta de renda preta. Um sorriso muito hesitante esboçou-se em seus lábios.

— Eu acho que você se superou.

Niamh não se conteve. Ficou na ponta dos pés, com a sensação de que podia voar de alegria.

— Obrigada.

— Santos — Rosa murmurou. — Isso foi alto.

— Desculpe!

— O que está acontecendo aqui? — A porta para a suíte adjunta se abriu e Miriam apareceu. Ela ficou paralisada, os lábios se entreabrindo devagar.

— Ah! Rosa, você está absolutamente deslumbrante.

Todo o comportamento de Rosa mudou com o elogio, e uma luz se apagou dentro dela. Ela retomou seu ar preguiçoso de sempre e sua voz ficou desanimada.

— Já estamos terminando aqui. Vamos observar nuvens?

Miriam fez cara feia.

— Já fiquei muito tempo sem fazer nada hoje. Por que não vamos fazer compras? Se você se comportar bem, talvez possamos ir ao palácio e eu peço para alguém nos levar de barco até o centro do lago.

Os olhos de Rosa se reascenderam de interesse. Niamh rapidamente começou a retirar os grampos dos cabelos de Rosa. Quando conseguiu soltar o véu de seus cachos, Niamh o dobrou com cuidado e guardou de volta na caixa.

— Divirtam-se! Eu preciso voltar para terminar alguns trabalhos.

Rosa estalou a língua em reprovação.

— Se dê um momento de descanso. Não quero ofendê-la, mas você parece estar precisando.

— Sim! Você deveria ir com a gente — Miriam concordou calorosamente. — O dia está agradável demais para ser passado dentro de casa.

— Embora o convite esteja de pé, devo discordar de sua afirmação — Rosa disse com seriedade. — Está claro demais para estar *agradável*.

— Como você acabou desse jeito, hein? — Miriam perguntou com desespero. — Castilia é sempre ensolarada.

— É por isso que vou me mudar pra cá. — Ela apontou vagamente para seu guarda-roupa. — Pegue uma de minhas sombrinhas emprestada, srta. O'Connor. Você vai se queimar com esse tempo.

Foi assim que Niamh se viu caminhando nas ruas de Sootham com três sacolas de compras de Rosa no braço e uma sombrinha preta na mão. Embora ela bloqueasse o sol, não ajudava muito com o calor. Seu vestido colava desconfortavelmente na pele, e suor escorria de sua nuca.

Miriam e Rosa andavam de braços dados ao lado dela, olhando as vitrines e conversando em uma mistura sem esforço de castiliano, avalês e uma terceira língua que Niamh não reconhecia. Ela riu baixinho para si mesma. Ali fora, longe dos olhos da família real, elas batiam boca como garotas jovens e despreocupadas.

Quando Rosa declarou que estava "farta de sol", elas pararam em uma sorveteria da praça. O sorveteiro — que reconheceu Rosa de imediato — chegou com três sorvetes laranja, cada um moldado na forma de uma esfera perfeita. Eles até tinham folhas de hortelã e um caule de raspas de chocolate afixados no topo.

— Que curioso — disse Rosa, com seu jeito afável e discreto. No entanto, seus olhos escuros brilhavam com satisfação genuína. — Tem gostinho da minha casa.

Que brilhante e feliz a casa dela devia ter sido: creme cítrico e doce, chocolate e um leve toque de rum. Niamh suspirou de contentamento. Por alguns instantes, apenas o borbulhar da fonte preenchia o silêncio amigável entre elas.

Mas então os olhares começaram.

Depois as risadinhas.

Pessoas passavam com *A Crônica Diária* debaixo do braço, outras com o nariz enfiado no jornal. O estômago de Niamh se revirou de medo. Por cima do retumbar de seu coração, ela ouvia apenas fragmentos da conversa.

— ... as duas juntas...

— ... que ousadia...

— Você acha que ela sabe?

Uma mulher as encarou por tanto tempo que quase caiu de cabeça na fonte.

Rosa soltou um pequeno suspiro de frustração e limpou os lábios com um guardanapo.

— Acho que não tem nada no meu rosto. Será que quero saber do que se trata?

— Huum… — Niamh e Miriam disseram em uníssono.

— Ótimo — Rosa falou lentamente. — Eu adoro surpresas.

— O que quer que tenham escrito hoje — Niamh disse abruptamente —, juro que não é verdade.

Miriam fez cara feia. Ela certamente teria lidado melhor com isso. Rosa não pareceu impressionada.

— O que vocês duas esconderam de mim?

Miriam observou a mão de Rosa do outro lado da mesa.

— Talvez seja melhor voltarmos e discutirmos isso em casa. Ou talvez devamos esquecer isso completamente. Você sabe como são os avaleses com suas fofocas.

Rosa se desvencilhou de Miriam e se levantou da mesa, sua sombra desenrolando-se na claridade da praça. Ela foi com propósito até o jornaleiro mais próximo, que quase fugiu ao vê-la. Após um lampejo de moedas à luz do sol, a coluna estava em suas mãos. Niamh conteve o ímpeto de fugir — ou talvez de tirar o jornal das mãos dela e jogá-lo na fonte.

Rosa voltou e se jogou em seu assento envolta em tecido preto. Miriam tentou roubar o jornal algumas vezes até Rosa acertá-la com ele. Ela passou os olhos pela coluna de Lovelace, depois a entregou a Niamh. Sua expressão não mudou.

— Não entendo o fascínio dos avaleses com essas bobagens. Eles acham que são tão recatados e mordazes. Mas o único insulto aqui é que eu ficaria irritada com algo tão trivial assim.

Embora eu não seja de fazer fofoca da alta sociedade, ouvi um relato interessante sobre um retiro bucólico de uma Certa Pessoa. Parece que há uma confusão se formando em meio à Mais Ilustre Família. Por mais que eu não tenha bisbilhotado ainda a razão por trás da briga dos irmãos, o que me intriga é o que veio depois. Quando nosso Filho Rebelde saiu irritado, uma mulher foi atrás dele no bosque. Agora me pergunto se aqueles rumores do baile inaugural eram verdadeiros, e se essa é a mesma mulher que Lady E relatou ter visto com ele na sacada. Que escândalo, flertar com um homem como FR em lugares tão inapropriados.

Eu devo uma desculpa a Lady E, mas aí eu teria que fazer vistas gros-
sas para o incidente da apropriação indevida de dois anos atrás. Infe-
lizmente, não posso fazer isso.

Desculpem-me por essa indulgência mesquinha. É preciso manter
o senso de humor em meio à total e absoluta loucura. Eu confesso, não
posso deixar de me perguntar aonde isso vai dar. Observarei de perto a
situação com Lady R e seu pai. Se o noivado for rompido, talvez seja
uma bênção. Só Deus sabe como uma Certa Pessoa poderia se concen-
trar menos em festas e mais no que está acontecendo bem debaixo do
seu nariz.

Niamh sabia que era ridículo se sentir traída por alguém que nem conhecia — um colunista de fofoca, ainda por cima. Mesmo assim, ver-se descrita de modo tão desdenhoso, quase zombeteiro, por alguém que dizia se importar com pessoas como ela... Doía. Mas aquela dor não era nada em comparação com a violação do que ela considerava tão importante. A minúscula e preciosa chama daquela lembrança em suas mãos ficou fria como cinzas. Mesmo aquele único momento de alegria havia sido tirado dela. Talvez ela fosse tola por acreditar que algum dia aquilo tinha lhe pertencido.

Mas no momento ela precisava lidar com questões mais importantes.

— Infanta Rosa, eu sinto *muito*, eu...

— Por que você sente muito? — ela perguntou. — Alguém precisava consolá-lo. Melhor você do que eu.

Isso chocou Niamh. Não havia nem um pingo de raiva na voz dela, nem de ciúmes. Rosa a mirava com o mesmo olhar desinteressado nos olhos escuros. *Rosa é uma pessoa muito compreensiva*, Miriam havia dito a ela. Mas Niamh não esperava que isso significasse que ela realmente não estivesse nem aí para o ocorrido.

— Você não está zangada comigo?

— Não. — Rosa passou as mãos sobre a saia. — É muito esforço ficar zangada por cada coisinha. Além disso, vocês dois parecem ser amigos. Eu serei esposa dele, não seu mundo inteiro.

— Obrigada.

Lágrimas queimavam o fundo de sua garganta. A compaixão de Rosa, por mais atenuada que fosse, a deixou comovida. Mas ela não merecia aquilo. Niamh sentiu o corpo em chamas por causa da humilhação — sentia raiva não só de Lovelace, mas de si mesma. Ela tinha sido ingênua de acreditar que havia saído ilesa disso. Jack sem dúvida faria a conexão em breve. Se ele levasse aquilo a sério, o trabalho dela poderia estar em risco. E Kit... Depois de tudo que ele havia dito a ela sobre seu passado, como ela podia ser tão descuidada a ponto de envolvê-lo em outro escândalo?

Ela não tinha feito nada além de ferir todos à sua volta.

Antes que ela pudesse realmente começar a surtar, Rosa disse:

— Miriam, você poderia mandar buscar a carruagem? De repente estou me sentindo exausta.

— Por que você mesma não pode fazer isso? — Miriam protestou. Niamh não podia ver o rosto de Rosa desse ângulo, mas as duas garotas pareciam conversar apenas com os olhos. Miriam esboçou um sorriso.

— É claro. Volto em um minuto.

Assim que ficaram sozinhas, Rosa se virou para Niamh.

— Então. Devemos falar francamente?

O estômago de Niamh se revirou. Que tola ela era de achar que alguém pudesse ser tão misericordioso.

— Vossa Alteza, eu juro, não aconteceu nada...

— Não minta para mim.

— Me desculpe — Niamh sussurrou. — Eu não sei o que aconteceu, eu...

A mão de Rosa pousou suavemente sobre seu joelho.

— Não se desculpe por isso.

Niamh olhou nos olhos de Rosa. Seu rosto cansado era indistinto por trás dos cílios úmidos de Niamh.

— Depois que nos casarmos — Rosa continuou —, eu não me importo com o que você fizer. Se escolher continuar com o que quer que seja isso entre vocês, você tem minha bênção. Se ele comprar uma casa pra você ao lado da de Sinclair e não voltar para casa na maioria das noites, eu vou fazer vistas grossas.

Elas não podiam estar tendo aquela conversa. Niamh não reclamaria se o chão a engolisse e a cuspisse de volta ao mar.

— Eu... eu não poderia fazer isso com você.

— Você é uma garota doce. — Rosa se recostou na cadeira. — No entanto, eu já lhe disse antes: não se trata de amor. Para mim, não é nada além de um jogo muito complicado, e que eu pretendo ganhar. Já o joguei em minha mente mil vezes. Mas você se provou um obstáculo bem inesperado.

— Do que você está falando?

— Lovelace tem razão. Meu pai é um homem conservador. Ele já acha que o príncipe regente é um bufão incompetente. Se sentir que estou sendo maltratada ou feita de idiota, vai voltar atrás no acordo. Não é preciso muito mais para pôr esta união em risco. Nem será preciso muito para remover você totalmente do tabuleiro. — Rosa não falou com grosseria, mas a ameaça em suas palavras era clara. — Estou dizendo isso como amiga. Veja onde pisa. Não é só com a coluna que você precisa se preocupar. O país inteiro está nos observando. Uma guerra em duas frentes não é algo que alguém deve travar sozinho.

Ela já sabia muito bem disso. Niamh não podia escapar da própria natureza. Era boba e ingênua e distraída. Ela nunca tivera chance contra a nobreza e nunca teria. Desde que chegara em Avaland, havia sido pega na tempestade de caprichos desses nobres. Mas enquanto Rosa podia ter imaginado mil resultados para essa Temporada, o fim de Niamh sempre foi uma conclusão predeterminada: ela nunca poderia sair ilesa.

Ela acenou com a cabeça, não confiando em si mesma para falar nada.

— Não há ressentimentos entre nós — Rosa disse. — Mas não quero ver você naquela coluna novamente. Faça o que for preciso para garantir isso.

— Eu compreendo.

— Ótimo. — Rosa virou o rosto na direção do céu, e parte da tensão desapareceu de seus ombros. As nuvens deslizavam no alto; os fios macios e brancos espalhavam-se como as asas de uma pomba. — Lá está Miriam com o cabriolé.

Quando Niamh entrou, ela quase afundou no chão e chorou. Até então, nunca tinha se dado conta de que a vergonha era uma coisa sólida. Era pesada, como se fossem pedras em seus bolsos.

19

Tivesse ou não sendo tolamente imprudente, Niamh não conseguia esperar mais um instante para falar com Kit, e sabia bem onde encontrá-lo.

Quando Rosa e Miriam a deixaram, ela deu a volta no palácio e se dirigiu com determinação para a estufa. Mas quando virou uma esquina, seu coração quase parou. Kit estava saindo do bosque com os ombros cobertos pela luz do sol do fim de tarde. Estava dourado e corado, a imagem do próprio verão. Os dois pararam de imediato ao se verem. A expectativa percorria o corpo dela, e os dedos de seus pés se curvaram dentro das sapatilhas ao se aproximar de Kit.

— Precisamos conversar — ela disse.

Ele mirou as janelas do palácio que davam para o gramado dos fundos.

— Aqui não. Caminhe comigo.

Ela caminhou ao lado dele enquanto ele a conduzia para o fundo dos jardins. Assim que os arbustos floridos ficaram altos o bastante para encobri-los, ele ofereceu o braço a ela.

Niamh ficou olhando por um momento.

— Então você *sabe* ser cavalheiro.

— Em teoria — ele respondeu secamente. — Só para você não desmaiar de novo.

Ele não sabe sobre a coluna. Ela podia ser egoísta e roubar mais um momento com ele. Ela colocou a mão na dobra do cotovelo dele e seguiu.

Um labirinto de sebe agigantava-se sobre eles. Quando ele a conduziu para dentro, ela sentiu um perfume doce e delicado. *Jasmim.*

O labirinto todo era de jasmim. O cascalho branco solto do caminho crepitava sob os pés conforme eles caminhavam, e a cada esquina que viravam, as paredes pareciam se rearranjar. Nenhum dos dois disse nada até chegarem ao centro, onde um gazebo fazia sua vigília solitária. Vinhas subiam entrelaçadas pelas colunas de mármore e se enrolavam nas ripas de sua cúpula.

Ali, estavam completamente sozinhos: sem olhos observadores, sem ninguém ouvindo.

Ela devia ter ficado aturdida, ou talvez empolgada, pelo modo como todos os seus desejos, dos menores aos mais ofegantes, estavam ao seu alcance. Ele tinha esquecido a gravata — maldito! —, permitindo que ela tivesse um vislumbre de sua clavícula. Ela queria se apoiar nos cotovelos de Kit e inclinar o rosto para perto do dele. Queria sentir o coração dele bater junto à sua bochecha ao abraçá-lo. Queria puxá-lo para a grama ao seu lado. Colocar flores nos cabelos dele, conversar até o sol se pôr, rir de como era fácil deixá-lo irritado agora que sabia exatamente como. Pelo modo como que ele olhava para ela, com os olhos desconfiados e esperançosos, ela sabia que ele a deixaria satisfazer cada um daqueles anseios. Lovelace tinha estragado tudo. A mera injustiça disso a deixava tão zangada que ela quase começou a chorar.

— O que foi? — Kit perguntou em tom de preocupação. — Você parece triste.

— Você leu a coluna de Lovelace hoje?

Ele inclinou a cabeça para ela.

— Lovelace? Achei que ninguém lia aquela baboseira, a não ser meu irmão.

— Isso é sério, Kit. Alguém nos viu.

— O quê? — Pela primeira vez, ele parecia alarmado. — Quando?

— Me viram indo atrás de você em Woodville Hall. Foi bem vago. E agora Rosa sabe! Ela não está chateada com a gente. Bem, ela está chateada porque o pai dela pode descobrir a verdade, tudo o que aconteceu, mas....

Ele não parecia ouvi-la. Tirou o cachimbo do bolso e o colocou no canto da boca.

A preocupação afastou todos os medos dela.

— Kit?

— Estou bem. Não precisa perguntar. — Mas ele abriu a caixa de fósforo com as mãos trêmulas. Depois de algumas riscadas desajeitadas, a chama ganhou vida com um chiado baixo.

— Você não precisa mentir pra mim — ela disse com gentileza. — Eu compreendo se você...

— Pare de fazer isso.

A dureza de seu tom doeu nela. Ela deu alguns passos reflexivos para trás.

— De fazer o quê?

— *Isso*. — Ele bufou. — Você se dá conta do que está fazendo? No instante em que vê a oportunidade de consolar alguém, você pula e agarra a chance. Está tentando ser útil para evitar seus próprios sentimentos.

— Não seja cruel — ela sussurrou.

— Isso é *gentileza*. Não estou interessado em ajudar você a se machucar. — Ele deu uma tragada no cachimbo. Quando soltou a fumaça, sua magia fluiu para fora também. À sua volta, as pétalas de jasmim secaram, caíram da vinha e se espalharam pelo chão como neve suja. O cheiro enjoativo de podridão emanou ao redor. — Vá procurar outra coisa com que se preocupar.

Era isso que ela estava fazendo? Sim, ela preferia falar com outra pessoa sobre seus problemas por horas a ficar sozinha com seus próprios sentimentos por um só momento além do estritamente necessário. O instinto de consolar e acalmar estava arraigado nela tão profundamente, que ela se apegava a ele de imediato quando via um mero sinal de agonia. Mas com Kit isso era diferente. Ela se importava tanto com ele que de fato *queria* compartilhar os fardos dele, e no momento os maiores problemas dele eram dela também. Mas Kit ferido era Kit agressivo. Ela não o deixaria escapar impune dessa vez.

— Não pense que eu não consigo ver o que você está fazendo! Está tentando me afastar, porque prefere ficar sozinho a ser machucado. — Ela havia ido fundo. Podia ver no pânico no rosto dele. Mas a verdade chegou à ela com uma clareza assustadora. Ela se lembrou da imagem dele, aquela pilha patética e ensopada dentro de uma jaula de espinhos. *Só sei destruir a vida de todo mundo.* Se ele quisesse trocar gentilezas cruéis, que assim fosse. — Mas isso não é tudo, não é? Você prefere ficar sozinho a machucar os outros.

Saiu fumaça de suas narinas. Ele não disse nada, mas seus olhos queimavam com uma furiosa vulnerabilidade atrás daquela névoa.

— Você não vai se livrar de mim tão facilmente, a menos que seja o que de fato quer. — Hesitante, ela cruzou o espaço entre eles. — O que você quer?

— O que eu *quero*? — ele perguntou com incredulidade. — Que pergunta ridícula.

— É mesmo?

— Não importa o que eu quero. — Ele virou as costas para ela. Era como se tivesse fechado uma porta entre eles e girado a chave na fechadura. — Você estava certa. É uma má ideia ficarmos perto um do outro agora. É muita distração.

Ela segurou a gola do vestido, logo acima do coração.

— Distração?

— Você sabe do que estou falando — ele resmungou. — Podemos conversar quando tudo isso tiver terminado.

— Terminado? — A raiva tomou conta dela. Faltava apenas uma semana para o casamento, mas qualquer coisa podia acontecer. — Você está querendo dizer quando você estiver casado? Lovelace praticamente declarou como estava alegre com a perspectiva de que o seu casamento fracassasse, e eu imagino que ele logo vai ter informações suficientes para orquestrar isso! Nós fomos muito descuidados. Você pretende seguir o exemplo do seu irmão? Ignorar seus problemas até eles ficarem grandes o bastante para o esmagar?

— E o que você quer que eu faça, Niamh? — Ele dizia o nome dela tão raramente que o som dele assim, rosnado com frustração, a chocou. — Você está totalmente vulnerável. Eu não serei o responsável pela sua ruína.

Niamh respirou fundo diante da intensidade que crepitava nele.

— Tanto você quanto Sinclair estão dependendo de eu seguir com isso — ele continuou. — Não posso dar mais material a Lovelace. Meu comportamento vai estar sendo observado agora mais do que nunca, assim como o seu. Por enquanto, não tenho escolha a não ser entrar na linha.

Ela ficou olhando para os próprios pés. Parecia que ele havia arrancado algo de dentro dela. A vergonha se acomodou no espaço que as palavras dele deixaram para trás.

— Não quero que você seja infeliz por minha culpa.

— É meu dever também. Desde aquele dia no parque, eu... — Ele hesitou. — Todas aquelas pessoas soavam exatamente como você.

— Como *eu*?

— Você me fez ver o que não havia visto antes. Como posso dizer que me importo com você se não me importar com o que você sofreu? — ele disse em voz baixa. — Os machleses merecem algo melhor, e Jack não quer dar isso a vocês. Ele precisa de alguém que não tenha medo de desafiá-lo, alguém que cobre a responsabilidade dele. Eu não quero me casar. Eu nunca quis nada que tivesse a ver com meu título. Mas vou me casar mesmo assim, porque é a coisa certa a fazer.

— Oh. — O coração de Niamh ficou apertado. Nunca na vida ela desejara menos ter incutido sentimentos tão nobres em alguém. Ela abriu um sorriso trêmulo para ele. — Isso é muito admirável.

Pela primeira vez desde que ela o conhecera, ele parecia quase um príncipe de verdade — ou pelo menos um príncipe de acordo com a sua imaginação de conto de fadas, virtuoso e determinado. Combinava com ele, esse fogo íntegro em seus olhos cor de âmbar. Ela agora podia imaginar seu retrato pendurado nas paredes de Woodville Hall.

— E quanto a nós? — ela perguntou em voz baixa.

Kit a encarou, desnorteado, como se isso fosse evidente, mas falou quase com reverência.

— Eu vou cuidar de você.

Ela sabia que ele cuidaria, ele e aquela sua tendência protetora. A ideia de uma vida sob sua proteção brilhava como um sonho. Uma bela casa, sua devoção, conforto e segurança para sua família. Ele lhe daria tudo o que ela precisasse. Mas ela sempre seria sua fraqueza — uma coisa a mais com que se preocupar, para a corte explorar.

Ela não podia fazer isso.

Ela não podia suportar a ideia de Kit a deixando sozinha no frio todas as noites, de vê-lo de longe criar os filhos de Rosa, de nunca mais vender outro vestido devido à sua reputação manchada. Ela não podia definhar em uma casa, não importava o quão bela fosse, nem que ficasse perto da casa de Sinclair. Niamh não fazia as coisas pela metade. Não podia se conformar em ser apenas metade da vida dele.

Se ela não podia tê-lo, garantiria que o casamento dele corresse sem percalços. O que significava que tinha que impedir que Lovelace o sabotasse. A questão, é claro, era como fazer isso.

— Não se meta em problemas até o casamento, e não se canse demais. — Niamh deu um salto ao som da voz dele. Foi como se ele tivesse sentido a mudança nos pensamentos dela. — Por mais difícil que isso seja pra você.

Um motim explodiu dentro dela. Ela apontou o dedo para ele.

— Você não é o *meu* príncipe. Não pode me mandar fazer nada.

— E seria uma tarefa tola tentar — ele disse, com um quê de irritação. Ele segurou no pulso dela, então o abaixou entre eles. — Eu estou pedindo.

— Então peça com educação.

Ele a fitou. E não a soltou. A pulsação dela disparava, seu estômago se agitava na expectativa. Eles estavam perto o bastante para a respiração dele pairar suavemente sobre a boca dela. Uma leve faixa de terra marcava o rosto dele, e ela ficou tentada a limpá-la com o polegar, deixá-lo descer até os lábios dele, que se abriam lentamente. O desejo se acumulava dentro dela. Escurecia seus olhos.

Deuses. Ela nunca tinha tido nenhuma chance contra ele.

Ele soltou a mão dela como se ela o tivesse queimado, deixando-a desolada. O vento fez as pétalas soltas de jasmim rodearem os pés dela. Sacudindo a cabeça com rapidez, ele reuniu todo aquele comedimento recém-encontrado e passou por ela com os ombros erguidos.

Semanas antes, Lovelace havia dito para ela entrar em contato com ele. Mesmo ele não se importando com ela, ao menos ele se importava com o bem aos machleses. Kit tinha empatia pela causa. Se soubesse, Lovelace o deixaria em paz. Que problema poderia causar escrever uma carta?

Em uma carta amarrada com um delicado fio vermelho, Niamh garantiu a Lovelace que depois do casamento Kit pressionaria Jack a agir corretamente com os machleses — e que ele até já havia falado com Helen Carlile. Por mais que ela tivesse tentado conter, certo ressentimento acabou transparecendo na mensagem: *Você tem aliados em nós, se nos permitir ajudar.*

A resposta, para seu choque, chegou cedo na manhã seguinte. Alguém a passou ameaçadoramente por baixo da porta de seu quarto, sem bater para anunciar:

Compreendo que esteja chateada com o que fiz, mas eu lhe asseguro que não é nada pessoal. Com certeza você pode compreender um pequeno mal feito em prol de um bem maior. Está claro para mim agora que o príncipe regente vai ignorar a situação política enquanto esse show ridículo continuar. Se esse casamento fracassar, ele não vai ter mais como se esconder atrás dele. Pretendo pressionar mais. No entanto, se encontrar algo substancial para me fazer mudar de ideia — ou se o príncipe Christopher de repente tiver influência política e um plano para resolver as preocupações dos manifestantes — fique à vontade para me contar.

Foi necessária toda a sua força para não jogar o bilhete na lareira. Ah, como ela odiava Lovelace e sua integridade. Ela se sentou em uma poltrona para costurar e pensar. Conforme a escuridão tomava o céu, seus olhos se ajustaram devagar. Mas logo, do lado de fora de sua janela, a noite era praticamente luminosa. A lua no alto deixava o gramado prateado.

Ela imaginou o dia da festa no gramado repetidas vezes. A discussão dos Carmine não havia sido exatamente sutil. Eles tinham transformado o campo de croqué em um jardim para seus sentimentos reprimidos. A maioria dos convidados tinha entrado na casa quando a chuva começou, mas qualquer um podia ter visto ela ir atrás de Kit. Antes de a coluna sair, os únicos que haviam mencionado qualquer sentimento inapropriado entre os dois tinham sido Sinclair e Miriam. Mas Sinclair disse que era óbvio. Sem dúvida mais alguém devia ter suspeitado deles.

Você tem um jeito com as pessoas, Sofia havia dito a ela. *Você tem um jeito de fazê-las revelar o que querem manter em segredo.*

Que mentira bondosa havia sido aquela.

Espere. *Sofia.*

O temor desceu lentamente pela coluna de Niamh. Em seu tempo no palácio, ela tinha visto todos os pequenos insultos que Sofia suportava de uma corte que não tinha interesse nela. O modo como ela era silenciada e desprezada pelo marido. Como desaparecia nos cantos de uma sala, da mesma forma que o último pedacinho do inverno é expulso pela primavera. Como ela ficava em sua sacada, com saudade de sua terra natal...

Aquilo bastava para criar ódio. Era o suficiente para fazer alguém empatizar com uma classe de pessoas negligenciada e silenciada. Certamente era o suficiente para ela querer proteger outra garota solitária e estrangeira do mesmo destino. E em sua primeira correspondência, Lovelace havia reclamado que Jack havia expulsado seus espiões — assim como Sofia tinha confessado que Jack ficava dispensando suas aias.

Será que podia ser...?

Se ela desmascarasse Sofia como Lovelace, poderia impedi-la de sabotar o casamento. Mas ninguém aceitaria esse argumento. Ela seria enforcada por traição apenas por sugerir uma coisa daquelas. A menos, é claro, que pudesse provar. Só precisava da oportunidade certa, das ferramentas certas e do aliado certo.

E ela já tinha uma pessoa em mente.

20

NIAMH ABRIU A PORTA DE VIDRO que dava para o terraço e o calor preguiçoso e intoxicante da tarde recaiu sobre sua pele como um bálsamo.

Ela não saía de seu quarto havia dois dias, desde sua conversa com Kit. Se alguém lhe fizesse uma única pergunta, ela temia que a verdade do que planejava fazer acabasse sendo revelada. Em vez disso, sentou-se perto da janela e liberou sua magia pouco a pouco, transformando-a em novelos de fio dourado. Ela havia costurado sem parar até suas articulações ficarem inchadas e suas mãos enrijecerem. Mesmo que isso a matasse, ela *terminaria* o vestido de Rosa e o manto de Kit antes do casamento. Ela garantiria que todos ficassem tão felizes quanto possível com os tristes acordos que haviam feito.

Miriam esperava por ela do lado de fora com um sorriso incerto no rosto. Como sempre, parecia uma visão. O sol do meio-dia pintava o gramado de dourado e incendiava o vermelho-escuro de seus cachos. Refulgiava nos anéis dourados em cada um de seus dedos. Quando Niamh parou diante dela, com todos os seus pensamentos irremediavelmente confusos, Miriam não hesitou e a envolveu num abraço. Aquela ternura sem reservas chocou Niamh. Seu mundo ficou indistinto, um borrão de luz e cor, conforme lágrimas surgiam em seus olhos.

— Obrigada por vir — ela disse com a voz rouca.

— Eu disse que ficaríamos juntas esta Temporada. — A voz dela era baixa junto ao ouvido de Niamh. — Você está bem? Alguém lhe causou alguma dificuldade?

Niamh devia estar muito mais sobrecarregada do que se permitia reconhecer. Abraçada e ancorada por outra pessoa, todos os seus sentimentos jorraram de repente. Seus ombros tremiam e lágrimas escorriam por seu rosto. Miriam não recuou. Permitiu que Niamh chorasse em seus braços, fazendo sons suaves de empatia. Niamh não se sentia desse jeito desde que era criança, o que apenas a fez chorar ainda mais.

Após mais de um minuto, depois que os soluços de choro diminuíram, Miriam se afastou com um sorriso gentil.

— Por que não vamos dar uma volta? Isso sempre me ajuda a arejar a cabeça.

Niamh fez que sim com a cabeça enquanto secava o rosto com o dorso da mão. Juntas, elas saíram pelo caminho em meio aos jardins, de braços dados. Niamh meio que esperava encontrar Jack ali. De vez em quando, ela o vislumbrava patrulhando do lado de fora de sua janela, inspecionando cada flor e podando aquelas que aparentemente não correspondiam a seus padrões. Todas as flores agora se eriçavam com sua magia, as pétalas cheias de veios dourados, e todas organizadas em perfeita simetria, como um batalhão de soldados. Ele estava lidando com o estresse à sua maneira, ela supunha.

— Como está Rosa? — Niamh perguntou.

— Ah, igual sempre. — Miriam suspirou. — Ela e o príncipe regente têm acalmado o pai dela. Acho que finalmente o convenceram de que tudo não passou de um falso e cruel rumor. Parece que Sua Alteza *se* convenceu disso também.

— Estou muito feliz em saber disso.

— E você? O que pretende fazer agora?

— Eu confesso — Niamh disse, antes que perdesse a coragem — que foi por isso que chamei você aqui para conversar. Preciso de seu conselho.

— Oh! — Miriam arregalou os olhos. — Bem, posso lhe garantir que o que Rosa disse é verdade. Ela não se oporia a tal arranjo, não que qualquer esposa realmente possa se opor...

— Não é isso. — Niamh ficou corada. — Eu acho que sei quem é Lovelace.

— Você sabe? — Seus dedos apertaram o braço de Niamh. — Quem?

— A princesa Sofia.

— O quê? — Miriam a arrastou para uma curva sombreada no caminho do jardim. Os girassóis pareciam se inclinar de maneira conspiratória.

Miriam escutou em silêncio, cada vez mais alarmada conforme Niamh explicava seu raciocínio. Quando ela terminou, a reprovação maternal nos olhos de Miriam foi quase suficiente para fazê-la murchar de imediato. Niamh enterrou o rosto nas mãos.

— Ah, Niamh — Miriam lamentou. — Em que você foi se meter? Isso é uma grande confusão, sem contar que é *alta traição.*

— Eu sei. — As palavras dela estavam abafadas pelas mãos.

Ela suspirou com irritação.

— Por que você veio falar comigo sobre isso? Fico feliz em escutar, é claro, mas...

— Desculpe sobrecarregá-la com isso. Eu não sabia a quem recorrer. — Ela pegou nas mãos de Miriam. Sinclair já a havia aconselhado a não se meter em mais problemas, e olha que ele tinha seu próprio histórico com a coluna. — Se quiser fingir que nunca tivemos essa conversa, eu compreendo. No entanto, sei que você se importa com a felicidade da infanta Rosa tanto quanto eu me importo com a de Kit.

Miriam ficou surpresa ao ouvi-la dizer aquilo. A cor se esvaiu de seu rosto.

— Eu... Sim. Eu me importo. — Ela se recuperou rápido o bastante, colocando um cacho solto atrás da orelha. — Rosa está determinada a seguir em frente com isso; Castilia está precisando muito de aliados. No entanto, temo que Lovelace possa estar certo. Eu mesma ando preocupada com as intenções do príncipe regente. Durante as negociações com o rei, Sua Alteza insistiu muito sobre o dote de Rosa.

Niamh franziu a testa.

— Por quê?

— Eu não sei. Não é incomum falar sobre dinheiro, claro, mas aparentemente foi um tanto quanto grosseiro. E eu ouvi alguns rumores sobre ele. Nada comprovado, é claro, mas...

— Jack não está pagando seus criados — Niamh disse com raiva.

— Sim. — Miriam levou os dedos aos lábios enquanto pensava. Era um gesto tão característico de Rosa que Niamh quase sorriu. — Fico me perguntando se é intencional ou se ele está distraído.

— Independente da razão para o comportamento dele nos últimos tempos, se isso vier à tona será um desastre. O rei vai cancelar o noivado.

— Com certeza. Ele já ameaçou fazer isso pelo menos duas vezes. — Miriam se acomodou na beirada de uma urna de granito. — Mas o que podemos fazer? Você não pode acusar, sem base, a princesa de ser uma radical ou, Deus me livre, de incitar a sedição contra o próprio marido.

— Deve haver alguma prova! Com certeza há algo nos aposentos de Sofia. Um sinete, uma carta com caligrafia igual, *qualquer coisa*.

Miriam ergueu as sobrancelhas.

— E como você propõe entrar nos aposentos da realeza para encontrar isso?

O ceticismo na voz dela não foi apreciado. Niamh fez cara feia.

— Eu posso ser muito furtiva.

Miriam olhou para ela com pena. O olhar dizia: *nem mesmos os deuses podem ajudá-la*. Mas ela fez a Niamh o pequeno favor de guardar seus pensamentos para si. Muito diplomaticamente, disse:

— Você só tem uma chance de fazer isso antes que eles percebam. Se for pega, será dispensada ou coisa pior.

— Eu tenho que tentar.

— Por quê? — Miriam perguntou. — Você está seguindo por um túnel do qual não pode ver o fim, Niamh. Você é talentosa e charmosa, e todos já viram como suas criações são maravilhosas. Haverá outras oportunidades de você fazer seu nome como costureira, mesmo se afastando agora. Nem os problemas de Avaland nem de Castilia são seus. Vale mesmo a pena se meter nisso?

Talvez não. Mas os problemas dos machleses eram dela, sim. Ela não podia virar as costas para o que havia visto, sabendo de todo o sofrimento que deixaria atrás de si. Ela não podia voltar para casa, para aquela casinha com a janela quebrada, trabalhando a vida toda, vendo sua família definhar junto com as plantas na terra, lamentando conforme cada vez mais gente partia a cada dia. Não tinha sobrado nada para ela por lá.

Ela mal havia vivido até chegar em Sootham — até conhecer pessoas como Sinclair, Miriam e Kit. Se ela era tão tola quanto Miriam acreditava que era ou tão autodestrutiva quando Kit a acusava de ser, não importava mais. Mesmo que ela não fosse ficar com ele de verdade, Kit Carmine ainda era dela, e também merecia proteção.

Ele não se livraria dela com tanta facilidade.

Niamh olhou fixamente nos olhos dela.

— Vale a pena para mim.

— Estou vendo que não há como convencê-la, então. Mas acho que compreendo. O príncipe olha pra você de uma certa forma quando acha que ninguém está vendo. — O devaneio em sua voz desapareceu quando a travessura brilhou em seus olhos. — Sim, há uma certa *intensidade* nele que imagino que deva ser atraente em certas circunstâncias.

Niamh quase engasgou. Ela deu um tapa no braço da outra.

— Miriam!

A risada delas se dissolveu no ar quente do verão. Elas se sentaram lado a lado na pedra aquecida da urna, sentindo o calor do sol nas costas. Em algum lugar ao longe, Niamh escutou o arrulho de uma rola-carpideira. Ela desejou poder ficar daquele jeito para sempre, ali, naquele silêncio plenamente satisfeito.

Miriam se inclinou e ficou de frente para Niamh com uma expressão séria e calculista que também devia ter aprendido com Rosa. Parecia quase perturbadora.

— Eu acho que você precisa da minha ajuda, então. Tem alguma ideia do que fazer?

— Eu não... Ah. Espere um minuto. — Um plano lhe ocorreu, lentamente, mas era certeiro. *Havia* algo que tornaria muito mais fácil se infiltrar nos aposentos da realeza.

Miriam fez uma cara que sugeria que ela havia se arrependido muito de ter perguntado.

— O que foi?

— Ah, nada. — Niamh disse com alegria. — Por acaso você sabe onde fica o quarto do Kit?

Era noite alta, e a casa finalmente estava em silêncio. Nenhum criado se movimentava pelos corredores ou se esgueirava pelas passagens secretas. Não havia convidados no salão, nenhuma música de piano saía da sala de visitas. O único som era o caminhar suave dos pés de Niamh e Miriam sobre o assoalho. A luz das velas sussurrava junto às paredes e balançava suavemente na escuridão, sustentada pela lamparina de Miriam.

— Só para constar — Miriam disse —, essa é uma ideia muito, muito ruim, e você vai fazer nós duas acabarmos na prisão.

— Não seja tão paranoica — Niamh disse. — Vou entrar e sair em um segundo. Só preciso pegar o casaco dele emprestado.

— Roubar o casaco dele — Miriam corrigiu.

— É mesmo roubo? Eu que fiz pra ele. É mais como um presente que estou pegando de volta.

Miriam revirou os olhos para o alto, mas decidiu que não valia a pena ter aquela discussão. Sendo justa, essa talvez fosse a pior ideia que Niamh tivera na vida, mas ela também não via outra opção. Ela devia a Miriam todos os anos que lhe restavam de vida — e talvez seu filho primogênito — por muito relutantemente ter concordado em ficar de guarda. Se alguém a pegasse saindo do quarto de Kit na calada da noite, não haveria como deter a onda de rumores.

Elas pararam na frente de uma porta que tinha os sulcos do painel contornados em dourado e decorados com vinhas delicadamente ilustradas. À luz das velas, a tinta parecia brilhar e crepitar. Respirando fundo, Niamh fechou os dedos ao redor da maçaneta. Com um ruído que pareceu ecoar por toda a casa, a porta se abriu. Mesmo no escuro, Niamh podia ver os olhos de Miriam cintilando de terror. Era nem pouco encorajador.

Niamh passou pela porta e sentiu uma onda repentina de vertigem. Ela nunca tinha feito algo tão ousado antes.

Mas a doce empolgação da rebelião não durou muito. Lá dentro, a escuridão era densa como uma cortina. Ela piscou várias vezes, esperando os olhos se ajustarem. Quando o quarto finalmente entrou em foco, Niamh ficou surpresa. Não tinha nada a ver com o que ela esperava. Era impessoal como um quarto de hóspedes — como se ninguém vivesse ali. Sem quadros. Sem objetos pessoais. Sem bagunça. A única coisa que lhe chamou a atenção foi o papel de parede com estampa de margaridas e violetas. Era adorável, mas a delicadeza a perturbou. Era tudo delicado, suave e belo: um santuário para um garoto que partira quatro anos antes — um que talvez nunca tivesse sequer existido. Sinclair insistia que ele tinha sido uma criança sensível, mas ela não conseguia visualizar Kit Carmine sendo doce como um botão. Ele tinha uma origem mais resistente: uma erva-daninha crescendo pelas rachaduras da calçada por puro despeito.

Por fim, seu olhar pousou sobre a cama — exatamente o que ela tentava *não* notar. Kit dormia em uma poça de luar. As sombras das folhas do lado de fora da janela formavam um padrão manchado sobre seu rosto. Os cabelos caíam pelo travesseiro como água escura derramada. Nem dormindo ele parecia em paz. E agora, sua beleza ficava ainda mais cruel porque ela não podia olhar de perto: iria trucidá-la se ela se demorasse.

Ela fechou a porta, que mal fez barulho ao se acomodar no batente. Agora, só precisava descobrir onde ele tinha guardado o casaco que ela tinha encantado com invisibilidade. Ela foi na direção do guarda-roupa — e logo bateu o dedão em sua base.

A dor percorreu seu corpo inteiro, e seus olhos ficaram cheios de lágrimas por reflexo. Ela conteve o choro que ameaçou escapar, então olhou de novo para Kit. Ele se mexeu, franzindo a testa. Ocorreu a ela que não havia preparado nenhum tipo de desculpa para o caso de ele acordar e a encontrar ali. De um modo meio perverso, ela queria saber o que ele faria. Podia imaginar facilmente seu rubor imediato e a acusação furiosa em seus olhos. A forma como tudo derreteria e ele diria algo terrivelmente pouco romântico, mas bastante convincente, como *Venha aqui.*

Foco, ela lembrou a si mesma com severidade.

Niamh abriu as portas do guarda-roupa. Ela procurou entre as camisas e jaquetas, ficando sem ar a cada som metálico dos cabides contra o cabideiro. Quando chegou ao fim do armário, seu coração afundou. Não estava ali. Será que ele já havia se livrado do casaco? Mas quando deu meia-volta, ela o viu. Ali, no canto, pendurado no encosto da cadeira da escrivaninha. O luar dançava sobre os encantamentos introduzidos no bordado, chamando-a para mais perto. Pareceria uma vitória se o casaco não estivesse tão perto da cama dele. O rosto dela queimava. Bem, não havia o que fazer. Ela já tinha chegado até ali.

Niamh prendeu a respiração e se aproximou. Cada rangido das tábuas do piso parecia alto como o tiro de um mosquete. Com cuidado, ela pegou o casaco e o abraçou junto ao peito. O tecido era frio e macio contra a pele, e ela sentiu a magia — a esperança — cintilando dentro dele. Parecia que uma garota completamente diferente tinha feito aquele casaco, uma garota que ainda acreditava que Kit era cruel e insensível.

Ela ousou olhar para Kit novamente. Um feixe de luar contornava suas feições em prateado. Isso, ela pensou, era o mais perto que ela jamais chegaria dele de novo. Ela nunca mais ouviria a aspereza agradável de sua voz ou sentiria o peso de sua irritação direcionada a ela. Um dia, talvez, esqueceria como era se sentir cuidada e protegida por ele. Ela queria acordá-lo agora, gravá-lo outra vez na memória. Mas já havia se atormentado o bastante esta noite.

— Adeus — ela murmurou.

Os olhos dele se abriam. Niamh conteve um grito de surpresa.

— Niamh? — Os olhos de Kit estavam turvos e sua voz estava áspera devido ao sono. — Estou sonhando?

— Sim — ela prontamente concordou. — Você está sonhando.

— Venha aqui. — Ele ainda soava meio adormecido, mas a firmeza principesca por trás daquelas palavras a fez prestar atenção.

O que ela deveria fazer agora? Se fugisse, ele quase certamente acordaria — e perceberia que ela tinha invadido seu quarto como uma ladra comum. A única coisa que ela podia fazer era rezar para que ele adormecesse de novo e esquecesse desse encontro pela manhã. Devagar, ela colocou o casaco sobre os ombros como uma capa e sentou na beirada de sua cama. O colchão cedeu sob seu peso.

Ele rolou na direção dela e murmurou.

— Senti a sua falta.

O coração dela se agitou. Deuses, ela era tão fraca.

Mas quando ela olhou para baixo, os olhos dele estavam fechados. Lentamente, sua respiração se acalmou. Ela sentiu uma pontada de decepção nas entranhas, embora não soubesse o que estava esperando. Com isso, levantou-se e fechou a porta, deixando para trás o que eles poderiam ter tido.

21

FALTANDO APENAS QUATRO DIAS para o casamento, o último evento do calendário social de Jack apresentou a Niamh a oportunidade perfeita.

Era uma reunião íntima à noite, somente com os participantes da cerimônia de casamento e os familiares do casal. Da janela de seu quarto, Niamh viu a chegada dos Carillo. Eles saíram de uma fila de carruagens, um a um. Havia consideravelmente mais gente do que Niamh havia antecipado. Rosa tinha onze irmãos, de todas as idades: os mais velhos dos infantes estavam na casa dos trinta, enquanto os mais novos ainda eram crianças. Ela teve apenas um vislumbre do rei e da rainha antes que um exército de criados — e o próprio Jack — os acompanhasse para dentro.

Quando chegou a hora de sair, Niamh pôs a última carta de Lovelace no bolso do casaco de Kit, depois o vestiu. Seu peso a confortou — e a aqueceu, com sua magia persistindo nos fios. Ela fechou os olhos e respirou fundo conforme o encantamento a encobriu. Era sempre a mesma coisa. A emoção borbulhava dentro dela. Então: lembranças. Tudo o que sentiu enquanto bordava a peça de roupa voltava com tudo.

Ela se lembrou de todas as vezes em que se sentiu pequena e segura, abraçada e aninhada: escondida em um buraco sob as raízes de uma árvore durante uma brincadeira de esconde-esconde, encolhida ao lado de uma amiga na cama, dormindo nos braços de sua mãe. A ternura a fez sentir estranhamente desequilibrada. Ela se perguntou o que Kit tinha visto quando experimentou o casaco pela primeira vez, e das coisas de que ele devia ter se escondido quando menino. Ela nunca poderia lhe perguntar isso. Ela nunca mais o veria deixando para trás sua vulnerabilidade, ou levantar uma parede de espinhos, ou ficar nervoso com as alfinetadas dela.

Não, ela não podia ficar pensando nisso. Não agora.

Ela desceu a grande escadaria, observando os convidados em seus trajes elegantes entrarem na sala de estar. Jack havia trazido um trio de dançarinas de Castilia para se apresentar. Um palco havia sido construído, cercado por três fileiras de cadeiras de todos os lados. Niamh se demorou, esperando ter pelo menos um vislumbre do figurino. Mas logo as portas se fecharam.

Não havia tempo a perder, então.

Nos corredores escurecidos, todas as estátuas estavam banhadas em um luar azul, e seus olhos frios e impassivos olhavam para ela em um julgamento silencioso. A porta para a ala de Jack e Sofia no palácio erguia-se imponente como uma vanguarda acima dela. Ela tentou a maçaneta, mas a fechadura estava bem trancada.

Já esperava por isso, claro, e havia se preparado de acordo. Quão difícil poderia ser, realmente, invadir os aposentos? Ela tirou um grampo de cabelo do coque e sua trança caiu sobre as costas. Enfiou-o na fechadura. Um empurrão, uma virada, e *droga*. A metade quebrada do grampo caiu no chão.

— Ah, não importa — ela murmurou baixinho.

— Eu disse pra você não se meter em problemas.

Niamh se assustou. Ela se virou tão rápido que a trança quase bateu em sua cara. Kit estava ali parado, encostado na parede, a uns trinta centímetros dela. Seus olhos cor de âmbar pareciam brilhar na escuridão iluminada apenas pela luz das velas, preenchidos por uma descrença exasperada e mil outras emoções contidas.

— Kit!

— Ainda é tão fácil de surpreender — ele disse com admiração. — Você realmente precisa prestar mais atenção à sua volta, ainda mais se estiver tentando invadir os aposentos de Sua Alteza Real.

Ela não fazia ideia do que dizer. Não fazia ideia do que pensar dele, totalmente indiferente e sarcástico como sempre. Ela puxou o casaco que vestia mais para perto do pescoço.

— O que você está fazendo aqui? Não deveria estar me evitando? — E depois, outra coisa lhe ocorreu. — Como você me viu?

— Eu vi você na porta, só por um instante.

— Então estava procurando por mim?

— Não me leve a mal. — Ele virou o rosto, mas ela podia ver uma leve vermelhidão subindo pelo nariz. — Eu percebi que você estava prestes a fazer algo imprudente. Parece que eu estava certo. Você não consegue se conter, não é?

O rosto de Niamh queimou de humilhação.

— E quanto a você? Não foi exatamente uma ideia muito boa me seguir. As pessoas devem ter visto você sair do quarto.

— E daí? Estou na minha casa.

— Ah. Certo. — Ela fez uma pausa. — Ainda assim, se alguém nos encontrar juntos de novo… Esta é uma situação muito comprometedora.

— Então não vamos ser pegos. — Ela já reconhecia aquele olhar nos olhos dele: desafio. — O que você está fazendo?

Niamh não conseguiu pensar em nenhuma desculpa sensata. Estava parada em um corredor escuro, usando um casaco roubado, segurando um grampo-de-cabelo-que-virou-chave-mestra.

— Estou dando uma olhada.

— É assim que você chama? Você anda fazendo muito disso ultimamente.

Ela levou um instante para entender o que ele estava falando.

— Você… Você estava acordado?

— Você quase quebrou meu guarda-roupa de tão forte que o chutou. Então, sim.

— Você… — Se ao menos o chão pudesse engoli-la agora. Se ao menos ela pudesse entrar em combustão instantânea e sumir. — Você só estava me provocando, então, quando me chamou para perto? Por que não disse nada?

— Talvez eu quisesse ver o que ia acontecer. — Ele se encostou na parede, era a própria imagem do relaxamento. — Ainda estou esperando, sinceramente.

Deuses, por que ele tinha que estar ali? Ela acreditava que seria simples, ajudá-lo de longe e sair da vida dele. Mas eles eram irremediavelmente atraídos um pelo outro, como ímãs. Ela se frustrava com o modo como parecia fácil e certo cair nesse padrão com ele.

— Estou tentando descobrir quem é Lovelace — ela confessou. — Está feliz agora?

Ele ergueu a sobrancelha.

— Na ala do meu irmão no palácio?

Ah, ele era *mal*. Ela podia ver por seu tom impassível e pelo brilho frio em seus olhos que ele estava gostando daquilo.

— Eu acho que é a princesa Sofia.

— *O quê?*

Ela recuou.

— Sei que é traição até mesmo sugerir uma coisa dessas, mas eu tenho meus motivos e não posso....

Ele bufou.

— Você não precisa explicar nada pra mim. Não estou aqui para impedi-la.

— Não está?

— Não. — Ele tirou os cabelos do rosto e suspirou, como se estivesse muito aflito, mas ela não deixou de perceber que sua expressão se suavizara. — Eu vou com você. Mas quero meu casaco de volta.

— Combinado. — Ela fez uma pausa, e as suspeitas surgiram. — Espere. Por que está me ajudando a invadir os aposentos do seu irmão?

— Porque, mesmo que você estiver errada, ele não merece um momento de paz — ele disse sem delongas. — E se você estiver certa, se meteu em uma confusão. Não tem ninguém para protegê-la se as coisas derem errado.

— Não preciso de sua proteção. — Ela precisava muito. Mas não lhe daria a satisfação de admitir.

— Eu dei a minha opinião. Agora me dê meu casaco.

Com ressentimento, ela o entregou. Ele deu a ela o casaco que estava vestindo. Estava quente, com o calor de seu corpo — e tinha o cheiro dele, de terra de jardim e tabaco. Foi uma troca mais do que justa. De imediato, ela colocou os braços nas mangas e o apertou junto ao corpo. Kit a observou com uma expressão peculiar, quase admirada.

— O que foi? — Ela olhou para baixo. — Estou ridícula, não é?

— Não — ele disse com timidez. — Quero dizer... está *enorme* em você. Mas eu gosto de vê-la com minhas roupas.

— Ah. — Ela pigarreou, determinada a não se agitar. — Err... Então, você tem a chave?

Ele sorriu e o coração dela acelerou em resposta. Ela não imaginava que um dia veria aquele ar travesso em seu rosto.

— Não. Mas já entrei antes. É fácil.

Seus olhos brilharam em dourado e um pulso de magia sussurrou sobre sua pele. As plantas ao redor deles ganharam vida. Vinhas saíram de seus vasos e entraram no buraco da fechadura. A madeira rangeu e estilhaçou e, depois de um momento, toda a fechadura se separou da porta. Ela caiu no chão com um ruído metálico.

Niamh olhou para a fechadura no chão com desespero.

— Bem, certamente é uma forma de fazer isso. Mas agora ele vai saber que estivemos aqui. Como você vai explicar isso?

— Ele não vai perguntar. Vai achar que eu estava procurando seu uísque novamente. — A alegria desapareceu de sua voz. — Vamos.

Ele passou por ela, e Niamh se apressou atrás dele. Com jeitinho, ela perguntou:

— E tudo bem pra você deixar ele acreditar nisso?

— Não importa o que eu sinto sobre isso. — Uma irritação irradiava dele, antes de ele a dispersar com um suspiro. — Duvido que ele volte a confiar em mim de novo. E por um bom motivo. Eu era uma pessoa ruim antes de partir, pra ser sincero. Ele mal conseguia lidar consigo mesmo, e não é como se nosso velho lhe tivesse dado algum exemplo de como ser um bom pai.

Ela ainda conseguia se lembrar da dor crua e furiosa na voz de Jack na tarde da festa no gramado. *Você foge no momento em que a situação fica difícil, assim como nossa mãe fazia. Que utilidade vocês dois tiveram para mim?*

— Tenho certeza de que ele também não está orgulhoso de si mesmo. O desespero às vezes faz as pessoas agirem de um jeito do qual se arrependem depois — ela disse em voz baixa. — Ainda assim, você era uma criança. Tenha um pouco de compaixão.

Os passos deles ecoavam nos corredores. No escuro, o piso de mármore era lustroso como uma camada de gelo. Kit foi até o centro da antecâmara, onde um mosaico no chão representava a insígnia da família: uma rosa em plena floração, com uma gota de sangue dourado escorrendo de um espinho.

— Para onde vamos agora? — Kit perguntou.

Niamh olhou ao redor com constrangimento.

— Errr... Bem...

— Inacreditável — ele murmurou. — Você tentou se infiltrar aqui sem um plano.

— Só me dê um momento. Estou pensando. — Três corredores saíam do átrio. — Qual é o quarto da Sofia?

Kit parecia estar prestes a provocá-la por entrar no quarto dos outros novamente, então ela disse:

— Não quero ouvir nada de você!

Sem pensar, ela o pegou pelo cotovelo e o arrastou junto. Foi só quando eles cruzaram a soleira para o quarto da princesa que ela se deu conta de que ele não se afastou e nem resistiu. Ela o soltou e observou o quarto.

Tudo era estofado em tecidos brancos e cinza, monótono como uma floresta no meio do inverno. Niamh foi primeiro até a escrivaninha. Não havia nada desordenado ali — nada além de cartas começadas em um idioma que ela não entendia. A caligrafia não parecia familiar. Seu coração afundou. Mas talvez houvesse algo no conteúdo das cartas que provasse sua teoria.

— Você entente saksiano? — ela perguntou.

— Um pouco. — Ele estendeu a mão. — Me deixe ver.

Ela passou a carta a ele. Enquanto ele passava os olhos na folha, ela vasculhou as gavetas. Nada, nada, nada. Apenas sinetes simples e pontas de pena afiadas, alinhadas em fileiras como instrumentos cirúrgicos.

— Nada de interesse — Kit disse. — Ela está contando à irmã que é infeliz aqui.

Niamh não precisava ler sua correspondência para saber disso. Ela pegou a carta da mão dele e a colocou no lugar com cuidado.

— Entendo.

Talvez ela estivesse errada. Mas logo à sua frente, uma janela abria--se do chão ao teto para uma sacada. Dava para o grande gramado frontal — e lá, como um fantasma fino contra a noite, estava a árvore atingida por um raio. Niamh então se lembrou: como ela havia visto Sofia parada na sacada, as cortinas esvoaçando com a brisa, seu robe ajustado ao corpo. Sofia devia tê-la visto também.

Devia.

— Você parece decepcionada — ele disse.

— Não é nada. Vamos tentar outro cômodo.

Quando eles tentaram a maçaneta do cômodo seguinte, no entanto, ela fez barulho. Trancada. Kit fechou os olhos e pressionou a mão na porta. Uma leve luz dourada fragmentou-se sobre suas maçãs do rosto, como uma teia de aranha sombreada abaixo dos cílios. Uma vinha passou pela fechadura pelo outro lado. Ela arrancou a fechadura da porta e a abriu com um rangido penoso.

— Muito bem — Niamh disse com tristeza. A ousadia daquilo a impressionava. Por menos principesco que fosse, ele não podia negar sua natureza. Ela supôs que isso era o que acontecia quando se crescia sabendo que era o dono da terra onde estava pisando.

Kit entrou no quarto e acendeu o lampião a gás que ficava na parede. Uma luz oleosa pairou densamente sobre o cômodo. O gabinete de Jack era precisamente como ela se lembrava: tudo estava onde devia estar.

— Eu costumava vir perturbá-lo quando ele estava trabalhando. — Ele arrastou a ponta do sapato no chão. — Se alguém movesse alguma coisa sequer um centímetro, ele percebia. Isso aqui parece um museu.

— Então é melhor não tocarmos em nada. Ah. Certo. A porta.

Era tarde demais para ter cuidado.

— Quero dar uma olhada enquanto estamos aqui — ele disse.

Ela também estava curiosa para saber o que mantinha Jack tão ocupado ali dentro. Kit traçou círculos lentos pelo recinto até ir parar atrás da mesa. Ele pegou a garrafa de uísque de uma prateleira, abriu a janela e despejou a bebida de imediato. Um músculo de seu maxilar se contraiu quando ele a recolocou na prateleira. Uma brisa fria passou pelo cômodo, bagunçando todos os papéis de Jack.

Niamh se juntou a ele com hesitação. Entre as prateleiras e a poltrona, não havia muito espaço. O cotovelo dela bateu nele quando ela começou a mexer nos papéis organizados em pilhas. Havia mapas de assentos — nomes acrescentados e riscados e reorganizados centenas de vezes — e cardápios com anotações meticulosas (*o pão de ló está muito denso*, dizia uma delas, *e o sabor do chá está forte demais. Eu não suporto lavanda*).

Era tudo terrivelmente comum.

Ela os colocou na ordem que acreditava ser a correta, depois voltou sua atenção às gavetas. Lá, encontrou livros de contabilidade — *toneladas* deles, todos idênticos e encapados em couro. Ela pegou o mais recente e pôs sobre a escrivaninha. Ele fez barulho ao cair contra o tampo.

— Ele está sempre escrevendo nessas coisas — Kit disse. — E nunca me deixou olhar.

— Devemos olhar?

Cada um pegou um.

A precisão da caligrafia de Jack a confundiu, e a quantidade de números fez sua cabeça latejar em protesto. Ela tinha aprendido o básico de matemática para administrar a loja. Mas não era seu forte, e era difícil entender o que, exatamente, estava vendo ali. Arquivados naquele volume estavam cartas e documentos, cada um parecendo mais oficial e terrível que o outro.

Ao lado dela, Kit folheava os documentos com o mesmo foco obstinado que aplicava a tudo na vida. Mas seus olhos se arregalavam e a pele empalidecia a cada página que virava. Ele leu pelo que parecia uma eternidade antes de colocar o livro-razão de lado e folhear outro. Depois de um tempo, a cor retornou ao seu rosto com fúria.

— Isso não pode estar certo.

— O que foi?

Ele deu um passo para trás e olhou feio para a mesa, como se ela o tivesse mordido.

— Os cofres reais estão quase vazios.

— *O quê?*

Kit retomou o trabalho. Abriu cada gaveta e cada armário. Desenterrou correspondências de todos os cantos do império. Devassou a sala com a mesma precisão mercenária de um caçador preparando uma matança. No fim, eles estavam praticamente afogados em papel. Ele se inclinou sobre a mesa com os dedos agarrados nas beiradas.

— Começou com nosso pai, décadas atrás — ele disse. — Machland não foi a única colônia que se rebelou naquela época, e as tentativas do velho de acabar com todas as revoltas de uma vez foram extremamente dispendiosas. Era uma batalha perdida desde o início, mas ele estava lutando desesperadamente para manter o império. Ele drenou nossos recursos em nome de seu próprio ego.

Niamh não conseguia imaginar quanto derramamento de sangue havia advindo de tantas guerras. E agora, temia pensar no que teria acontecido na Guerra de Independência Machlesa se o rei não tivesse dividido seu foco. Eles podiam muito bem ter sido esmagados.

— E então — Kit continuou, sua amargura só aumentando —, quando perdia, ele se acalmava comprando coisas belas e inúteis, como o palácio onde está atualmente apodrecendo. Aquela coisa é uma monstruosidade feita de ouro. Sem contar a despesa de manter todas as suas amantes, seu gosto por láudano, a arte que colecionava… A dívida que ele acumulou é astronômica.

— E ele deixou tudo isso para o Jack — Niamh disse em voz baixa —, sem se preocupar em prepará-lo.

— Exatamente — ele disse com um fio de voz. — Parece que o Jack vem lutando para tapar os buracos desde então, enquanto ao mesmo tempo tenta manter uma ilusão de normalidade. Um de seus maiores investidores no momento é o duque de Pelinor. O pai do Sinclair.

O coração dela afundou.

— Ah, não.

Kit começou a andar de um lado para o outro.

— Um homem que fez metade de sua fortuna explorando os machleses. Ele era dono de terras antes da rebelião, e agora usa a mão de obra barata machlesa para ter lucro.

O que significava que Jack não podia se dar ao luxo de irritá-lo.

Niamh se debruçou sobre a mesa quando uma onda repentina de náusea tomou conta dela.

— Então é por isso que ele se recusa a falar com os manifestantes.

— Avaland está perdendo dinheiro — Kit disse —, e ele está gastando ainda mais com esse casamento. *Por quê?*

De uma só vez, ela entendeu. *Isso* era o que Lovelace queria. Era *disso* que ele suspeitava: dívidas, subornos, corrupção. Avaland era um reino que se mantinha unido com tinta dourada, uma oração e o desejo de um homem determinado a suportar o peso sozinho.

Kit jogou tudo da mesa no chão. Os livros-razão caíram. Papéis se espalharam pela sala.

— Como ele pôde esconder isso de mim?

Niamh colocou a mão em seu cotovelo.

— Você era muito novo.

— Isso não é desculpa — ele resmungou. — Ele é um idiota. Se ele caísse morto hoje à noite, tudo isso recairia sobre quem quer que fosse o pobre coitado que o Parlamento julgasse por bem indicar, e ninguém seria competente o bastante para esconder isso tão bem quanto ele. Eu poderia ter ajudado. Mas não posso fazer nada se não tenho ideia do que está acontecendo.

— Não é sua responsabilidade consertar isso, Kit — Niamh disse. — Você nem estava aqui. Você não criou essa confusão.

— E nem ele. Porra — Kit murmurou. — *Porra.* Me desculpe.

— Você está bem?

— Estou — ele disse depois de um instante. Sua raiva derreteu, e o que restou em seu rosto foi uma determinação de aço. — Isso é bom.

Niamh ficou boquiaberta diante dele, perplexa.

— Está se sentindo bem? Eu não entendo como isso pode ser bom, nem apelando para a imaginação.

— Eu nunca me senti melhor. Sinto que tem algo que eu posso *fazer*. — Ele tirou os cabelos do rosto. — Por tanto tempo, eu me senti impotente, como se eu não tivesse sido livre nenhum dia da minha vida. Achei que nunca escaparia, nem da minha família, nem do passado, nem da minha própria mente. Antes de eu voltar, independentemente de ter ou não parado de beber, viver não parecia valer a pena. Eu estava encalhado em uma fazenda em Helles, sem ninguém que eu conhecesse e nada para fazer além de pensar nas coisas que eu havia perdido e em todas as formas em que havia fracassado.

"Mas um dia, dei uma olhada no que havia me tornado. O dono da alameda de oliveiras me encontrou desmaiado. Não foi uma visão agradável, aparentemente — ele zombou. — Quando recobrei a consciência, ele me pôs sentado e me disse: 'Já vi muitos homens como você no decorrer dos anos. Você não precisa se machucar só porque alguém o machucou'. Daí eu soube que tinha uma escolha. Ou morreria ali, ou viveria por despeito."

Niamh quase sorriu. Típico dele, mesmo nas profundezas do desespero, se apegar ao *despeito*.

— Ainda estou aqui, por algum milagre. Ainda não sei ser vulnerável. Ainda não sei como viver comigo mesmo na maior parte dos dias. Ainda não sei como ser uma boa pessoa. Mas isso é um começo. — Ele olhou para os livros-razão no chão. — Eu saí do limbo e minha vida finalmente é minha. Eu agora sei o que quero. Eu quero consertar as coisas. Eu quero...

Ele se interrompeu. Mas não precisou terminar a frase para ela compreender.

Eu quero você.

Niamh cambaleou para trás e bateu em uma estante. Um astrolábio balançou atrás dela.

— Você não pode brincar assim.

— Não estou brincando.

Eles estavam próximos o bastante para compartilhar a respiração — era uma verdadeira crueldade. Porque não importava como ele se sentia: nada daquilo mudava a diferença de posição deles. Nada mudava o fato de que isso nunca poderia acontecer.

— Mas... eu... — Ela levou um momento para lembrar como se falava. — Você tem que estar! Você estava certo em sugerir que ficássemos afastados. Sou deselegante e tola e... vou estragar tudo. Já estraguei! Sou péssima pra você de todas as formas possíveis.

— Talvez você seja a única coisa boa que eu jamais desejei.

Ela perdeu o fôlego. Não conseguia processar aquilo tudo. Não conseguia aceitar. Ela não podia se permitir ter esperança outra vez. Doeria demais. *Você vai ter seu coração partido.*

— É melhor irmos embora antes que alguém nos encontre aqui.

Sem esperar a resposta dele, ela se virou para fugir.

— Espere. — Ele a segurou pelo pulso. Seus dedos eram quentes na pele dela, a pegada era firme, mas reverente. *Fique, por favor.* O pulso dela disparou quando ela se virou para ele. — Apenas... Espere um minuto. Você está sempre em movimento.

Eles pararam no meio da sala, mas a presença dele a envolveu totalmente. A intensidade quente de seu olhar a paralisou. Desde que teve idade para entender as cartas que lhe foram dadas, ela trabalhou a vida toda: sempre se preparando para o inevitável, procurando a próxima coisa a fazer, outro rasgo para costurar, outra dor para acalmar. Ela sempre havia acreditado que a vida era o que lhe escapava pelos dedos quando ela estava ociosa. Que a vida era algo que ela gastava, não algo que tinha. Mas agora entendia como estava errada. Seu coração batia. Seus pulmões se enchiam de ar. A vida estava ali, bem diante dela.

Ela não se moveria por nada.

Os olhos dele estavam derretidos, tão dourados e brilhantes quanto a luz do sol. Fitando-a, se equilibravam entre a avidez e a frustração. Isso fez um choque percorrer o corpo dela.

— Pronto — ele murmurou. — Isso é tão terrível?

— Não — ela disse, ofegante.

Ela não sabia como tinha acontecido, ou quem se movera primeiro, mas de repente ela ficou sem peso nenhum. Estava na ponta dos pés e a barriga dele era sólida e quente junto às suas mãos. As mãos dele escorregaram até o fim das costas dela, puxando-a para mais perto. Quando ele a beijou, foi totalmente diferente das outras vezes: ele estava doce e hesitante e penetrante. Niamh sorriu junto à boca dele.

Tão poucas vezes havia lhe ocorrido de não se ressentir do próprio corpo, traiçoeiro como era. Mas, deuses, a sensação dele junto a ela era tão boa. Lágrimas se acumularam no fundo dos olhos de Niamh ao sentir a ternura com que ele a abraçava. A felicidade efervescia em sua magia. Ela se sentia quase luminosa, cada batimento cardíaco cantarolava com o som do nome dele. Tudo estava se desfazendo ao redor deles, mas ali, com ele, ela estava no olho do furacão.

— Kit!

Ao som da voz de Jack, ambos paralisaram.

— Esconda-se — Kit disse.

22

ESCONDA-SE. FOI UMA FRIA REENTRADA NO MUNDO.

Nada parecia real quando ela ainda devaneava depois do beijo dele. Ele a colocou de volta em pé e suas saias de repente pareceram pesadas, presas ao seu redor.

Esconda-se? Não havia tempo para se esconder. Os passos de Jack ecoavam na antecâmara, ficando cada vez mais altos. Ela passou os olhos pela sala. A menos que fosse pular pela janela — o que, conhecendo-se, quase certamente resultaria em algum tipo de ferimento —, não havia para onde ir.

A não ser a mesa.

Niamh entrou embaixo dela bem na hora que a porta abriu.

— O que você acha que está fazendo?

O sangue de Niamh gelou ao ouvir a voz de Jack. Tendo crescido em uma casa que ainda se recuperava de tanta perda, ela sempre esteve sintonizada com a raiva, com todas as formas de se tornar pequena para contorná-la, para poder tecer entre suas rajadas. Mas Kit enfrentava Jack com o estoicismo de um soldado.

— Dando uma olhada — Kit respondeu.

Ela tentou ficar mais confortável, mas tinha puxado os joelhos para perto do peito e inclinado o pescoço em um ângulo estranho para caber lá embaixo. Se ela pressionasse o rosto no chão, poderia ver uma fina fatia da sala: apenas as tábuas do piso, polidas pelo luar e tomadas pelos documentos de Jack, e o brilho dos sapatos pretos deles.

O silêncio se estendeu entre eles. Jack devia ter notado a garrafa vazia na prateleira, porque disse:

— Você está bêbado.

A voz de Jack vacilava de uma forma que Niamh não achava que ele fosse capaz. Na verdade, ela não achava que *ninguém* conseguia injetar tanto sentimento em três palavras. Passava por todos os tons de tristeza, da raiva ao desespero e vice-versa.

— Não me olhe desse jeito — Kit estourou, mas havia algo bruto em sua voz: culpa, nascida de uma terrível aversão a si mesmo. — Eu joguei fora.

— Não acredito em você. — Jack falava com firmeza agora, vestindo sua velha armadura, peça por peça. Mas o estrago já estava feito. Muitas rachaduras haviam se espalhado por ela, e por ali o desamparo e o desgosto se infiltravam. A garganta de Niamh ficou apertada de ouvir um homem como o príncipe regente tão destruído pelo amor. — Como espera que eu acredite em você?

— Acredite ou não, faça o que quiser. Eu não me importo. — Mas Niamh percebia que ele se importava muito. Ela podia imaginá-los agora, parados em lados opostos da sala como se houvesse um abismo que não pudessem atravessar. — Já consigo ver as engrenagens girando em sua mente. Mas não sou um problema que você precisa resolver. Não sou uma bagunça que você tem que arrumar. Não entende? Você não poderia ter me consertado. Eu ainda me ressinto de você por isso, mas agora vejo que me mandar embora foi a decisão certa, porque você teria se matado tentando.

— Kit...

— Cale a boca — ele disse com aspereza, ainda cheio de emoção na voz. — Não quero falar sobre isso agora, Você já tem problemas suficientes, não tem?

— A que problemas você poderia estar se referindo?

Kit soltou um som ridículo.

— O reino está à beira do colapso financeiro, e você não pode impedir.

Niamh não precisava ver para saber que Jack estava olhando ao redor da sala. Os papéis e os livros-razão espalhados pelo chão, tudo o que havia em sua mesa estava aberto e solto.

— Você não tem ideia do que está falando. — Ele parecia ofegante, não de raiva, mas de alívio. — Deus. Você não sabe o peso que tenho tido que carregar desde que nosso pai adoeceu. Ele gastou dinheiro como se não houvesse nenhum problema. Todos os seus projetos coloniais fracassados, todos os seus subornos, todos os seus *vícios*. Avaland é um castelo de cartas, Christopher. É uma fera com um apetite infinito. Toda vez que tapo um buraco, abre-se outra fenda. Eu não teria chamado você de volta aqui se tivesse outra escolha. Estava tentando protegê-lo disso o máximo possível.

— Então esse casamento...

— Sim. É outro remendo — Jack disse com cansaço. — Eu posso investir o dote de Rosa.

Kit ficou nervoso novamente.

— Então como você convenceu o rei Felipe a concordar com esse noivado?

— Porque lhe prometi apoio militar, o mesmo que prometi ao pai de Sofia.

— Apoio militar que você não pode dar — Kit disse com repulsa.

— Correto. É uma aposta. Uma aposta que terá enorme retorno se Castilia não se envolver em nenhum conflito até meus investimentos darem frutos. Espero que seja dentro de cinco a dez anos. Passado esse tempo, estaremos livres disso.

— Cinco a dez *anos*?

— Até lá, devemos manter as aparências. Se o Parlamento descobrir o verdadeiro estado das coisas, sabe com que rapidez eu seria substituído como regente? Prefiro morrer a ver o legado de quatrocentos anos de nossa família desmoronar. Eu não vou decepcioná-lo.

— Por que você o idolatra, mesmo agora? Por que desculpa tudo o que ele fez conosco? Ele não era apenas um homem imperfeito. Era um monstro. — Do ponto de vista dela, Niamh podia ver uma parte de Kit atravessando a sala. — Não acredite nem por um segundo que eu não sei o que ele fez com você, por mais que tenha tentado esconder. E agora ele o deixou com um cadáver para arrastar atrás de si, e de alguma forma o convenceu de que você precisava suportar todo o fardo sozinho. Veja aonde isso o levou.

Jack não disse nada.

— Não sou mais um peão seu — Kit afirmou. — Você queria que eu cumprisse o meu dever. Eu vou fazer isso. E vou cumprir o seu também, se você não estiver à altura.

Jack soltou uma risada assustada e cruel.

— Tenha cuidado com o que está dizendo, Christopher. Eu posso começar a levá-lo a sério. Esclareça para mim, então. Você acha que tudo ficaria melhor se eu concordasse em pagar aos machleses reparações com as quais não podemos arcar? Se eu abdicasse de um pouquinho que fosse do meu senso de honra equivocado? Você consegue imaginar o derramamento de sangue que se seguiria a esse vácuo de poder? Que rivais estrangeiros vão tirar vantagem do tumulto? Com que rapidez Castilia vai retaliar? Estamos muito envolvidos nisso para voltar atrás agora.

— Se está tão determinado a consertar os erros de nosso pai — Kit disse em voz baixa —, então se encontre com Carlile. Você ainda pode fazer *alguma coisa* para consertar as coisas em relação a Machland.

— Estou de mãos atadas. Sou o escudo entre nossa ruína e nossos súditos. Eles podem não gostar, mas sou tudo o que eles têm.

— Pare de se achar tão importante. Eu me pergunto como deve ser saber do que todos precisam melhor do que eles mesmos, hein? Seu martírio o transformou em um tolo míope e egotista.

— Basta. Não importa o quanto os seus argumentos sejam justos, gostando ou não, você não pode escapar do fato de que tem sangue real. Você tem obrigações. Não pense que não sei o que você anda fazendo. Eu queria acreditar que aquele Lovelace não publicou nada além de uma falsidade escandalosa, mas já sei o suficiente a essa altura. Você não vai ter seu julgamento obscurecido por uma plebeia…

Niamh se encolheu, preparando-se para o impacto do insulto.

— Não ouse dizer nem mais uma palavra sobre ela.

— Você vai se casar com a infanta Rosa. — O tom de Jack ficou mais obscuro. — Você não tem escolha.

— Eu me recuso.

— Eu sou o príncipe regente — ele retumbou. A janela de repente se estilhaçou com um som agudo. Cacos de vidro e vinhas adentraram a sala. As plantas se agitavam aos pés de Niamh, refletindo o luar frio. — Pode me odiar, se precisar, mas você *vai* me obedecer.

— Olhe para os livros-razão, Jack. Você é príncipe de nada.

— Saia daqui — Jack disse com um silêncio mortal. — Estou cansado de sua insolência.

— É isso? — O desprezo pingava de cada palavra dele. — Quem é que está fugindo agora, hein?

— Saia. *Já.*

Niamh percebeu a hesitação de Kit. Podia quase senti-lo procurando por ela ansiosamente no escuro. Deuses, se ao menos ela tivesse ficado com o casaco, poderia conseguir escapar junto de Kit.

— Tudo bem — Kit disse. — Essa conversa não acabou.

Depois de um momento, a porta bateu. O impacto ecoou no silêncio.

Niamh prendeu a respiração. A qualquer momento, Jack iria atrás dele. Com certeza ele não deixaria a conversa terminar daquele jeito. Mas ele soltou um longo suspiro derrotado. Ela pôde ouvir o suave farfalhar do tecido quando ele tirou o casaco. Ele caiu na frente dela, amarrotado no encosto da cadeira.

Ah, não.

Ele se aproximou da mesa. Dali, Niamh podia ver a silhueta dele à luz do lampião. Ele havia ficado em mangas de camisa e afrouxado a gravata. Parecia completa e profundamente exausto, com seus olhos injetados e uma expressão miserável. Ele tentou alcançar a garrafa na estante, mas quando se lembrou que estava vazia, praguejou.

— Aquele desgraçado rancoroso — ele murmurou baixinho. — Eu sabia que devia ter mandado ele para a marinha.

E então seu olhar recaiu sobre Niamh. Todo o sangue se esvaiu de seu rosto. Por alguns momentos longos e horríveis, eles se encararam sem dizer nada. Ela se sentiu como um fantasma tedioso que ele pensava que já havia sido banido.

Quando ele, por fim, se recuperou, seu choque se transformou totalmente em raiva.

— *Você.* — Ele a puxou pelo cotovelo. Assim que se levantou, ela interpôs alguma distância entre eles. — O que você está fazendo aqui? Foi você que o convenceu a fazer isso?

— Não, eu juro!

— Você só me causou problemas desde o instante em que chegou, sua mocinha intrometida.

— Sinto muito. — Niamh se encostou na parede. Sua mente escureceu com medo ao ver o olhar selvagem nos olhos dele. Nesse momento, ela não sabia do que ele era capaz. Ela nunca tinha apanhado na vida.

Ela mal reconhecia a pequenez na própria voz. Jack, pelo menos, pareceu notar que ela estava encolhida de medo. O remorso surgiu em seus olhos, seguido rapidamente pela vergonha. Ele olhou para a mão, cerrada em punho, e o desfez, como se dissipasse uma lembrança ruim.

— Sinto muito por assustá-la. Foi uma longa noite. — Ele fechou os olhos e massageou as têmporas. — Será que eu sou uma piada tão grande que ninguém, nem uma plebeia, nem meu próprio irmão, me demonstra um pouco de respeito? Você não fez nada além de tirar vantagem da minha complacência. Você deu a Lovelace mais munição para sua cruzada, e agora, encheu a cabeça do meu irmão de bobagem.

Sua fria rejeição a Kit despertou dentro dela uma obstinação que ela não havia percebido que tinha.

— Sinto muito pelos problemas que lhe causei, mas sempre agi com a melhor das intenções em relação à sua família — ela disse apaixonadamente. — E tudo o que fiz foi tratar o príncipe como ele quer ser tratado: como uma pessoa que tem sentimentos e ideias próprias.

— Me poupe, senhorita. — Ele parecia muito esgotado agora. — Com certeza você tem consciência suficiente, *senso* básico suficiente, para compreender minha posição. Você é inadequada para ele em todos os sentidos. Eu não a tomo como uma garota ambiciosa, mas sua ousadia... De aspirar tão acima da sua posição. De tentar audaciosamente destruir um casal feito por aqueles que têm um bem comum em mente.

— O que quer dizer com tudo isso, senhor? — ela perguntou antes de poder pensar melhor. — O príncipe não me fez nenhuma oferta.

Jack ficou ruborizado, claramente inflamado pela mera sugestão.

— E eu devo entender que, se tivesse feito, você teria aceitado?

Ela seria tola em responder qualquer coisa além de negar. Sempre soube o que os deveres dele como príncipe exigiam. E ainda assim, aquilo tudo era uma grande farsa. Ele não podia sacrificar tanto por um reino que não o amava — por um casamento que tornaria ambas as partes infelizes e aprisionadas. Ela não conseguia domar a fúria quieta e desesperada que queimava dentro dela. Se ela ia morrer jovem, por que deveria viver agradando a todos, menos a si mesma?

— E por que não deveria?

— Srta. O'Connor, não teste minha paciência. — Ele irradiava uma malícia poderosa e rígida, determinada a fazê-la sentir o peso de cada gota de seu sangue real, toda sua atitude intimidante e régia. — Se é atrás de dinheiro que você está, agora já sabe que não há nenhum. Afinal, você não ouviu todos os detalhes sórdidos da nossa condição? Você não entende o que está em jogo? Sei que Avaland não tem sido gentil com o seu povo ao longo da história, e eu lamento muito pela má gestão do meu pai, como ele agiu diante dos problemas de vocês. Mas você não pode ser tão fria a ponto de condenar a todos nós por causa de um tolo e romântico *capricho*.

— Talvez haja outra opção que você ainda não considerou! Que não envolva tais sacrifícios, ou que permita um mundo mais justo!

— E você se casar com o meu irmão tornaria isso possível? — ele perguntou com zombaria.

— Eu...

— Então é assim que demonstra sua gratidão. Em que mundo você poderia conceber uma coisa dessas? Um príncipe de Avaland com uma plebeia. E ainda por cima machlesa! — O luar que entrava pela janela quebrada destacava toda sua austeridade fria. — Não consigo nem começar a imaginar o escândalo, a desgraça, que uma coisa dessas causaria. Como pode dizer que se importa com ele quando sabe que isso o arruinaria? Ele já não sofreu o suficiente? O desdém da sociedade?

— Você acredita mesmo que ele se preocupa com o que as pessoas pensam dele? Se ele sofre com o desdém das pessoas, é porque teme o que isso fará com *você*.

— E deveria mesmo — Jack rebateu. — Se ele continuar dessa forma, o nome dos Carmine jamais se recuperará. Depois de todas as dores que sofri, isso não pode acontecer. Você é uma ninguém vinda de lugar nenhum. Além de seu sangue divino, não tem nada a oferecer a ele.

— Posso não ser adequada para ele, mas eu o amo! Isso é mesmo nada? *Eu o amo.*

Tinha acontecido. Niamh sempre imaginara o amor como algo faiscante, que englobava tudo, glorioso como o nascer do dia, repentino como uma faca no coração. Mas o amor era, de alguma forma, mais mágico e mais banal do que ela havia sonhado. Era algo que foi tomando conta dela, fora da vista, até ser completamente inegável — até sair de sua boca, sólido como uma pedra capaz de derrubá-la.

Jack parecia horrorizado.

— O que vou fazer com você?

Niamh tinha ido longe demais para voltar atrás. Apesar do tremor em suas mãos, ela ergueu a cabeça e olhou nos olhos dele.

— Você não pode tomar as decisões por ele para sempre.

Ele sorriu com melancolia.

— Não posso? Minha vontade é a maior força deste universo. Você não viu a profundidade disso, as coisas de que sou capaz quando pressionado, até onde eu poso ir para proteger o que é meu. Não vou deixar que ele se machuque novamente. Não por um erro tão óbvio, tão horrível.

Ela o viu claramente então, imóvel e inquebrável como pedra. Mesmo agora, ele estava tentando proteger Kit. Desde que era garoto, ele havia se transformado em uma parede: uma parede que ficava entre

Kit e seu pai, entre Kit e todos os fardos do reinado, entre Kit e *o próprio Kit*, entre os pecados de seu pai e o público. Na postura rígida de seus ombros e na linha severa de sua mandíbula, ela podia ver todos os cálculos que ele havia feito e todas as coisas que havia negado a si mesmo em nome do dever. Ali estava um homem convencido de sua competência e seguro da convicção de que seu controle cuidadoso era a única coisa que mantinha o mundo girando em seu eixo.

Doía tanto compreendê-lo tão bem e ao mesmo tempo odiá-lo com tanta amargura. Como ela podia culpá-lo? Ela, também, havia carregado o peso de gerações nos ombros. Ela, também, havia resistido à pressão de não desperdiçar o que lhe davam. Lágrimas se formaram em seus olhos.

— Tem que haver outra forma. Por favor, dê a ele uma chance de ajudar a consertar isso. Se o forçar a seguir com esse casamento, ele só vai se ressentir mais do que já se ressente.

— Basta — ele disse, suave como uma súplica. — Não tenho tempo para encontrar outro alfaiate. Você vai terminar o que foi solicitado que fizesse. Não vai dizer nada a ninguém sobre isso. Não vai a lugar nenhum sem minha permissão. Estamos entendidos?

O que havia para entender? Não importava o que ela fizesse, não importava o que dissesse ou o quanto o criticasse, ele a mandaria embora. Mas e se ela se recusasse? Seria escoltada para fora do palácio, sem chance de se despedir de seus amigos, sem chance de ter qualquer um de seus modelos mostrados no casamento, e sem chance de dizer a Kit o que sentia. Ela seria exatamente o que Jack dissera que ela era: uma ninguém, mandada de volta para lugar nenhum, coberta de vergonha.

— Sim — ela respondeu.

— Ótimo. — Ele se apoiou na mesa e começou a tirar as abotoaduras. — No momento em que der o último ponto naquele vestido, você vai estar de volta em um barco rumo a Machland. Todos vamos seguir com a vida, e logo isso não passará de uma lembrança distante.

Uma lembrança distante. O que tinha sido sempre seu destino.

— Pode me deixar falar com ele? Por favor.

Um terrível silêncio recaiu sobre eles. A expressão dura dele rachou, e ela pôde ver seu bom senso guerreando contra a afeição por seu irmão. Niamh se preparou para a negativa dele, mas, por fim, ele suspirou.

— Para ninguém dizer que não tenho coração. Vá. Mas se o amou por qualquer motivo além de seu status, faça a coisa certa e se afaste dele. — Ele passou a mão pelo queixo. Seus olhos cansados e assombrados se fecharam. — Esta farsa deve continuar, queiramos ou não.

23

ENQUANTO CAMINHAVA PELOS CORREDORES escurecidos do palácio, Niamh ainda podia ouvir os acordes fracos da apresentação lá embaixo: o aplauso dos convidados, os passos das dançarinas com seus lindos vestidos, o lamento de um violão. O som passava pelas paredes como a melodia hesitante e baixa de uma caixinha de música. As sombras agitavam-se e dançavam na luz aquosa. Ela sentia como se estivesse vagando por um sonho — ou talvez um pesadelo.

Por fim, chegou ao átrio. Kit a esperava, andando de um lado para o outro sem parar. Assim que ele a ouviu se aproximar, olhou nos olhos dela. Ela nunca o viu parecer tão aliviado.

— Ele viu você?

Ela não confiava em si mesma para falar. Fez que sim com a cabeça.

Ele fechou o espaço entre eles e a puxou para perto. Toda a tensão se esvaiu do corpo dela, e foi preciso toda a sua força para não chorar de alívio. Devagar, ela envolveu a cintura dele com os braços e apoiou a cabeça em seu peito. Os lábios dele se moveram junto à orelha dela quando ele perguntou.

— Você está bem?

Ela soltou uma risada tensa e se afastou o suficiente para olhar para ele. *Não.*

— Sim, acho que sim.

O que ela poderia realmente dizer a ele? *Seu irmão me encurralou, com a intenção de romper nosso relacionamento, um relacionamento que nunca existiu e nunca existirá.* Com certeza tinha sido bom na hora, ver o príncipe regente enlouquecido com a mera ideia de que aquilo pudesse acontecer. Mas Kit cumpriria seu dever, independentemente de seus sentimentos por ela ou por Rosa. Todas as suas imaginações mais loucas, todos os seus devaneios tolos eram apenas isso: loucos e tolos. Não havia mundo possível em que uma costureira machlesa podia se casar com um príncipe avalês. Mesmo assim, ela ainda não conseguia dizer adeus.

— Ele não está feliz comigo, mas vai me deixar terminar o trabalho — ela disse. — No entanto, sinto que o entendo melhor agora. Nunca o vi com tanto medo quanto ele estava por você.

Ele ficou decepcionado.

— Eu poderia matá-lo agora mesmo, mas fiquei nauseado ao vê-lo daquele jeito. Não quero fazê-lo passar por isso de novo. Não há garantia de que não o farei.

Niamh passou as mãos nas lapelas dele.

— Tudo o que você pode fazer é viver um dia após o outro. Pelo menos é o que eu tento dizer a mim mesma quando as coisas parecem terríveis demais, ou quando não consigo lembrar por que estou fazendo metade das coisas que faço, ou fico com medo de morrer antes do que gostaria.

— Um dia após o outro — ele repetiu, como se experimentasse a ideia.

Talvez, ela pensou, *até um momento após o outro.* Ela faria cada momento com ele valer a pena.

— Quer ir para outro lugar? — ela murmurou junto ao peito dele.

Sem dizer nada, Kit entrelaçou os dedos nos dela e a conduziu pelos corredores. No andar mais alto do palácio, ele a levou até um solário, escondido como um vestido no fundo de um armário: adorável e esquecido. A janela rosácea no alto deixava entrar um círculo de luar, traçado de sombras. O cômodo tinha sofás surrados e chaises longues com almofadas desbotadas. Havia uma harpa no canto, ainda polida com um belo brilho, descoberta, como se a qualquer momento alguém fosse sentar na banqueta e tocar.

— Era o solário da minha mãe — ele disse.

Por isso aquele lugar a fez ficar tão melancólica. Estava abandonado, mas dava para ver que alguém ia tirar o pó dos móveis e arejar o ambiente. Em casa, sua mãe havia guardado as coisas de seu pai. A jaqueta da milícia, dobrada da mesma forma que estava quando foi entregue a ela após a morte dele; a cadeira de balanço preferida dele; seu cachimbo. Mas ela as guardava com carinho e as mantinha por perto. Ficava feliz em tirá-las da prateleira a qualquer hora que Niamh pedisse. Jack, ao que parecia, mantinha até suas lembranças descartadas em ordem, preservadas e impessoais como uma exposição de museu. De certa forma, era ainda mais triste do que se fossem deixadas para mofar.

— É adorável — ela disse a Kit.

Niamh foi até uma das janelas salientes. Do lado de fora, não havia nada além do céu preto como cetim e da curva dourada da lua. Ela se sentou no banco, cheio de almofadas velhas. Abraçou uma junto ao peito, sentindo-se infantil pela forma como aquilo a confortava. Kit foi sentar ao lado dela. O luar caía delicadamente sobre ele, prateado.

No silêncio, Niamh tinha consciência total do quanto suas coxas estavam a poucos centímetros de serem tocadas. Ele detinha uma expressão tão pensativa e sombria que ela não pôde evitar. Ela juntou os joelhos.

— O que você vai fazer agora?

— Eu não sei.

— Então o que você *quer* fazer?

— Lá vem você, falando sobre o que eu quero de novo — ele disse com ironia. — O que *você* quer?

Ela abriu um sorriso suave.

— Quero que você seja feliz. Queria que seu dever e sua felicidade não se excluíssem mutuamente nesse momento. Mas sei que no fim você vai fazer o certo e vai encontrar algum contentamento com a infanta Rosa.

Sua expressão ficou desconfiada.

— Por que isso está me parecendo uma despedida?

— Porque... porque... — Niamh respirou fundo, trêmula. Ela realmente queria ser mais eloquente do que aquilo. — Isso *é* uma despedida. Jack me mandou embora. Assim que eu terminar a última prova da infanta Rosa, vou embora.

— O quê?

— Sinto muito, Kit. — Ela lutava para manter a voz estável, mas a emoção crescia, urgente demais para conter. — Por tudo. Eu nunca devia ter envolvido você nesse esquema tolo hoje à noite. Eu nunca devia ter falado tão livremente! Se nunca tivéssemos nos aproximado, então...

— Não fale bobagem. — Os protestos dela desapareceram ao ver o olhar dele, de pânico, raiva e desejo, tudo ao mesmo tempo. — Isso não é culpa sua. Nada disso é culpa sua. Você precisa parar de assumir tudo, tirar conclusões precipitadas e se culpar por cada coisinha. Se alguém tem culpa, sou eu. Eu não poderia ter ficado longe de você nem que quisesse.

Ela nunca tinha se sentido tão arraigada, nem tão fora do controle. Sua pulsação rugia, sua respiração acelerou e ela fincou os dedos na almofada ao seu lado. O ar entre eles crepitava, carregado como o de uma tempestade em formação.

Viva.

Ela fechou os olhos quando suas bocas se juntaram. Kit a ergueu para o seu colo e ela agarrou em suas lapelas. Se era para se equilibrar ou puxá-lo para mais perto, ela não tinha certeza. A pressa de seu próprio desejo a chocou, mas Kit correspondia à sua avidez. Ele era afoito, parecia quase desesperado conforme seus dedos se entrelaçavam nos cabelos da nuca dela. O restante dos grampos dela caíram no chão como uma chuva. E quando os dentes dele puxaram o lábio inferior dela, ela já estava envolvida demais para se envergonhar do gemido que ele lhe arrancou. Ele a beijou como um homem faminto. Ele a beijou como se estivesse ficando sem tempo.

Eles *estavam* ficando sem tempo.

Kit se afastou, e o coração dela saltou para a garganta quando ele olhou em seus olhos. Ela *não* ia chorar. Se estragasse aquele momento, nunca se perdoaria. Sua mente girava com mil possibilidades, todas as coisas que ela nunca poderia fazer com ele, todas as suas fantasias se acumulando de uma só vez. Era esmagador, o desejo que ele infundia nela. Ela mal sabia dar nome ao que queria. Por fim, choramingou.

— Você está bem? — Os lábios dele estavam inchados de tanto beijar, e sua respiração era ofegante. — Isso é...?

Demis? Ela pôde ouvir a pergunta na voz dele. Sua preocupação era mais afetuosa do que deveria ser possível.

Dois caminhos se bifurcavam diante dela. Havia a rota sensata, em que ela daria um fim naquilo antes que pudesse destruí-la, sem tornar a separação deles ainda mais difícil do que precisava ser. E havia a rota egoísta, a rota tola, onde ela se deixava chamuscar.

Ela mal precisou pensar.

Com dedos trêmulos, Niamh segurou o rosto dele. Ela engoliu tão em seco que ouviu o barulho da própria garganta.

— Não é suficiente.

— Não? — As pupilas dele estavam dilatadas de desejo. Ele se mexeu, levando um joelho ao peito, o outro pendurado na beirada do banco para abrir espaço para ela. — Então venha aqui.

Quando ele falava desse jeito, ela não conseguia lhe negar nada. Ele a conduziu de modo que ela ficasse bem junto dele, as costas pressionadas contra seu peito. Ela podia sentir o subir e descer contínuo de sua respiração, os batimentos selvagens de seu coração.

— Está confortável? — A respiração dele soprava os cabelos soltos ao redor do rosto dela, e sua voz era quente no ouvido. Um tremor preguiçoso percorreu o corpo de Niamh. A avidez com que seu corpo respondia a ele era humilhante.

— Hum... Não muito. — Ela arrastou os quadris para trás e foi recompensada por um som baixo e a sensação dele duro junto a ela. Quando inclinou o rosto na direção dele, ela sorriu. Um rubor subiu pelo pescoço dele.

— Pronto — ela disse de maneira angelical. — *Agora* estou confortável.

— Ótimo.

Ele acariciou o tornozelo dela antes de escorregar a mão por baixo da barra de sua saia. Era longa — muito mais longa do que ela gostaria que fosse naquele momento. Devagar — agonizantemente devagar — ele a levantou. Seus dedos subiram pela curva de sua panturrilha, pela coxa, pela saliência do quadril. O cômodo estava tão silencioso que ela podia ouvir o tecido deslizando por sua pele desnuda. Ela sentiu arrepios no corpo inteiro, apesar do calor, e se contorceu com o sussurro suave do hálito dele junto ao seu pescoço, o suave *clique* do metal quando ele desabotoou suas ligas. A expectativa fez seu coração disparar.

Suas pernas se abriram, e os joelhos bateram no vidro da janela, frios em contraste com sua pele febril. Em algum lugar ao longe, os sons da apresentação musical lá embaixo chegavam até eles. Ela ficou vagamente ciente das mil ansiedades borbulhando na superfície: e se fossem pegos, e se ela não tivesse ideia do que estava fazendo, e se ela o decepcionasse, *e se, e se, e se.*

Mas ela nunca havia se sentido tão desejada. E quando a mão dele finalmente, *finalmente*, escorregou por entre suas coxas, todas as suas preocupações se dissolveram. Um gemido silencioso lhe escapou. Seus olhos se fecharam, a cabeça pendeu para trás junto aos ombros dele. Ele beijou seu pescoço, e seus membros se tornaram leves e inúteis. A mão livre dele envolvia sua cintura para suportar seu peso enquanto ela se derretia nele.

Ela se virou para alcançar sua boca, mas não conseguia focar, não conseguia nem pegar um bom ângulo dele. Ela flutuava como em meio a uma névoa, e era tão bom que ela não queria estar em outro lugar, não queria que aquilo acabasse nunca. Não havia nada além da palma da mão dele em sua barriga, o ritmo regular de seus dedos, os quadris dela se movendo por vontade própria contra ele. Ela nunca desprezou mais seu espartilho do que quando ele passou os dedos por seus seios por cima das barbatanas. Nunca em sua vida quis tanto ser tocada. A respiração dele acelerava em sincronia com a dela. O prazer apertou dentro dela. Ele foi crescendo devagar — e então, de repente, explodiu de uma vez. Ela conteve um grito quando atingiu o ápice. Ele aliviou seu domínio sobre ela, deixando-a relaxar. Os olhos dele estavam semi-cerrados e nublados com algo parecido com maravilhamento.

— Você é incrível.

O calor tomou conta do rosto de Niamh. Conforme a névoa se dissipou de seus pensamentos, o constrangimento tomou conta dela. Nos últimos minutos, ela não havia tido nenhum pensamento coeren-te. Agora, eles a atacavam de modo furioso. Será que tinha feito muito barulho? Sido muito carente? Tinha exagerado? Ela não queria nem imaginar como devia ter ficado sua aparência — como estava agora, com os cabelos despenteados e as bochechas coradas.

— *Por favor*, não zombe de mim agora. Estou vulnerável.

Ele piscou, como se ela tivesse batido em sua cabeça.

— Do que você está falando?

— Você está me provocando, não está? — Ela enterrou o rosto no pescoço dele. — Aposto que está arquivando tudo isso para mais tarde.

Kit se engasgou com uma risada.

— Talvez. Mas não pelas razões nefastas que você deve estar pen-sando.

Ela resmungou:

— Kit!

— Acredite em mim, não estou zombando de você. Isso foi... — Ele passou a mão pelos cabelos, procurando a palavra certa. Pareceu não conseguir encontrar e apenas olhou para ela com desamparo. — Foi bom.

— Ah. — Ela sentiu o rosto esquentar. — Então tá.

Isso aumentou sua confiança, pelo menos.

Respirando fundo, ela voltou para o colo dele e montou nele. Os joelhos dela pressionavam suas costelas, e ela observou com uma leve satisfação enquanto a garganta dele engolia com dificuldade. Foi tudo o que ela pôde fazer para não seguir o movimento com seus lábios. As mãos dele pousaram por reflexo sobre as coxas dela, mas o que quase a tirou do sério foi o brilho característico nos olhos dele. Um desafio: *o que vem depois?*

Niamh passou os dedos pelos cabelos dele até encontrar a fita que o prendia. Ele a deixou fazer isso sem comentários. Quando ela puxou a fita, os cabelos caíram em cascata abaixo dos ombros dele. Ela quase suspirou alto diante de tamanha beleza. *Deuses*, era o único pensamento onírico em sua cabeça, *isso é tão injusto*. Ele provavelmente nunca tinha parado para pensar em como seus cabelos eram estupidamente macios. O luar os deixava prateados, e acendia os olhos dele com um fogo pálido.

Ela empurrou a jaqueta dos ombros dele; em seguida afrouxou o lenço do pescoço. Niamh podia sentir os olhos dele nela, observando cada movimento que ela fazia. Ele, de alguma forma, parecia entretido, envergonhado e totalmente arrasado pela lenta reverência com que ela o despia. A chuva começou a cair sem trégua, abafando o som trêmulo da respiração deles e o farfalhar dos lençóis. O lenço finalmente se soltou, e a camisa dele se abriu para revelar um leve fatia de pele desnuda. Ela queria saboreá-lo. Queria fazer com que ele sentisse o que ela sentira. As mãos dela tremiam de nervoso. Mas sob tudo isso, havia empolgação.

Certeza.

Ela permitiu que a palma da mão descesse pelo peito dele, sobre a seda quente do colete e os frios botões de metal.

— Kit?

Ele não respondeu. Apenas voltou os olhos para ela como uma lâmina. A boca dela ficou seca.

— Você me quer? — Ela mal reconhecia o som da própria voz, tímida e desejosa, apesar da ousadia de suas palavras. — Porque eu quero você.

A princípio, a única resposta dele foi segurar o pescoço dela e beijá-la como se não houvesse amanhã.

— Sim — ele murmurou junto aos lábios dela. — Sim.

24

A CHUVA BATIA COM CONSTÂNCIA no telhado. A janela rosácea no alto parecia um pequeno lago suspenso sobre eles e, além do vidro, o céu era um nebuloso redemoinho violeta. Pelas janelas abertas e cortinas de renda, ela podia sentir o cheiro da chuva: solo e grama molhados, o mundo acordando ao redor deles.

O suor esfriava sobre sua pele e brilhava nas linhas dos ombros de Kit. Ele era tão adorável, com sombras contornando suas bochechas e os cílios como leques pretos. A respiração dele fluía, e o coração batia com constância junto ao rosto dela, que seguia deitada sobre seu peito desnudo. Ela esticou o braço para tirar alguns fios de cabelo soltos da testa dele. Havia uma espécie de serenidade lânguida nele. Isso a enchia de um carinho tão intenso que lhe apertava as costelas.

Ela poderia ficar ali com ele para sempre, com o peso dos braços dele ao seu redor. Mas esse contentamento era outra coisa frágil e impermanente — outra coisa que ela nunca tivera de verdade. Ela passou o dedo na linha do queixo dele, determinada a gravar cada detalhe de seu rosto na memória. Ele era exatamente como um dos Justos. Naquela noite, ele havia levado o coração dela embora, e ela ficaria doente e apaixonada pelo resto da vida.

— Em que está pensando? — ele perguntou com a voz rouca. — Seja o que for, é intenso.

Niamh se sentou.

— Ah, nada.

Ele pareceu cético, mas não a pressionou. Apenas pegou uma mecha de cabelo dela e a enrolou devagar no dedo, como se quisesse puxá-la de volta para ele.

— Venha aqui.

Ela quase obedeceu, nem que fosse para beijá-lo novamente e se admirar com o quanto aquele adorável rubor dele viajava por seu corpo, mas de onde estava ela pôde avistar algo familiar — e estranhamento colorido — na pilha de roupas dele.

Ela se debruçou sobre ele, os cabelos caindo sobre os ombros, e puxou um pedaço de seda. No momento em que a tocou, foi tomada por uma sensação estranha. Uma felicidade calorosa e estável, salpicada com a amargura da perda. Mesmo sem o encantamento bordado nele, ela o reconheceria em qualquer lugar: o lenço que ela deu a ele no dia em que chegou a Avaland.

— Por que guardou isso? — Ela não conseguiu manter a acusação fora de sua voz ao balançar o lenço na frente dele. — Você odiou esse lenço.

O pânico passou pelo rosto dele, e ela podia praticamente vê-lo lutando contra o impulso de ser intratável e voltar para sua jaula. Depois de um longo momento, ele disse:

— Eu não odiei.

— Como *assim*, não odiou? — Ela bateu com o lenço no braço dele, o que lhe rendeu um olhar feio. — Não esqueci nem por um momento o que você me disse, nem o olhar no seu rosto quando o pegou, *nem* suas terríveis desculpas, por sinal!

— Eu não sei — ele disse, na defensiva. — Ele me deixou... desconfortável. Sua magia me faz sentir coisas.

— Essa é a questão! — ela gritou. — Mas o que poderia ter irritado você? Esse é um encantinho bobo para... para... saudade?

O que eu quero*?* Ele havia zombado dela uma vez. *Que pergunta ridícula.*

— Eu não queria sentir praticamente nada quando nos conhecemos, muito menos *saudade*. — Ele parecia frustrado, mas não com ela. — Mas esse lenço não me largou desde então. Eu mal me lembro como era antes de você entrar na minha vida. Eu mal sabia o que eu queria.

O coração dela batia forte demais contra as costelas. Os olhos ardiam novamente com a ameaça de lágrimas.

— Mas agora você sabe.

— Sim. Agora eu sei. — Ele se apoiou nos cotovelos. Sua próxima palavra foi uma mera exalação junto ao pescoço dela: — Fique.

Ela estremeceu.

— Você sabe que eu não posso.

A mandíbula dele se contraiu e seus olhos brilharam com resistência.

— Ele não pode mandar você embora desse jeito. Não se você for minha.

Talvez ele pudesse torná-la sua. Talvez Jack enxergasse o valor em agradá-lo, em dar a Kit algo para se distrair enquanto ele mesmo continuava com suas maquinações. Que belo aquilo soava na superfície. Mas Niamh já estava convencida.

— Eu não posso ser sua amante, Kit.

— Então seja minha esposa.

A mente dela ficou totalmente vazia. Ela não conseguia ter certeza se o havia escutado direito, mas não... Não, ela havia, sim. Estava bem, *bem* longe do pedido de casamento romântico que ela havia imaginado quando era apenas uma menina, cheio de declarações fervorosas e talvez um toque de súplica. Ah, ela devia rejeitá-lo de uma vez, nem que fosse apenas por sua profunda falta de paixão! Mas a impetuosidade disso parecia distante do que importava agora; ela não podia nem ficar irritada com ele por fazer seu primeiro — e provavelmente último — pedido de casamento. Porque ele não podia estar falando sério e, se estivesse, estava completamente delirante. No momento, com ambos gloriosamente nus, ele lhe prometeria alguma coisa.

Ela puxou a cortina de seus cabelos sobre os ombros.

— Você não está pensando direito nesse momento. Não deveria me prometer coisas que não lhe pertencem.

— Minha vida me pertence. — A voz dele era forte, argumentativa, e era tão completamente *ele* que fez o coração dela se agitar. — Alguém me disse isso uma vez.

— Mesmo assim! Você não pode dizer isso.

— Eu posso dizer o que eu quiser — ele rebateu. — Sou um príncipe.

— Esse é exatamente o problema. O que vão dizer?

Sair da catedral de mão dada com ela seria a primeira fagulha da revolução. Uma plebeia — uma plebeia machlesa — casando-se com um príncipe avalês? Não era apenas irregular. Por todas as regras da alta sociedade, era completamente não natural.

— Deixe que digam. É hora de as coisas mudarem. — A convicção na voz dele a fascinava. — Estive pensando nisso. Isso seria um símbolo de que estamos comprometidos em acertar as coisas com Machland. Provaria que acreditamos que não há nada diferente entre nós. Você estaria ao meu lado enquanto mudamos as coisas.

Parecia bom demais para ser verdade.

— Mas e Castilia...

— Eles não precisam que eu me case com Rosa para ter nossa garantia de que nos aliaremos a eles.

A cabeça dela estava girando.

— E os problemas financeiros do reino...

— Podem ser resolvidos de outras maneiras, quando seu regente não estiver comprometido a preservar o status quo acima de todo o resto.

— Seu irmão nunca vai permitir isso.

— Se fugirmos para nos casar, a opinião dele não fará diferença.

Niamh se encostou na janela.

— Você *esteve* pensando nisso.

Ele parecia estar ao mesmo tempo satisfeito e ansioso.

— Alguma outra objeção?

— Kit, eu não acho... — *Eu não acho que mereço isso.* Ela abaixou os olhos e enterrou o rosto nas mãos. — É tão egoísta.

— Você nunca fez uma coisa egoísta na vida. Por que não pode ver o que eu vejo? Eu nunca conheci alguém tão competente ou virtuoso quanto você. — Ele pegou o rosto dela nas mãos e seu tom suavizou. — Pare de se criticar e minimizar suas próprias realizações. Pare de cortar pedaços de você mesma, quando você já é mais do que boa o suficiente.

Você é uma ninguém vinda de lugar nenhum.

Você não pode ser tão fria a ponto de condenar a todos nós por causa de um tolo e romântico capricho.

O mundo todo ficaria contra eles. E se ao menos fosse tão simples *parar*. Contentamento era estagnação. Era rendição. Era morte. O que havia adiante era obscuro e incerto. Mas atrás dela havia uma ponte desmoronando, e abaixo, uma maré que não parava de subir, e que ela não poderia vencer apenas nadando. A única coisa a fazer era correr para o desconhecido.

Nos olhos dele, ela viu toda a esperança e todo o medo refletidos em igual medida.

— Não me negue apenas para negar a si mesma.

Ela ficou sem fôlego. Desesperada para deixar o clima mais leve, para não ficar pensando muito naquele conselho, ela disse:

— Não é justo, quando você tem essa aparência e me confundiu tanto esta noite. Me pergunte de novo amanhã para eu ter tempo de pensar.

Ele fechou os olhos e franziu a testa de preocupação. Ela ansiava por suavizar as coisas.

— Tudo bem.

Ele a ajudou a se vestir, amarrando seu espartilho com uma destreza surpreendente e fechando todos os botões das costas de seu vestido. Ela mal podia suportar o peso de seu silêncio.

— Sabe — ela disse — você até que é bom nisso. Você poderia ter outra vida, mais escandalosa, como uma espécie de aia.

Ele riu.

— E você, a camareira menos profissional do mundo.

Quando terminou de ajeitar a gravata dele e colocou o lenço de volta em seu colete, ela se inclinou para pegar o casaco. Uma folha de papel caiu do bolso. O coração dela parou.

A carta de Lovelace estava sob o luar, aos pés deles.

Não. A palavra estava para sair de sua boca quando Kit pegou o papel. Estava lá, nas mãos dele: o nome dela escrito naquela caligrafia elegante, o lacre de cera preto no envelope. Ele passou os olhos sobre a carta antes de entregá-la a ela.

Ela não tocou nela.

— Ah. Minha carta de amor.

— Eu acreditaria em você se não fosse pela caligrafia. É a letra de Sinclair.

Os pensamentos dela evaporaram. Sua cabeça zumbia com um ruído metálico enquanto ela tentava dar sentido ao que ele tinha acabado de dizer.

— O quê?

Kit franziu a testa.

— Como assim, *o quê*?

Niamh se encostou na parede. Todo o cômodo estava girando e ela podia sentir seus batimentos cardíacos em cerca de cinco lugares diferentes. Quando finalmente se sentiu capaz de falar, sua voz soou dolorosamente baixa.

— Tem certeza de que é do Sinclair?

Ele parecia perdido.

— Tenho. Ele já me escreveu centenas de cartas no decorrer dos anos.

Sinclair era Lovelace.

De repente, tudo fazia total sentido. Por que Lovelace soube seu nome tão rapidamente, e onde ela estava hospedada. Como ele sabia tanto sobre cada evento. Por que desprezava Jack. Por que estava determinado a expor a Coroa por corrupção e defender os machleses.

Lovelace era Sinclair.

Ele escreveu sobre ela, depois de tudo o que ela lhe havia confidenciado, depois de todo o tempo que tinham passado juntos, depois de toda a bondade que ele havia demonstrado a ela. A traição abriu um buraco dentro de Niamh. Como ele podia ter feito algo assim com ela? Como podia ter feito algo assim com *Kit*?

— Kit — ela disse. — Tenho uma coisa para contar. Talvez seja melhor mostrar. Mas vai parecer muito ruim, e você precisa me deixar explicar...

— Calma. O que você está falando não faz sentido.

Ela poderia acabar com isso agora. Pegar a carta da mão dele, sorrir, e fingir que aquilo nunca tinha acontecido. Dar um beijo de boa noite e se permitir aceitar tudo o que ele lhe havia oferecido. Permitir que ele seguisse com a vida, sem nunca saber que seu melhor amigo havia conspirado contra ele. Ser feliz. Mas se ele estava determinado a tê-la, deveria entrar nessa com os olhos bem abertos. Ele deveria saber de todas as pessoas que o magoaram e guardaram segredos dele.

Incluindo ela.

Ela respirou fundo, trêmula.

— Abra a carta.

Embora ainda parecesse confuso, ele fez o que ela pediu. Ela observou seu rosto e viu o momento em que ele se deu conta do que estava lendo. Devagar, ele a encarou. Foi como se um portão de ferro se fechasse entre eles. Já não havia nada do homem que a havia tratado com tanta ternura, nada do homem que discutira com ela para que aceitasse sua proposta.

— *Se encontrar algo substancial.* — A voz dele era dura e distante. — Você tem sido informante dele.

— Eu juro que não disse a ele nada sobre você. Apenas que você apoiava os machleses.

Ele olhou para ela como se não a reconhecesse.

— Foi por isso que foi tão gentil comigo? Para descobrir se eu estava escondendo alguma coisa?

Parecia que ele tinha dado um soco no estômago dela.

— Não! Eu nunca faria isso. Kit, por favor... Eu passei tempo com você porque eu *quis*.

— Como se você alguma vez tivesse feito alguma coisa só porque quis. Esta noite foi apenas... — O desdém em sua voz vacilou. — Você fez uma confusão. Você me fez...

De tudo o que ele havia dito a ela, de todas as coisas grosseiras e mesquinhas, a forma como ele se interrompeu foi a que mais doeu.

— Eu fiz você *o quê*?

— Nada — ele disse com severidade. — Não importa mais. Você tornou essa situação impossível.

— Você não pode fazer isso. Não é justo. — Ela se sentia como uma criança, protestando de forma tão indefesa. — Você não pode me excluir só porque ficar zangado é mais fácil do que ficar magoado!

— Você não é melhor do que eu! Você se isolou, Niamh. Você se joga no trabalho para não ter que olhar para si mesma com atenção.

Ela recuou diante da amargura da voz dele. Kit a conhecia muito bem para ignorar o lado ruim dela. Um segundo ocioso era um segundo perdido, sim; essa era a maldição de sua curta vida. Mas um segundo ocioso também era uma porta aberta para a verdade passar como uma ladra: que a despeito do que ela fizesse pelos outros, a despeito do quanto se doasse, do fardo que carregasse, ela nunca seria digna de amor.

— Não posso lidar com isso agora. — Com *isso*, ele claramente quis dizer *você*. Ele amassou a carta e a enfiou no bolso. — Fique aqui. Vou matar Sinclair.

No momento, ele podia muito bem estar falando sério. Homens duelavam por muito menos. Duelos não eram comuns em Caterlow, mas ela tinha ouvido falar sobre o político que havia matado seu rival por tê-lo chamado de mentiroso durante uma sessão parlamentar. E, em Avaland, onde eles se importavam tanto com coisas como propriedade e honra... Ela não podia imaginar quantos haviam morrido por pequenos insultos e orgulho ferido. A parte ofendida escolhia a arma (pistola, espada ou magia), assim como as condições para estabelecer a vitória (primeiro golpe, primeiro sangue ou a morte).

Sinclair não tinha chance contra Kit. Pensar nisso fez a mente dela escurecer de terror. Ela segurou no braço dele.

— Kit, *espere*.

Ele se soltou dela.

— Não me toque.

A dor estampada nos olhos dele a angustiou. Ela cerrou a mão em punho e a colocou junto ao peito.

— Você não precisa me perdoar. Eu não pediria isso. Mas, por favor, me ouça. Se o confrontar agora, na frente de todas essas pessoas... É uma ideia muito, muito ruim, tanto para ele quanto para você.

— Estranhamente — ele disse —, eu não me importo mais.

Sem dizer mais nada, ele saiu do cômodo.

— Kit!

Quando ela o perseguiu, ele esticou o braço diante dele. A janela à direita dela estilhaçou e uma onda de urtigas se espalhou pelo corredor. Suas vinhas se entrelaçaram, prendendo Niamh do outro lado de uma parede de espinhos. Ela recuou, surpresa. Ah, ele estava jogando sujo. Ela vestiu as luvas e passou pela barreira de plantas, mas sua pele queimava através do tecido fino e os espinhos grudavam com determinação em seus cabelos e vestido. Ela se livrou deles e saiu correndo pelos corredores.

Quando o alcançou, ele já tinha arrancado Sinclair da sala de visitas. Do alto da escadaria, ela podia vê-los indo na direção de um corredor abandonado. Kit caminhava na frente, determinado, com todos os músculos tensos de raiva.

— Será que eu quero saber onde você estava? — A voz de Sinclair chegou até ela. O tom de brincadeira em sua voz era tenso.

Kit se movimentava mais rápido do que Niamh conseguia piscar. Ele empurrou Sinclair contra a parede com tanta força que os quadros balançaram. Kit era uns quinze centímetros mais baixo do que Sinclair, mas sua raiva latente enchia o cômodo a ponto de explodir.

— O que é isso, cara? — Sinclair balbuciou. — O que você está fazendo?

— O que você *acha* que eu estou fazendo, Sinclair? — Kit resmungou. — Ou seria Lovelace?

Niamh nunca tinha visto Sinclair ser pego de surpresa. Mas agora ele estava pálido como a morte. Seu corpo vacilou contra a parede e ele levantou as mãos de forma apaziguadora entre eles.

— Kit...

— Não use essa voz comigo. Não sou seu cachorro. — Kit afundou o cotovelo no pescoço de Sinclair. Ele estava incandescente de raiva, mas sua voz tremulava com uma vulnerabilidade traída. — E não minta para mim. Você não vai escapar dessa. Como você pôde tentar sabotar *tudo* e fingir ser meu amigo esse tempo todo? O que há de errado com você?

Sinclair ofegou inutilmente, e seu rosto ficou todo vermelho.

Niamh desceu as escadas correndo.

— Kit, basta!

Os ombros de Kit ficaram tensos. Ele o soltou e deu um passo para trás com um olhar de desdém no rosto, como se Sinclair fosse uma poça de sujeira em que ele havia evitado pisar. Sinclair caiu no chão, tossindo.

— E então?

— Porque eu achei que você era exatamente como eu — Sinclair disse com a voz áspera. — Vazio por dentro.

Kit se contraiu como se tivesse levado um soco.

— Quando você voltou, estava tão zangado — Sinclair continuou. — Achei que você não pudesse enxergar nada além disso. Havia tanta injustiça à nossa volta. Eu não sabia como você conseguia engolir tudo isso. Então pensei, dane-se. Posso ser anônimo, mas pelo menos estou tentando fazer alguma coisa.

"Mas então vocês dois começaram a passar tempo juntos — ele passou a mão nos cabelos com nervosismo. — Se preocupar com Niamh fez você começar a se preocupar com os machleses. Eu sabia que você ficaria do nosso lado se eu pedisse, mas ainda me sentia sem esperanças. Jack ainda não estava ouvindo você. Se você não tivesse nenhuma influência sobre ele, se você não pudesse mudar nada de verdade, de que adiantava você se importar?"

— Por que você escreveu sobre nós? — Niamh perguntou. — Você sabia o quanto nos magoaria.

— Foi algo de que era preciso tirar vantagem. Eu não sabia que vocês realmente... — Ele olhou para ela com cara de súplica. — No dia em que conversamos, eu já tinha mandado a coluna para a gráfica. Era tarde demais para voltar atrás. Sinto muito.

O silêncio se estendeu. As mãos de Kit se cerraram em punho ao lado do corpo.

— Não tem nada a dizer, pela primeira vez? — Sinclair perguntou, mas ele parecia derrotado. — E agora? Vai contar ao Jack? Vai fazer ele me jogar na prisão por difamação e tentativa de sedição?

— Não. — A resposta de Kit veio sem hesitar. Toda a raiva se esvaiu dele, até não restar nada além de resignação, pura e fria. — Eu confiei em você, e eu confiei nela. Vou viver com esse castigo por causa da minha própria tolice.

Sinclair ficou boquiaberto de surpresa.

— Nossa amizade ao menos foi real? — Kit perguntou. — Ou você vem me manipulando desde o início?

— É claro que foi real. — A voz de Sinclair estava desolada. — Foi para mim.

A expressão de Kit não mudou.

— Não publique mais nenhuma edição. Estou falando sério. Você perdeu a cabeça. Eu assumo daqui para frente. Agora, fique fora dos meus assuntos.

Niamh o viu se afastar. Nem ela nem Sinclair disseram nada. Ela não sabia quanto tempo tinha ficado lá, parada, com lágrimas secando no rosto e o peito aberto. Mas, em algum momento, um lacaio de rosto severo apareceu.

— O príncipe regente pediu que você fosse acompanhada até seus aposentos.

Então ela seria prisioneira pelo resto de sua estadia.

Niamh olhou para Sinclair, que seguia encolhido no chão. A traição ainda pesava dentro dela, mas a culpa que emanava dele a acalmou. Ele a havia magoado e mentido para ela. Havia arruinado qualquer chance de ela e Kit ficarem juntos. Ainda assim, ela não queria que ele fosse preso por causa disso. Ele tinha sido amigo dela, e havia tentado lutar contra o ódio que feria a ambos tão profundamente. Se vingar não lhe traria Kit de volta. Não remendaria essa fissura dentro dela.

— Boa-noite, Sinclair — ela disse em voz baixa. — Seu segredo está seguro comigo.

Ele não levantou os olhos quando ela saiu.

Ela acompanhou o lacaio, sem ver nem ouvir mais nada. Quando chegaram ao quarto, ele fechou a porta e girou a chave na fechadura. Niamh desmoronou sobre o piso de madeira frio sob seus pés e chorou até não restar nada dentro de si para chorar.

Tinha sido um conto de fadas, afinal. Só que terminara onde deveria ter começado: com uma donzela trancada em uma torre, cuidando sozinha de sua roda de fiar.

25

O CASAMENTO SERIA NO DIA SEGUINTE.

Mas quando seus olhos incharam tanto que doía piscar e todos os seus músculos estavam doloridos devido à força dos soluços, Niamh decidiu que já havia chorado o suficiente. Não havia nada a ganhar remoendo as coisas que ela não podia mudar. Então, como sempre havia feito, ela mergulhou no trabalho.

Olhar para o manto de casamento de Kit a deixava nauseada, então ela pegou o vestido de Rosa e começou a costurar: flores no corpete que ela não havia planejado, mais encantamentos escondidos na renda, emoções derramadas de forma imprudente em cada ponto. Era um trabalho indelicado e confuso. Ela havia furado a ponta dos dedos mais vezes do que poderia explicar a essa altura de sua carreira, mas mal doeu. Quando terminou, ela se sentia mais uma casca vazia do que uma garota. E também parecia uma. No espelho, a faixa grisalha ramificava-se por seus cabelos, mais larga do que no dia anterior — e mais clara também, como um osso deixado ao sol para branquear.

O vestido, no entanto, estava absolutamente lindo. O tecido era um preto noturno perfeito, mas, à luz do sol, brilhava com magia. Cada ponto era como uma seda de aranha que ficava dourada com o nascer do dia. Era a coisa mais elaborada e ambiciosa que ela já tinha feito. Era terrível e verdadeiro. Olhar para aquilo fazia seu corpo todo doer de anseio.

Ela queria que Rosa amasse.

Ela queria que Rosa odiasse.

Era a mais ridícula e impossível de suas fantasias: que Rosa achasse todo o seu traje tão horrendo a ponto de cancelar todo o casamento; que Kit ficasse livre tanto dela quanto de Rosa; que Castilia pudesse seguir em frente sem ter de arrastar o cadáver de Avaland por cinco miseráveis anos. Mas não, ela percebeu, isso não era tudo. Seus desejos egoístas iam muito mais fundo do que ela jamais imaginou. Quando Rosa andasse em direção ao altar, Niamh queria que Kit sentisse tudo que havia trancado dentro de si mesmo. Ela queria que ele se lembrasse dela.

Uma batida na porta anunciou um visitante. Ela não estava esperando ninguém, mas talvez Rosa tivesse vindo para outra prova. O pavor se encolheu dentro dela. Niamh não tinha ideia de como encará-la. A verdade do que sabia estava estampada de maneira indelével em seu rosto, como sempre. Ou então Rosa adivinharia por si própria, com seu afiado poder de observação. E como isso as deixaria? Quando descobrisse como Jack havia armado perfeitamente para usar sua família e ela própria, Rosa iria...

A batida soou novamente, mais urgente dessa vez. Uma chave girou na fechadura com um barulho sinistro. Niamh se levantou da cadeira e abriu a porta.

— Infanta Rosa, eu...

Mas não havia ninguém lá — apenas a poeira serpeando languidamente nas grossas colunas de luz. O mundo parecia estar dormindo, o próprio ar estava tingido de um rosa nebuloso de fim de tarde. Niamh piscou. Ela devia ter imaginado aquele som. Finalmente havia se exaurido à beira da loucura. Mas a porta que a havia aprisionado tinha sido destrancada. E ali, a seus pés, havia uma carta com seu nome escrito com primazia na frente. A caligrafia de Lovelace — de Sinclair — piscou para ela.

Uma raiva fria acabou com toda a sua confusão. Como ele ousava escrever para ela depois dos problemas que tinha causado? Que tipo de jogo ele achava que estava jogando? Ela pensou em rasgá-la em pedacinhos e jogar tudo ao vento. Mas a curiosidade falou mais alto. Niamh abriu a carta.

Não vou fazer você perder tempo ou testar sua boa vontade começando esta carta com qualquer outra coisa além de uma desculpa. Eu sinto muito. Não sou nem capaz de dizer o quanto. Se estiver disposta a deixar que eu me humilhe pessoalmente, meu convite de algumas semanas atrás ainda vale. Há uma carruagem lá fora para você, e ela a levará à minha casa. Sei que não tem motivos para querer me ver, mas talvez uma má companhia seja melhor do que nenhuma. A melancolia não combina com você, Niamh. Temo pensar no que você está fazendo aí dentro sozinha.

GS

Ou ele subestimava a inteligência dela, ou superestimava sua capacidade de perdão se esperava que ela caísse em uma armadilha tão óbvia! Se bem que... o que ele poderia realmente fazer com ela agora? Quanto mais lia o bilhete, menos problemas via nele. Era bastante genuíno, sem a afetação de sempre e com apenas um quê de insolência. E estava certo. Qualquer coisa era melhor do que ficar se atormentando naquele quarto abafado.

Mas o que fazer? Não havia como ela escapar do palácio sem ser vista. Nada nesse quarto poderia ajudá-la. Nada, exceto...

É isso.

Niamh pegou o véu que estava pendurado e o prendeu às pressas nos cabelos. Sob o delicado tecido, o mundo parecia indistinto e diáfano como um sonho. Lembranças confusas e sentimentos passavam por sua mente como fumaça, mas a complexa renda preta obscurecia totalmente suas feições. Sim, aquilo serviria. Niamh era uma cabeça mais baixa do que Rosa, mas mesmo que alguém notasse, certamente ninguém proibiria uma princesa de fazer suas coisas. Pelo menos ela esperava que não. Não estava confiante em sua capacidade de fazer uma imitação remotamente convincente de Rosa.

Respirando fundo, Niamh saiu no corredor. Fora do quarto estava um profundo caos, pois a casa se preparava para o baile da noite de casamento. Camareiros de lordes visitantes e criados emprestados movimentavam-se pelos corredores. Lacaios carregados de bagagens e vestidos, esculturas esculpidas em gelo e açúcar, caixas de entrega de comida — carnes defumadas e sardinhas no gelo; tomates e repolhos e batatas — e mais arranjos de flores do que caberia em um jardim botânico. Pétalas de flores cobriam o chão como neve e perfumavam o ar. Os aromas de velas de cera de abelha e polidor de prata fizeram sua cabeça flutuar.

Enquanto Niamh se movia no meio da multidão, arrastando metros de tecido atrás de si, não pôde impedir que um sorriso volúvel surgisse em seu rosto. Ninguém ousava olhar para ela por mais de um segundo. Esgueirar-se como uma princesa era *fácil*. A porta da frente estava a apenas dez passos de distância, depois cinco, depois...

— Infanta Rosa? — Sofia chamou.

Niamh ficou tensa e se virou devagar para ela. Sua beleza fria e austera, como sempre, gelou até os ossos de Niamh. Sofia estava perfeitamente imóvel e equilibrada em meio ao alvoroço de emoções à sua volta. Seu vestido, branco como neve, praticamente se mesclava ao chão de mármore. Suas mãos delicadas estavam entrelaçadas ansiosamente diante do corpo, e as sombras roxas sob seus olhos eram austeras devido à palidez de sua pele. Parecia que ela não tinha dormido nada.

De algum modo, vê-la — frágil e esgotada como sempre — encheu Niamh mais de culpa do que de medo. Ela não podia acreditar que tinha sido tola e leviana o bastante para chegar à pior conclusão possível: que uma jovem agarrada a tentativas de escapar de sua própria solidão daria sinais de algum tipo de vilania. Uma pequena parte dela queria cair de joelhos e se desculpar. A parte mais sensível queria fugir daqueles olhos cinza examinadores. Eles lutavam para encontrar os dela através do véu.

— Minhas mais sinceras desculpas por não a cumprimentar antes — Sofia continuou. — Ninguém me informou que você tinha chegado.

Deuses, e *agora*? Ela procurou alguma ideia para escapar graciosamente dessa conversa. Niamh pigarreou e com a voz mais impassível que conseguiu fazer, respondeu:

— Eu não quis perturbá-la, já que minha visita foi tão rápida.

Um olhar estranhamente interrogativo passou pelo rosto de Sofia, mas ela assentiu, muito determinada a continuar sendo educada.

— Está doente, Vossa Alteza? Parece congestionada.

Niamh fingiu uma tosse delicada.

— Devo ter pegado uma friagem.

— Que terrível — Sofia disse. — Por favor, venha tomar um chá comigo antes de ir embora.

— Ah, não, eu não quero atrapalhar. — Niamh se encolheu. Isso não parecia nem um pouco com algo que Rosa diria. — Quero dizer, é claro que chá é um negócio muito tedioso. Não me dou bem com ele. Err... — Ela se encolheu novamente enquanto seu sotaque teimoso lhe escapava. — Eu preciso mesmo ir. Tenha um bom dia.

A percepção rompeu a máscara friamente cética de Sofia.

— Srta. O'Connor, é você?

— Não fale tão alto, por favor — Niamh sussurrou. — Vossa Alteza, eu...

Sofia olhou ao seu redor, depois se aproximou. Ela pôs a mão sobre o braço de Niamh. O peso de seu toque era impossivelmente leve, mas a frieza fez a pele dela se arrepiar. Ao se inclinar até a altura de Niamh, ela abaixou a já delicada voz a um mero sussurro:

— Vá. Se o príncipe regente perguntar sobre você, eu penso em alguma coisa para dizer a ele.

— O quê? — Niamh piscou os olhos, inanimada devido à surpresa. — Por que você faria...?

— Não acho que meu marido tem direito de mantê-la trancada como uma prisioneira. Você não cometeu nenhum crime, então por que deveria ser punida?

— Mas, Vossa Alteza... — Niamh apertou as mãos. — Desde que cheguei, não fiz nada além de causar problemas a ele.

— Problemas. — Sofia refletiu. — Não estou convencida de que todo problema seja algo ruim.

— O que quer dizer com isso?

— O príncipe regente faz o que pode para manter tudo sob o seu controle. Ele fica muito aflito quando não consegue. Mas ontem à noite... — Ela hesitou, mas uma esperança trêmula sustentou sua voz. — Ontem à noite, pela primeira vez desde que nos casamos, ele me fez uma confidência. Muitas coisas pesam sobre ele, mas ele sempre esteve determinado a suportá-las sozinho.

Niamh temia imaginar o que, exatamente, ele havia contado a ela. Mas Sofia não parecia desprezá-la, nem Niamh nem suas supostas ambições, tanto quanto Jack.

— Tanto ele quanto o irmão são homens muito teimosos — Sofia disse. — A separação foi dolorosa para os dois, embora não admitam. Mas por sua causa acredito que algo começou a florescer nessas terras devolutas.

De início, quando ela chegou ao palácio, Kit atacava o irmão verbalmente como a um animal encurralado. Mas com o passar das semanas, ele tinha ficado muito menos mesquinho e muito mais incisivo quando se tratava de algo que lhe importava. Na noite anterior, eles pareceram quase discutir como iguais. E Jack...

Basta, ele havia praticamente implorado quando ela lhe suplicou que pensasse na felicidade de Kit.

Niamh não via como essas coisas importavam agora.

— Eu não sabia que era tão poética, Vossa Alteza.

— Eu fui uma criança caprichosa, se puder acreditar. Meu pai mal sabia o que fazer comigo.

Niamh podia acreditar, na verdade. Ela se lembrou vividamente do relato de Sofia sobre sua infância: correndo na neve com o nariz rosado, rindo, perseguindo espíritos que brilhavam fora do alcance. A expressão de Sofia ficou séria.

— No entanto, apaguei isso de mim no decorrer dos anos. Então, *obrigada*, srta. O'Connor, por me fazer lembrar. Eu falei sério quando lhe disse aquilo. Seu sangue divino é extraordinário, mas sua compaixão e paciência com os outros são ainda mais incríveis. Você deixa as coisas mais leves aonde quer que vá.

A gentileza daquelas palavras a atingiu como uma faca no coração. Graças aos deuses misericordiosos do Outro Mundo, ela não tinha mais lágrimas para chorar.

— Muito obrigada, Vossa Alteza.

— Aonde você está indo agora? — ela perguntou, quase avidamente. — Está esperando falar com Kit?

Não, Niamh quis dizer, *eu perdi totalmente esse direito.*

Mas algum sentimento patético que transpareceu em seu rosto fez os olhos de Sofia brilharem suavemente com — entre todas as coisas — *alegria*.

— Eu imaginei. A infanta Rosa é uma jovem adorável, mas ficou muito claro para mim que eles não são adequados um para o outro.

— Assim como nós não somos — ela protestou. — Não posso pedir para ele abandonar seu dever por mim.

— Eu me casei por dever. Soube que era meu destino na vida desde muito nova, e estou em paz com isso. O amor pode crescer com tempo e espaço. Mas se me permite dividir um de meus sentimentos juvenis... — Havia melancolia em seu sorriso. — Se há qualquer outra opção, se já existe o amor, quem somos nós para ficar no caminho? Você deu muito àqueles ao seu redor. Me pergunto o que pode descobrir se demonstrar a mesma gentileza consigo própria. Poderia descobrir isso? Por nós duas?

Se você acredita que não fez diferença nenhuma para ninguém, Kit lhe dissera uma vez, *é ainda mais ingênua do que eu imaginava.*

Ela achava que não tinha trazido nada além de problemas a todos. Mas talvez sua gentileza fosse mais do que nada.

Niamh abraçou Sofia. Ela se assustou, mas com muita hesitação pôs as mãos nas costas de Niamh. Os aromas de neve e do frágil botão de galanto tomaram conta dela.

— Não adie mais — Sofia disse com suavidade. — Eu espero sinceramente que tenhamos muito tempo para nos conhecer melhor.

— Obrigada — Niamh sussurrou.

Com isso, ela amealhou o véu ao seu redor e correu para a porta. No círculo da entrada, uma carruagem esperava por ela, assim como

Sinclair havia prometido. E quando os cavalos saíram rumo à cidade, aqueles primeiros e trêmulos passos pareceram as ondas do mar Machlês: tão incertos e infinitos quanto as possibilidades.

Uma passagem arcada de buganvílias cobria o caminho até a casa de Sinclair. Havia pétalas cor-de-rosa espalhadas pelo pavimento, coloridas e curvadas após terem secado ao sol. Elas estalavam agradavelmente sob suas botas conforme ela se aproximava, exalando um sabor de outono no fim da primavera. Kit havia escolhido bem a propriedade. Niamh tinha que admitir que estava surpresa.

Quando chegou ao último degrau, tropeçou no próprio pé. Ela se assustou, mas se segurou na porta da frente no último momento. O barulho das palmas sobre a madeira devia ter alertado os empregados de Sinclair sobre sua presença, porque a porta se abriu e revelou uma governanta muito preocupada. Ela foi levada até a sala de estar e, em um minuto, um serviço de chá lhe foi servido. Só de olhar, ela se lembrou de que estava faminta. Pegou um dos delicados sanduichinhos e o colocou inteiro na boca. Rude, ela supôs, mas imaginava que educação era a última coisa que devia a Sinclair a essa altura.

— Você veio.

Niamh quase engasgou ao ouvir o som da voz dele.

Ele se encostou na porta. Seu cabelo estava um pouco melhor do que a costumeira rebeldia intencional. Naquele momento, ele só parecia perturbado. Ainda estava em mangas de camisa, com a gravata em volta do pescoço. Havia um hematoma no formato do cotovelo de Kit em sua garganta.

Ela se encolheu ao ver aquilo.

— Você está bem?

— Estou bem. — Ele levou os dedos ao machucado, como se tivesse acabado de se lembrar de sua existência. *Mentiroso*. Devia ser terrivelmente doloroso engolir ou falar. Ele entrou na sala e se sentou diante dela, apoiando os cotovelos nos joelhos. Enquanto ele observava a expressão dela, seu próprio rosto suavizou.

— Você está...?

— Ainda não. Acredito que me foram prometidas súplicas.

— Certo. — Constrangido, ele massageou a nuca. — Vou dizer que sinto muito quantas vezes você precisar ouvir. Eu nunca devia ter levado as coisas tão longe. Mas desde que o duque de Pelinor me deserdou, ando tão zangado. Lovelace deveria ajudar a garantir que ninguém sofresse como eu sofri. Punido e odiado, só por não ser "totalmente" avalês. — Ele fez uma pausa. — Durante anos, não obtive nenhum progresso. Mas quando me dei conta de que havia uma chance de atingir Jack onde doía, eu me deixei levar. Não dei nem sequer, a nenhum de vocês, o benefício da dúvida, contando o que estava fazendo. Estou pagando o preço por isso agora.

— Você acreditava mesmo que um de nós o entregaria? — ela perguntou em voz baixa. — Sua causa era justa.

— Acho que fiquei muito acostumado a me esconder no decorrer dos anos.

— Nós dois gostamos muito de você, Sinclair. Você foi a primeira pessoa que foi gentil comigo em Sootham. — Ela abaixou os olhos. — Eu não tive muitos amigos na vida. O tempo que compartilhei com você e Kit significou muito para mim. Acho que isso é o que mais me dói. O que você fez maculou o que eu guardava com muito carinho.

— Eu sei. Foi significativo para mim também. — A voz dele falhou. — Sinto muito. Por tantas coisas.

— Eu também não tinha dito a ele que trocamos cartas — Niamh murmurou. — Ambos cometemos erros, e posso ver que se arrepende tanto quanto eu. Eu o perdoo.

Ele levantou a cabeça e a encarou com os olhos vermelhos.

— Perdoa?

— É claro. — Ela abriu um sorriso hesitante. — Ainda estou magoada. Mas suas intenções eram boas. Elas *são* boas. E, bem... Você estava certo.

Ele pareceu surpreso.

— Do que está falando?

— Jack estava mesmo escondendo alguma coisa.

Ela contou toda a história. Foi bom compartilhar o fardo com outra pessoa: a confusão que o pai de Kit e Jack tinha deixado para eles e as formas com que Jack estava tentando resolver as questões. Ele ouviu sem interrompê-la, mesmo quando ela contou sobre o papel do pai de Sinclair na história; sua expressão foi ficando mais revoltada.

Quando ela finalmente terminou, ele soltou um assobio baixo.

— Aquele filho da puta. Isso é suficiente para afundá-lo para sempre. Se isso vazar, o Parlamento vai destitui-lo como regente. E quase certamente vai barrar sua sucessão quando o rei finalmente morrer. Além disso, o rei de Castilia poderia fazer pior do que cancelar o noivado. Ele não me parece ser do tipo que lida bem com armadilhas.

— Sim. — O terror formou um nó no peito dela quando ele expôs tudo dessa forma. — Tudo isso parece provável.

Sinclair franziu a testa.

— Então por que você está me contando tudo isso, quando sabe o que eu poderia fazer com essas informações?

— Porque... — Ela cerrou as mãos em punho sobre o colo. — Eu acredito que você queira ser perdoado. E, apesar de tudo, eu confio em você. Sei que não quer magoar Kit, e sei que quer o que é melhor para o seu povo. E talvez... Talvez haja um jeito de consertar isso tudo. Jack ainda tem a oportunidade de mudar de ideia.

— Mudar de ideia? Jack Carmine? — Sinclair gargalhou. — Será que está falando do mesmo homem que eu conheço?

— Eu acredito que ele quer melhorar — ela disse. — Eu acredito que ele *é* melhor que o pai. Apenas não sabe como ser esse homem melhor, e certamente não sabe como desviar de um caminho que começou a seguir.

Sinclair se levantou da cadeira e começou a mexer no carrinho de bebidas. Vidro e metal chacoalharam suavemente.

— Preciso de uma bebida. Você também parece estar precisando. Tenho conhaque. Quer um pouco?

Ela nunca tinha tomado conhaque.

— Por favor.

Ele serviu uma taça e colocou nas mãos dela. Do lado de fora, as flores sussurravam perto da vidraça. A cálida luz da noite invadiu a sala.

Sinclair girou sua bebida.

— Eu concordo que Jack tem consciência. O Parlamento não vai se arriscar indicando Kit. Ele é muito novo. O que significa que Jack é a melhor chance que temos para acertar as coisas com Machland. Mas apenas se o salvarmos do próprio plano idiota.

No fundo, ela tinha que admitir, tudo isso era terrivelmente empolgante. Ali, em uma poltrona de couro, bebericando seu conhaque, ela quase podia imaginar que era um cavalheiro influente discutindo política em um clube.

— E como você propõe que façamos isso?

Os olhos de Sinclair brilharam com malícia.

— O que mais eu poderia propor? Temos que impedir o casamento.

Niamh quase cuspiu o conhaque.

— *O quê?* Não. Não podemos fazer isso.

— Por que não? — Ele saltou da cadeira, praticamente crepitando de energia. — Se não houver casamento, Jack não tem plano. A situação com os manifestantes não mostra sinais de melhora, o que significa que ele terá que fazer concessões, seja conseguindo financiamento em outro lugar que não Pelinor, seja deixando seus conselheiros ajudarem de verdade. Da forma como vejo, Castilia não vai conseguir nada com esse acordo, então impedi-lo é a única coisa ética a se fazer. — Ele fez uma pausa. — Além disso, você já viu como Rosa olha para Kit? Ela vai ficar muito feliz em se livrar dele.

— Acho que não percebi — ela mentiu sem entusiasmo.

— É verdade que isso pode exigir uma certa delicadeza — ele continuou, sem recuar. — De alguma forma, precisamos fazer isso sem causar um colapso nas relações internacionais entre Avaland e Castilia, ou a completa destruição da reputação de Jack. É quase impossível, mas é um risco que estou disposto a correr.

— Mas *por quê?*

— Estou precisando de um pouco de aventura. — Ele sorriu com amargura. — E apesar de tudo o que aconteceu nesta Temporada, Kit ainda é meu melhor amigo. Isso é triste?

A voz de Kit ecoou na mente dela. *Sinclair é estupidamente leal*. E, bem, ela também ainda amava Kit.

— Não, nem um pouco. A menos que você também me considere triste.

— Kit tem seu charme, eu acho — ele disse, brincando. — Eu admito.

Niamh sorriu para ele.

Sinclair bateu no queixo.

— A forma mais fácil de conseguir isso é fazer Kit ou Rosa cancelar o casamento. Jovens mudam de ideia o tempo todo, então isso não levantaria muitas suspeitas. Eu não conheço Rosa, mas conheço Kit. — Ele olhou fixamente para ela. — E não o via tão feliz fazia muito, muito tempo.

O rosto de Niamh esquentou. Ela não tinha contado a ele sobre o pedido de casamento de Kit, até porque ela mesma queria esquecer.

— Você o viu depois da festa. Ele nunca mais vai querer falar com nenhum de nós. Não importa o que você esteja sugerindo, eu já não tenho influência sobre ele, posso lhe garantir.

— O que é isso! Onde está aquela sua atitude proativa? — Sinclair cruzou os braços. — Apenas pisque seus lindos olhos azuis e peça desculpas. Ele teve alguns dias para esfriar a cabeça e é completamente influenciável por você, caso não tenha notado.

Ela duvidava muito que *piscar* melhoraria a situação, mas supôs que valia a pena tentar qualquer coisa a essa altura.

— Digamos que ele *aceite* minhas desculpas. E depois?

— Jack tem medo de ser descoberto — Sinclair disse. — Eu ameaço expô-lo. Kit se recusa a colaborar com o plano dele. Assim, de repente, ele não tem mais nada sobre ninguém. Vou até escrever uma coluninha sobre como, ah, sei lá, Kit tem uma grandiosa nova visão para Avaland. Ninguém vai ousar tocar em Kit. Não há absolutamente nenhum motivo para ele ter que ser um mártir por causa dos erros do pai.

Niamh soltou um longo suspiro.

— Certo. Vou tentar falar com ele de novo.

— Excelente! Por sinal, eu por acaso sei onde ele está agora.

Niamh se animou.

— Onde?

— Em uma despedida de solteiro no Nightingale's. — Sinclair fez cara feia. — Eu fui desconvidado. Não foi surpresa nenhuma.

— Entendi… O que é uma despedida de solteiro?

Ele olhou para ela com os olhos arregalados.

— É apenas o dia mais importante da vida de um homem. Seu último dia de liberdade!

Ele explicou para ela, mas ela teve dificuldade para entender. Até onde ela tinha captado, um monte de gente ficava sentada em uma sala, bebendo e comendo até perder os sentidos. Depois, talvez, em uma vertigem de vinho, eles caçavam um cervo, o esfolavam e davam a pele de presente à noiva no dia seguinte. Niamh suspeitou que ele estivesse zombando dela, mas não quis se constranger mais insistindo no assunto. A imagem de Rosa segurando uma pele de cervo nos braços, nada impressionada e completamente confusa, fez Niamh rir.

— Vocês devem se considerar sortudos — ela disse. — Em Caterlow, nós preparamos um desfile dos recém-casados pelas ruas e os cobrimos de lama e flores. Depois os perseguimos até um lago.

— Isso parece bem mais divertido.

Um silêncio recaiu sobre eles e Niamh enterrou o rosto nas mãos. Era uma ideia ridícula. Kit havia lhe pedido em casamento — de uma forma terrível, sim —, mas ela nunca teria a honra de vivenciar outro pedido. Se ele cancelasse o casamento, ela não teria nada. Todo o seu trabalho seria desperdiçado. Sua única chance de dar uma vida melhor para sua família acabaria perdida.

— É mesmo prudente arriscar tanto? — ela murmurou. — O plano de Jack vai funcionar.

— Certo. — Sinclair franziu a testa. — Vamos tentar visualizar como ocorreria, ok? Kit e Rosa se casam. Castilia fica fora de conflitos militares por cinco anos. Você vai para casa, sabendo que teve algo real que deixou escapar, mas pelo menos não estragou a vida de ninguém, apenas a sua. Isso basta para você? Felicidade verdadeira?

Aquilo parecia terrível.

— Eu... eu não sei.

Ele ergueu uma sobrancelha.

— Quando você estiver em seu leito de morte, acha que vai refletir sobre o quanto ficou orgulhosa em colocar a necessidade de todos na frente das suas? Acha que vai desejar ter cedido *mais*?

A esperança floresceu dentro dela, mas ela a esmagou.

— Como posso viver para minha própria felicidade, se me resta tão pouca vida? Como isso pode ser significativo, quando minha família está contando comigo?

— Porque não é significativo se matar pouco a pouco para deixar as pessoas felizes!

Niamh recuou diante da hostilidade repentina na voz dele.

— Acredite em mim, eu já tentei fazer isso. Tentei tantas vezes. — Ele voltou a afundar na cadeira, como se tivesse ficado exausto de repente. A dor silenciosa naquelas palavras fez o coração dela disparar. — Tentei ser o filho que Pelinor queria. Tentei salvar Kit de si mesmo quando ele não queria ser salvo. Mas isso não é amor. Isso é loucura. É crueldade, com você e com todos à sua volta. Consegue enxergar isso?

Niamh engasgou com um soluço de choro. Quando pensava no que a fazia feliz, *realmente* feliz... Era como isto: conhaque em uma sala confortável, com alguém que podia ser seu amigo de novo. Era como brincar no gramado do verão, ou se encolher ao lado de Kit na chuva, ou bordar distraidamente enquanto ele cuidava de sua estufa. Era como mil momentos de silêncio, cada um tão pequeno quanto a chama de uma vela. Mas, juntos, eles eram luminosos — tão expansivos e brilhantes quanto uma galáxia. Como coisas tão belas e ternas podiam ser egoístas?

A felicidade não se parecia em nada com seguir costurando à luz de uma lamparina bem depois de seu corpo ter começado a implorar por misericórdia. Não se parecia em nada com dedos doendo e pensamentos flutuantes, com afundar cada vez mais sob o peso da exaustão e do *arrependimento*.

Sinclair suspirou e ofereceu um lenço a ela.

— Já vi muitas coisas horríveis crescendo em Sootham. Tudo o que as pessoas estão dispostas a fazer para proteger seu legado. As pessoas que magoam. Mas já vi muitas coisas belas também. Tem um lago perto da casa de campo de minha família. Isso pode parecer ridículo, mas eu costumava amar ver os patos nadando lá.

Quando Niamh riu, ele sorriu com encorajamento.

— Quando os patinhos saem do ovo, eles criam um vínculo materno com o primeiro ser vivo que veem. Chama estampagem. Na maioria das vezes, é a mãe. Mas uma estação, um ovo ficou para trás no ninho, e quando o patinho nasceu, ele fez a tal estampagem com o cão de caça do duque. Depois que eles fazem isso, seja no que for, eles mergulham de cabeça. Mesmo que seja perigoso, mesmo que estejam completamente errados, eles seguem aquele instinto. É a primeira coisa que fazem. Eles vivem para amar.

"Nada é garantido, Niamh. Todos vamos morrer. Eu e você estamos morrendo neste exato momento, mas também estamos *vivos*. O amor é o que faz a vida valer a pena. O amor é o que nos faz agir quando mais precisamos. É esse o nosso legado: é como você ama as pessoas à sua volta, não o quanto sacrificou por elas."

Niamh secou os olhos com seu lenço.

— Obrigada, Sinclair. De verdade.

— Não há de quê. — Quando ele sorriu, parecia o próprio deus da malícia. — E então, o que me diz? Devemos fazer uma visita a Kit no Nightingale's?

26

APESAR DE SER TARDE, AS RUAS DE SOOTHAM estavam cheias e agitadas. Niamh, no entanto, fitava os pés. Os paralelepípedos eram traiçoeiros à noite, e brilhavam com a umidade. Água da chuva, e uma mistura de outros líquidos impróprios, acumulavam-se nas rachaduras e refletiam a luz dourada dos postes de luz.

Ela não estragaria mais uma barra de vestido e *nem* outro par de sapatilhas. Não ficaria parecendo uma criança descuidada na única noite de sua vida que importava. Ela desceu com cuidado do meio-fio — e imediatamente foi puxada para trás com firmeza, pelo cotovelo. Niamh cambaleou e encostou em Sinclair, exatamente quando uma carruagem surgiu do meio da própria noite. Ela passou fazendo muito barulho, um borrão de cavalos e rodas esmagadoras. Seu coração se acelerou.

— Cuidado. — Ele ofereceu o braço a ela, e ela aceitou de bom grado.

Ele a conduziu ao redor das poças e dos cavalheiros que saíam das casas de apostas e dos clubes, barulhentos, alegres e cambaleantes devido à bebida. Nunca na vida ela havia se sentido tão completamente fora de seu elemento. Aquele, Niamh compreendia, não era um lugar onde garotas como ela deveriam estar. Mas, de braço dado com o mais infame colunista político da cidade — e já sem muita reputação a perder — ela se sentia estranhamente segura.

Sinclair se inclinou de maneira conspiratória e disse:

— Aqui é onde todos os nobres trazem suas amantes. Você vai encontrar as melhores fofocas nesse lugar.

— Revelando os segredos de sua profissão, Sinclair?

— Isso não é nada — ele zombou. Apontou com o queixo para um prédio do outro lado da rua. — Chegamos. A ruína dos homens da alta sociedade.

Escondido entre lojas com vitrines escuras e cafeterias movimentadas, o Nightingale's surgiu da escuridão e dos braços protetores dos carvalhos, todo em pedra branca ostentosa e ameias imponentes. Do outro lado de uma grade de ferro fundido, lampiões a gás queimavam como os olhos de uma enorme fera no escuro. Na frente, uma gigantesca janela curvada, quase opaca e marcada com gotas de água escuras, dava para a rua. Se ela estreitasse os olhos, podia ver as imagens de pessoas se movendo atrás do vidro. Aquilo fazia até a adorável casa de Sinclair parecer uma casa de bonecas.

— Isso não faz eu me sentir melhor — ela disse com fraqueza.

— *Você* não tem com o que se preocupar, minha querida e inocente companhia. Os homens vêm aqui para jogar e brigar entre si. Jogar sobretudo cartas e outros jogos de azar. Há também livros de apostas. Eles apostam em coisas como quem vai se casar nesta Temporada, ou qual casamento vai desabar. Ouvi dizer que o lorde Bowsworth uma vez apostou duzentos guinéus em uma corrida de pingos de chuva.

Esses eram os homens que ela ia irritar se fosse bem-sucedida esta noite. Ou talvez alguns deles já tivessem apostado contra Kit e Rosa. Ela engoliu o nó de nervosismo que surgiu em sua garganta.

— Certo.

Ele bateu com a bengala nos paralelepípedos úmidos, depois apontou para uma treliça que subia pela lateral do prédio como uma escada. Havia glicínias entrelaçadas nos degraus e seu perfume doce era carregado pela brisa.

— Está vendo aquilo lá? Você pode escalar para chegar à sacada. Enquanto isso, vou criar uma distração. Assim que Kit ficar sozinho, ele vai direto para lá. Eu garanto. Você usa seus truques de sedução. Ele percebe como está sendo teimoso. Ele cancela o casamento. Crise evitada.

Ela concordou com a cabeça.

Sinclair olhou para a sacada e franziu a testa.

— Tem certeza de que consegue fazer isso? Você costuma tropeçar até no ar.

— Para o seu governo, são fantasmas que me empurram. — Ela bufou. — Tenha um pouco de fé.

— Muito bem — ele disse com ceticismo. — Vejo você em breve.

Quando ele passou pelo portão, a própria imagem da confiança, Niamh correu para a lateral do prédio. Ali, a luz mal alcançava a viela estreita, e enquanto a névoa cortava preguiçosamente a luz dos postes, a escuridão se espalhava ao redor dela. Uma sombra partiu dos outros e deslizou em sua direção. Niamh conteve um grito. Mas era só um gato preto passando rapidamente por ela. Ele registrou sua presença com um leve e inquisitivo *miau?*

Niamh soltou o ar, mais do que exasperada consigo mesmo. Para o bem de seu povo, de Castilia e do homem que amava, ela conseguiria fazer o que era preciso.

Niamh agarrou a treliça. O ferro era liso e frio contra a palma das mãos, e quando ela soltou o peso no primeiro apoio para os pés, toda a estrutura rangeu em protesto. Ela fez o que deu para ignorar os ruídos, erguendo-se degrau por degrau. Tão de perto, o cheiro de glicínia tornava-se enjoativo, e as flores faziam cócegas em seu nariz conforme ela subia. Sua respiração ficou ofegante, mas ela se recusou a pensar no quanto estava distante do chão. Por fim, segurou com os dedos trêmulos a grade da sacada. Com o máximo de cuidado possível, subiu — depois praticamente derreteu no chão. Deitou de costas, o peito ofegante, enquanto as estrelas giravam no alto e sua visão pulsava, escura. Lembrar-se de respirar enquanto subia não estava no topo de sua lista de prioridades.

Talvez Sinclair tivesse razão em se preocupar. De longe, essa tinha sido a pior ideia que ela havia executado, em uma lista imensa de péssimas ideias.

Quando ela recuperou o fôlego, levantou-se e aguardou. A luz de dentro se espalhava pelo chão a apenas um metro de distância dela. De onde estava, mal conseguia ver como era o interior do clube. Uma névoa miasmática pairava sobre tudo, mas dava para ouvir o bater dos copos e as risadas e gritos dos homens que apostavam suas fortunas. A maioria deles se aglomerava ao redor de mesas e ficava no bar. Decepcionantemente, havia muito menos ferramentas de caça do que Sinclair a havia levado a acreditar. Ela não devia ter escutado uma única palavra do que ele dissera.

As portas da sacada se abriram. Niamh engoliu um grito de surpresa.

Kit foi até a grade e se apoiou. Respirou fundo, como se estivesse prendendo o fôlego a noite toda. Carregava consigo o cheiro do clube: fumaça de tabaco acre e a pungência nauseantemente doce de bebida alcoólica. Não devia ser fácil para ele estar naquele ambiente. Sua pele estava mais pálida do que o normal e parecia escorregadia de tanto suor. Ninguém deu muita atenção a ele. Estavam muito concentrados em seus jogos de cartas e em seus copos.

Mas por mais miserável e estressado que ele parecesse, o coração dela ainda deu um salto desesperado ao vê-lo. As mangas dele estavam arregaçadas até os cotovelos; a jaqueta devia ter ficado esquecida no encosto de alguma cadeira. Ela desejou poder tocá-lo novamente. Desejou ter esse direito. A ponta acesa de seu charuto queimava como fogo-fátuo. Ele fumava sem parar, absorto demais em seus próprios pensamentos para notá-la parada no escuro como uma tola.

— Kit.

Ele quase pulou para fora da própria pele. Ela tinha que admitir que era satisfatório ser aquela que *causava* o susto, para variar. Ele piscou, depois piscou de novo, como se ela fosse uma visão terrível que ele pudesse dissipar caso se esforçasse. Mas quando isso não deu certo, ele ficou olhando fixamente. Ela não conseguia distinguir as emoções que passavam pelo rosto dele. Cada uma delas era como um golpe. Por fim, ele previsivelmente optou pela raiva.

— O que você está fazendo aqui?

Eu queria ver você. As palavras ficaram bem ali, na ponta de sua língua. *Eu queria falar com você.* Mas ele não havia fugido ao vê-la. Agora que ela tinha superado aquele primeiro obstáculo, ela não podia colocar em risco aquela oportunidade.

— Eu queria me desculpar. Sinto muito.

— Sim — ele disse com desdém. — Você já disse isso. Agora que já fez o que veio fazer aqui, pode ir embora.

— Espere, por favor. — Ela deu um passo na direção dele, e ele se jogou contra a grade como se ela tivesse lhe apontado uma faca. Recomposta, ela voltou alguns passos para trás, onde as glicínias pendiam como uma cortina. Os olhos desconfiados dele brilhavam como os de um gato no escuro, mas ele não se moveu mais.

— Eu escrevi para Lovelace, para Sinclair, quando você me disse para ter cuidado — ela continuou. — Ele me escreveu logo que eu cheguei, mas nunca me obrigou a espionar você. E eu nunca pretendi fazer isso, e nunca fiz. Mas fui tola em acreditar que podia lidar com tudo sozinha. Você está certo, eu sou covarde. Estou *sempre* correndo, sem qualquer preocupação com meu bem-estar. Mas dessa vez eu feri também outra pessoa. — A voz dela tremia e ela fechou bem os olhos para conter as lágrimas. — Eu devia ter dito alguma coisa bem antes. Me arrependo de cada momento em que não lhe confidenciei a verdade. Foi minha própria imprudência que nos trouxe aqui. Sinto muito.

Kit ficou em silêncio por um longo momento. Ele bateu as cinzas do charuto na grade.

— Não adianta ficar remoendo o que você devia ter feito. Acabou.

— Mas não precisa ser desse jeito — ela disse, ofegante.

Ele ouviu sem interrupção quando ela descreveu o plano de Sinclair. Kit sempre tinha sido péssimo em esconder seus sentimentos, mas, enquanto ela falava, ele permaneceu preocupantemente sem expressão. Com a fumaça do charuto tremulando diante de seu rosto, era como se eles estivessem em lados opostos do véu que separa os mundos.

— Não — ele disse. — Sinclair tentou do jeito dele por anos. Cansei de fazer parte desses jogos. Cansei. Não vou fazer papel de bobo outra vez, principalmente não por vocês dois e seus esquemas temerários.

— Você nem considerou a ideia!

— Não preciso considerar.

A tensão deslizava entre eles como uma faca. Da última vez em que estiveram sozinhos, ele havia olhado para ela com tanto carinho, com os cabelos e os olhos frios e prateados. Ela não queria poder se lembrar disso com tantos detalhes. A gentileza de suas mãos calejadas junto à pele dela, a reverência de seu olhar sobre ela. Mas agora, Kit olhava para ela com total reprovação. Ela não sabia como atravessar tamanho abismo, ou se *havia* alguma forma de atravessá-lo. Não havia nada a fazer além de bater na porta que ele tinha fechado entre eles.

— Por que não?

— Não posso deixar Jack levar a culpa pelo que nosso pai fez — ele disse em voz baixa. — Ele passou a vida toda me protegendo. É hora de retribuir o favor.

De todas as coisas tolas e cheias de sacrifício que ele poderia fazer...! Se ele não desmancharia o noivado por ela, talvez ela pudesse apelar para ele de outra forma.

— Mas não há garantias de que o plano de Jack vai funcionar! Além disso, é errado de sua parte arrastar a infanta Rosa para isso sem o conhecimento dela. Se você tivesse alguma honra, a deixaria livre desse compromisso.

Com frieza, ele perguntou:

— Já falou tudo o que você queria falar?

— Não! Por que você está tão determinado a ser infeliz? Por que acha que não merece nada melhor? — A voz dela tremulou. — Sei que perdi todo o direito de tentar fazer você feliz. Mas se há qualquer outra forma de cumprir seu dever, de lutar pelo que você acredita, por que está fazendo isso consigo mesmo?

Kit parecia abatido.

— Não posso arriscar.

— Arriscar *o quê*, Kit? Pode me dizer que quer fazer isso, de verdade? — Ela se sentiu selvagem e imprudente, como se estivesse na beira de um precipício, e não em uma sacada. A força de seus sentimentos crescia como uma tempestade. Se alguém os encontrasse, seria mais do que desastroso, mas ela não conseguia se importar. Ela não podia deixar tudo terminar daquele jeito. — Me diga que sim. Me diga que vai ficar satisfeito. Me diga que não vai ter arrependimentos e eu lhe desejarei tudo de bom. Vou embora de Avaland de uma vez, e não vou olhar para trás. Vou me lembrar de você com carinho, e não vou desejar que você pense em mim mais do que o necessário.

Ele ficou em silêncio.

— Me diga — ela choramingou —, por favor.

— Foi cruel de sua parte vir aqui.

— Cruel? — Ela cerrou as mãos em punho ao lado do corpo. — Cruel é agir como amigo e me tratar com uma igual. Cruel é...

Em um movimento fluido, ele largou o charuto e atravessou o espaço que havia entre eles. As costas dela bateram na parede. Ele se agigantou sobre ela, todo feito de tensão, e o calor de seu corpo tomou conta dela como uma onda. Ele devia ter identificado o desejo nela, pois suas pupilas dilataram. A essa altura, ela sabia intimamente como era a cara de anseio dele. Havia um fogo se acendendo nos olhos dele, e do jeito que ela era tola, estava ansiosa para se queimar. A respiração dele tremia junto aos lábios dela.

Isso, ela pensou. *Isso é cruel.*

— Cruel — ele disse — foi você me dar esperança.

Quando ele falou, sua boca se movimentou junto à dela. A pressão era suave, como uma pluma. O fantasma de um beijo que ela nunca mais teria. Aquilo era um verdadeiro castigo — se para ele ou para ela, Niamh não sabia ao certo. A agonia era pior do que ela jamais havia imaginado em seus piores pesadelos.

Mas então a boca dele capturou a dela, dura, insistente e *irritada*.

Os olhos de Niamh se arregalaram, fixados nele. O desejo a fez derreter. A indignação a encheu de uma resistência teimosa. Mas quando os dentes dele puxaram seu lábio inferior, quando ele deslizou um joelho entre os dela, seus olhos se fecharam sem lutar. Ela arqueou o corpo para se moldar a ele. O gemido áspero que tirou dele se acumulou no fundo dela. Diante desse *desejo* fervente e inflexível, ela não conseguia se lembrar, nem que sua vida dependesse disso, do que tinha ido fazer ali ou sobre o que eles estavam discutindo.

Então, ela ouviu um som terrível: o rangido da porta da sacada se abrindo.

O barulho do clube vazou para fora: risadas, o barulho de copos e moedas.

Kit se afastou bruscamente. Uma luz dourada — e pânico — faiscavam nas profundezas de seus olhos. Antes que ela pudesse piscar, a glicínia a *agarrou*. Suas vinhas se enrolaram nos braços dela, depois praticamente a arrastaram para trás, para as sombras. Novos brotos nasceram, delicados e brilhando de leve com a magia, para escondê-la completamente. As pétalas fizeram seu nariz coçar, mas ela prendeu a respiração e conteve o espirro. Ela mal podia se ressentir daquele tratamento grosseiro, pois ele a havia salvado. De novo.

Jack saiu pela porta.

— Aí está você. O que está fazendo aqui fora?

— Nada — Kit disse, parecendo apenas um pouco ofegante. — Apenas pegando um pouco de ar.

Jack o olhou com desconfiança, mas parou ao seu lado. Ele colocou a mão no ombro de Kit, e Kit não se afastou.

— Sei que tem sido difícil, mas você está fazendo a coisa certa.

O queixo de Kit se mexeu, mas ele não respondeu nada.

— Como posso consertar as coisas entre nós? — Jack se apoiou na grade. — Depois de amanhã, você vai continuar vivendo sua vida. Não quero que nos separemos assim, com tanto arrependimento entre nós.

— Apenas deixe isso para lá, Jack — Kit disse, cansado. — Não se torture mais. Não por minha causa. Esses últimos dias me ajudaram a compreender você melhor. De certa forma, eu sempre compreendi.

— Espero que saiba que eu amo...

— É. Eu sei. — Kit ficou tenso. Ele ficou olhando para a noite, mas mesmo de onde estava, Niamh podia ver a tristeza tomar conta de sua expressão. — Eu também.

Jack se virou para ele.

— Kit eu...

— Se já terminamos aqui — Kit disse —, vamos.

Ele se virou e entrou de novo. Jack se demorou por apenas um momento e o acompanhou.

Pouco a pouco, as vinhas ao redor dela afrouxaram. Elas a colocaram no chão com tanta delicadeza e reverência que ela teve a impressão de que tinham tirado a poeira de suas saias e arrumado seus cabelos. Flores roxas e douradas pairaram no ar e se acomodaram a seus pés. Por alguns longos momentos, Niamh ficou desmoronada sobre a grade da sacada, pressionando a ponta dos dedos nos lábios inchados. Seu rosto queimava com o que ela tinha certeza de que era um rubor magnífico. Raiva e carinho estavam tão emaranhados dentro dela que não conseguia respirar.

Kit Carmine era o homem mais insuportável, contraditório, *confuso* que jamais existiu.

Mas ela tinha dado a ele uma rota de fuga — uma chance de libertá-la para sempre — e ele não havia aceitado. Ele a havia beijado com o desespero furioso e aterrorizado de um homem que se agarra à vida. Ele a havia protegido como se esse comportamento fosse algo impregnado nele, como respirar.

Não me negue apenas para negar a si mesma.

No dia seguinte, ele não poderia mais vacilar. Ele não precisava amá-la como ela o amava. Mas ele merecia, pela primeira vez na vida, uma chance de construir uma vida nos próprios termos. Ele merecia uma segunda chance para seguir o próprio conselho.

Ela lhe daria uma.

E então, se fosse preciso, ela o deixaria ir.

27

A NOITE ANTERIOR PARECEU OUTRO CONTO de fadas: uma garota levada embora e devolvida antes que sua família cruel percebesse sua ausência.

Às onze horas, Sinclair a havia levado para dentro do palácio. Durante o caminho de volta, ele se irritou com a teimosia de Kit — depois, quando se cansou, caiu em um silêncio taciturno nada característico dele. Pela primeira vez na vida, Niamh não se importara com o silêncio. Um plano, semeado na sacada, começou a brotar na escuridão da carruagem. Um plano idiota, impossível — mas não deixava de ser um plano. Por mais que ela quisesse desesperadamente, não podia envolver Sinclair. Se desse errado, sua desgraça não o tocaria.

Às três da manhã, ela terminou de bordar e montar o manto de Kit. Às seis, já tinha sido acordada e levada à casa de Rosa, com o vestido de noiva e o manto de Kit, cada um em uma caixa delicada, como joias.

Agora, ela entrava nos aposentos de Rosa, sentindo que poderia dormir em pé. Um dos lacaios de Jack a acompanhava de perto como um cão de caça agitado. Quando fecharam a porta, ele se posicionou na frente e não tirou os olhos dela. Naquele olhar, havia um alerta: *o príncipe regente está observando. Não diga ou faça nada de que possa se arrepender.*

Rosa esperava por ela atrás de um biombo. Havia um buquê de rosas sobre a mesa ao lado, prontas para serem colocadas em seus cabelos. Todos os espinhos tinham sido cuidadosamente removidos e suas hastes, giradas para soltar as pétalas. Rosa tinha pintado os lábios de carmesim. Ela parecia elegante, mesmo sem portar nada além de um fino robe. Mas, olhando mais de perto, sua pele oliva não tinha o resplendor usual. Sob o ruge passado em suas bochechas, ela estava branca como cera.

— Bom dia — Niamh disse. Sua voz era pouco mais que um grasnado.

— De fato — Rosa disse sem pensar. — Podemos?

Niamh desembalou o vestido com cuidado. A longa cauda da saia caiu no chão como um riacho de água escura. Rosa o inspecionou com um olhar inconfundível de apreciação. Niamh trabalhou o mais rápido que pôde para vestir Rosa. É claro, ela tropeçou na barra não menos de três vezes e quase arrancou algumas lantejoulas das mangas. Quando o último botão de azeviche foi fechado na base do pescoço de Rosa, Niamh subiu em um banquinho bambo para colocar o véu em sua cabeça, como uma coroa.

Ela ajustou o drapejado do tecido antes de prendê-lo no lugar. Ele fluía por suas costas e se abria como um leque no chão, exibindo toda a elaborada renda.

— Deu. — Niamh deu um passo para trás para admirar seu trabalho. — Você está pronta.

Rosa parou diante do espelho. Aprisionada em sua enorme moldura dourada, ela parecia um retrato pintado a óleo — ou pareceria, se não fosse pela expressão peculiar em seu rosto. Ela franziu o nariz como se sentisse o gosto de algo amargo.

— Que magia incomum você tem.

— Como assim?

— Estou sentindo — ela disse, com partes iguais de repulsa e admiração — várias sensações. Dentro de sua cabeça é assim? Não é de estranhar que esteja tão *atarantada* o tempo todo.

Reconhecidamente, os encantamentos no vestido eram bem fortes. O vestido a enchia de saudades de todas as coisas que podiam ter sido e de tristeza por todas as coisas que não tinha conseguido fazer. Pensando bem, talvez Niamh não devesse ter terminado a peça imediatamente após ser dispensada por Kit. Era um tanto quanto inapropriado para um casamento, mas pelo menos combinava com a elegante solenidade do vestido. Rosa poderia ser a própria deusa da noite.

— Desculpe — Niamh disse, constrangida. — Talvez eu tenha me deixado levar. Devo...

— Não. Não mude nada. É tudo o que eu queria.

— Com certeza não vai haver olhos secos na igreja — Niamh afirmou.

Rosa olhou para o seu reflexo, virando o rosto para um lado e para o outro.

— Eu quase me sinto como uma noiva.

O coração de Niamh deu uma guinada dolorosa.

— Fico feliz. Você está linda.

Foi só então — com tremor em sua voz e ardência em sua garganta — que ela se deu conta de que já estava chorando. Rosa pareceu perplexa, até mesmo alarmada. Então, com um ar severo, puxou o biombo de lado para se dirigir ao lacaio que estava na porta.

— Você. Peça para trazerem o chá de uma vez.

— Peço desculpas, Vossa Alteza — ele respondeu. — O príncipe regente disse que não devo deixar a garota desacompanhada.

Rosa endireitou o corpo em toda sua altura e ergueu o queixo. Com seu vestido todo preto, ela era uma figura de fato impressionante, e seu tom tinha uma condescendência régia.

— O que é isso, ela é uma prisioneira? Ou você tem medo de eu manchar a honra dela?

Um desconfortável segundo de silêncio se passou até que ele cedeu.

— Não, Vossa Alteza. É claro que não.

— Então vá, antes que eu diga ao meu cunhado que fui tratada com brutalidade. Estou faminta. Ouso dizer que estou começando a sentir que vou desmaiar.

Ele empalideceu.

— É para já, Vossa Alteza.

Assim que ele desapareceu, Rosa praticamente desfaleceu sobre uma chaise e olhou para Niamh com um olhar direto.

— O que foi isso? O que está acontecendo aqui?

— Não é nada! — Niamh secou o rosto e forçou um sorriso. —

Casamentos me deixam emotiva, e o encantamento em seu vestido... Vou fazer o possível para não me envergonhar ainda mais.

— Você acha que sou idiota? Essa não foi uma pergunta retórica.

— Não! É claro que não.

— Então por que está mentindo para mim? Está tropeçando em si mesma, mais do que o normal. E está... — Rosa apontou desesperadamente para ela — ... vazando.

Rosa é uma pessoa muito compreensiva, Miriam havia dito a ela. E era mesmo. Niamh invejava o modo como nada a abalava. Mas, de alguma forma, achava que mesmo uma mulher paciente e pragmática como Rosa não poderia aceitar algo como: *estou apaixonada pelo seu noivo, e se um de vocês não cancelar esse casamento, sua união pode muito bem prendê-la a um reino financeiramente insolvente por meia década*. Ela não podia arriscar.

Então ela sentou ao lado dela e disse:

— É o estresse. Eu mal durmo há dias.

Rosa colocou a mão desajeitadamente no alto da cabeça de Niamh, o que ela supôs que fosse um gesto tranquilizador.

— Você se matou de trabalhar por minha causa.

— Não se preocupe comigo. Hoje é o seu dia.

— É mesmo? — ela perguntou com ironia.

No mesmo instante, Miriam empurrou a porta com o quadril, segurando nos braços o serviço de chá que ela claramente tinha arrancado do lacaio. Ela estava com a língua para fora, concentrada, enquanto equilibrava o chá. Mas quando viu Rosa, seus lábios se abriram e a bandeja quase caiu de suas mãos. As xícaras balançaram perigosamente.

— Rosa. — Lágrimas brilhavam nos olhos de Miriam. — Deus do céu, você parece uma visão.

Rosa riu, afetuosa e triste. Ela colocou a mão sob o véu para passar a ponta dos dedos sob os olhos.

— Pare. Logo *eu* vou começar a vazar.

Niamh se sentia a maior tola que já existiu.

Ela não sabia ao certo como não tinha visto — visto de verdade — antes: a razão de Rosa suportar tudo como um soldado preparado para a batalha, a razão de ela pouco se importar se o coração de Kit estava em outro lugar, a razão de Miriam ter ajudado Niamh sem titubear. Agora, era tão óbvio de um modo belo, de tirar o fôlego, de partir o coração. Um fio invisível unia as duas.

Amor.

O dia em que a infanta Rosa de Todos los Santos de Carrillo e o príncipe Christopher Carmine, duque de Clearwater, se casariam estava, segundo todos os relatos, perfeito.

Era uma manhã clara e sem nuvens — uma raridade em Avaland — e as ruas, desde o palácio real brilhando em seu gramado verde até a Catedral de São João, com suas pedras brancas, estavam repletas de pessoas. A nobreza e os plebeus estavam reunidos, bebendo e conversando, vibrando e cantando, chorando e se empurrando. Eles carregavam cestos de vime e jogavam ervas e pétalas de flores na rua. Cada flor representava um desejo — de saúde, fortuna, fertilidade e felicidade. Na tradição avalesa, o noivo conduzia os convidados do casamento em um desfile de sua casa até a catedral.

Para Niamh, parecia como uma procissão funerária. O dia que ela poderia perder Kit para sempre.

Ela seguiu o desfile sozinha. A multidão de pessoas ao redor a oprimia. Seus ouvidos zuniam, a pulsação palpitava, e os olhos pareciam que iam vazar do crânio de tanta exaustão.

O manto escuro que ela havia tirado do fundo do armário combinava com seu humor e servia bem o suficiente para disfarçá-la, mas ela estava suando devido ao calor da lã. Uma touca larga — e um pequeno ramo de mosquitinho branco colocado atrás da orelha — obscureciam suas feições. Ainda assim, não levaria mais do que alguns instantes para qualquer um dos Carmine a reconhecer. Ela segurava uma caixa junto ao peito, com o manto de casamento de Kit guardado em segurança.

Na frente dela, Jack cavalgava um cavalo branco que parecia perfeitamente calmo ao lado da Guarda do Rei, todos com seu uniforme verde e dourado e seus mosquetes. Ele usava todos os símbolos da realeza. Sua casaca vermelha esvoaçava ao vento, e a coroa dourada aninhada em seus cabelos pretos brilhava sob a luz do sol.

E lá, logo à frente dele, estava Kit.

De onde estava, Niamh não podia ver com clareza. Apenas a severa postura de ferro de seus ombros. Desde o momento em que soube quem ele era, talvez Niamh devesse saber que era seu destino encontrar-se ali: ela com o coração se contorcendo em nós de paixão; ele, impossivelmente fora de seu alcance por centenas de motivos diferentes.

Quando os Carmine passavam, flores brotavam em seu rastro, surgindo nas rachaduras dos paralelepípedos e enchendo os gramados. As multidões vibravam, com os olhos iluminados pelo brilho dourado da magia. Ela pairava no ar, onírica como uma névoa de início de manhã.

Niamh pegou um vislumbre dos pináculos da catedral quando viraram uma esquina. Seus contrafortes e torres se estendiam na direção do céu como dedos acusatórios. Quanto mais perto a procissão chegava, mais densa e barulhenta ficava a multidão. Eles se acotovelavam e insultavam como um mar levado à loucura pelo vento. Não demorou muito para Niamh perceber o porquê.

Os manifestantes aguardavam no pátio da catedral.

Espertos, Niamh pensou. Jack não poderia expulsá-los sem causar um escândalo. Além disso, um massacre no dia das bodas seria o início menos auspicioso para um casamento.

Eles hastearam bandeiras e as fincaram no gramado imaculado da catedral. Apesar de estarem em grande número, os manifestantes formavam contingentes ordenados, encarando a procissão nupcial como um exército em sua última defesa. Na frente deles, radiante sobre o palco improvisado com um caixote virado, estava sua general: Helen Carlile.

Jack parou seu cavalo. A montaria batia as patas com agitação sobre os paralelepípedos. Ele olhou para Carlile de modo imperioso. Niamh já havia estado do outro lado daquele olhar uma ou duas vezes; ela sabia o efeito que tinha. Mas Carlile o enfrentou de cabeça erguida.

— Qual o significado disso? — ele perguntou.

— Estou aqui para exigir uma audiência com o príncipe regente. — Ela fez a mais superficial das reverências. — Suponho que seria você.

Ele apeou do cavalo. Suas botas bateram nos paralelepípedos com um ruído decisivo. A Guarda do Rei colocou a mão nas espadas em uníssono. Um murmúrio ansioso se espalhou pelos convidados do casamento.

— Bom dia, senhora — ele disse com frieza. — Você não está em posição de exigir nada de mim. É o dia do casamento do meu irmão, seu príncipe.

— Não quis ofender, senhor. Só que pedi para lhe falar muitas vezes antes disso — ela disse com franqueza. — Você é um homem difícil. Alguém quase pode suspeitar que está fugindo de mim.

— Me dê um motivo para eu não mandar prendê-la por sedição aqui e agora. — Jack abaixou a voz; Niamh teve que se aproximar para escutar. — O que está querendo com essa demonstração? Ela não serve para nada além de incitar o descontentamento e me envergonhar pessoalmente.

— Uma hora de seu tempo é tudo o que peço. — Uma nota de humildade ganhou sua voz. — Essas boas pessoas se reuniram aqui para terem suas preocupações ouvidas. Se isso é crime, eu não o reconheço mais. Não importa o que dizem sobre você, senhor, mas eu não o considerava um déspota.

— Converse com ela — Kit, por fim, falou. Ele se dirigiu ao irmão com um ar cansado, sem nem um pingo de petulância ou imperiosidade. — Considere isso meu presente de casamento.

Carlile alternou o olhar entre os dois.

O silêncio se estendeu. Uma gota de suor escorria pela têmpora de Jack. Mas o que quer que tenha visto nos olhos de seu irmão devia tê-lo comovido.

— Muito bem. Vou falar com você após a cerimônia. Vou recebê-la em meu gabinete.

Niamh mal podia acreditar.

O rosto de Carlile se iluminou, repleto de gratidão e uma satisfação estupefata.

— Obrigada, Vossa Alteza. Sinceramente, obrigada. Estou esperando ansiosamente por esse encontro. — Ela se curvou para Kit. — E parabéns para você. Muitas felicidades para você e sua noiva.

— Obrigado.

Ela se virou para os manifestantes, e com um único gesto dela eles fizeram uma fila ao seu redor. Marcharam até o prédio do Parlamento, dando a volta na procissão nupcial como um rio fluindo sobre uma pedra. O silêncio disciplinado deles surpreendeu Niamh. Assim que o último deles desocupou os portões da catedral, a tensão no ar se dissipou.

E, no momento certo, os sinos do casamento soaram.

Eles fizeram *gong, gong, gong*, um som lamentoso e profundo que ressoou dentro do peito de Niamh. Quando a última batida do sino vibrou na manhã, as portas da catedral se abriram.

A respiração de Niamh ficou acelerada. Ela não sabia se conseguiria fazer aquilo. Não podia encarar Kit de novo. E, se falhasse, não sabia se suportaria ver o momento em que ele se ligaria a Rosa para todo o sempre. Ela não sobreviveria a esse desgosto.

Mas ela não tinha tempo para hesitar. Assim que os Carmine entraram na catedral, os convidados atrás dela praticamente a empurraram pela porta até o saguão.

O teto era alto, sustentado por colunas brancas e entrelaçado como espartilhos com costelas. Chamas flutuavam e vagavam pelo ar como se fossem velas carregadas por uma corrente. Havia flores trançadas nos bancos e guirlandas penduradas sobre cada alcova, com flores de um branco suntuoso. Tudo brilhava, das partículas de poeira que pairavam nos delicados fios de luz até o dourado dos ícones sagrados nas paredes.

Mas foi o altar que realmente lhe tirou o fôlego.

A silhueta de Kit aparecia contra um pano de fundo de vitrais. Eles preenchiam toda a capela-mor, do lambril de madeira ao teto drasticamente arqueado. A luz que eles deixavam entrar o envolvia, suavizando suas arestas. Pintava-o com delicadeza. Ele usava um colete branco e uma gravata, com um prendedor dourado no formato de uma rosa. Parecia um príncipe de conto de fadas.

Sinclair estava ao lado dele no altar. Por mais furioso que estivesse com ele, Kit não o havia desconvidado.

É isso.

Niamh encontrou um lugar no fundo da catedral para se sentar e abaixou o queixo, de modo que a touca ocultasse seu rosto. Suas mãos estavam suadas dentro das delicadas luvas de seda. Havia conversas e risadas ao seu redor, conforme os convidados iam entrando. Ela fez o possível para abafá-las.

Um movimento na frente da catedral chamou sua atenção. Um membro da Guarda do Rei aproximou-se de Jack e se inclinou para sussurrar alguma coisa em seu ouvido. De imediato, ele se virou no assento com uma fúria assustada e passou os olhos pelo rosto de todas as pessoas. Estava procurando alguém. Procurando por *ela*, Niamh se deu conta.

Ele sabe.

Jack e seu guarda trocaram algumas palavras, até que o guarda concordou com a cabeça, com severidade. Niamh afundou em seu lugar. Se a encontrassem, eles a escoltariam para fora. Ela não podia voltar para Machland — não até resolver aquilo. Mas havia centenas de pessoas na catedral, e uma cerimônia que a Guarda não podia ousar interromper. Ela ficaria bem.

A harpista começou a tocar. A canção flutuou até as vigas, doce e etérea e cintilante: o anúncio da noiva.

Todas as cabeças da igreja se viraram.

E as portas para o saguão se abriram, emoldurando Rosa em um quadrado brilhante de luz.

28

Os suspiros começaram. Depois, mais silenciosamente, fungadas de emoção.

Com a mão na dobra do cotovelo de seu pai, Rosa surgiu nos fundos da nave, bela e terrível, circunspecta e elegante, simplesmente magnífica. Cada fio de seu vestido, cada fibra do véu, irradiava emoção pura.

Lembranças, todas elas agridocemente dolorosas, tomaram conta da multidão. Até os olhos do rei Felipe brilhavam com lágrimas não derramadas. Niamh não sabia o que Rosa achava do jeito que era recebida ali; seus traços estavam quase totalmente escondidos atrás do véu. Ela começou a andar.

A cauda do vestido chapinhava o chão como água fria e escura. Ela sussurrava de leve a cada passo, arrastando as pétalas espalhadas sobre o mármore como numa maré. Murmúrios sussurrados e reverentes a acompanharam até o altar. *Aquele vestido*, Niamh ouviu repetidas vezes. Uma mistura estranha de orgulho e tristeza ameaçou derrubá-la. Tal beleza valia tanto sofrimento?

Quando chegaram ao altar, Miriam se aproximou e pegou o buquê de rosas vermelhas das mãos dela. Ela recuou alguns passos, entrando em uma coluna de sombras, mas mesmo de onde Niamh estava, era óbvio que ela estava desolada. Sinclair olhou nos olhos de Mirian do outro lado do altar e deu uma piscadinha tranquilizadora. A sombria finalidade daquele gesto torceu-se como uma faca no estômago de Niamh.

Kit pegou na mão de Rosa frouxamente. Em Caterlow, a cerimônia de casamento começava da mesma forma. Eles enrolavam uma corda nos pulsos e, parte por parte, uniam tanto as mãos quanto as almas. Mas nada aconteceu, Kit só ficou cada vez mais pálido ao olhar para Rosa, sem expressão, como se assistisse a um pesadelo se desenrolar diante dele.

Com todos reunidos no altar, o bispo se aproximou. Ele se comportava com muita presunção, com o nariz e a boca erguidos, formando uma linha solene. Trazia uma estola dourada no pescoço, como a pele de um animal, e uma mitra preta no alto da cabeça, como um velho pássaro grisalho. Niamh o desprezou de imediato, mas não podia exatamente confiar que fosse uma sólida juíza do caráter dos outros naquele momento.

Com um ar grave, o bispo disse:

— Caros presentes, estamos aqui reunidos, diante de Deus e dessa congregação, para unir este homem e esta mulher por meio do sagrado matrimônio; que é um estado honroso, instituído por Deus na época...

A cerimônia seguiu, monótona. Niamh mal absorveu uma única palavra. Pânico e desespero confundiram tudo para ela. Houve pelo menos cinco pausas em que ela acreditou que alguma coisa, *qualquer coisa* nova pudesse acontecer. Mas todas as vezes o bispo pigarreou alto e virou mais uma página de seu livro de orações. A congregação suspirava e se mexia. Leques feitos de marfim agitavam-se ao redor dela.

Niamh fincou as unhas no joelho para se centrar. Ela mal podia processar que aquilo pudesse mesmo estar acontecendo, que ela estava *ali*, suando naquele banco desconfortável, enquanto o homem que ela amava se casava com outra mulher. E a menos que quisesse constranger todos na igreja — principalmente a si mesma —, ela não podia fazer absolutamente nada. Ela nunca se sentira mais impotente.

Sua magia me faz sentir coisas, Kit havia dito a ela. Independentemente do que acontecesse, tudo o que ela podia fazer era rezar para ele sentir todas as coisas que ela não tivera chance de dizer.

Um burburinho algumas fileiras adiante a trouxe de volta à consciência. A Guarda do Rei tinha começado a vasculhar o perímetro da igreja, atraindo olhares e especulação. Eles faziam um valioso esforço para serem sutis, mas entre seu uniforme de cores vivas e as espadas que brilhavam ameaçadoramente em sua cintura, pareceu a Niamh um esforço em vão. A pele dela formigava de medo. Ela puxou a touca até os olhos.

No altar, o bispo enfim deixou de lado o livro de orações e pegou um cálice. Diferentemente de tudo naquele recinto, era elegante em sua simplicidade: um recipiente sem adornos, de prata pura. Sinclair havia explicado isso a ela na noite anterior. A taça estava vazia, mas Kit e Rosa seguravam um frasco de vidro com água. Tradicionalmente, os frascos continham hidromel, dourado como o sangue divino da nobreza, mas Niamh compreendeu a substituição pelo bem de Kit. Ele e Rosa derramariam seus frascos no cálice e beberiam, simbolizando a junção de suas linhagens. E assim que terminassem, Kit vestiria seu manto e envolveria Rosa em sua proteção. Com isso, estariam casados.

O canto da caixa que Niamh segurava apertava seu quadril.

A oração entoada virou um borrão sem sentido. Kit e Rosa abriram os frascos. Eles os esvaziaram no cálice em perfeito uníssono. A mão de nenhum dos dois tremeu. Cada momento parecia uma eternidade: Rosa erguendo a taça e bebendo, Rosa a passando para Kit, Kit mal a tocando nos lábios antes de colocá-la apressadamente sobre a mesa.

— Agora vamos começar a declamação dos votos. — O bispo parou apenas por um momento e olhou para Sinclair com impaciência. — O manto, senhor.

Sinclair deu um salto, assustado. Ele passou os olhos no chão a seus pés. Quando não encontrou nada, virou para verificar no assento atrás dele. A essa altura, as pessoas já tinham começado a murmurar abertamente. Alguém abafou uma gargalhada. Outros tossiam. A Guarda do Rei se aproximava cada vez mais, fileira por fileira. O coração de Niamh batia junto à caixa, e ela a abraçava mais.

— O manto, por favor — o bispo disse, em um tom mais desesperado dessa vez.

Um pânico genuíno tomou conta do rosto de Sinclair.

— Só um momento. Desculpe.

Pronta ou não, Niamh não poderia se demorar mais. Ela se levantou:

— Está comigo!

Toda a congregação se virou para ela. Niamh evitou o olhar de Kit. Ele o derrubaria como uma flecha mirada diretamente em seu coração. Ela cometeu o grave erro de olhar para Jack, que de fato quase a nocauteou com o olhar, como se arremessasse uma pedra em sua cabeça. Gelo corria por suas veias, mesmo que seu rosto estivesse quente por causa daquela humilhação. Niamh passou pelas outras pessoas em sua fileira, murmurando suas desculpas baixinho, e foi até o altar.

A alguns passos de distância, ela finalmente ousou olhar para Kit. Seus olhos se fixaram nos dela com um desejo desesperado. Naquele momento, ninguém existia no mundo além dos dois. Sob o feitiço do olhar dele, a música desapareceu. A multidão desapareceu.

E sua sapatilha prendeu na barra do vestido.

Ela conteve um grito. A caixa escapou de suas mãos e ela tombou para a frente. Gritos de surpresa ecoaram pela catedral, e Niamh pensou que não seria tão ruim morrer naquele exato momento. Juntas, ela e a caixa pareciam cair na água, mergulhando lentamente no chão. A caixa bateu contra o mármore com um som alto como o de vidro quebrado. Niamh fechou bem os olhos e se preparou para o impacto, mas ele nunca veio.

As flores que revestiam o altar e entrelaçavam-se nos bancos tinham feito brotar novos botões. Vinhas torceram-se uma ao redor da outra como uma corda e envolveram sua cintura. Quando ela abriu os olhos, estava flutuando a alguns centímetros do chão.

O som de passos se aproximando a forçaram a olhar para baixo. Kit se inclinou e a ajudou a ficar de pé. Enquanto ele a estabilizava, ela captou o brilho mais suave de exasperação carinhosa em seus olhos.

— Outro dia de alta gravidade? — Ele falou tão perto de seu ouvido que um arrepio desceu pelas costas dela. As vinhas ao seu redor se desenrolaram devagar e caíram no chão, uma a uma.

Era irritantemente *típico* dele zombar dela até mesmo naquele momento. Ela quase chorou com a familiaridade daquilo. Embora ela já tivesse recobrado o equilíbrio, ele não a soltou. Sua mão permaneceu com o polegar pressionado no centro da palma da mão dela, como se fosse puxá-la para mais perto. Havia algo tão peculiar no jeito que ele olhava para ela. Ele parecia... focado, e ainda assim a cem quilômetros de distância.

— Vossa Alteza? — o bispo o chamou.

— Kit? — ela sussurrou.

— Vossa Alteza! — O bispo levantou a voz, claramente desesperado para retomar o controle da situação. Ele parecia suado sob a luz do sol, segurando o livro de orações com força. — Se importaria de voltar a se juntar a nós, tanto em corpo quanto em mente?

O clima no recinto mudou. Todos sussurravam e riam em seus assentos. Kit piscou.

— Certo. É claro.

Niamh pegou a caixa do chão e a colocou nas mãos dele.

— Para você.

Ele assentiu com rigidez, sua expressão mais uma vez indecifrável, e voltou ao altar. Ele praticamente empurrou a caixa no peito de Sinclair. Sinclair se atrapalhou um pouco, então abriu a tampa.

— Estou nervoso por causa do casamento — Sinclair disse, zombando de si mesmo. — Onde está minha cabeça?

Algumas pessoas riram, ao menos para quebrar a tensão.

Niamh se sentou com cuidado em um banco. Ela podia *sentir* os olhos de Jack a perfurando com fúria, mas manteve o foco no que acontecia à sua frente. Sinclair tirou o manto da caixa e o desenrolou. O vestido de Rosa era bonito. Mas o manto, ela já sabia, seria a melhor coisa que ela jamais fizera na vida.

O manto era de veludo verde escuro, forrado com seda e estruturado com uma complexa renda dourada. Urtigas e espinhos bordados abundava nas mangas e nas costas. Niamh tinha trabalhado nele todas as noites desde que Kit dissera, na estufa, que confiava nos desenhos dela. Mas embora o modelo tivesse sido fácil, ela nunca conseguia se decidir pelo encantamento. Nada combinava com ele. Nem votos de boa sorte, nem vitalidade, nem altivez, ou honra, civilidade, ou qualquer coisa totalmente avalesa, ou adequada ou bem-comportada.

Mas na noite anterior, ela tinha fiado sua magia. Em cada delicada pétala, cada folha e cada espinho, ela havia bordado um pequeno pedaço de seu coração. Arrependimento por ter perdido sua confiança. Raiva por ele ter se retirado de modo tão abrupto. A dor de o perder. O medo ao vê-lo dentro de sua jaula de espinhos. A paz quente e lânguida enquanto ele cuidava de suas plantas. A leveza de provocá-lo. A alegria de costurar enquanto ele respirava constantemente ao lado dela. A intimidade silenciosa de uma tempestade, os dois deitados lado a lado enquanto a brisa suspirava pela janela aberta. A tristeza reconfortante enquanto cediam seus fardos um ao outro. A alegria vertiginosa de beijá-lo. A vida toda em suas mil formas. Tudo o que ela havia sonhado e negado a si mesma.

Todos os tons de amar Kit Carmine.

Sinclair o segurou para Kit. Ele pôs um braço, depois o outro.

O manto se acomodou pesadamente em seus ombros. A expressão dele se modificou devagar, depois tudo de uma vez. Ela o viu vivenciar cada emoção, cada lembrança, cada esperança que ela havia costurado no tecido. Kit a encontrou na multidão. Naquele momento, não só seus olhos brilharam com magia. Todo o seu *ser* parecia emanar uma luz brilhante, dourada.

Niamh ficou sem fôlego.

Flores desabrocharam ao redor deles, um tumulto de cores: não-me-esqueças e rosas, girassóis e camélias, lilases e cravos, íris e dálias, galantos e madressilvas. Ela não conseguir acompanhar todas. Elas fluíam pelo altar como um longo tapete sacudido e estendido. Desenrolavam-se das vigas como estandartes reais. Elas giravam alegremente acima da nave, envolvendo todos os convidados em uma mortalha. Pétalas circulavam pelo ar e caíam em seus cabelos como neve. Para cada sentimento que ela havia lhe dado, elas transbordavam dele dez vezes mais, uma resposta a cada pergunta que havia feito.

Sim, eu a perdoo.

Sim, eu sinto sua falta.

Sim, eu ainda a quero.

O coração dela inchou de alegria e de uma esperança estúpida e teimosa. O mundo virou um borrão atrás de um véu cintilante de lágrimas. A conversa dos convidados se intensificou, com gritos de alegria e de choque.

— Se algum presente souber de alguma razão pela qual esse casal não deve se unir em santo matrimônio — o bispo gritou acima do tumulto —, fale agora ou fique em paz para sempre!

Niamh deixou aquelas palavras caírem sobre ela. Havia feito todo o possível para estar ali, para dar aos dois mais uma chance de felicidade. Ela havia arriscado tudo. Havia se humilhado e sem dúvidas seria barrada do Reino de Avaland para sempre. Ainda assim, não conseguia se arrepender. Apaixonar-se por Kit Carmine tinha sido a coisa mais dolorosa e mais valiosa que ela já havia feito na vida. Ela faria tudo de novo mais cem vezes.

Kit abriu a boca para falar. Mas antes que ele pudesse dizer uma palavra, uma voz cortou o clamor.

— Eu. Eu me oponho.

O rei Felipe se levantou devagar, irradiando uma hostilidade fria e amarga.

29

O REI, EM TODA SUA ALTURA, olhou feio para Jack do lado oposto da catedral. Sua mão segurava o encosto do banco com tanta força que Niamh temia que a madeira se partisse. Todo o seu corpo tremia com o esforço de conter a raiva.

— Faremos um breve recesso, então — o bispo disse timidamente, segurando o livro de orações diante do corpo como um escudo.

Ninguém se mexeu.

Jack levantou e acrescentou.

— *Agora.*

Os convidados se levantaram e começaram a se empurrar para fora da catedral com uma velocidade surpreendente. Niamh ajustou sua touca e se meteu no meio da multidão, mas um membro da Guarda do Rei a segurou pelo braço com uma força capaz de produzir um hematoma. Ela ofegou, e um terror frio e repentino a invadiu.

Quando a porta se fechou e o último dos convidados saiu, a catedral parecia uma carcaça limpa. O guarda a levantou e praticamente a arrastou até a capela-mor. Ele a depositou aos pés de Jack com um empurrão brusco. Dessa vez, Kit não conseguiu segurá-la. Ela caiu com tudo, ralando as mãos no mármore e sentindo dor nos joelhos com o impacto. Sua respiração ecoava alta demais à sua volta, mas ela manteve a cabeça abaixada.

— O que significa isso? — o rei gritou. — Não sei como as coisas acontecem nessa maldita ilha, mas eu não vou tolerar essa *farsa.*

— Vossa majestade — Jack disse, tentando apaziguá-lo —, esta machlesa está por trás disso tudo. Estou certo de que isso é algum tipo de vingança e eu vou mandá-la...

— Não queremos suas desculpas — Felipe cortou o ar com as mãos de maneira enfática, e Jack ficou em silêncio como um garoto castigado na escola. — Mesmo que isso for verdade, como você pode ser tão incompetente? Olhe para ela. Como não consegue lidar nem com uma menina manhosa?

— Bem — Jack disse. — Eu...

— Nunca vimos tamanha loucura. Seus súditos se reuniram como um exército para falar com você. Seu irmão claramente se envolveu com essa garota plebeia — Felipe continuou, olhando com desdém para as flores que tinham brotado da magia de Kit. — Você nos assegurou que ele não havia herdado a condição de seu pai. Mas agora vemos que a loucura é mesmo algo relativo. Todos vocês devem estar loucos se acreditam que vamos aceitar tal tratamento!

— Peço desculpas, vossa majestade. Não sei o que deu em todo mundo hoje, mas eu lhe garanto que não é usual.

— Basta. — Felipe pousou a mão sobre o cabo de sua espada. — Quer vocês tenham pretendido isso ou não, quer seja típico ou não, vocês me insultaram hoje. E o pior, e mais imperdoável, vocês insultaram minha filha.

Por fim, Rosa levantou o véu. Seus olhos escuros brilhavam com um propósito recém-descoberto.

— Pai, por favor, seja razoável. Estou totalmente ilesa.

Felipe continuou como se ela não tivesse dito nada.

— Minha Rosa é uma garota boa e obediente. Ela nunca falou fora de hora, e é dócil demais para dizer que vocês a magoaram. Mas se ela não vai falar, eu vou. Ela é minha única filha, minha joia da coroa, e vocês não a merecem.

O rosto de Rosa se contorceu com raiva e arrependimento. Foi o máximo de emoção que Niamh jamais vira nela, e ainda assim, tal luta se esvaiu em um instante. Como ela podia deixar seu pai continuar acreditando que ela não tinha opiniões ou sonhos próprios? Como podia deixá-lo falar por ela, mesmo agora? O rei a amava. Se ela encontrasse a coragem para falar, certamente ele ouviria.

— Compreendo que esteja infeliz — disse Jack —, mas uma cerimônia malfeita não é motivo para cancelar o noivado.

— Esta não é uma questão política. É pessoal. — O rei tirou a luva. — Então vamos resolver isso como cavalheiros.

Ele jogou a luva entre eles. Seus olhos se acenderam em dourado, e o ar dentro da catedral agitou-se. A estática crepitava pelos cabelos de Niamh. Os vitrais tremiam e as pétalas giravam no ar como se levadas por uma tempestade.

— Christopher Carmine, pela honra de minha filha, eu o desafio para um duelo.

Kit empalideceu.

— O quê?

Niamh levou a mão à frente da boca. *O que foi que eu fiz?*

Ela não podia ficar ali ajoelhada e não fazer *nada*.

— De jeito nenhum. — Jack deu um passo à frente, colocando o braço na frente de Kit. Seus olhos brilhavam com um fogo frio e determinado. — Se quiser duelar com alguém, deve duelar *comigo*. Eu que fiz esse acordo e, como disse, não consegui gerenciá-lo de maneira adequada. Vou lidar com as consequências.

Felipe ignorou Jack completamente. Seu foco estava voltado para Kit.

— Eu aceito — Kit respondeu sem rodeios. — Seus termos?

Pânico, por fim, surgiu na fachada de Jack.

— Espadas, certamente. Até o primeiro sangue.

— Magia. Até a morte — o rei disse. — Você vai me encontrar em uma hora no campo ao norte da cidade. Traga seu segundo em comando. Estarei esperando.

Com isso, ele saiu da catedral.

Não. Niamh quase desmaiou nos degraus do altar. Depois de tudo isso, ela não podia deixá-lo morrer por causa de uma dívida de honra. Se alguém tinha culpa, era ela. Sempre tinha sido *ela*. As pétalas espalhadas no chão — e a alegria que haviam produzido dentro dela — pareciam a mil quilômetros de distância.

O bispo espiou detrás do altar. Com a voz trêmula, ele perguntou:

— Suponho que não haverá casamento hoje, Vossa Alteza?

— Não saia daqui — Jack disse. Ele começou a andar de um lado para o outro no corredor que levava ao altar. Tirou a coroa da cabeça e passou a mão nos cabelos. — Eu posso resolver isso. Eu vou resolver isso. Ainda não sei como, mas temos uma hora para...

— Não tem como resolver — Kit disse. — O que ele disse é verdade.

Rosa riu com amargura.

— Sua magia é poderosa, mas não é nada se comparada com a nossa. Se enfrentá-lo, ele vai derrubar você em um segundo. De que vale sua honra? Se valoriza sua vida, deve fugir enquanto ainda pode.

Kit sentou nos degraus do altar e se ocupou acendendo seu cachimbo. Fumou por alguns momentos e, embora parecesse mais calmo, a cor não voltou ao seu rosto. Quando suspirou pela terceira vez, parecia terrivelmente resignado.

— Eu não me importo com minha honra, mas também não posso dizer não a ele. Qualquer alternativa vai envolver outras pessoas.

Jack pôs as mãos nos ombros de Kit e o chacoalhou.

— Isso não é responsabilidade sua, Kit. Nunca foi. É minha.

— Pela primeira vez — Sinclair se intrometeu —, eu concordo com ele. Isso é loucura, Kit.

Kit se livrou das mãos de Jack e olhou para ele com uma afeição horrível e complicada brilhando nos olhos.

— Acho que já chegou a hora de alguém proteger você. Você pode ser meu segundo em comando, se insistir em ficar por perto. — Ele olhou para Sinclair. — Desculpe.

— Como se eu *quisesse* ver você morrer — Sinclair disse com a voz emotiva. — Seu nobre idiota.

— Basta. — Jack parecia abalado. — Não devemos discutir isso. Venha comigo. Sinclair, você também. Isso não é coisa para jovens moças ouvirem.

Jack caminhou de maneira decidida na direção da porta, e Sinclair o seguiu com relutância. Kit hesitou apenas por um instante e se aproximou de Niamh. Ele lhe ofereceu a mão. Mesmo de luva, seu toque era eletrizante. Ela não sabia se suportaria olhar para ele.

Quando ele a ajudou a se levantar, ela disse.

— Kit, eu...

— Pare de se esgotar — ele disse com seriedade. — Estou falando sério.

Antes que ela pudesse pensar em como responder, ele foi atrás do irmão. A respiração dela era trêmula. De todas as coisas horríveis, nada românticas e deselegantes que ele poderia dizer naquele momento... Ela reprimiu a chama desesperançosa de afeto. Não sucumbiria ao desespero. Recusava-se a acreditar que aquela seria a última vez que o veria vivo. Recusava-se a deixar que *aquelas* fossem as últimas palavras que ele jamais lhe diria.

Niamh não conseguia interpretar o que Rosa sentia.

Desde que elas tinham se retirado para a capela com Miriam, não houvera nenhuma explosão, lágrima ou conversa ansiosa. Ela seguia sentada no banco da frente com os cotovelos apoiados nos joelhos e os dedos sobre os lábios. À primeira vista, com quadrados de luz multicolorida sobre seu rosto, ela parecia quase suplicante. Mas a essa altura Niamh já sabia que ela estava apenas perdida em pensamentos.

Quando Rosa abriu os olhos, nenhuma fagulha de ideia, nenhum toque de gênio os animou. Niamh viu apenas derrota.

— Você tem um talento especial para causar problemas, Niamh. Sabia disso?

— Sim — ela disse com cansaço. — Todo mundo já deixou isso bem claro para mim a essa altura.

— Mais dez minutos — Rosa disse com um quê de impaciência — e todos nós estaríamos livres desse pesadelo.

— Mas eu...

— Não insulte minha inteligência. Sei muito bem que você planejou isso. — Rosa afundou ainda mais no assento e esfregou o rosto. — Eu só não esperava que Kit seria... um cúmplice inconsciente. Por que você fez isso? Achei que tínhamos chegado a um acordo.

— Eu não pude suportar ver vocês dois tão tristes — Niamh protestou. — Os dois estavam se fazendo de indiferentes e insensíveis, mas você é tão óbvia quanto ele.

Rosa a fuzilou com um olhar de alerta e Niamh sentiu um solavanco ao se dar conta. Miriam não sabia. Ou *Rosa* não sabia.

Niamh arriscou olhar para Miriam, que tinha ido para o fundo da capela. Ela estava sentada na base da estátua de algum santo cujo nome Niamh não sabia. Parecia impossível — até mesmo absurdo — que uma delas tivesse um grama de dúvida sobre os sentimentos da outra. Talvez fosse assim que todos se sentiam ao ver ela e Kit dançando ao redor um do outro durante metade da Temporada. O ímpeto de chacoalhar as duas quase foi mais forte do que ela.

— Mais uma vez — Rosa disse em tom obscuro —, achei que tínhamos nos entendido.

Niamh atravessou o cômodo e se sentou ao lado de Rosa no banco. Ela desamarrou a touca e a pôs de lado.

— Eu não poderia viver com esse acordo. Por muitos motivos, alguns egoístas, outros não.

Finalmente, ela se livrou do peso da verdade: a identidade de Lovelace, a realidade da situação financeira de Avaland, todas as formas que Jack havia usado para tentar salvar o reino.

— Então, eles pretendiam me usar como bucha de canhão para todos os seus problemas — Rosa disse em voz baixa. — Que cobras! Sou quase capaz de admirar esse tipo de perspicácia.

— Eu tinha esperanças de impedir o casamento, mas não previ que terminaria assim.

— Obrigada por me contar agora — Rosa disse com tristeza —, embora eu pudesse ter sabido disso tudo *antes* da cerimônia.

— Sinto muito! Eu não sabia como você ia reagir.

— Eu poderia ter ficado furiosa. Ou talvez tivesse algum plano brilhante. Nunca vamos saber. É tarde demais agora. — Pela primeira vez, havia uma nota de desespero em seu tom de voz. — Esse tempo todo, eu me esforcei para proteger aqueles que amo. Para garantir Avaland como aliada e afastar a violência de nossa porta, pelo menos por mais alguns anos. E foi aqui que minhas escolhas me trouxeram: exatamente ao destino que tentei evitar. Meu pai vai morrer sendo tolo e orgulhoso ou vai matar Kit. O príncipe regente e meu pai dizem ser homens de honra, mas quando chega a hora, não consigo imaginar que um dos lados não vá retaliar. O conflito parece inevitável agora.

— É isso, então? — Niamh perguntou. — Você está mesmo disposta a desistir tão facilmente?

— Isso não envolve você. — Rosa fechou a cara. — Na verdade, você já fez o suficiente. Deveria partir agora, enquanto ainda pode. Volte a Machland e nos deixe enfrentar o nosso destino.

— Não posso fazer isso.

Ela riu, descrente.

— Você ainda está tentando protegê-los? Mesmo sabendo do que são capazes?

— Esse esquema foi todo armado pelo príncipe regente, e agora está arruinado. Além disso, ele concordou em se encontrar com os manifestantes. É um pequeno começo.

— Isso não é reconfortante. Você já deve saber que não sou uma pessoa sentimental. — Rosa afundou ainda mais no assento. — Você realmente se importa *tanto* com Kit? Não quero ofender, mas certamente poderia ter escolhido algo melhor. Você tem um péssimo gosto para homens.

A franqueza dela eliminou qualquer resposta coerente de sua mente.

— Ele é… bonito, à sua maneira, eu acho. Em teoria — Rosa admitiu. — Mas estou chocada com sua má-criação. Ele não é cavalheiro com ninguém além de você. Com o resto do mundo, é rabugento e rude, e não possui graça ou decoro.

Um impulso protetor tomou conta dela. Niamh se aprumou.

341

— Eu não concordo, Vossa Alteza. Ele *é* todas essas coisas, sim. Mas também é bondoso, mesmo que nem sempre seja gentil. É franco e leal. E, embora não admita, ele se preocupa o tempo todo com aqueles que ama. É como uma galinha com seus pintinhos, às vezes. E... Bem, há uma intensidade nele. Quando ele olha em seus olhos, é como se você fosse a única pessoa no mundo. Ah! E a voz dele...

— Niamh. — Rosa parecia estar com icterícia. — Nossa, basta. Eu imploro. Nunca vou conseguir limpar essa conversa da minha mente.

— Desculpe!

— Você está mesmo caída por ele, pelo visto. — Com apenas um toque de admiração confusa, ela disse. — Que bom para ele.

— Sim. Eu o amo. — Ela se lembrou mais uma vez de que ele estava marchando para a própria morte. — Rosa, você tem que impedir seu pai.

— Não adianta — Rosa disse, parecendo alarmada. — Ele não vai me ouvir. Ele nunca ouve o que eu falo.

— Não seja covarde justo agora. — Miriam voltou a ser ela mesma. Ela surgiu das sombras para a luz multicolorida. — Como você sabe, se não tentar? Todos esses anos, você o deixou acreditar que é reservada e precisa de proteção.

Rosa se assustou.

— Miriam...

— Eu nunca vi você recuar de uma briga que *sabe* que pode vencer. — Miriam olhou para ela com uma ferocidade que Niamh nunca havia visto nela. Um cacho escapou de seu coque quando ela avançou sobre a princesa. — Seu pai está fazendo isso por você, e está enganado. Ele acredita que você se sentiu insultada. Naturalmente, está furioso em seu nome!

— Ele não pode me dar o que eu realmente quero. Ele não vai aceitar. — Niamh ouviu o medo não dito na voz de Rosa. *Ele não vai me aceitar.* — É muito mais fácil ser a filha sem vontade própria.

— Ele acredita que você quer que Kit seja punido pelo que aconteceu hoje — Niamh pressionou. — Você pode ao menos pedir para o seu pai poupar a vida dele.

— Não posso. — Um desânimo recaiu sobre Rosa, e cada palavra sua irradiava melancolia. — Vocês estão erradas sobre mim, as duas. Sou covarde e masoquista. Nunca calculei tão dolorosamente mal em toda minha vida. Falhei com todo mundo.

Miriam parou na frente do banco de Rosa.

— Você não falhou comigo.

— Falhei com você mais do que tudo.

— Rosa, não posso mais fingir que não estou ciente do que você está fazendo. — Miriam colocou as mãos na cintura. — Eu não sou qualificada para ser acompanhante! Você tinha algum plano para me fazer casar esta Temporada. Já disse mil vezes que *não quero* me casar. Então por que você está se punindo?

— Eu também não quero que você se case. Mas trazê-la para cá foi o único plano que me ocorreu — Rosa disse desesperadamente. — Talvez seja por isso que não gosto de Kit Carmine. Porque ele e eu somos iguais. Somos tolos por amor. Somos egoístas e autodestrutivos, do mais alto grau.

— Eu… — Miriam abriu a boca, depois a fechou. Quando ela falou novamente, sua voz era muito baixa. — Do que você está falando?

Rosa jogou a cabeça para trás e riu até perder o fôlego.

— Eu nunca agi mais com o coração do que com a cabeça. E quando o fiz, só dessa vez, isso me arruinou. Eu queria dar a você uma chance de procurar sua própria felicidade, bem longe de um lugar que a machucou tanto. Achei que seria a melhor forma de protegê-la, mas agora vejo que foi só mesquinharia.

— Do que — Miriam repetiu com mais veemência — você está falando?

— Eu amo você! — Rosa se agarrou ao banco entre elas. — Você não percebe? Como pode? Todo esse tempo, todos esses anos… Minha doce Miriam, sempre foi você.

Miriam ficou boquiaberta.

— Você me ama?

Rosa desanimou. Ela juntou o véu ao redor dos braços, cobrindo-se em sombra novamente.

— Me desculpe. Eu perdi a razão. Se você não pode aceitar...

Miriam se debruçou sobre a barreira entre elas e segurou o rosto de Rosa. Ela a beijou, e os olhos de Rosa se arregalaram com o choque. Miriam se afastou, com o peito ofegante dentro do espartilho.

— Eu também amo você, sua teimosa miserável! Vê-la no altar, naquele vestido, foi a tortura mais cruel que eu jamais poderia imaginar.

— Talvez — Niamh se intrometeu — eu devesse deixar vocês duas a sós?

— Oh, nossa. Desculpe. — Miriam escondeu o rosto no ombro de Rosa. A mão de Rosa permanecia na cintura de Miriam.

— Não temos tempo a perder. O duelo vai começar em trinta minutos. — Rosa franziu os lábios. — Estou com medo de confrontá-lo.

— Se não está pronta, não precisa contar a ele. — Niamh abriu um sorriso encorajador. — Mas se tem uma coisa que eu aprendi, é que ficar infeliz para agradar os outros não vale a pena. Você merece viver de acordo com suas próprias condições.

Sem aviso, Miriam puxou Rosa e Niamh para um abraço apertado. Niamh se agarrou a ela com força, e uma felicidade efervescente a encheu. Rosa, no entanto, suportou por dois segundos antes de se desvencilhar dos braços delas. Ela se esforçou para desamassar a frente do vestido.

— Certo, bem, chega disso. — Rosa fungou, mais uma vez era a dignidade em pessoa. — Vamos dar um fim nisso?

30

SEM DIFICULDADE NENHUMA, Rosa confiscou o par de cavalos que levaria a carruagem dos noivos de volta ao palácio. Quando Niamh montou na égua, assustada demais para se importar que alguém a visse cavalgando com uma perna de cada lado do animal, ela pôde praticamente sentir a energia vibrando sob ela. A égua estava pronta para correr.

Ótimo, Niamh pensou. Ela também estava.

Niamh entrelaçou os dedos na crina intricadamente trançada da égua para se equilibrar e seguiu atrás de Rosa. Os cascos sacodiam a terra ao passar galopando por multidões de cidadãos confusos que ainda esperavam que os recém-casados fossem anunciados. Uma alegria indiferente surgiu e morreu como um espirro. Outros jogavam punhados de grãos diante delas, os quais as pombas prontamente atacavam em massa.

Elas saíram da cidade e foram para os campos abertos. Na frente de Niamh, Rosa parecia etérea. A cauda de seu vestido esvoaçava atrás dela, e as pétalas de rosa trançadas em seus cabelos se soltavam e dançavam no ar. No alto, as nuvens começaram a girar e escurecer. A temperatura caiu e a umidade desabou sobre elas. Seus olhos ardiam devido à repentina rajada de vento. A grama alta sussurrava para ela com urgência: *rápido, rápido, rápido*.

Niamh se inclinou sobre o pescoço de sua égua e a apressou. Ela mal conseguia ouvir a respiração do animal devido ao barulho dos cascos contra a terra e o gemido da tempestade iminente em seu ouvido.

— Vamos — ela suplicou.

O rei de Castilia tinha vencido guerras com a poderosa magia que detinha. Kit nunca tinha combatido na vida. Não era uma luta justa. Não levaria mais de trinta segundos para Felipe matá-lo, seria tão fácil quanto apagar uma vela. Ao longe, ela podia ver quatro figuras em meio à escuridão crescente. Duas silhuetas — Kit e o rei — estavam de costas uma para a outra.

Por favor, que não seja tarde.

As figuras afastaram-se um passo uma da outra.

O próprio céu parecia girar de maneira ameaçadora, ansioso para obedecer à ordem de seu rei. Começou a chover, devagar no início. Uma névoa fina agarrava-se aos cílios de Niamh.

Outro passo.

Rápido, a grama sussurrava, *rápido, rápido, rápido.*

Os céus se abriram e a chuva se atirou sobre eles. Espirrou lama na barra do vestido de Niamh, e a água descia por seu rosto como um riacho. Por entre os cabelos colados em seu rosto, ela podia ver a parte branca em volta dos olhos temerosos de sua égua — e todos os detalhes terríveis do local do duelo.

Kit e Felipe estavam em lados opostos do campo, olhando para o resto do mundo como deuses entre os mortais. Um raio estalou na palma da mão de Felipe. Suas feições eram esqueléticas diante da luz branca de sua magia. O vento havia livrado os cabelos de Kit de sua fita, e eles batiam em seu rosto. Um arbusto de espinhos se soltou da terra, lançando torrões de terra úmida como balas de fogo. Seus espinhos agitavam-se como uma serpente preparada para dar o bote, prontos para cortar o rei em pedacinhos. Uma tempestade fatal se contrapunha à terra voraz. O céu no alto e a terra embaixo, revoltos.

Kit e o rei se viraram lentamente um de frente para o outro.

Não. Niamh procurou desesperadamente por Rosa no meio da ventania e viu as duas se darem conta ao mesmo tempo: alguém que elas amavam estava prestes a morrer.

Os olhos de Rosa brilharam em dourado. Raios se reuniam em seu punho.

— *Parem!*

O rei se virou para a filha com o rosto surpreso. Ela soltou sua magia como uma flecha. Ela estalou pelo campo, tão clara que a visão de Niamh piscou em branco.

Mas era tarde demais. A magia de Rosa explodiu contra uma árvore, incendiando-a. Seu pai atravessou o campo de duelo — diretamente na direção de Kit.

— Não! — Niamh gritou com a voz áspera de terror. Quando Kit caiu no chão, seu coração caiu também.

31

BRASAS E CASCAS DE ÁRVORE ENEGRECIDAS choviam sobre o campo. Pela fumaça, Niamh não conseguia mais ver Kit. Uma sensação desesperada, impotente, formou-se dentro dela, algo entre a raiva e o tormento. Desde que conseguia se lembrar, ela tinha certeza da previsibilidade da morte. Ela não tinha sido feita para enganá-la ou surpreendê-la. Quando a morte viesse, não a deixaria para trás.

Niamh não devia viver mais do que as pessoas que amava.

Kit não podia estar morto. Não podia. *Não podia.* Ela se recusava a acreditar — não até vê-lo.

Niamh não diminuiu a velocidade de sua égua quando entraram no campo do duelo, uma confusão de lama e água e cascos batendo. Gritos de confusão soavam ao redor dela — nenhum deles de Kit. Onde ele estava?

Um galho em chamas caiu da árvore e acertou a terra como um punho. A égua de Niamh se assustou, disparando de lado, para longe das chamas. Ela balançou na cela e ofegou. Por instinto, soltou as rédeas e procurou freneticamente o pito da sela enquanto a égua dançava sob ela, ávida para sair em disparada.

— Eia!

O coração dela deu uma guinada em resposta.

Ela conhecia aquela voz. *Kit.*

Ele surgiu do meio da fumaça e agarrou as rédeas soltas. A égua parou e bufou. Os dedos dela escorregaram do pito e ela desceu devagar da sela para os ombros de Kit. Ele olhou para ela com um espanto furioso, então praticamente a empurrou de volta para cima.

— O que você está fazendo aqui? É perigoso demais.

— Estou vendo!

O rei podia ter errado uma vez, mas eles não teriam tanta sorte duas vezes. O vento soprava pelo campo e a fumaça abria como uma cortina. Rosa ficou entre seu pai e Kit com seu vestido de noiva arruinado. Ela estava ofegante, e ainda havia eletricidade crepitando em seu braço. Jack e Rosa olharam para Niamh e Kit com o mesmo olhar de alívio.

Tinha terminado — pelo menos por enquanto.

A chuva foi diminuindo, até Niamh poder ouvir sua própria respiração irregular e as pontas de seus cabelos pingando sobre a sela.

— O que você está fazendo aqui? — Kit repetiu.

Nenhuma palavra veio. Ela queria sacudi-lo, ou talvez beijá-lo. Não dava para saber àquela altura. Um choro de puro alívio lhe escapou. O rosto dele estava manchado de cinzas e água da chuva e seus olhos eram selvagens. Mas, por algum milagre, ele estava *vivo*.

— Salvando você de sua decisão terrível. De novo! Deuses, Kit. Eu pensei que tinha perdido você.

A raiva — o pânico — na expressão dele finalmente deu lugar à culpa.

— Então por que você está chorando? Não precisa lamentar minha perda ainda.

Ainda. Mas ela podia ver o quanto ele havia chegado perto da morte. Sob o tecido arruinado da manga dele, uma cicatriz irregular marcava seu braço. A respiração dela estacou ao ver isso. Rosa havia salvado sua vida.

— Rosa — o rei balbuciou, por fim, claramente tão ultrajado quanto impressionado. — Você poderia ter morrido!

Ela ergueu o queixo.

— Não posso deixar você fazer isso.

O choque do rei lentamente se transformou em exasperação.

— Sei que você o ama. Mas eu juro, não vale a pena se casar com um homem cuja lealdade está em outro lugar. Essas feridas se curam. Eu vou encontrar um noivo muito melhor...

— Não. Minha nossa, eu não o amo. — Ela parecia um pouco nauseada. — Ele teria me desagradado muito como marido.

Kit de repente pareceu esgotado.

— Fui desonesta com você por muitos anos. — Devagar, Rosa apeou do cavalo. Ela se apoiou em seu pai e, pela primeira vez, seus lábios tremeram com a emoção malcontida. — Quero lhe dizer muitas coisas, mas não aqui. Por enquanto, poderia, por favor, deixar isso para lá?

— Essa é a única coisa que não posso lhe dar — ele disse com seriedade. — Não posso deixar que eles saiam ilesos depois de terem humilhado você.

— Papai, eu imploro. — A voz dela tremeu. — Estou cansada. Paz é tudo o que peço no dia do meu não-casamento. Isso é tudo o que eu sempre quis.

Quando Niamh fitou a expressão dura do rei, compreendeu que ele tinha falado sério. Ele nunca poderia deixar aquilo para lá.

Ele analisou cada um deles com um desprazer crescente. Niamh, uma plebeia que mal valia a pena notar. Rosa, sua filha normalmente estoica, tremendo e à beira das lágrimas. Kit, abatido e totalmente encharcado. O príncipe regente de Avaland, aparentemente surpreso demais para falar. Pelo resto de sua vida, Niamh ia se perguntar o que, exatamente, ele viu no rosto deles que o comoveu, ou qual dos Justos interveio em prol deles. Mas o que quer que fosse — pena, exaustão ou o deus Donn em pessoa —, devagar e com grande esforço, o rei Felipe deixou sua raiva de lado.

— Muito bem, Rosa. — Ele envolveu seu manto ao redor dos ombros dela. — Se é isso o que você quer de verdade.

— Obrigada — Rosa sussurrou.

Toda a afeição em seus olhos murchou quando ele olhou para Jack e Kit novamente. Queimando dentro deles havia um ressentimento profundo.

— Vamos discutir amanhã o que faremos.

— Sim, senhor — Jack disse com cansaço. — Vou encontrar uma forma de compensá-lo. Juro pela minha vida.

Quando o rei montou no cavalo e ajudou Rosa a subir junto com ele, Kit segurou com mais força as rédeas da égua de Niamh. Um músculo de seu maxilar tensionou com firmeza enquanto ele os via desaparecer na neblina.

Ao lado deles, um galho rangeu e se soltou do tronco que ardia. Ele caiu no chão e se transformou em cinzas. O vento e a chuva, por sorte, haviam apagado a maior parte das chamas, mas um pedaço de grama ainda chiava. Jack olhou parar tudo aquilo — a fumaça crescente e o vapor sufocante, os campos arruinados com suas profundas trincheiras, os galhos quebrados — e começou a rir.

Kit olhou para ele com uma espécie de empatia enojada.

— Ficou louco, finalmente.

— O que mais posso fazer? — Jack perguntou, com os braços estendidos diante dos destroços. — Está tudo arruinado. Absolutamente tudo. Eu não sei mais o que esperar. Não sei o que fazer.

Kit ficou em silêncio por um instante.

— Você não tem que ir a uma reunião? É um começo.

Os dois se olharam. Niamh se preparou para um protesto ou uma discussão, mas a expressão de Jack suavizou e uma esperança palpitante serpeou dentro dela. Jack afastou os cabelos molhados do rosto.

— Acho que vou demorar horas para voltar, nesse ritmo.

Kit apontou o queixo na direção de Niamh.

— Desça daí.

Ela bufou, endireitando-se sobre a sela.

— É assim mesmo que você vai falar comigo depois de tudo isso?

— Por favor — ele acrescentou.

— Assim é melhor. — Niamh passou a perna para o outro lado, e quando estava descendo do estribo, ele a segurou pela cintura. Através da umidade de seu vestido, a pele dele era impossivelmente quente. Kit passou as rédeas para o irmão.

A surpresa ganhou o rosto de Jack.

— Você espera que uma moça *caminhe* com esse tempo?

Então ela era uma moça para ele novamente. Niamh sorriu.

— Eu não me importo.

— Muito bem — ele disse com relutância. Montou na sela. Altivamente empoleirado acima deles, ele os olhou com uma expressão peculiar. — Será que eu quero saber o que vocês pretendem fazer?

Kit deu um tapinha no pescoço da égua, claramente evitando o olhar dele.

— Quer?

— Acho que não. — Jack passou a mão no queixo. — Vou estar ocupado só Deus sabe por quanto tempo, graças a você. Não posso detê-lo.

Kit assentiu com a cabeça. Jack assentiu em resposta. Niamh, totalmente perdida a essa altura, sentiu que estava se intrometendo em alguma coisa.

— Está bem, então. Bom dia, Kit. — Jack deu a volta com a montaria. — Niamh.

Ela se assustou com o som do próprio nome e fez uma rápida mesura.

— Obrigada, Vossa Alteza.

— Você pode muito bem me chamar de Jack — ele disse, exausto.

Após aquela oferta enigmática, ele cavalgou na direção da cidade. Niamh ficou olhando para ele, imaginando como suas escolhas a haviam trazido até ali: um convite para chamar o príncipe regente de Avaland pelo primeiro nome. Era uma honra da qual ela nunca teria coragem de tirar vantagem.

Então, lembrou-se do irmão mais novo dele. Eles estavam juntos no meio de um campo arruinado. Encharcados. *Sozinhos*. Kit parecia um gato afogado, mas o tecido de sua camisa branca grudava de forma distrativa em seu corpo esbelto.

Tudo o que ela conseguia pensar era:

— Seu braço está doendo?

— Não. — Um péssimo mentiroso, como sempre. — Vamos.

Eles partiram em direção à cidade. Ela precisava dar dois passos para igualar um passo dele, e ele se movimentava com determinação. Seus dentes estavam cerrados e os olhos estavam fixos em Sootham. Niamh não sabia dizer se ele estava zangado, e, se estivesse, se era com ela. Os nervos dela zumbiam. Havia mil coisas que ela queria falar para ele. Nenhuma delas vinha a ela com coerência. Suas sapatilhas pisavam na lama e na grama molhada, mas ela não conseguia se importar. A seda já estava muito estragada para ser salva e seus dedos logo se juntariam a ela, nesse ritmo. Ela batia os dentes de frio.

Kit bufou.

— Não posso nem lhe oferecer meu casaco.

— Pelo menos você teve o bom senso de deixar o manto para trás — ela disse. — Eu nunca o perdoaria se você o destruísse. Ou morresse com ele, aliás.

· O olhar incrédulo dele parecia uma lâmina contra sua pele. Ela ficou aturdida, principalmente porque não conseguia saber o que ele estava pensando.

— Eu lhe devo mais desculpas — ela disse. — Seu casamento foi um desastre e você quase morreu. Foi tudo culpa minha.

— Ainda estou vivo, por bem ou por mal — ele disse como se nada daquilo tivesse importância. — E foi mesmo meu casamento, se não aconteceu? Não posso dizer que tinha esperanças de que fosse agradável, para início de conversa.

Ela parou de andar e se virou para ele.

— Mas eu *sinto* muito.

Ela odiava o quão miserável soava. Mas não conseguia entender como ele podia perdoá-la tão facilmente quando ela própria mal sabia como se perdoar. Ela tinha agido pelas costas dele *de novo*. Certo, tentava protegê-lo, e também a Rosa, mas havia feito tudo do seu jeito.

— Eu humilhei você e sua família diante de toda a corte. E agora todos sabem o que aconteceu entre nós. Vai ser um escândalo. Eu serei a mulher perdida que o arruinou. Um demônio, inadequada para ser vista em público com você. Uma...

— Certo. Acho que agora você está se deixando levar. — Ele fez cara feia para ela. — Se você se lembra, fui *eu* que irritei o rei. Você só me entregou um manto.

Ela fungou.

— Sinto muito.

— Eu sei. Você já disse isso três vezes. — Ele suspirou com impaciência, mas pegou a mão dela. O corpo dela se aqueceu inteiro com aquele toque. — Não posso culpá-la por fazer o que foi preciso para chegar até mim. Então eu também sinto muito.

Niamh piscou por entre os cílios úmidos.

— Por quê?

— Por afastá-la. O que você disse na outra noite... Você está certa. Eu *sou* um covarde, e raramente consigo confiar nas pessoas, mesmo quando elas se provaram dignas de confiança. — Sob a luz que passava pelas nuvens finas, ele parecia tão vulnerável. Seu sorriso era triste, quase envergonhado. — Eu sou todo espinhos.

— Eu não sei quanto a isso. Acho que você está mais para uma erva--daninha.

Ele fez um som que ela não soube ao certo se era uma risada.

— Isso deveria fazer eu me sentir melhor?

— Sim! Ervas-daninhas são... persistentes. Elas sobrevivem a despeito de tudo, onde quer que caiam, independentemente de quantas vezes sejam podadas. E às vezes podem ser bem bonitas. — Kit a observava cada vez mais entretido. Deuses, ela estava se humilhando. Tinha que parar de tagarelar de imediato. — É isso o que acho de você.

— Quem poderia pensar? Alfaiate *e* poeta.

— Ah, você é terrível! — ela gritou. — Estou tentando ser romântica. Vamos ver se você faz melhor.

Ele franziu a testa, incapaz de recuar até mesmo diante do desafio mais ridículo.

— Você é como... uma flor. Delicada demais para este mundo.

— Você está dizendo que eu não pertenço a este lugar?

— Não foi isso que eu disse. — Seus ombros se curvaram de desconforto. — Eu… Eu não sei o que estou dizendo. É impossível quando se trata de você.

— Como é? — Niamh olhou feio para ele. — Você também não é nada fácil de lidar, sabia?

Ele continuou andando.

— Nada mais faz sentido. Minha vida deveria ter desmoronado novamente, mas de alguma forma, ainda estou aqui. Ainda estou vivo. Tudo por sua causa.

Aonde ele estava querendo chegar com aquilo? Ela raramente o via divagando.

— Isso é… bom. Certo? Você parece zangado.

— Não estou zangado — ele disse, embora *realmente* parecesse estar. — Quando se trata de você, meus pensamentos giram em círculos. Nenhuma palavra sai direito. Eu não consigo explicar. Eu me sinto… insano. Como se você tivesse jogado um feitiço em mim. Como se tivesse algum tipo de domínio psíquico, ou…

— Isso é horrível.

— Não…! — Ele olhou feio para ela. — Você já não entendeu, sua boba? Vai me fazer dizer?

— Dizer *o quê?* — O rosto dela ficou quente e seu peito, apertado. — Não posso ler sua mente.

— Tudo bem. *Tudo bem.* Agora, ouça com atenção porque não vou repetir.

Ele respirou fundo. E quando olhou nos olhos dela, viu exposta a verdade do que sentia. O que ele tinha sentido, talvez, desde o primeiro instante em que a viu.

— Eu amo você.

— O quê?

— Eu disse que não ia repetir. — Não havia malícia em suas palavras. Sua expressão era insuportavelmente franca. — Case-se comigo. Eu não tive a chance de pedir de novo ontem, mas presumo que você teve tempo o bastante para pensar.

Niamh caiu na gargalhada, mas estava à beira das lágrimas. Aquelas palavras a queimaram com um desejo que era diferente do que qualquer coisa que ela jamais conhecera. Um pedido de casamento de um homem como ele era mais do que ela jamais poderia esperar. Mas um segundo depois de ter sido rejeitada e traída e humilhada? Nenhuma criatura na terra podia ser tão teimosa, tão... tão...

— É uma piada cruel, Kit Carmine!

— Não estou brincando.

Ele franzia a testa com uma preocupação cada vez maior. Ele *estava* falando sério. Os olhos dela incharam com lágrimas. Ela tentou contê-las, mas elas escaparam apesar de seus esforços. Ela as secava, mas elas escorregavam por seu rosto mais rápido do que era possível acompanhar.

Ele segurou no queixo dela, erguendo seu rosto até o dele. Seu toque e expressão eram tão incertos que ela não conseguia suportar.

— Eu disse algo errado?

— Não! Não é isso. — Niamh agarrou frouxamente o pulso dele. De todos os seus medos terríveis, havia um que ela ainda tinha que vencer, um que estava sempre com ela. — Eu simplesmente não entendo o *porquê*. Você sempre viu como eu era. Eu estive sempre na correria, e agora que parei, vejo exatamente o que estava esperando por mim. Tenho medo de ser amada. Não sei quanto tempo posso lhe dar. No momento, tenho mais dias bons do que ruins. Mas posso piorar. Posso deixá-lo de repente. Não quero magoá-lo assim. Não é justo pedir que você passe por esse tipo de dor.

— Não posso evitar a dor. Cansei de tentar. — Ele soltou um som suave e frustrado e colocou a mecha de cabelo branco atrás da orelha dela. — Você é tão cheia de vida, Niamh. A forma aberta como sorri. O modo como dança em salas vazias. Como se dedica a tudo o que faz. Eu sinto que vivi mil anos desde que a conheci. Sinto que estou acordado pela primeira vez. Mesmo que você fosse embora amanhã, mesmo que levasse meu coração consigo, eu não me arrependeria de nenhum momento que passei com você. Como poderia? Você me transformou. Vou carregar você comigo para sempre.

Aquele era o pedido de casamento com que ela havia sonhado quando menina.

— Eu também amo você.

Ela ficou na ponta dos pés e o beijou. Os olhos dele se arregalaram e sua boca ficou frouxa junto à dela enquanto sua mente tentava voltar para junto do corpo. Então ele a envolveu com os braços, puxando-a para mais perto. Quando ela finalmente o soltou, ele a olhou com perplexidade.

— Então... Isso é um sim?

— Sim — ela respondeu. — Sim.

Era a decisão mais fácil que ela já havia tomado.

32

NEM UMA HORA DEPOIS, NA CATEDRAL de São João, eles estavam casados.

Teria sido uma pena, afinal, deixar preparativos tão meticulosos serem totalmente desperdiçados. Então, os convidados foram chamados de volta do pátio como vacas, encharcados pela tempestade que minguava, e com copos de limonada na mão. Estavam excessivamente felizes. Sua risada e as conversas enchiam a catedral de excitação. Combinava perfeitamente com Niamh. Ela mesma estava um pouco alegre. Mesmo com o vestido manchado, mesmo com os olhos vermelhos e os cabelos meio desgrenhados, tudo estava perfeito. Bem, quase tudo.

O bispo presidiu a cerimônia com uma expressão de incômodo e sua mitra peculiar inclinada de lado. Parecia que havia sido coagido a estar lá, e falava como se estivesse prestes a cometer algum pecado mortal. Talvez as duas coisas fossem verdadeiras. Quando eles o encontraram em sua sala, ele estava esparramado no chão em súplica, segurando com força um rosário em suas mãos exangues.

— Isso é muito irregular, senhor! Nunca em meus cinquenta anos de serviço vi algo assim. É um escândalo! Não é natural! Deus certamente está detestando ver um de seus filhos preferidos se rebaixar dessa maneira! Eu deveria me recusar. Eu *vou* me recusar!

Kit olhou para ele de maneira implacável.

— Vai mesmo?

A paixão do bispo desapareceu aos poucos quando lhe ocorreu exatamente com quem estava falando.

— Err... eu *iria*, Vossa Alteza, se o senhor fosse qualquer outro homem. Mas não é. Então... Vamos começar?

Niamh se esforçou para ficar séria enquanto o bispo continuava com a tarefa interminável e desgostosa de celebrar aquele casamento avalês.

— Agora — ele disse, com um vago aceno ao cálice sobre a mesa entre eles —, vamos iniciar a bênção.

Niamh entregou o frasco de vidro que segurava nas mãos. Kit abriu o seu e o despejou no cálice. O leve derramar do líquido era o único som na catedral.

— Eu, Christopher Carmine, aceito-te. Com meu corpo adoro-te, e com todos os meus bem mundanos favoreço-te.

As mãos de Niamh estavam tremendo quando ela abriu o frasco.

Não derrube, ela rezou. Enquanto o esvaziava no cálice, ela olhou nos olhos dele. Por algum milagre, ela não derrubou nenhuma gota.

— Eu, Niamh Ó Conchobhair, aceito-te. Com meu corpo adoro--te, e com todos os meus bem mundanos favoreço-te.

Ela ergueu a taça e tomou um gole. O sabor da água era fresco como primavera — como mel e urze. Ela passou a taça a Kit, que a observou por sobre a borda com olhos dourados e apaixonados.

Dessa vez, Sinclair estava com o manto a postos. Niamh não perdeu o olhar vago nos olhos dele enquanto ele ajudava Kit a vesti-lo.

— Ajoelhem-se — disse o bispo.

Eles se ajoelharam. O chão estava frio sob os joelhos dela, mas quando Kit pegou em sua mão, uma chama se acendeu em seu interior.

— Aqueles que Deus uniu — o bispo disse, desgastado — nenhum homem pode separar.

Antes mesmo que as palavras saíssem completamente da boca do bispo, Kit a puxou para perto e a envolveu com seu manto. Ela pressionou as mãos no peito dele para se equilibrar. Com um leve sorriso orgulhoso, ele a beijou. Alguns dos convidados ficaram boquiabertos. Niamh sorria como uma boba junto aos lábios dele. Era ousado e irregular e obstinado — exatamente como ele. As bochechas dela doíam de tanto sorrir.

— Todos em pé — pediu um arauto — para o príncipe Christopher Carmine, duque de Clearwater, e Niamh Ó Conchobhair, a duquesa de Clearwater.

Quando eles escaparam das multidões, o que restava da luz do dia havia diminuído.

Niamh nunca conseguiria desembaraçar todas as pétalas de seus cabelos. Flores brancas flutuavam pelas ruas como neve. Eram esmagadas nos paralelepípedos, soltando sua doce fragrância. Giravam com a brisa, sedutoras e livres. Niamh teve vontade de pegar uma no ar e colocá-la atrás da orelha de Kit. Com o incomum bom humor que estava, ela suspeitava que ele deixaria. A ideia a fez sorrir.

A casa de Sinclair os recebeu, aconchegante e iluminada pela luz quente do anoitecer. A varanda da frente parecia um caramanchão, cercada pelos galhos das buganvílias. O próprio dono da casa soltou um longo e dramático suspiro quando eles subiram as escadas.

— Eu compreendo que vocês não queiram voltar ao palácio ainda. Mas tinham mesmo que vir para a *minha* casa?

— Tecnicamente — Kit rebateu — essa casa é minha.

Sinclair, pelo visto, não tinha resposta. Ele destrancou a porta da frente e instruiu a governanta a preparar um quarto de hóspedes para os "felizes recém-casados". Kit se irritou com a ênfase sugestiva que ele deu à frase. A governanta parecia encantada, mas Sinclair deu uma boa demonstração de como se sentia vitimizado, apesar do brilho carinhoso em seus olhos. Assim que eles tiraram chapéus, luvas e casacos, Sinclair os acompanhou para fora do saguão.

— Estarei fechado em meu gabinete, se precisarem de mim — ele disse —, embora suspeite que ficarão ocupados com outras coisas.

Kit engasgou.

— Você não pode ser civilizado nem por dez minutos?

— Creio que não. — Sinclair deu um aceno desatento e desapareceu no corredor. — Parabéns para os dois.

— Vamos? — Kit perguntou, claramente desconcertado.

Mesmo sob o brilho suave e romântico das velas, Niamh notou que ele tinha ficado vermelho. Seu nervosismo ao mesmo tempo a encantava e surpreendia. Ela entrelaçou os dedos nos de Kit e se encostou nele.

— Nervoso pelo que vem em seguida? — ela brincou. — Vou ser boazinha com você.

O vermelho em rosto ficou mais forte.

— Duvido.

Niamh permitiu que ele a conduzisse pelos corredores. Fragmentos delicados de luz rosa brincavam pelas tábuas do piso. Quando eles chegaram no alto da escadaria, ela finalmente sentiu a exaustão. Seu tornozelo — de alguma forma — se torceu. Sem piscar, Kit se abaixou e a pegou nos braços.

Ela ria sem fôlego quando ele a ergueu do chão.

— Kit! Não me derrube, por favor!

— Não vou derrubar. Já fiz isso antes, lembra?

— Ah. Certo.

Com isso, ele se envaideceu. Ela se aninhou em seu ombro. Mal podia acreditar que essa era sua vida agora — que eles realmente pertenciam um ao outro. O mundo flutuava em uma névoa onírica e, por mais que tentasse, ela não conseguia manter os olhos abertos.

A risada de Kit não passava de uma simples exalação, que fez esvoaçarem os fios de cabelo soltos nas têmporas dela.

— Descanse. O dia foi longo.

— Não vou dormir — ela murmurou.

— Como quiser — ele disse com paciência. Mas ela se sentia tão aquecida e segura nos braços dele. Ao ritmo do coração de Kit, ela adormeceu.

Momentos ou horas mais tarde, Niamh acordou com Kit a sacudindo devagar. Ela logo se levantou na cama. Do lado de fora da janela, o céu estava escuro e as lamparinas a gás brilhavam vagamente. Por quanto tempo ela havia dormido? Grogue, ela olhou para Kit.

— O príncipe regente e sua esposa vieram nos fazer uma visita — ele disse.

Na sala de visitas, uma cena dolorosa os recebeu. Sinclair havia se espremido em uma poltrona no canto mais afastado da sala, com os ombros quase nas orelhas. Jack aguardava do lado oposto, uma mão balançando do lado, pairando perigosamente perto do cesto de atiçadores de ferro. A lareira crepitava, lançando um brilho leve em toda a sala. Sofia se aquecia junto a ela, com um sorriso satisfeito e pacífico no rosto. A chuva chapinhava na janela, manchando-a de um vermelho aguado à luz da lareira.

— Finalmente — Sinclair murmurou.

Nas últimas horas Jack havia se recomposto bem com uma régia jaqueta preta. Seus cabelos estavam mais uma vez arrumados, seus sentimentos estavam de novo escondidos atrás daquele olhar âmbar e examinador. A única coisa receptiva nele era o alegre buquê que havia trazido, mas ele o segurava com uma moderação amarga, parecia que estava prestes a entregá-lo em um funeral. As flores já estavam um tanto murchas devido ao tratamento brusco.

Ele desmantelou Niamh com o olhar. Ela só podia imaginar os defeitos que ele encontrava nela. Seus cabelos desgrenhados por estar dormindo. O vestido, ainda amassado e sujo de lama. O rosto, com sardas como os de uma plebeia e marcado pelos lençóis.

Indigna, dizia seu maxilar tenso.

Inadequada, dizia a testa profundamente franzida.

A ansiedade fez a pulsação dela se agitar. Mesmo que ele não gostasse dela, mesmo que a união ofendesse suas sensibilidades, ela não conseguia sufocar aquele desejo infantil de agradá-lo. Mais do que tudo, ela queria que Jack acreditasse que ela poderia fazer seu irmão feliz.

Sofia saiu de perto da lareira. Seus olhos brilharam de prazer quando puxou Niamh para um abraço.

— Parabéns, estou tão feliz por você, irmã.

Irmã. Niamh a abraçou enquanto revirava a palavra repetidas vezes na mente. Ela nunca havia tido uma irmã.

— Obrigada.

— Vossa Graça — Jack disse friamente. Era a primeira vez que alguém se dirigia a ela por seu título. Deuses, ela tinha um título agora. Nunca se acostumaria com isso.

— Se você deseja ser chamado pelo primeiro nome, também deveria me chamar pelo meu.

— Certo. — Ele pigarreou, depois continuou com firmeza. — Carlile deseja lhes transmitir seus entusiásticos parabéns pelo casamento. Ela está encantada com quem você escolheu como noiva, Kit, e espera que outros fiquem também. Isso nos faz aparecer muito bem para o contingente dela. — Ele suspirou. — Terei muito mais mensagens para transmitir, pois agora temos um compromisso permanente.

— É bom ouvir isso — Kit disse com cautela, como se esperasse pelo *mas*.

Sofia pigarreou incisivamente. Jack se levantou com desconforto e entregou o buquê a Niamh. Nenhum dos irmãos Carmine, ao que parecia, fazia ideia de como expressar sentimentos reais de maneira adequada.

— Suponho que também devo oferecer meus parabéns. São para você.

Niamh as segurou junto ao peito.

— Obrigada. São lindas.

A conversa morreu miseravelmente. A lenha estalava na lareira e as tábuas do piso rangiam conforme Sinclair balançava o joelho.

— Me perdoe — Jack disse, por fim.

O rosto de Kit se contorceu de surpresa.

— O quê?

— Eu quis deixar de lado o ressentimento entre nós, mas percebi que parte dele é também meu. Todos esses anos, eu me ressenti de você profundamente por ter desabado, por nunca sentir a mesma pressão ou o mesmo senso de dever que nosso pai incutiu em mim. Então, usei você. Eu me comportei de forma monstruosa com você. — A expressão em seu rosto ficou assombrada. — Eu devia ter me preocupado com você, não com o que nosso pai gostaria que eu preservasse. Você é a única família que me resta. Por tudo isso, sinto muito.

— Está tudo bem — Kit disse bruscamente, embora parecesse emotivo. — Já ficou para trás.

— Eu prometo que vou compensá-lo. — Jack olhou para Niamh e sua boca se retorceu de desgosto. — Não posso dizer que aprovo esse casamento. Mas... vocês são bons um para o outro. Niamh, eu lhe devo desculpas pela forma como falei com você outro dia, e devo também minha gratidão por sua interferência em um plano incorreto e nada ético. — Ele pegou a mão de Sofia. — Você me fez ver o que é importante.

Sofia sorriu para ele com hesitação. Para surpresa de Niamh, ele retribuiu o sorriso.

Era um começo.

— Obrigada, Jack.

Ele se contraiu ao ouvir seu nome, mas não disse nada.

— Onde estão as *minhas* desculpas? — Sinclair perguntou. Jack não sabia a verdadeira identidade de Lovelace, e com sorte nunca saberia, mas isso não significava que o impulso de o irritar morreria com facilidade.

Jack o ignorou explicitamente.

— Bem. Isso é tudo o que vim dizer. Prepare-se, Kit. Quando voltar da lua de mel, parece que você e eu teremos muito trabalho pela frente para restabelecer a relação com Machland e com seu povo que vive aqui.

Kit se aprumou, surpreso.

— Você quer minha ajuda?

— Se quiser me ceder seu tempo. Por enquanto, você é meu herdeiro. Se formos manter o trono na família, você deve estar preparado para qualquer eventualidade. — Ele hesitou. — E eu apreciaria sua opinião. Você nunca teve medo de me desafiar.

— Certo, eu aceito. — Apesar do tom relutante, Niamh viu um pequeno sorriso se formar em seus lábios.

Não era perfeito — longe disso. Mas ali, no calor aconchegante da sala de visitas, ela sentia que estava em família.

Quando Jack e Sofia finalmente se despediram de um modo um tanto desajeitado, os três permaneceram ali, sentados no banco da janela saliente, observando a chuva cair nos paralelepípedos. Kit e Sinclair passavam um charuto de um lado para o outro. Niamh encolheu-se ao lado de Kit, tentando com determinação não cochilar enquanto ele traçava desenhos em suas mãos.

— O que você acha? — Kit se inclinou sobre ela e bateu as cinzas em um cinzeiro de vidro. — Ele vai manter a palavra?

— Ele me pareceu sincero. — Sinclair pegou o charuto de volta e sorriu com a dissimulação de um gato. — Mas se não mantiver, sempre há Lovelace para responsabilizá-lo. Isso vale para você também.

Kit revirou os olhos.

— Você é um idiota.

Sinclair riu, com um som gutural que Niamh não ouvia havia algum tempo.

— Peça para seu marido ser gentil comigo, Niamh. Esse tipo de linguagem não é condizente com a de um político bom e respeitável.

Niamh se esparramou languidamente e apoiou a cabeça no colo de Kit. Com um bocejo, ela disse.

— Seja gentil, marido.

Como que por reflexo, ele começou a acariciar os cabelos dela e zombou:

— E quando é que eu fui gentil?

33

Por algum milagre, o sol nasceu em Avaland.

Minhas fontes me informam que as tensões ainda estão nas alturas com Castilia. No entanto, enquanto o Cavalheiro Ilustre F voltou para casa, Lady R escolheu estender sua estadia em Sootham e lidou com a situação com surpreendente destreza, vigor e, de fato, graça. Ela e seu ex-noivo foram vistos passeando pelos jardins em frente ao Parlamento na semana passada. Aparentemente, eles estão trabalhando juntos em uma série de políticas econômicas, particularmente no setor agrícola, devido ao modo como sua magia funciona bem em conjunto. Eu confesso que "trabalhando" pode ser um termo generoso demais. Eles parecem passar metade do tempo discutindo.

O grupo da senhora HC dispersou-se do parque, agora que uma Certa Pessoa finalmente acabou sucumbindo à pressão. O tópico da reparação aos machleses foi retomado pela primeira vez em trinta e cinco anos. Credito esse desenvolvimento ao nosso Filho Rebelde. Ele se provou um aliado à nossa causa — e efetuou o, talvez, mais surpreendente desenvolvimento político da Temporada. Nossa nova duquesa é uma plebeia com sangue divino — e uma machlesa, além disso. Por enquanto, observo atentamente o que eles vão fazer. Parece que estão repugnantemente felizes.

Nos três anos desta coluna, nunca fui capaz de assinar uma edição com nada parecido com boas notícias. Ainda temos um longo caminho a percorrer. No entanto, eu me encontro, se me permitem um pouco de

sentimentalismo, estranhamente esperançoso. Pelo futuro, pela justiça, por todas as pessoas que vivem em Avaland. Até a próxima Temporada, eu acho. Eu, pelo menos, rezo para todos os santos que ainda olham por nós para que seja uma Temporada mais calma.
— *Lovelace*

Quando Niamh deu o último ponto no vestido, ficou com a sensação de que havia esquecido alguma coisa. Piscou com força, analisando bem seu corpo. Seus olhos estavam molhados devido à claridade surpreendente da... tarde? Quando isso tinha acontecido?

A Temporada quase havia terminado e ainda assim sua vida não tinha desacelerado. Quando ela e Kit voltaram da lua de mel e abriram a loja, na esquina da Cathedral Street com a Champion, os pedidos começaram a chegar — e não pararam. Ela tinha muito mais discernimento nas encomendas, é claro, mas encaixava aquelas que a empolgavam quando podia. A política tomava muito mais do seu tempo do que ela esperava. Apesar de seu trabalho ajudando a restabelecer o relacionamento com Machland, sua avó ainda não havia superado sua "traição".

Com o tempo e com as mudanças, sua mãe havia escrito na última carta, *ela vai superar.*

Niamh esperava que sim. Pelo menos ela havia concordado em entrar no barco. No mês seguinte, estariam todas juntas novamente.

— Bem-vinda de volta à terra dos vivos, Vossa Graça — Miriam disse, brincando. Ela estava no balcão, reorganizando todas as coisas que Niamh havia tirado do lugar durante o dia. Seus cachos escuros brilhavam com finos fios acobreados ao pôr do sol.

Niamh esfregou os olhos.

— Faz mesmo tanto tempo?

Miriam fingiu parar para pensar.

— Apenas três horas de silêncio total e focado. Bem, você cantarolou de vez em quando.

Niamh corou.

— Ó, deuses. Desculpe.

— Hoje eu vou permitir — Miriam disse. — É a última encomenda da semana.

Graças aos deuses. Ela *precisava* de um descanso — como todos gostavam de lembrá-la. Isso evitava que as horas passassem. Além disso, aquele vestido estava implorando para ser costurado. O tecido fluía por suas mãos, sedoso e frio como água. Sinclair o havia encomendado para sua irmã ("Sem nenhum encantamento", ele dissera com seriedade, "até você se sentir bem o bastante"), então precisava que ficasse perfeito.

— Estou quase pronta para ir — Miriam acrescentou. — Se você tiver terminado, podemos ir buscar a realeza juntas.

— Eu adoraria. — Havia um ritmo fácil na vida delas agora: trabalho beneficente; passeios pelo parque e chás demorados com Sinclair; alguns fins de tarde na loja; e à noite, esperar por Kit e Rosa em frente ao Parlamento. Sem ela notar, Sootham havia entrado em seu coração e se tornado um verdadeiro lar.

O sino sobre a loja soou.

— Ah — Miriam disse. — Deixa para lá.

Quando Niamh levantou os olhos, quase caiu da cadeira. Ela se equilibrou na beirada do balcão. Talvez chegaria um dia em que a visão de Kit não fizesse seu sangue acelerar e seu equilíbrio lhe escapar. Esse, no entanto, não era o dia.

Ele estava com o chapéu debaixo do braço. Do outro lado da vitrine, Rosa esperava sob a sombra do toldo, girando o cabo de sua sombrinha.

Miriam sorriu com inocência para ele.

— Boa tarde, Vossa Alteza.

Ele fez cara feia, mas não a corrigiu. Já havia aprendido, a essa altura, que Miriam tinha um lado travesso e usava seu título precisamente porque o irritava.

— Vim pegar minha esposa.

— É claro, senhor — Miriam disse, rindo baixinho ao ver a expressão cada vez mais agoniada dele. — Vejo você amanhã, Niamh.

Ela vestiu sua peliça e, com um aceno, saiu à rua. Praticamente foi saltitando até Rosa e deu o braço a ela. Niamh as viu indo embora com um sorriso.

Pela janela aberta, os aromas e sons da cidade entravam. Naquele dia, a brisa trazia o cheiro de cavalos, poluição e madressilva. Talvez essa fosse sua hora preferida do dia. Ela amava o calor onírico do sol e a movimentação dos negócios quando todos iam para casa depois de um longo dia. Do lado de fora, nobres caminhavam do Parlamento até seus clubes. Os vizinhos apagavam as velas, deixando a frente das lojas escurecer. Carruagens passavam pela rua. Quando todos fossem para as casas de campo, tudo ficaria silencioso.

Pela primeira vez, ela ansiava por isso.

Quando Kit se aproximou dela, a luz do sol recaiu sobre ele como um manto. Era terrivelmente injusto o modo como ele conseguia ser etéreo sem nem tentar. Ele colocou o chapéu sobre a mesa de trabalho dela, depois tirou as luvas.

— Você não pode pegar sua esposa. Ela está ocupada.

Ele ergueu uma sobrancelha.

— É mesmo? Está bem, então. Eu vou embora daqui a pouco.

Ele se juntou a ela atrás da mesa, e o coração dela se acelerou ao encontrá-lo. Kit se abaixou ao nível dela. Sua boca pairava a poucos centímetros da de Niamh. Quando ela se aproximou para encerrar o espaço entre eles, ele se afastou de repente. Niamh soltou um resmungo de protesto.

— Peço desculpas — ele disse. — Eu não deveria distraí-la.

Ah, ele nunca jogava limpo.

— Beeeeem…. — Niamh entrelaçou os dedos na gravata dele. — Talvez eu possa ser convencida a deixar isso de lado. Apenas por alguns minutos. Você é muito persuasivo.

Quando ele finalmente a beijou, o tempo desacelerou e se tornou um lindo rastejar. O calor tomou conta dela, lento e onírico como uma tarde de verão. O vestido escorregou da mesa, esquecido.

Ah, bem. Haveria tempo para terminar aquilo depois.

Ultimamente, ela não estava com pressa.

AGRADECIMENTOS

Depois de um longo período de pousio criativo, *Um encantamento delicado* reacendeu meu senso de alegria, admiração e confiança como escritora. Por isso, ocupa um lugar especial em meu coração. Kit e Niamh foram meus companheiros fortes e adorados pelos últimos anos, me mantendo com os pés no chão durante um período muito estressante da minha vida. Muitas pessoas me ajudaram a tornar a história deles o que é hoje, e sou imensamente grata a todas elas!

Agradeço à minha editora, Sarah Grill, por seus perspicazes insights editoriais, pelo senso de humor e por nossos bate-papos! Seu feedback me levou a fazer deste o melhor livro possível, e estou muito orgulhosa do trabalho que fizemos juntas.

A meus agentes, Claire Friedman e Jess Mileo, por seu constante apoio e orientação no decorrer dos anos. Como sempre, vocês viram o brilho de potencial e o tiraram da escuridão de minhas ideias iniciais. Vocês são mesmo os melhores!

À equipe de direitos estrangeiros da InkWell: Lyndsey Blessing, Hannah Lehmkuhl e Jessie Thorsted. Obrigada por serem adoráveis de se trabalhar junto e por ajudarem a compartilhar meu trabalho com leitores ao redor do mundo.

À minha maravilhosa equipe da Wednesday Books: Rivka Holler, Alyssa Gammello, Sara Goodman, Eileen Rothschild, Brant Janeway, Devan Norman, Eric Meyer, Melanie Sanders, Lena Shekhter, Kerri Resnick e NaNa Stoelzle. Obrigada Kelly Chong (@afterblossom_art) pela arte de capa dos meus sonhos!

A Louise Lamont, por sua gentileza e por encontrar a casa perfeita para este livro no Reino Unido! É uma alegria trabalhar com você e com a equipe da Hachette UK, incluindo Polly Lyall Grant, Aliyana Hirji e Bec Gillies.

À First Flight, por fazer meus sonhos mais loucos e impossíveis se tornarem realidade. Palavras não podem expressar o quanto aprecio todos vocês: Cossette, Taylor, Isa, Sequoia Cron (@rainbowbookdragon15), Lydia Byers, Heaven (@heavenlybibliophile), Tori (@toriandbooks), Lindsay (@PawsomeReads), Agavny Vardanyan (@agavnythepigeon), Kelsey Rae Musick, Stephanie (@stephdaydreams), Paola Camacho, Holden Fra, Paola (@anotsowickedwhich), Phoebe Ellman, Megan McDonald, Ena Jarales, Diane (D. E. Ellerbeck), Ashley Dang, Kelcie Mattson (@nerdilyinclined), Allie Williams, Paige Lobianco (@pageby paigebooks), @zoereadss, Kashvi Kaul da Misty Realms, Holly Hughes, Courtney Bentzoni, Mariya Tuchinskaya (@msbookworld), Nihaarika, Mansi (@astraquill), Birdie Woodnyx, Diana (@chasingchapters_), Amy Sahir, Liz Griffin (@lizgriffinwords), Julie, da One Book More, Isabelle Colantuonio (@isabellesbookshelf), Katie Laban, Courtney Boylan, Leah T, Grace (@bookswithgraceann), Kalie Barnes-Young, e Jae (@justjaesday).

A Courtney Gould. Este é para você, amiga! Eu genuinamente não conseguiria ter feito isso sem você. Que todo escritor tenha uma amiga tão talentosa, gentil, engraçada e disposta a entrar no modo doentio em metas de contagem de palavras quanto você.

A Alex Huffman-Jones, minha eterna primeira leitora! Seu encorajamento, generosidade e feedback significam tudo para mim. Obrigada por ver a magia na história de Niamh e Kit.

A Rachel Morris. Isso deve ser registrado para a posteridade: você está sempre certa! Eu não estava feliz em apagar todo o primeiro ato e mudar o tempo verbal, mas cá estamos. Obrigada por suas observações brilhantes, seu entusiasmo sem limites e, é claro, seu aconselhamento no arco de Kit.

Às Cinco Poderosas: Audrey Coulthurst, Helen Wiley, Elisha Walker e Rebecca Leach. Obrigada por sua paciência e apoio infinitos enquanto eu rascunhava (e reclamava o tempo todo). Audrey e Helen, vocês me deram uma necessária perspectiva quando me senti perdida e muito triste. Helen, este livro não seria o que é sem você.

A Kalie Cassidy, Emily Grey, Charlie Lynn Herman, Christine Arnold, Skyla Arndt e Laura Brooke Robson. Suas impressões digitais são indeléveis neste livro; muito obrigada por suas observações! Tenho sorte de conhecer vocês.

A Mitch Therieau, pelo interminável apoio, amor, e crença em mim.

Por fim, a você! Muito obrigada por escolher *Um encantamento delicado*. Seja este o primeiro ou o terceiro livro meu que você lê, aprecio seu apoio mais do que posso expressar.

ESTA OBRA FOI COMPOSTA POR OSMANE GARCIA FILHO EM BEMBO
E IMPRESSA PELA GRÁFICA SANTA MARTA EM OFSETE SOBRE PAPEL PÓLEN NATURAL
DA SUZANO S.A. PARA A EDITORA SCHWARCZ EM SETEMBRO DE 2024

A marca FSC® é a garantia de que a madeira utilizada na fabricação do papel deste livro provém de florestas que foram gerenciadas de maneira ambientalmente correta, socialmente justa e economicamente viável, além de outras fontes de origem controlada.